1.
Bruno
Lilim de

TEA
DUE

« Un bel romanzo per ragazzi? Non solamente!
Lilim del tramonto si rivolge a tutti, a prescindere da età, sesso
e religione, per la sua capacità di raccontarci in maniera moderna,
profonda e laica la Storia delle Storie. »
Enzo D'Alò

« Ma come fa Tognolini a sapere tutte quelle cose sulla Palestina
dell'anno zero e i suoi dintorni? Che ci sia stato?... O magari
si è inventato tutto... Fa lo stesso. Quello che importa è
che quel passato remoto noi possiamo visitarlo insieme al futuro
prossimo di Lele, il ragazzino che costruisce mondi al computer. »
Gabriele Vacis

« Tognolini ci offre un'opera matura, che unisce con perfetto
equlibrio le suggestioni del passato e le prospettive del futuro. »
Bianca Pitzorno

« ... *Lilim del tramonto* è il risultato di un'operazione letteraria
affascinante, il frutto insolito dell'intreccio tra realtà e iperrealtà,
tra mondi e linguaggi differenti, del convergere di piani di racconto
apparentemente paralleli in un unico nodo focale. Dove la Bibbia
cede il passo al fantasy, il virtuale alla tradizione, Tognolini
dà vita a un romanzo avvincente e di grande impatto emotivo. »
Luisella Seveso

BRUNO TOGNOLINI

LILIM DEL TRAMONTO
PALESTINA QUEST

Romanzo

Visita *www.InfiniteStorie.it*
il grande portale del romanzo

TEA - Tascabili degli Editori Associati S.p.A., Milano
www.tealibri.it

Copyright © 1999 Adriano Salani Editore S.p.A., Milano
Edizione su licenza della Adriano Salani Editore

Prima edizione TEADUE luglio 2007

LILIM DEL TRAMONTO

1. OASI DI MATARIEH, punto di partenza del viaggio
2. BIVIO DI SCITOPOLI tra la Via Collinare e la Via Reale
3. PERCORSO DI ZAHEL fino a Cesarea e ritorno
4. PIANA DEL MASSACRO della centuria di Furio Vica
5. BETH REFAIM, casa di Shamaliel
6. RADURA DEGLI SCONTRI e PERCORSO SOLITARIO DI LILIM
7. PERCORSO SOLITARIO DI ZAHEL

1. Palestina Quest

Il nove dicembre di un anno futuro non molto lontano, in una città d'Italia, la sera scende buia e frettolosa sulla facciata di un condominio di periferia. Da dietro i vetri una bambina di cinque anni guarda incantata la facciata dirimpetto, più o meno uguale alla sua. Dietro di lei, inginocchiata nella sala, la mamma estrae piccoli pacchetti di giornale da una scatola poggiata per terra.

«Vola qua, vola là...» cantilena Carlotta assorta, fissando le antenne, «...vola in tutta la città!»

E tutta la città sembra affollata di quelle farfalline belle e bianche, ma non volano mai. Stanno lì, posate sui davanzali delle camere dei ragazzi, a squadernare le belle ali bianche e girarsi vanitose qua e là. Apri e chiudi e gira un po', apri e chiudi, gira un po'.

«...Vola qua, vola là...»

Sono antenne, lo sa, più o meno: antenne satellitari frugastelle, quelle con cui i fratelli grandi tirano giù dal cielo tutte le cose per i loro videogame. E si muovono perché cercano l'onda, glielo ha spiegato Lele. Però così posate alle finestre, brulicanti sul palazzone grigio e verde, aprendo e chiudendo le ali e girandosi a scatti, sembrano tante farfalle.

«Farfallina bella e bianca...»

«Dai, Carlotta, vieni o non vieni a fare questo presepio?» chiama la mamma.

«Siiii!» strilla Carlotta e corre a salti, pregustando regioni sterminate, odorose di muschio vecchio, popolate di cento statuine.

Si ferma a ficcare la faccia in una porta socchiusa.

«Lele, ci aiuti?»

Ma il fratello, intento al suo gioco, risponde con la solita voce strana, troppo fina, che usa per far capire al suo computer che non sta parlando con lui.

«Sì, dopo...»

Non sono cento le statuine, molte meno: una trentina comprese le pecorelle e le galline, e ogni anno paiono calare. La mamma, inginocchiata nella sala, le libera dalla carta di giornale, le sfrega distrattamente sulla gamba della tuta da casa, le passa a Carlotta.

«Il Pescatore!»

Carlotta prende in mano il Pescatore, gustando il gioco del riconoscimento: questi giocattoli dell'anno prima, e prima ancora; questi giocattoli strani dei Natali, con cui si gioca solo dieci giorni, e per un anno non si vedono più. Calzoni marroni, maglia celeste, cinta nera, barba grigia, tutto un po' sporco. Uno stecchino stretto nelle mani con un filo legato in cima a fare la canna da pesca: e il filo si mette nel lago, che si fa di stagnola.

«La Lavandaia!»

Grande catino scuro pieno d'acqua che sembra caffelatte, gonna verde cupo lunga fino a terra, maglia beige, mani nell'acqua che strizzano un panno, faccia scema con gli occhi storti fatti male.

«Il Pastore Col Piffero!... Il Pastore Senza Piffero!... Il Fabbro!...»

Una per una le statuine del presepio vengono fuori dall'anno scorso, come lucertole dal buio del letargo. La mamma scarta e posa per terra, Carlotta raccoglie, guarda, ricorda, e rimette in vita.

«È vero! C'era anche lui!... E poi chi c'era?»

Il Boscaiolo, il Tipo In Piedi Con Bambina Seduta, il Pasticcere...

Pescatore di Magdala.
«Avanti».
Tessitore di lino di Sefforis.
«Avanti».
Facchino portuale di Cesarea.

6

Nel monitor, ai comandi vocali di Lele, le schermate si avvicendano mansuete.

Ognuna mostra la scheda di un mestiere e la figura ricostruita in iperfilm. Come preziose perfette statuine, uomini e donne nei vestiti del lavoro ruotano lenti e assorti, luminosi nel nero, per farsi ammirare da tutte le parti: perfetti, più veri del vero, dai fili della tunica ai peli delle gambe, senza occhi storti o altri sbagli fatti a mano.

Fuochista delle terme... Venditore di unguenti... Falegname...

Sembrano immobili, ma a guardarli fissi si nota il leggero levarsi del petto e delle spalle nella respirazione; e solo ad attendere un poco qualcuno prima o poi muove la testa, sposta lo sguardo, si gratta un orecchio.

Cos'ha dietro l'orecchio il falegname? Quando un gesto leggero di Lele punta uno zoom sul viso rugoso dell'uomo, il testo a lato scende a sua volta nei dettagli:

Corporazioni e distintivi dei mestieri. I falegnami portavano un truciolo dietro l'orecchio, i sarti un ago d'osso appuntato al mantello, gli scribi una penna...

Una manona del falegname entra in campo e rivolta il lobo dell'orecchio, per mostrare chiaramente il distintivo.

«Ok, avanti» comanda pacata la voce di Lele: la sfilata riparte.

Portatori d'acqua, cambiavalute, soherim...

«Ferma. Cos'è soherim?»

Con un fruscio di libro, un'altra finestra di testo si apre e una voce risponde.

Ambulanti. Plurale di soher. Si spostavano per tutta la regione con asini stracarichi di tuniche, porpora di Sidone, tele di bisso, tagli di lino, anelli e monili d'oro...

«Ok, avanti».

Lele guarda, legge, ingrandisce, chiede dettagli, poi fa un cenno con la mano guantata afferrando il vuoto. E a quei cenni uno per uno – falegnami, cambiavalute, soherim, pastori e lavandaie e pescatori, coi loro corpi d'ipertesto e iperfilm – sono inghiottiti da un gorgo di risucchio, ridotti a dimensioni di formiche, e ficcati in un vaso di coccio in fondo allo schermo su cui è scritto NEW GAME.

«Non viene, sta lavorando al nuovo gioco» dice Carlotta, facendo correre sul pavimento una pecorella con tre zampe, inseguita da un'enorme gallina.

La mamma guarda brevemente lo spiraglio della camera di Lele, illuminato dai lampi azzurri del monitor. Per un attimo sembra volersi alzare per andare da lui, poi cambia idea e riprende a disporre il muschio secco sui giornali, mormorando scontenta.

«Nuovo gioco? È almeno un mese che ci sta su».

Poi a Carlotta:

«Ti ha mica detto quando sarà pronto?»

«Sì. Corri gallina, corri. Domani o dopo».

«Ah! Ha finito, allora».

«Sta mettendo dentro i personaggi che non sono importanti, quelli che dicono solo ciao e cose del genere».

«Stai diventando esperta anche tu!»

«È lui che mi racconta. Corri gallina gigante!»

«Ha messo anche il titolo?»

«Sì. Palestina Quest».

«Palestina Quest...» La mamma sospira, si incanta su un cuscino di muschio, poi prende distrattamente un pastorello e lo ficca nel verde a testa in giù. Carlotta la fa trasalire con una risata: «Ma mamma, poverino!»

La donna si scuote, si alza, prende a spingere gli imballaggi del presepio contro l'angolo del televisore.

«Avanti, continuiamo domani, apparecchiare!»

«Uffa!» protesta Carlotta. La gallina acchiappa la pecorella, e tutte e due vanno a giocare nella scatola.

«Lele, apparecchiare!» grida di nuovo la mamma scomparendo in cucina.

«Vado a chiamarlo io» si offre Carlotta.

Entra di corsa nella stanza del fratello, si avvicina di corsa al monitor, e lì si blocca trattenendo il fiato.

«Chi è?» bisbiglia fissando l'immagine.

A tutto schermo, sotto una luce di sole mattutino, definito in ogni poro della pelle, c'è il viso scuro di una bambina scarmigliata: le guance striate di sporco, il naso dritto, la bocca grande appena sorridente, le sopracciglia nere e marcate, e senza occhi.

«La mamma dice di apparecchiare... Ma chi è?»

Con un sospiro rassegnato, Lele si toglie la micro-cuffia dalle orecchie e i guanti dalle mani.

«Lilim Pitheké» spiega con voce annoiata da scheda audio, «Lilim la Scimmia, in lingua greca: una delle migliaia di bambini randagi che vivono di elemosina e piccoli furti sulle strade di Canaan, anno zero».

«Cos'è Canaan?»

«La Palestina, uno dei tanti nomi».

«E perché anno zero?»

«Te l'ho già detto: è il crono del mio gioco, più di duemila anni fa. Azzero il tempo».

«E questa Lilli è un personaggio... come si chiama, quello che dice solo ciao?»

«Un personaggio secondario. No sorella, questa è la protagonista, che vuol dire personaggio principale. E si chiama Lilim, non Lilli».

«E perché non me l'hai mai fatta vedere?»

«E che ne so, mica ti faccio vedere tutto. Dai, di' a mamma che arrivo subito, e inizia tu».

«E perché non ha gli occhi, poverina?»

«Perché gli occhi son la cosa più importante, e non riesco a trovarli».

Parlando Lele ha toccato la tastiera, e nella parte inferiore dello schermo, sotto il viso, è apparsa la plancia per l'editing del personaggio. Un pannello propone una serie di occhi di fogge diverse, dalle iridi bianche, che ora il ragazzo scorre col joystick destro.

«E perché Scimmia, allora?» continua Carlotta.

«Perché... boh, è una stracciona, una bambina della strada. L'hanno chiamata così per soprannome, forse perché è sempre sporca e accucciata per terra. O forse...»

S'interrompe, impegnato in una manovra: dal pannello trascina col joystick un paio d'occhi e lo sgancia sul viso al posto giusto. Il nuovo elemento si rimpasta nell'immagine come un tra-

9

pianto istantaneo, integrando colori, luci e ombre: la bambina adesso ha gli occhi, ma senza iridi, bianchi.

«O forse cosa?» incalza Carlotta.

«...O forse... l'ho chiamata io così, per via del monkey che uso per farla andare».

Carlotta guarda il monkey, l'attrezzo misterioso a lei proibito posato sul suo stelo accanto al monitor. Come era accaduto per il mouse tanti anni prima, adesso chiamano 'monkey' il casco virtuale perché copre gli occhi coi visori, le orecchie con le cuffie e la bocca col microfono come le mani delle famose tre scimmiette.

Nel frattempo Lele ha cambiato altre due paia d'occhi.

«Con quelli di prima era più bella».

«Sì, sono d'accordo con te: glieli rimetto».

«Però dobbiamo apparecchiare».

«Adesso arrivo».

«Ma cosa vuol dire Palestina Quest?»

«*Quest* vuol dire ricerca, ma anche indagine, inchiesta. Potrebbe essere 'Ricerca in Palestina', oppure 'Indagini in Palestina'. Ma in inglese è più bello».

«Perché?»

«Perché vuol dire tutte e due, e magari altre cose».

«Mi fai vedere Zahel?»

Un cenno del joystick e il viso di Lilim con gli occhi bianchi scappa di lato. Lo sostituisce il primo piano di un uomo maturo, dai lineamenti diritti e regolari, le sopracciglia lunghe e curvate armonicamente sugli occhi lucenti e nerissimi, la bocca atteggiata a un impercettibile sorriso ironico, la barba corta e brizzolata, i capelli neri e lunghi sulle spalle.

Zahel Onagro – recita un quadro di testo sul petto dell'uomo – *anni 43, sedicente fenicio convertito, mestiere* ******

«Ma perché hai messo quelle stelline sotto il nome?»

«Perché per ora il suo mestiere non si sa: è una variante segreta del gioco, lo devo scoprire io».

«Lui non mi piace, voglio di nuovo Lilli Picciocché».

«Pitheké. Eccola qua, anche se questi occhi...»

Lele richiama il personaggio precedente, ma non fa in tempo a finire la sua frase: la mamma sporge la testa nella stanza.

«Quante volte vi devo chiamare! Avanti, Lele, spegni che è ora di cena. E potresti anche aiutarci a fare il presepio».

«Ma anch'io sto facendo un presepio...» azzarda il ragazzo, con un sorriso incerto.

La mamma tace per un istante, poi entra circospetta: fa tre passi verso il monitor, vede un viso con gli occhi bianchi, scrolla le spalle.

«Stai pasticciando le solite facce dell'orrore. Non fartelo più ripetere: apparecchiare!»

Si volta e se ne va. Lele si alza con un sospiro e le va dietro. Carlotta li guarda uscire.

«Arrivo subito...»

Poi si volta verso il monitor.

Sotto il viso di Lilim Pitheké, nella plancia dell'editing, accanto al pannello degli occhi c'è una specie di tavolozza di colori, su cui il cursore prende forma di pennello. Carlotta non sa fare certamente le cose complicate del fratello, ma i colori dei computer, intingi e riempi, li sa usare da sempre.

Si volta a guardare la porta, da cui giunge l'acciottolio dei piatti che Lele mette in tavola.

Prende guardinga il joystick: il cursore scivola pigro sull'occhio destro di Lilim, lo preseleziona; poi scende alla tavolozza, tocca un marrone scuro e l'iride brilla di quel colore d'ombra viva.

Carlotta sorride: ora l'altro.

Sale all'occhio sinistro, lo preseleziona, scende alla tavolozza... Ma mentre manovra con la lingua tra i denti, un grido alle spalle la fa sobbalzare: «Carlotta!» Il joystick scivola, il cursore scarta, il dito preme, e l'occhio sinistro di Lilim è ora di un bel colore d'ambra chiara.

Lele, con un mazzo di forchette e coltelli in mano, piomba addosso alla sorella spaventata, guarda furioso il monitor, e si blocca perplesso.

«Sei tu che mi hai fatto paura!» si difende lei preventivamente, ma il fratello ha cambiato espressione.

«Siiiii!» grida tendendole la mano a palma in su. «Ma certo! Dammi il cinque, sorellina, sei un genio!»

La bambina sbalordita gli batte la mano, sorride illuminata di sollievo. E ora sorridono insieme guardando lo schermo, da cui li guarda una bambina come loro, ma sporca, stracciona e con gli occhi diversi.

«Gli occhi diversi! Come ho fatto a non pensarci!»

E sembra quasi che anche lei sorrida a loro, con una faccia consapevole, allusiva, come volesse dire: 'Si comincia?'

2. Il presepio meccanico

L'indomani, dieci dicembre, la classe seconda media di Palmas Daniele, detto Lele, avanza come un gregge strepitante per una stretta via del centro chiusa al traffico.

Lele cammina nelle prime file, accanto a una certa Giulia, grassoccia e petulante.

È piccolo di statura, ma proporzionato. Occhi grandi di colore verde cupo, il cui sguardo preciso e febbrile è mitigato dai buffi occhiali tondi; capelli scuri dritti a puntaspilli, che ora spruzzano fuori dal berrettino dei Ravenna Ranger; bocca larga, sempre socchiusa in un sorriso ironico e nel respiro leggermente adenoideo: insomma non è il più brutto della classe.

«Allora, ce l'hai o no la fidanzata?» lo assilla questa Giulia ridacchiando. «Dimmelo solo a me: come si chiama?»

Gli altri compagni procedono a gruppi ronzanti, come sciami di mosche ciarliere.

La cricca dei game di sterminio, in coda a tutti, incurante dei richiami delle prof, strepita cronache di azioni spietate, con effetti sonori imitati perfettamente con le voci. Alcuni di loro indossano i giubbi chiazzati di sangue e cervello in rilievo che i megastore regalano ai maggiori punteggi. Tra il loro folto gruppo e gli unici tre fanatici di NPGames – tra cui è Lele – ovviamente non corre buon sangue: come minimo i tre vengono trattati da secchioni; come medio da bambine leccabarbie. Le quali per parte loro non danno spago né agli uni né agli altri, e si chiudono in gruppo a scambiarsi le ultime nuove dei loro living doll games, telenovele interattive piene di Barbie che cambiano vestiti e case di Barbie che cambiano arredi.

E tutti gli altri cinguettano tra loro, divisi in stormi compatti: quelli del calcio fisico, quelle dell'archeodanza, i bike-runners, i compilatori di manga, i ludo-steineriani, e gli altri cultori degli altri stili di gioco, ciascuno coi suoi tatuaggi e accessori.

Oggi è sabato, c'è questa buffa spedizione. La professoressa di religione ha battuto per un mese: «Il presepio meccanico vivente di San Sigismondo, costruito da un vecchio frate francescano, dovete vederlo, vi strabilierà».

Un presepio? Vivente?

«Se è vivente, può sempre morire...» ghignano i giubbi chiazzati, esemplificando il principio con le solite esagerazioni: pastori esplosi in piedi e re magi spaccati per il lungo, ma senza osare spingersi più in là.

«Il presepio lo facevo da bambina...» notificano le ragazze dei doll games, chiedendosi acide perché non le portano a vedere 'qualcosa di più adatto'.

Lele tace, distratto. Non si aspetta granché da quell'evento: è moderatamente incuriosito, si chiede quanto più grande sarà del presepio di casa, che varietà di personaggi avrà, come verrà trasmesso il movimento, ma niente di più.

E di lì a poco attacca discorso con Fabrizio, il suo amico di NPGames, su un nuovo motore drammatico di sottosistema capace di pilotare fino a trenta personaggi secondari.

Ma ecco la chiesa, dice la prof. Tutti guardano in alto.

San Sigismondo si staglia grande e buia, scura nella mattina luminosa.

Eppure il sole investe la facciata quasi in pieno, a quell'ora del suo corso d'inverno. Da dove viene quel senso di notte in prestito? Forse è l'architettura irta di zoccoli e sbalzi, cornici e fascioni, nicchie e logge, che fa di quella facciata una grattugia; o forse è la superficie della pietra, corrotta dall'acido grigio di pioggia e di smog, che si inghiotte la luce e non la rende.

E dentro è peggio ancora.

Il brusio dei ragazzini, poco avvezzi a interni non virtuali così vasti e così bui, si è spento di colpo. Tutti guardano in alto e dappertutto: angoli scuri, recessi, scale, porte, nicchie e arcate, passaggi e ballatoi. Dove si va in un posto come questo?

«Di qua» li accoglie un frate silenzioso e serio. Li precede per androni e corridoi, per grandi sacrestie e piccole porte, finché giungono alla sala del presepio.

Lì si volta e li guarda sorridendo: e gli ultimi brusii dei ragazzi muoiono sulla sponda di quel sorriso come deboli onde.

Padre Serchi è un frate giovane, altero, dal viso bello e inespressivo, sorridente. Li fronteggia con quella vaga gentilezza che fa sentire tutti fuori posto, ammessi dove non meritano, per poco, e finché si comportano bene. Anche le prof, ammutolite, guardano altrove.

Il giovane frate sorride brevemente, indicando il fondo buio della sala, dove pare dormire nascosto qualcosa di enorme.

«Prima di accendere il famoso manufatto, due parole di spiegazione».

Il 'manufatto', racconta, è stato fatto a mano, per l'appunto, nel corso di cinquant'anni da padre Giuseppe Cavalli, un confratello francescano anziano. Il suo significato, come l'abnegazione impiegata a costruirlo, non va riportato a intenti di svago e spettacolo, ma di fede e maggior gloria di Dio, e della Santa Nascita in terra di Suo Figlio.

«Quindi» conclude il frate con un sorriso, «è con quest'animo che vi invito ad ammirarlo: con assorto rispetto, e senza chiasso».

Dopo avere marcato con lo sguardo le ultime due parole, si avvicina a una nicchia ricavata nella parete della sala, e fa scattare un vecchio interruttore. La sala resta in ombra nella parte dove attendono i bambini: ma l'altra metà emerge dal buio rivelando, illuminato con sapienza, l'immenso presepio meccanico; che allo scatto di un altro interruttore, con un clangore di ingranaggi e meccanismi, finalmente si muove.

Un grido senza suono, come un coro di punti esclamativi fatti solo coi fiati, o coi pensieri, sale da tutte le teste riempiendo la sala. Ma la voce del frate incalza, come a coprire infastidita lo stupore, e salendo di un tono a sovrastare il frastuono sferragliante attacca un rosario di dati.

«Il presepio meccanico Cavalli di San Sigismondo si sviluppa su una superficie di cinquanta metri quadri, dieci di frontescena e cinque in profondità. Ospita oltre trecento figure, fra uomini e bestie, con oltre seicento movimenti di braccia o di torso...»

'Questo presepio ha qualcosa...' pensa intanto Lele. 'Ha qualcosa...'

Da subito, dall'accensione delle luci, non ha sentito più mezza parola della piatta litania di quel frate. Non sa più dove guardare: i suoi occhi saettano da un punto all'altro, da un dettaglio all'altro, nell'ansia incredula di riconoscere, confermare, confutare...

'Ci son proprio le tre fasce, una per una! Laggiù la fascia costiera: il Saron, ecco la Sefela... ed Esdrelon su a nord. Poi la fascia delle montagne, i monti di Giuda, il Garizim, l'Ebal, eccolo là, e il monte Tabor... E lì è il Giordano che si caccia nella fossa del Ghor. C'è proprio tutto!...'

«I movimenti» continua padre Serchi, «sono meccanici, di tipo elementare, predigitale, di un certo pregio storico. Per gran parte son pilotati da tiranti di spago e stecche di filo di ferro, azionati a loro volta da bilancieri, mossi da alberi a camme, collegati a motori elettrici».

'E quella lì, tracciata in bianco, è la Via Reale!' registra Lele seguendone il percorso. 'Da Cesarea... che è lì... fino all'incrocio con la Via Collinare vicino a Genin... poi avanti, passando per Scitopoli... e via per le piste carovaniere di Damasco!... E quel tipo che ci cammina sopra, con la tunica arrotolata alla vita e il cilindro legato al collo, è un messo di posta!'

«Alcuni movimenti più complessi» continua il frate, «hanno piccoli motorini indipendenti, con demoltipliche ed elettrocalamite. La temporizzazione degli eventi è predigitale anch'essa, governata dall'azione combinata di otto timer meccanici per lavatrici della fine del secolo scorso».

'E le case coi tetti piatti, su cui dormono i vecchi quando è caldo... E i boschetti di palme da dattero con le tende dei beduini idumei... E i solchi per le ruote dei carri sulle pietre dei guadi...'

«Dieci piccole città, trenta villaggi: in tutto duecentosei case, di cui centosettanta illuminate e cento animate da movimenti interni; tre fiumi con acqua corrente, due laghi con acqua stagnante, sei boschi di piante vive con veri bonsai; muschio vivo per otto metri quadrati di prato; un ciclorama del cielo con effetti temporizzati: alba, mezzogiorno, tramonto, notte stellata, cometa viaggiante. Ci sono domande?»

Padre Serchi spegne il motore del presepio e nel vuoto che segue, sconfinato, quasi si sente ronzare lo stupore. Ma son solo pochi secondi: prima timide, e via via più sicure, le mani si levano in aria, le voci domandano.

«Possiamo vedere sotto?... Come nasce il sole?... Da dove viene l'acqua?... E cosa succede quando qualcosa si rompe?»

Annoiato e preciso il giovane frate risponde a tutti, uno per uno, con l'aria di frasi dette identiche da anni. Poi, quando pare che tutto sia finito e il suo sguardo ruota intorno nel silenzio per scoraggiare altre domande e passare al commiato, una voce isolata e chiara risuona nel vuoto:

«Come mai non c'è Lilim a Matarieh?»

Quasi all'istante un accesso di tosse esplode nell'ombra, sembra proprio da lì, dentro il presepio.

Con un breve lampo collerico negli occhi, padre Serchi fruga il gruppo dei bambini in cerca di chi ha fatto la domanda. E i bambini frugano il presepio, in un'altra perplessa domanda: chi c'è là dentro?

Un'altra breve raffica di tosse e poi un respiro vecchio, affannoso, che si avvicina sul lato sinistro della sala. Padre Serchi scrolla le spalle e china la fronte, in una sorta di stizzita rassegnazione.

Di lì a poco la tenda cremisi, che come una quinta chiude il passaggio a sinistra tra il presepio e il muro, si scosta lentamente: ne emerge un frate molto vecchio, molto curvo, che li guarda per un istante come abbagliato e poi avanza ansimando verso di loro.

«Questo» si riprende padre Serchi, «è padre Giuseppe Cavalli, il confratello costruttore del presepio. È molto vecchio, e come vedete non sta bene... Padre Giuseppe! Padre Giuseppe!»

Il giovane frate si rivolge al vecchio toccandogli il gomito, con un misto di fastidio e rispetto che disorienta i bambini.

«Lo sa che non dovrebbe stare qui! C'è troppo freddo per i suoi polmoni. Ora chiamo padre Sergio, si metta a sedere...»

16

Ma il vecchio non lo guarda, o non lo vede: libera il gomito dalla sua presa e continua il cammino, fulminando il gruppo compatto dei bambini con uno sguardo celeste, bruciante, che cerca qualcuno o qualcosa.

Padre Serchi si volta bruscamente, si allontana verso un telefono posato nella nicchia del muro, compone un breve numero, parla sottovoce con aria d'urgenza.

Il vecchio frate intanto è arrivato di fronte ai bambini, e si è fermato.

«Chi ha parlato di Matarieh?» domanda rauco.

'Ecco, l'ho fatta grossa' pensa Lele, mordendosi il labbro di sotto col cuore in gola.

Ma qualcosa negli occhi chiari di quel vecchio gli dice che non è così, gli dà coraggio. No, quel frate non è cupo come l'altro. Non è neanche arrabbiato, è solo... è come emozionato, o curioso...

No, è più che curioso: è raggiante!

«Io».

Lo sguardo di padre Giuseppe in un istante è a fuoco su di lui: è il fuoco di un sorriso.

«E cosa hai detto?»

«Che non c'è Lilim, seduta al posto di cambio di Matarieh».

«E chi sarebbe questa Lilim?»

«È una bambina di strada, con gli occhi diversi».

Per la seconda volta il vecchio tossisce, in affanno. Padre Serchi chiude di fretta la telefonata e torna accanto a lui, che di nuovo lo ignora.

«Con gli occhi diversi, eh?... Come ti chiami?»

«Daniele Palmas, ma tutti mi chiamano Lele».

«Ah, Lele, certo! E cosa sai di Lilim?»

«Niente. Ce l'ho. L'ho fatta».

Questa volta il frate vacilla. Gli manca l'aria, la cerca con tre boccate rumorose, estrae dalla tasca un piccolo spray, apre la bocca e inala un getto: ma senza staccare mai gli occhi da Lele. Padre Serchi lo sorregge: «Padre Giuseppe...»

Il vecchio lo zittisce con un gesto. Il ragazzino e tutti i suoi

17

compagni guardano senza fiatare, costernati. Le professoresse, preoccupate, si fanno avanti.

«Vuoi dire che tu hai Lilim Tamaliel?»

«No, non si chiama così».

«E come si chiama?»

«Si chiama Lilim Pitheké».

Dal corridoio arriva trottando un altro frate, grasso e di mezza età. Con uno sguardo affettuoso e afflitto si avvicina a sua volta a padre Giuseppe.

«Che cosa intendi dire con 'l'ho fatta'?»

«Lasci perdere, padre» interviene la prof di religione, «sono cose di videogame, giochi che questi ragazzi fanno con i computer».

«Appunto, padre Giuseppe, venga via. Si è stancato fin troppo, stamattina».

E con piglio perentorio padre Serchi, dopo uno sguardo d'intesa all'altro frate, prende il vecchio confratello sotto l'ascella e a viva forza i due lo conducono via.

Ma tra i colpi di tosse risentiti padre Giuseppe riesce a voltarsi verso Lele, e a dirgli chiaramente: «Anch'io ce l'ho!»

'Che cosa vorrà dire "anch'io ce l'ho"?' si chiede Lele per strada poco dopo, camminando con la classe strepitante accanto alla solita Giulia. 'Che cosa ne sa di Lilim?'

«Allora, confessa: si chiama Lilli, la tua fidanzata? Si chiama Lilli? Confessa! Ah ah ah!»

«Sta' zitta, Giulia, lasciami pensare!»

Sì, deve trovare proprio il modo di vedere ancora quel frate.

3. Padre Giuseppe

«Ti aspettavo» dice nell'ombra la voce di padre Giuseppe, prima ancora che Lele lo veda.

Quel pomeriggio stesso, dopo i compiti, il ragazzo ha preso la bici, ha detto alla mamma che andava a un incontro speciale degli scout, ha pedalato fino in centro, ha cercato la via della chiesa, ha incatenato la bicicletta, è entrato.

Il vasto buio odoroso lo ha stordito ancora più di quella mattinata. Ma ora sa che non è solo suggestione: lì c'è qualcosa, lì dentro c'è qualcuno e fa qualcosa.

Quella cosa che è apparsa all'inizio, nella sua vita, appena ha potuto capire, e da allora non è mai più sparita. E lo circonda, screziata in sfumature, in tutti i giorni e tutti i posti del suo mondo.

Storie. Ci sono storie dappertutto.

Come può smettere di raccontare? Come fa la sua mamma a non capirlo?

E lì dentro, in quella chiesa, ora lo sa, c'è una fonte di storie potentissima, come un cuore di vulcano, o di silicio.

Ha subito visto i cartelli con la freccia 'Presepio' che seguendo i compagni alla mattina non aveva notato. Quei cartelli calmano il senso di apprensione che dall'ingresso in chiesa lo adombrava, e che aveva a che fare in qualche modo con quel padre Serchi. Che sciocco, si può rilassare: il presepio è aperto al pubblico, in periodo natalizio. Non è un'incursione clandestina, la sua: è un visitatore tra gli altri. E infatti ecco, arriva una famiglia: lui e lei con la bambina di tre anni, cui prefigurano parlando a cantilena le meraviglie che tra un po' vedrà.

Lele si aggrega: raggiungono il presepio, guardano, mostrano, ridono, parlano cantilenando. Lui impiega quel tempo d'attesa a studiare ancora il paesaggio, ed è una conferma.

'Questo non è un presepio come gli altri. È fatto troppo bene. È troppo vero'.

Il Giordano si infossa nel Ghor a regola d'arte, per sprofondare nelle acque grigie del mar Morto, quattrocento metri più in basso del Mediterraneo: e il dislivello, in scala, è rispettato. Ecco i campi di grano e di orzo nella Galilea del Nord, e gli uliveti; perfino le viti tese a pergola tra un albero e l'altro. Ecco la carovana di un monopolés, un mercante greco che compra interi raccolti e li rivende: quegli asini portano grano, quegli altri olio, quegli altri fichi secchi...

«Adesso andiamo a raccontarlo alla zia Minni!» salmodiavano intanto i genitori, scomparendo nella porta della sala.

Lele è solo. Sta zitto. Attende. Sbircia.

«Ti aspettavo» dice infine nell'ombra quella voce.

Il ragazzo sussulta: ma dov'è? Dentro il presepio? E cosa c'è dentro il presepio? Vive lì?

Padre Giuseppe emerge dalla tenda a sinistra del palco, la stessa da cui era apparso la mattina: dev'esser quello l'accesso alla sua tana. Ma sembra un altro uomo, un altro vecchio. La tosse insistente è scomparsa, annidata in un leggero brontolio in fondo al respiro. Si muove bene, cammina quasi energicamente. Forse il corpo non è meno curvo, ma lo sguardo è diritto, pungente, e soprattutto si direbbe... allegro. Non dev'essere poi così malato, si scopre a pensare Lele, se ha quello sguardo che ride.

Il frate si incammina verso il fondo della sala immerso nell'ombra: in un angolo c'è un inginocchiatoio isolato, rivolto verso il presepio, e nell'altro un gruppo di vecchie sedie di legno tinte di nero.

«Vieni, sediamoci qui. E parliamo piano: padre Serchi è di là in sacrestia, meglio non farsi sentire».

«Ma perché qui la trattano così?» chiede Lele di getto e con rabbia, senza pensarci.

«Eh, caro figlio!» sorride sorpreso il vecchio. «Padre Cavalli è amico delle storie! E le storie non sono amiche della dottrina».

«Cosa vuol dire?»

«Vuol dire che io sono mezzo matto. E che loro, poveracci, hanno ragione».

«Perché mezzo matto?»

«Perché?» Il frate lo guarda, ridacchia, dà due colpi di tosse leggera.

«Vedi» riprende poi, «io sono un frate, e questo va bene. Faccio presepi meccanici, e anche questo va bene: ce ne sono parecchi altri, in Italia e nel mondo. Poi sono anche uno studioso: ma anche questo va bene. Sono un esperto di storia evangelica».

«Lo so».

«Come dici?»

«Niente, dicevo che... lo so che lei è un esperto. Il suo presepio non è come gli altri: è quasi perfetto».

«Quasi?»

Il vecchio frate lo guarda ancora ridacchiando, con aria incuriosita. Sembra che stia per chiedergli qualcosa, ma cambia idea e riprende.

Insomma: fare presepi meccanici andava bene. Essere un noto studioso di storia evangelica andava bene. Fare presepi meccanici secondo la storia evangelica, e non secondo il folklore, cominciava a creare imbarazzo. Ma c'era una cosa che i confratelli non gli avevano mai perdonato:

«Ci gioco».

«Come?»

«Ci gioco. Faccio il presepio e poi ci gioco. Forse lo faccio apposta per giocarci».

«Ci gioca... E come ci gioca?»

«Tu sei un bambino, no? E allora lo sai. Come fate voialtri, nei giochi? Fate andare i personaggi, i soldatini. Li fate correre, cadere, morire. E fate le voci».

«Ma... ma le sue statuine sono fisse! Cioè, fisse no, si muovono: ma si muovono coi meccanismi...»

«Eh... non tutte!»

«Non tutte?»

«Quasi tutte. Ce ne sono un paio...» padre Giuseppe si fa misterioso, abbassa la voce, «...preziose, molto preziose!... che non sono attaccate al presepio! Anzi, non ci sono proprio, nemmeno staccate. Le tengo con me».

«E... quelle le muove lei?»

«Certo. Duecento, non conto le bestie, si muovono da sole: ma quelle poche si muovono con me».

«Le muove lei?»

«Meglio dire che si muovono con me. Vedi: il mio lavoro, anzi il mio gioco... assomiglia un po' a quello degli scrittori, o dei drammaturghi. Personaggi secondari puoi metterne quanti ne vuoi, quanti riesci a pensarne e a costruirne. Ma stanno lì, fanno solo quel gesto: zac-zac! I personaggi veri, quelli che veramente hai nelle mani, son staccati dal libro! Per questo si muovono bene. E queste creature non possono essere tante. Una! Due!... Se sei proprio bravo, tre!...»

«E lei quanti ne ha?»

«Eccoci al punto...»

Gli occhi del vecchio scattano nei suoi, e si fanno di fuoco: un fuoco febbrile, felice.

«Ne ho qualcuno, ma uno mi manca».

«Lilim Pitheké».

«Proprio lei».

Ecco di nuovo quel brivido, nel petto di Lele: lo stesso della mattina, quando padre Giuseppe gli aveva chiesto di Lilim. Una specie di brezza, un'emozione, come a guardare nel vuoto: ma non proprio paura. Che cosa sta succedendo?

Il vecchio lo studia ridendo, e continua il racconto.

Il solo motivo per cui lo tollerano, lì dentro, è la sua attività di ricerca. È diventato uno studioso noto, come no? – ridacchia. Scrive articoli e saggi su riviste, accanto a storici illustri: signori francesi e tedeschi, che se lo vedessero giocare nel presepio con le sue statuine in mano farebbero due occhi e una bocca così. Ecco perché lo tengono nascosto.

«Come un nonno un po' andato di testa?»

«No, peggio. Ci sono anche qui, i vecchi frati rimbecilliti, non è questo...»

«E allora?»

«E allora non è colpa loro. È che...» il vecchio sorride a un'immagine che gli si affaccia in testa. «È che anche loro, zac-zac!... son fissati al loro presepio, poverini! Sanno fare quel gesto: zac-zac!»

Il vecchio muove su e giù il braccio magro in un gesto da burattino, e ride di cuore. Poi lo guarda negli occhi, più serio.

«E hanno paura di quelli staccati».

Lele guarda il presepio, si distrae.

Vorrebbe che il frate gli parlasse di quello che gli sta a cuore, di Lilim, di cosa lui ha a che fare con lei, invece che blaterare cose incomprensibili. Ma una nuvola gli passa nella testa e non ricorda più nemmeno, per un po', cosa volesse sapere di preciso... Si sente stanco all'improvviso, vorrebbe essere a casa, al suo computer. Ha lasciato il viso di Lilim da rifinire, deve provare le texture epiteliali, colore e pasta della pelle, è così bello...

Il frate lo guarda, sorride, tuffa la mano negli anfratti del saio odoroso di lana pulita, e la estrae armata di due snack di ciocco-menta-mais, proprio quelli che Lele preferisce.

«Che ne dici di fare merenda? Sono quasi le sei».

Lele sorride, tende la mano: «Ok».

A bocca piena il frate riprende il racconto, e Lele lo ascolta.

I confratelli lo tengono nascosto, ma non possono tenerlo lontano dal presepio. Perché ci deve giocare ogni notte, altrimenti si ammala.

«Ogni notte? Lei gioca di notte?»

«Quasi sempre. Non ci sono fedeli nella chiesa e non disturbo col ronzio dei meccanismi».

Una volta avevano provato a vietargliene l'accesso, e lui si era ammalato gravemente. Era arrivato il padre provinciale, un vecchio frate molto potente che tanto tempo fa era stato suo amico, e in qualche modo ancora lo era: aveva dato una lavata di capo a tutti quanti e lui era tornato al presepio. Ma in segreto, da lì in poi, come un clandestino, senza farsi vedere da nessuno.

Perciò a Natale sono così agitati e gli mettono alle calcagna padre Serchi: bisogna far andare il 'manufatto', come dice quello lì, e solo padre Giuseppe è in grado di farlo. Quindi devono aprirgli la gabbia.

«Oh, non immagini come vi guardo» conclude addolcendo il sorriso, «voi tutti bambini che venite a vedere il mio gioco, colorati, chiassosi, mangioni! Vi guardo da dentro il presepio, dai miei spioncini, come chi per un anno non vedrà più altro che frati, neri, cupi e sgarbati!»

Ha finito. Tira un sospiro, si volge al presepio, lo guarda per un po' di secondi. Poi si volge di nuovo al ragazzo, col sorriso di nuovo forte e acceso.

«Ora dimmi di te: dove abiti, che scuola fai, se hai fratelli...»

È il turno di Lele. Parla di sé, della mamma Luisa, della sorellina Carlotta, della casa, della scuola; del padre, che vive in un'altra città, e che lui vede due volte all'anno. E, come fosse una cosa tra le altre, dei suoi NPGames.

Anche lui gioca la notte, confessa, quando la mamma e la sorella dormono. Con il suo casco-scimmia in testa e i guanti alle mani, nel buio e nel silenzio della casa, invece che dormire e sognare il calcio e le compagne, combatte per difendere le sue dolci colline bretoni dai sassoni spietati; o spia da imposte sconnesse le riunioni dei boxer rivoltosi in Manciuria; o segue da sott'acqua la disfatta della flotta francese agli albori della guerra dei Cent'anni.

«Davvero?» trasecola il vecchio. «E dove impari tutte queste cose? Come fai a studiare... a documentarti?»

«In rete» comincia Lele, ben contento della piega che pare prendere il discorso. È così raro che un grande, che non sia un venditore di games, si interessi e parli con lui di queste cose...

«Ci sono migliaia di fonti nella rete» prende a spiegare al vecchio, «fonti storiche, documentarie, iconografiche, predisposte per il plug-in delle risorse negli NPGames. NP vuol dire 'Net Plugged', 'connesso alla rete': come se il gioco avesse un cavo e una spina, anzi un grosso ciuffo di cavi e di spine che si possono ficcare nei nodi della rete dove si pensa di trovare qualche cosa. E non sono le major dei giochi, sono i siti normali che diventano NPG. Questo vuol dire che l'ampiezza delle fonti è drammaticamente incrementata!»

Lele vede lo sguardo accigliato del vecchio e si allarma, si infervora, riparte.

«No, guardi, è più semplice di quanto può sembrare. Mi ascolti ancora solo un po', facciamo un esempio.

«Un istituto di anatomia avrà mille modelli di visi, forme di occhi, tipi di nasi, colori di pelle e tutto il resto, depositati nei suoi archivi, e da un bel pezzo già in formato digitale. E un museo del ritratto, qualcosa di simile, in modo diverso, ok?

«Questi istituti, un giorno, decidono di uniformarsi ai protocolli NPGames. Cosa vuol dire? Vuol dire che attrezzano i loro archivi con un interprete NPG, cioè un programma che rende leggibili i loro dati ai lettori NPG che si collegano. Io nel mio computer ho un lettore NPG, un programma browser-editor che scorre questi archivi, preleva i dati e permette di rieditarli. Insomma da quel giorno, collegandomi in plug-in a quei due istituti, io potrò sfogliare, prelevare, mescolare e ritoccare a mio piacimento mille forme di visi, nasi e occhi presi da studi di anatomia o da ritratti. E soprattutto, col generatore fisionomico, potrò applicarli come template ai miei personaggi. Come specie di maschere, insomma».

«Per San Giuseppe falegname!» esclama il vecchio.

«E così via: negli istituti geografici si trovano le griglie altimetriche da dare in pasto al terraplaster, il generatore di paesaggi; negli istituti di botanica le piante giuste per un determinato posto; negli archivi del costume gli abiti storici; in centomila musei online tutte le armi, i veicoli, gli utensili; nei centri meteostorici i climi, le stagioni, la luce esatta di quell'anno e di quel posto. E c'è da aggiungere le università di tutto il mondo, con miriadi di studenti che giocano come dei matti con gli history NPGames, convertendo montagne di documenti, dati e studi in standard NPG: praticamente fonti inesauribili. È così che si fanno gli ambienti in virtù reale».

Lele fa una pausa, si frega il naso, studia il vecchio. Il vecchio lo guarda serio, fregandosi il mento.

«Virtù reale, l'ho sentita nominare. Ma è vero che cita Seneca e San Paolo?»

«Credo di sì: c'è scritta una cosa in latino nei titoli di testa, quando si carica la shell NPG».

«Non mi è del tutto chiaro, ma posso intuirlo» ammette alla fine il frate. «Questo per la costruzione dei contesti, diciamo la scenografia. E le storie? Chi le decide? Chi le guida?»

I motori drammatici, spiega ancora il ragazzo. Sistemi esperti della sesta generazione, poco meno che intelligenze artificiali. Evoluzioni dei programmini software che gestivano le poche e rozze varianti nelle avventure dei vecchi videogame. Ora, invece di piccoli software schiacciati nei CD o nei computer, sono sistemi biocaotici mostruosi che abitano enormi bestioni sparsi in giro, intelligenza distribuita nei settemila server NPG. Ci si collega a loro, durante il gioco, inviando in tempo reale i dati dinamici del proprio sistema di eventi. Il motore drammatico li analizza e risponde con pacchetti di istruzioni, che muovono i personaggi lifelike in video e voce.

«Computer burattinai» conclude il vecchio. Poi domanda pensoso: «Ma... muovono proprio tutti i personaggi?»

«No» s'illumina Lele, che ha capito. «Non tutti. Alcuni li manovro io, a mano».

«Ah!» sorride il frate, annuendo. «Va' avanti...»

Le ombre sono dense nella grande chiesa nera, le candele brillano rosse, le ore volano.

I due giocatori bisbigliano fitto, soli al mondo.

4. Preparativi

«Giochi con me a Barbie Lilli Picciocché?» chiede Carlotta il pomeriggio del giorno dopo, con la solita vocina lagnosa di quando si aspetta un no.

«No» risponde infatti il fratello, «non vedi che sto stampando?»

La stanza è piena di visi di Lilim Pitheké stampati a colori su carta formato A4. Su tutti è l'identico lieve sorriso, ma diverse sfumature di colore, di grana di pelle, di nèi, peluria, ciglia, sopracciglia.

«Me li dai quelli che butti?»

«Va bene, ma che non escano di qui. Non ci ho ancora messo su il game copyright».

Non sa cosa sta cercando. Sa che non può saperlo, che lo saprà quando lo avrà trovato. E quindi bisogna continuare.

Brunisce appena il pigmento d'incarnato, salva, stampa.

Toglie un grado di giallo, aggiunge un grado di magenta, salva, stampa.

Le sopracciglia più fitte di duecento peli. Troppo, centocinquanta peli: salva, stampa.

Gli occhi... no, gli occhi non si toccano più.

Sono le cinque e mezza dell'undici dicembre, un pomeriggio di domenica d'inverno che sarebbe triste e buio come tanti, se non fosse per i segni del Natale: il freddo, l'odore, le luci, i negozi tutti aperti di domenica, la televisione che manda senza sosta news scintillanti di vetrine e luminarie, la rete vertiginosa di videomail tra tutti i bambini del mondo.

«Quando torna la mamma con le nuove statuine?»

«Alle sette».

La mamma è uscita per le compere natalizie. Ha chiesto a Lele di avere pazienza, per quella domenica: far finta che fosse un giorno come gli altri e tenere compagnia a Carlotta fino al suo ritorno. Poi lei e Carlotta, se lui non voleva proprio entrarci, avrebbero finito da sole il presepio con le nuove statuine che lei doveva comprare; e lui allora avrebbe girato il videomail per l'amichetto inuit della sorella, con inquadrature del presepio finito, gli auguri in varie lingue, e tutto il resto.

«Sai che spasso...»

«Posso tagliare le facce di Lilli e attaccarle al muro?»

«Io non te lo consiglio, sorellina. Ti ricordi la mamma, quella volta che hai attaccato in giro gli ologrammi adesivi di Gilgamesh Boy?»

Carlotta ronza intorno col suo mazzo di stampe in mano, che guarda contenta e perplessa, e non sa che fare. Lele modifica, ritocca, salva, stampa. E intanto riflette tra sé.

La lunga chiacchierata con padre Giuseppe è finita senza che lui gli domandasse ciò che gli stava più a cuore: come sapesse di Lilim Pitheké.

Curiosamente, nel corso della sera, ciò che pareva stagliarsi come il primo mistero urgente da chiarire s'era sfuocato più volte in un dettaglio, un compito latente, qualcosa che si deve fare ma non si ricorda. Qualcos'altro aveva preso il primo piano: la forza allegra e contagiosa di quel vecchio, la bellezza di quel paesaggio finto e vero, la complicità tra esperti sognatori di mondi, e di un medesimo mondo. Ma soprattutto quella strana prospettiva, che a un certo punto pareva prender forma: una specie di collaborazione.

Padre Giuseppe gli ha chiesto apertamente di vedere la sua Lilim Pitheké.

Gli ha detto che lui l'ha cercata per anni e anni, senza trovarla mai.

Quando Lele gli ha chiesto che cosa volesse dire, è stato vago. Ha detto che non lo sapeva. Sapeva che non la trovava, punto e basta. Tutte le statuine che faceva, arrivate alla testa, alla faccia, agli occhi, erano da buttare via.

«Non era lei. Non era lei! Capisci?»

E varie volte aveva rinunciato. Aveva pensato di non esser pronto. Aveva lasciato passare mesi, anni, durante i quali si era preparato, non ha detto come. Ma quando poi riprovava, stessa storia: quel personaggio non veniva.

«Non veniva da me».

«Eccola qua!» trionfa invece Lele, stringendo ai bordi un foglio come gli altri: una bambina di carnagione scura, nerissima di capelli e sopracciglia, con uno sguardo scintillante negli occhi diversi, di incomprensibile forza. Quasi identica a tutte le altre: ma era lei.

«Corri, Carlotta!»

Il ragazzo mette il foglio in un tubo, agguanta la sorellina che ride interdetta, le mette le scarpe, le lega i lacci, le infila una giacca.

«Ora portiamo la Pitheké dal nonno, che la vuole vedere».

«Il nonno di Picciocché?»

«Il nonno di tutti».

«Voglio venire anch'io dal Nonno di Tutti».

«Un'altra volta, Lotti. Ora tu vai un'oretta da Daniela».

«No, da Daniela non vado, mi dà l'orzo!»

«E tu non lo bere. Solo un'oretta, dai, finché arriva mamma».

Indossa il giaccone a sua volta, esce nel pianerottolo trascinando per mano la bambina imbronciata, chiude la porta a chiave, suona alla porta della vicina, si china all'orecchio della sorella.

«Dai, Carlotta, poi ti racconto tutto, d'accordo? Ti dico cosa mi ha detto il nonno».

«Il Nonno di Tutti? Anche mio?»

«Certo, pulce, anche tuo».

Sono le sei. Lele corre veloce come un sogno sulla sua bicicletta Man-Techno a dieci cambi, sessanta chilometri all'ora in rettilineo: un silenzio che corre, dice il logo.

Deve arrivare alla chiesa, dare la stampa al frate, parlare con lui per prendere qualche accordo, scappar via, essere a casa prima delle sette: perché se la mamma, tornando dal giro di compere, trova che lui ha mollato la sorella alla vicina e se ne è uscito, sono mega di guai.

L'accordo tra loro è chiaro: nei giorni feriali, Lele deve prendere Carlotta dall'asilo alle quattro e mezza, portarla a casa e farle compagnia fino alle sette, fin quando arriva lei. Per qualche urgenza di studio, o per qualche altro caso eccezionale, può portarla dalla vicina, da Daniela. Ma senza prenderci la mano, dev'essere una cosa motivata. Oggi non è un giorno feriale, ma ancora peggio: la mamma gli aveva chiesto espressamente di stare con Carlotta e farsi trovare a casa al suo ritorno, per finire il presepio, il videomail all'eschimese e tutto il resto.

E i motivi eccezionali per portarla da Daniela, ora dove li pesca? Potrebbe dire che è dovuto correre da Fabrizio per farsi spiegare un form di matematica per domani, che aveva sbagliato in pieno...

Ma perché nella loro famiglia c'è sempre così poco tempo?

«Bisogna spicciarsi!» conferma anche il vecchio frate guardandosi intorno.

Alle sette il presepio chiude, non ci sono più visitatori, e loro due che confabulano soli danno troppo nell'occhio. Padre Serchi è stato lì un attimo prima. Anzi...

Il frate si avvia trotterellando alla tenda, la scosta, fa cenno a Lele di entrare.

Il ragazzo sbircia sporgendo il collo, senza muoversi. Vede uno scorcio di tenue luce ambrata che si perde nell'ombra verso il fondo. Padre Giuseppe lo guarda ridacchiando.

«Coraggio, ci sono già entrati altri bambini!»

Lele si scuote, risponde al sorriso ed entra. Il vecchio chiude la tenda e lo precede.

Percorrono un corridoio largo un metro, che fiancheggia il presepio verso il fondo.

Parete sinistra di questo corridoio è la stessa parete della sala, costellata di chiodi da cui pendono, fino a grande altezza, attrezzi e marchingegni di ogni sorta: pezzi e parti di figure e costruzioni; telai di legno, trespoli e tralicci che forse sono scheletri di monti; rotoli di spago di misure e grossezze diverse; stecche uncinate di filo di ferro di lunghezze crescenti; ciuffi di braccia e di gambe, tubi di gomma, pezze di stoffa, pile di ruote e rotelle.

«Il magazzino» spiega padre Giuseppe senza voltarsi. «Qui dentro non ho molto spazio, devo arrangiarmi».

La parete destra del corridoio, invece, è il cielo del presepio, o meglio il retro del cielo. Un telaio di assi ingraticciate, alto fino al soffitto, sostiene il fondale cilindrico del ciclorama. Lo percorre una rete a maglie larghe di sottilissimi cavi ottici: l'estremità di ciascuno, conficcata a novanta gradi nel telone e fissata con la plastilina, dall'altra parte è il bagliore di una stella. Tracciati sulla tela con fregacci a carboncino, i segni zodiacali e le costellazioni principali.

Lele ricorda: sull'altra faccia uno stellato portentoso, un firmamento incantato e tremolante nel nero di quella bella notte finta; su questa invece un sistema venoso malmesso, un intrico di nodi e filacce, e brandelli di nastro gommato, e gnocchi di pongo e ditate.

«È il teatro!» ridacchia il vecchio, che ha seguito il suo sguardo. «E quello che ora vedi, pensa un po', è il retroscena del cielo!»

Arrivano in fondo al lungo corridoio, svoltano a destra oltre la curva del fondale e davanti agli occhi di Lele si apre l'antro.

Il grande presepio è costruito su un piano inclinato, che dagli oltre due metri di altezza, lì a fondo sala, discende fino a meno di un metro laggiù avanti, sul lato verso il pubblico. Sotto questo spiovente, illuminato da vecchie lampade a incandescenza deboli e sparse, brulica il posto più bello che Lele abbia visto.

Si ripetono a perdita d'occhio, come in un gioco di specchi rotti, meccanismi improbabili di legno, metallo, spago, plastica, fibra, in un assiduo combaciare di ruote, cinghie, camme, demoltipliche, eccentrici, bilancieri e martelletti in file pari come di immenso e complicato pianoforte; ciascuno spinge la sua asta rigida, ciascuno è tirato dalla sua corda tesa, e aste e corde vanno infine a imbucarsi nei rispettivi fori numerati ricavati nel piano in alto; e sopra quello muovono braccia, ruotano teste, tirano gambe, aprono e chiudono ante, azionano macchine e attrezzi, e fanno insomma andare e brulicare la vasta vita finta del presepio.

Una meccanica forsennata e reinventata, dove nulla fa il suo lavoro originale: pistoncini per l'apertura di finestre che muovono mole di pietra, ventilatori davanti a lampadine per farne tremolare la luce, rulli da tipografia sfrangiati di carta che fanno le onde volventi del mare; e ancora meccanismi da distributori di sigarette, pompe idrauliche da lavastoviglie, trasmissioni snodate da dentista, e giù fino a singoli pezzi, aste, camme, pulegge, flange e molle espiantate da ogni tipo di motore.

Cercando un appiglio noto a cui paragonare ciò che vede, Lele pensa a un rompicapo frattale immersivo: uno di quei labirinti ripetitivi e pazzi generati dal suo computer per cicli di caso, perché lui ci vaghi dentro col suo casco e giochi a perdersi.

Ma qui non è così: forse la luce d'ambra polverosa, forse l'odore di legno, di olio, di vecchio, o forse chissà che cosa dà a questo posto una forza del tutto diversa: una specie di rombo profondo, che però lui conosce...

Sì, Lele lo sa cos'è. È un posto di storie.

Tutta la chiesa è una nave di storie, e sta per partire.

E qua sotto è la sala macchine. Si sente il rombo, la pulsazione bassa di un motore sereno e possente che va al minimo.

Lele ferma lo sguardo sul frate, che sorride grifagno. Si è seduto su uno scaleo, uguale ad altri che ha sparso in tutto l'antro, in punti d'azione strategici sotto le botole da cui emerge al suo mondo. Pare rinvigorito, forte, sano, come un paguro dentro la conchiglia. O un macchinista nella sua sala macchine.

Finché è qui dentro, pensa Lele, niente di male può capitargli. È inespugnabile.

E con faccia da gnomo soddisfatto, il macchinista finalmente chiede: «Si può vedere questa bella signorina?»

«Pitheké!» sussurra padre Giuseppe con le lacrime agli occhi, tenendo con mani tremanti la stampa del viso. «Ma dov'è che sei stata per trent'anni?»

«Quanto ci vuole per far la statuina?» chiede Lele, scuotendosi e guardando l'ora.

«Oh, una notte, ora che ho questo, grazie a te. Il corpo non è un problema: ne ho una decina già pronti che vanno benissimo. L'impasto di cartacolla l'ho fatto ieri. I colori me li ha comprati padre Sergio. Stanotte faccio la testa, domani asciuga, domani pomeriggio la dipingo: domani notte, a Dio piacendo, sono pronto. E a te quanto manca?»

«Più o meno lo stesso: la shell di virtù reale è abilitata, il motore drammatico l'ho scelto, è solo da collegare, i template dei personaggi caricati e testati, gli sfondi documentali agganciati alle fonti NPG, o quasi tutti. Devo configurare il calendario».

«Che calendario?»

«I driver cronometeo che pilotano tempo e clima del gioco, e il clock che stabilisce la durata. Deve finire il venticinque di dicembre, undici di tevet».

«Perché il venticinque?» chiede il frate. Lele si agita, a disagio.

«Così... non so, si usa dare un timeout a questi giochi, e... questo è un gioco da una decina di giorni: così più o meno il venticinque mi sembrava un giorno buono».

«Un giorno ottimo, d'accordo con te» lo rassicura il frate.

«In fondo è una storia di Natale, no?»

«Allora facciamo il ventiquattro, a mezzanotte».

«Perché?»

«Se dev'essere proprio Natale, Natale sia».

«Ok, allora il gioco finisce a mezzanotte del giorno ventiquattro dicembre, per noi: che per loro sarebbe... il dieci di tevet».

«Tevet?...» il frate riflette faticosamente. «Sì, certo, tevet, ma... il dieci, sei sicuro?»

«Ho già guardato nei sincro-calendari, mi danno quella data: ventiquattro dicembre zero zero zero uno prima di Cristo del calendario gregoriano uguale dieci tevet tremila e non mi ricordo quanto del calendario ebreo».

«Però, però...» incomincia padre Giuseppe con aria accademica, «bisognerà far bene i conti. Perché i loro mesi, lo saprai, sono lunari. E l'anno lunare è di undici giorni e un quarto più corto di quello solare. Ciò comportava che progressivamente i mesi e le stagioni si sfasassero; e allora il Sinedrio proclamava l'aggiunta di un mese, un secondo adar, in modo che diventavano: tishri, marcheshvan, kislev, tevet, shevat, adar primo, adar secondo, nisan, ijjar, sivan...»

Lele si agita, sospira, tossisce, sbircia l'orologio, apre e chiude la lampo della giacca.

«E anche per l'anno, bisogna contare bene: il famoso errore di Dionigi il Piccolo, l'oscuro fraticello del calendario gregoriano, pur bilanciato dall'errore opposto di Giuseppe Flavio, che trascrivendo il computo degli anni olimpici lesse un quattro romano, I e V, come un sei, V ed I...»

«Padre Giuseppe, scusi... Cioè... io devo andare».

«Come?... Ah, già! Ma certo, scusami tu. Vai pure, Lele».

«E cosa facciamo?»

«Partiamo» sorride il vecchio. «In fondo questi cavilli non c'entrano niente».

«Domani sera?»

«Domani sera: ma la data, dico il giorno di tevet, meglio puntarla per dopodomani».

«Perché dopodomani?»

«Perché vedrai che tra una cosa e l'altra partiamo dopo mezzanotte».

«Sì, forse ha ragione. Allora vediamo...» Lele aggrottò la fronte, computando. «Oggi è undici dicembre, dopodomani tredici. Se il ventiquattro dicembre, fine del gioco, è il dieci di tevet, il tredici dicembre sarà... dieci tevet meno undici giorni...»

«Ultimo giorno di kisleu» concluse il frate, «il ventinove. E vedrai che metterci un giorno avanti ci servirà».

«Ventinove kisleu, ok, per me è lo stesso: purché arriviamo giusti per Natale».

«Ci arriveremo. Allora domani l'incipit».

«Start game».

«E che il Dio degli eserciti e dei giochi ci guidi la destra».

«E la sinistra: io lavoro con due guanti».

5. Incipit / Start

L'indomani, dodici di dicembre, è giorno di guerra per i due giocatori.

La tattica di Lele sul fronte materno, la sera prima, è saltata

33

del tutto. È tornato alle sette e un quarto, la mamma era già a casa, era già andata a prendere Carlotta – ovviamente furiosa con lui – aveva telefonato a Fabrizio, neutralizzando ogni suo alibi, e lo attendeva al varco.

Lele non è un vero mentitore. Quando riesce a prepararsi per tempo, un alibi innocuo e pulito con un po' di fatica lo regge: ma improvvisare menzogne acrobatiche davanti allo sguardo teso della mamma, non ci prova nemmeno.

Le ha detto la verità, e quasi tutta. Le ha detto che è stato alla chiesa di San Sigismondo; perché lì c'è un vecchio frate che fa un grande presepio meccanico; che questo presepio è famoso per l'accuratezza storica; e che lui voleva solo confrontare un paio di dettagli del paesaggio per il gioco nuovo che...

«Ecco!» sbotta la mamma che lo aspettava. «L'hai presa larga ma ci sei arrivato! Ci arrivi sempre, non c'è verso di sbagliare! Il nuovo gioco! Il nuovo videogame!» E via, la solita litania: Lele stava troppo tempo attaccato al computer.

Gli avrebbe fatto male. Male alla vista, coi visori stereo-3D del casco-scimmia appiccicati agli occhi per ore. Male all'udito, per l'identico motivo. Male alla testa, alla mente, alla cultura, con quelle storie mezzo finte e mezzo vere, che poi non si distingue più fra storia e fantasia. E poi male alla vita, soprattutto, con tutte le ore passate in posti che non esistono, ad avere a che fare con fantasmi invece che con le cose e le persone...

Carlotta nella sua camera, in pigiama e già pronta alla notte, mette a letto le sue Barbie nella casa di Barbie, fingendo grande concentrazione sul quel compito, ma in realtà con le orecchie ben tese.

«Mamma sgrida Daniele. Ora lo sgrida. Ecco lo sta sgridando, senti, Daisy?»

Lele è spaccato a metà: metà di lui china la testa, metà incrocia le dita.

La prima metà sente il peso di quella delusione, un altro affanno che quella mamma sola pare dover patire per causa sua. Hanno già condiviso tante pene da quando il papà è partito, e lui è stato così orgoglioso di aiutarla... Ora la pena a quanto pare è lui, e lui non sa come aiutarla più.

34

Ma non può farlo rinunciando a Palestina. No, questa volta no. Quello che sta per cominciare è un gioco strano, è diverso dagli altri, non sa come. E per saperlo deve farlo: e lo farà.

Quindi ora tra sé incrocia le dita, augurandosi che anche stavolta, come altre, la tirata della mamma finisca in niente, vaghe minacce ma nessun divieto, nessun esilio dal nuovo gioco che l'aspetta.

E invece:

«Per insegnarti che la tua sorellina viene prima di qualsiasi videogame, e che non la puoi parcheggiare dovunque per farti i tuoi giochi, tu domani per tutta la giornata non accendi il computer! E neanche stanotte, naturalmente. A letto!»

Metà di Lele, quella col capo chino, registra un'altra sconfitta sul solito amaro fronte: non sono più un aiuto per risolvere i problemi. Io sono il problema.

L'altra metà scioglie le inutili dita e argomenta: vuoi vedere che il vecchiaccio aveva ragione a predisporre lo start un giorno dopo?

L'indomani mattina alle dieci, nel convento di San Sigismondo, padre Giuseppe fissa con grande attenzione le macchie di colla e vernice sulle proprie mani.

Intorno a lui l'ufficio di padre Serchi, immerso nell'ombra degli scuri accostati, odora di dopobarba, di prodotto per mobili, del fiato caldo e acidulo delle stampanti, sempre al lavoro per subissare i confratelli di comunicati, planning, preghiere del giorno e notizie dell'ordine.

Gomiti sui braccioli della sedia, mani congiunte a dita larghe, indici contro le labbra, dall'altro lato della scrivania padre Serchi lo fissa accigliato.

«Allora, padre Giuseppe» dice infine col tono paziente di chi principia una lunga spiegazione, «ancora una volta non siamo stati ai patti. Lei sa benissimo che, immeritatamente, è stata caricata sulle mie spalle, ancorché giovani, la responsabilità di vegliare sulla condotta quotidiana di questa comunità: che sia conforme alla regola del nostro ordine e alla santa vita in Cristo. Lei sa questo?»

Il vecchio leva il capo, ma solo per seguire il volo di una mosca che passa e che si posa, col suo sguardo, sulla campana della lampada da tavolo. Padre Serchi attende qualche secondo oltre il dovuto, perché il silenzio sottolinei di biasimo il mutismo del vecchio, poi riparte.

«Sì, lo sa. Come anche sa che lei, padre Giuseppe, per questa comunità è un bel problema. Certi suoi comportamenti... originali... rischiano d'essere male interpretati. E sa quanto nella nostra missione sia importante l'esempio cristallino del pastore! Ne abbiamo parlato tante volte, no?»

Altra pausa, questa volta sapientemente breve.

«E qual è stato il nostro accordo?»

Il vecchio torna a guardarsi le mani, poi guarda quelle di padre Serchi, quindi atteggia anche le sue alla stessa posa: dita congiunte con le punte separate.

«Glielo ricordo io» riprende il giovane, fingendo di non notare la manovra, «lei può stare nel retro del presepio anche durante il giorno, se lo desidera... o se non può farne a meno. Purché non esca e non si mostri mai al pubblico. Non era così? Risponda».

Dalla posa delle mani scimmiottata, il vecchio frate è passato a esercizi complicati di intrecci di dita, che esegue con concentrazione. La collera del suo interlocutore si palpa nell'aria, e vibra nella voce che ormai stringe il laccio.

«E allora, se questo era l'accordo, cos'è successo ieri? Perché è saltato fuori e ha fatto quei numeri? Chi è quel bambino? Cos'è questa storia di Lilim? Padre Giuseppe Cavalli, mi risponda!»

Il vecchio ha risolto le sue acrobazie assumendo l'intreccio di dita di un classico gioco infantile, dove i due medi flessi sporgono, isolati e contrapposti, dal piano delle mani intrecciate, e si agitano comicamente. E finalmente padre Giuseppe parla.

«Lo sa fare così?... Zac-zac!»

Padre Serchi impallidisce, si alza in piedi, tace per qualche secondo sotto lo sguardo ridente del vecchietto, che continua ad agitare le dita. Quindi scandisce con voce gelata:

«Lei non si prenderà gioco di me, glielo assicuro. Visto che si ostina a fare il bambino, come tale sarà trattato. Non ha il permesso di recarsi al suo presepio per tutto il giorno di oggi, fino a sera. Ho finito. Sia lodato Gesù Cristo».

Il vecchio frate finalmente si fa serio, lo guarda addolorato, si alza, si avvia alla porta. Ma prima di raggiungerla si volge con un nuovo sorriso, e rivolge al furioso confratello un ultimo strano saluto, muovendo rigidamente un braccio su e giù: «Zac-zac!»

Lascia l'ufficio, guadagna la sua cella, siede a un piccolo tavolo istoriato di tagli e croste antiche di colla, ingombro di sgorbie, pennelli, ciotole, tubetti di colore. Tirando via un lieve panno di seta nera scopre, su un piedistallo tenuto da una morsa, una statuina di una decina di centimetri, di pregiata fattura, con la testa ancora abbozzata, e senza occhi.

Il frate accende una piccola radio, innesta all'occhio sinistro una lente da orafo, e riprende quietamente il suo lavoro.

Frattanto, in un altro punto della città, ventitré ragazzi fissano assorti gli schermi dei loro banchi e digitano senza guardare le tastiere. Sui monitor le schermate di un form di matematica, coi quesiti, le iperfigure, gli ipertesti, i campi per le risposte, il tutor P.

Alla cattedra il professore sonnolento legge il giornale nel sole pallido dei vetri, ignorando il grande monitor 'spione' che alterna in random le schermate degli alunni.

Anche Lele fissa intento lo schermo del suo desk, dove però scorre qualcosa di diverso dal compito di oggi: le righe di comando per gli agganci del nuovo gioco ai siti NPG.

In un angolo in basso si agita un'icona animata nello stile degli hacker ginnasiali: un tipetto legato a una sedia e imbavagliato, che strabuzza gli occhi. È l'agente intercettore del tutor P, il programma di sorveglianza del professore, che funziona schermando a quest'ultimo l'attività reale di quel desk, inviandogli in sua vece una media delle azioni degli altri compagni, e simulando così un compito fantasma che progredisce in tempi e forme verosimili. Quel programmino 'cuccaspia' è un regalo di un suo amico di quinta media, e solo Fabrizio sa che l'ha installato.

Ecco Fabrizio, infatti, in una cornice di stanza privata che esplode a sinistra.

FABRI: *Ehi Lele, stai caricando Palestina?*

Lele digita in righe viola le sue risposte, sotto le righe verdi dell'amico.

LELE: *L'hai detto.*

FABRI: *Mi fai vedere?*

LELE: *Sganciati, che non hai mica il cuccaspia!!!*

FABRI: *Lo so ma il gobbo tanto non guarda, legge il giornale.*

LELE: *Se guarda e c'è il tuo desk ci becca tutti e due. Dai, sganciati!*

FABRI: *Sicuro che non vuoi farlo con me, Palestina?*

LELE: *Te l'ho detto, questa volta è lonely game.*

FABRI: *Ma non ti sei trovato bene coi Duumviri?*

LELE: *!!! Sganciati Fabri che tra un po' ci becca !!!*

FABRI: *Va bene, ne parliamo a ricreazione.*

LELE: *Shalom!*

La cornice di chiacchiera implode. Lele soffia un sospiro.

Sempre digitando alla tastiera per non dare nell'occhio, fa ripartire il monitoraggio NPG. Le righe appaiono una per una, con brevi indugi alla conferma dell'aggancio, scorrendo verso l'alto.

Lontano da lì, nella sua casa vuota e silenziosa, il suo computer mugugna tra sé, obbedendo ai comandi remoti in arrivo da scuola, e agganciando il suo gioco a quei siti.

NPG Chronology Timeline for the History of Judaism = PLUGGED

Lifelike Synthetic Characters Project – First NPG Dramatic Engine = PLUGGED

Laboratoire d'Intelligence Artificielle de Paris 8 – NPG server = PLUGGED

NPG Archive of Material Cultures of the Ancient Canaanites and Related Peoples = PLUGGED

Fachbereichs Für Historiker NPG Datenbanken = PLUGGED

Aish Ha Torah College of Jewish Studies – NPG server = PLUGGED

NPG Resources for the Study of Ancient Landscapes = PLUGGED

Servidores NPG de información Historica de la Universidad de Zaragoza = PLUGGED

NPG Ancient Virtual Maps From Space = PLUGGED...

Così passa la giornata.

Quella notte, scontate le rispettive punizioni, il frate e il bambino compiono gli ultimi passi verso l'inizio della loro storia.

A casa di Lele regna il silenzio. Carlotta dorme, coi peluche che lei chiama 'la sua gente' addossati da ogni parte. La mamma dorme, sfinita dalla solita giornata, nel suo vecchio pigiama da uomo a morbide righe. Lele veglia, assorto davanti al monitor che gli illumina il viso.

Nello schermo una clessidra perfetta e lucidissima è sospesa nel buio siderale. Dentro le ampolle scorre una sabbia che è fatta di microscopici numeri arabi. Una semplice scritta avverte:

Sto caricando i driver crono-meteo.

Millenni... FATTO

Secoli... FATTO

La clessidra si gira.

Anni...

In quello stesso momento la mano ossuta di padre Giuseppe fa scattare il polveroso interruttore nella nicchia sul lato destro del presepe. Con uno schiocco seguito da un ronzio la portentosa fabbrica si accende.

Il vecchio si porta al centro della sala e guarda ancora una volta la sua opera. Esamina a lungo ogni scena ruotando lo sguardo serio sulle pianure, sui valichi, sui fiumi, riepilogando e confermando ogni dettaglio.

Tutto a posto: va al fondo della sala, all'inginocchiatoio. Si inginocchia, un ultimo sguardo al presepio, poi china il capo e prega.

Anni... FATTO

Stagioni... FATTO

Mesi...

I Satelliti volano in cielo, Angeli Ripetitori del Messaggio: uno stormo in formazione di battaglia, una rete che copre il pianeta cantando nelle orecchie delle antenne, posate sui davanzali dei ragazzi, bibbie immani di dati.

Sta cominciando un gioco come gli altri, ripete Lele sbirciando la finestra. L'antenna butterfly si volta di scatto in alto a sinistra e nel monitor, in basso a destra, la barra di ricezione tocca il rosso: flusso di dati in entrata a maximum rate.

Mesi... FATTO

La clessidra si gira.

Settimane...

Ansimando come un gigante incollerito, padre Giuseppe emerge all'improvviso al centro del presepio da una botola celata in un boschetto, dominando con tutto il busto il paesaggio. Tiene in mano un piccolo involucro di carta velina, che ha tratto da sotto la tonaca, e che ora svolge.

Ne emerge una statuina di finissima fattura: una bambina magra, scura di pelle e capelli, sporca e stracciona. Il vecchio ridacchia guardando la figura con affetto infinito di nonno.

Poi si raccoglie di nuovo, chiude gli occhi.

Settimane... FATTO

Giorni... FATTO

Ore...

Lele si scuote, si distoglie dal monitor, prende il monkey dal suo stelo, lo accende, lo indossa.

I display video stereo-3D gli coprono gli occhi, le cuffie audio gli chiudono le orecchie, i due microfoni sfiorano la bocca. Ora vede solo un'immensa clessidra sospesa nel cielo stellato, e voltandosi tutto è buio intorno a lui.

Poi calza i joyglove, i guanti di comando, e con un gesto di un dito spegne il monitor.

Anche la camera intorno a lui piomba nel buio.

Ore... FATTO

La clessidra si gira.

Minuti...

Padre Giuseppe si sporge e allunga un braccio verso una strada bianca di polvere.

Si ferma, la mano che tiene il personaggio esita sospesa su un grande albero scuro.

Minuti...FATTO
Configurazione crono-meteo successful
Date convenzionali di partenza
Calendario Gregoriano: 13 Dicembre 0001 AC (modern civil calendar)
Calendario ebreo: 29 Kisleu 3761 (3761/3/29)
Ore 17:30:00, cielo sereno, 12 gradi C.
Premere START per cominciare Palestina Quest

Il frate depone con mano tremante la statuina sulla sabbia.

Nel ciclorama del cielo del presepio, e nei display di Lele, per qualche istante vorticano insieme cieli, nubi, stagioni e ore del giorno, stabilizzandosi infine su un tramonto.

6. Matarieh

Era il tramonto dell'ultimo giorno di kisleu, alla fonte di Matarieh, presso Sichem, sessanta chilometri a nord di Gerusalemme.

Matarieh era un posto di cambio per i messi delle poste imperiali, marcato da un antico sicomoro, sulla Via Collinare che dall'Egitto portava a Damasco seguendo i crinali più dolci dei monti Giudei. In quella parte di Samaria, però, la Via si faceva più impervia, dovendo affrontare i contrafforti del monte Garizim, sulle cui cime i samaritani costruivano templi blasfemi.

La fonte, il grande albero e la locanda per il servizio di posta erano situati ai margini di un altopiano, presso il culmine di una lunga salita, così da offrire ristoro ai viaggiatori che arrivavano in cima stremati. L'edificio, abitato da un samaritano appaltatore del servizio imperiale con la sua famiglia, era un'umile casa di mattoni d'argilla e paglia, con piccoli locali pavimentati di pietre piatte disposti intorno a un cortile centrale, dove si cucinava. Dietro la casa si apriva un largo recinto, dove venivano governati i cavalli del cambio di posta e gli asini dei viaggiatori, e dove si

41

sistemavano per la notte, sotto una tettoia di palme, i clienti più poveri.

L'immensa chioma scura del sicomoro spiccava da lontano sul paesaggio montuoso tappezzato di macchia bassa, senza boschi. Solcando quella macchia, la Via Collinare giungeva da sud fino a lì serpeggiando a perdita d'occhio sul dorso dell'altopiano; attorno ai piedi del grande albero tracciava una curva che pareva di santo rispetto – si diceva che albero e fonte fossero prodigiosi – per tuffarsi e scomparire subito dopo giù nella ripida discesa verso il Nord.

Tra la Via e l'edificio si stendeva uno spiazzo terroso calpestato da uomini e bestie, contornato da un basso muretto a secco con un varco aperto alla strada. Le pozzanghere di una pioggia recente riflettevano un cielo bellissimo, arruffato di nubi volanti.

Tre uomini sedevano per terra chiacchierando accanto alla porta buia della locanda, aperta a sud come quasi tutte le porte di Canaan. Uno di essi era il gestore del cambio di posta, e a giudicare dai due asini che brucavano liberi nel recinto, gli altri due erano viaggiatori. Dall'interno giungevano voci femminili, risate infantili, acciottolio di stoviglie: la moglie del gestore e le serve dovevano essere all'opera per la cena.

Sul lato a ovest della casa, contro il muro bagnato d'arancio dal sole al tramonto, sedeva per terra una bambina sola.

Bella, spettinata, le guance rigate di sporco, il naso diritto, la bocca grande piegata appena in un sorriso, le sopracciglia nere e ben marcate, pareva non avere più di dieci anni. Nello straccio giallo che indossava si riconosceva a stento uno shaluk, la tunica con maniche lunghe dei giudei. La sua era lacera, troppo grande, cinta di semplice corda, tinta di giallo croco, evidentemente elemosina d'un levita. Altrettanto malridotti erano i calzari di giunco ai suoi piedi, inadeguati alla stagione fredda e alla Via. Non pareva avere mantello, né copricapo.

Mostrava insomma, per tutte queste insegne, di appartenere alla folta armata dei bambini di strada, randagi e mendicanti, che brulicavano dopo le ultime guerre civili nelle città e sulle grandi vie di Palestina.

Sedeva con la schiena poggiata al muro caldo, fissando il sole con un occhio solo. Teneva infatti aperto e fisso nel disco arancio l'occhio sinistro, a sua volta d'un bel colore chiaro ambrato, mentre con la mano sudicia copriva il destro.

Nella polvere, davanti ai suoi piedi, erano sparsi sette piccoli oggetti, una manciata di figurine di pietra, di metallo, di legno, di osso, non più grandi di un dattero: un omino, una ciotola, un coccodrillo, una sfera e altre forme.

Un'altra manciata di figurine, pecore e capre, biancheggiava disseminata sul dorso piatto della prima collina in vista; oltre quella, la fascia seghettata dei monti di Samaria si stagliava nera ormai contro il tramonto; oltre ancora, più in alto del tramonto, i soliti due rapaci perduti nel cielo.

La bambina taceva immobile. Il sole calava.

Uno dei tre uomini seduti accanto alla soglia si alzò, girò l'angolo della casa, si fermò torreggiando di fronte a lei e la osservò.

«Mi hanno detto che sei qui da ieri, e che non hai aperto bocca» le disse in tono brusco e insieme velato da un sorriso latente, che pareva ironia.

Nessuna risposta, la bambina non mosse un muscolo. Lui tacque a sua volta e continuò a fissarla a braccia conserte, meditando.

Era un uomo maturo, alto e forte per la media giudea, dai tratti lineari, le sopracciglia lunghe, ben ondulate sugli occhi neri e lucenti, la bocca improntata a un fugace sorriso, la barba corta e nera. I capelli, lunghi fino alle spalle, erano raccolti sotto la kefiyah chiara, stretta alla fronte da una treccia ben fatta di fascioline colorate.

Le sue vesti dichiaravano le condizioni di persona agiata, di viaggiatore e di amante delle belle cose: la tunica in lana di colore crudo era tessuta in taglio unico, senza cuciture, ed era stretta alla vita da una fascia di bisso fenicio arrotolata più volte, che nelle pieghe doveva celare molte cose. La polvere ai suoi piedi velava un paio di preziosi calzari da viaggio di pelle di iena.

«Non mi senti?» riprese l'uomo con tono paziente. «Com'è che sei in viaggio da sola? Da dove vieni?»

La bambina tacque ancora. Il disco del sole era scomparso per metà oltre le creste del Garizim. L'uomo chinò lo sguardo sui piccoli oggetti sparsi per terra di fronte a lei. Ne mosse uno con la punta della scarpa. La bambina ebbe un piccolo sussulto, ma ancora non parlò e non si mosse. L'uomo notò la reazione, guardò più volte i suoi oggetti e lei, e infine chiese con voce più decisa:

«Non vuoi che tocchi i tuoi giocattoli? Allora rispondimi».

La piccola mendicante pareva protesa a bere col suo occhio fino all'ultimo baluginio del sole.

«Sto parlando con te. Qual è il tuo nome?»

Il sole sparì. Fregandosi l'occhio destro a capo chino, la bambina rispose.

«Mi chiamo Lilim Pitheké».

Ritrasse la mano, levò il capo e aprì l'occhio: era diverso dall'altro, d'un profondo marrone scuro, quasi nero.

Piantò in faccia all'uomo lo sguardo di quegli occhi spaiati, accompagnandolo con un sorriso gaio e vuoto. Questa volta toccò a lui sussultare, e per un attimo oscurarsi in viso. Ma si riprese all'istante, e a sua volta accennò un sorriso ironico.

«Lilim la Scimmia... direi che ti sta bene».

La bambina allargò ancora di più il sorriso, e attaccò una pantomima scimmiesca vociando e battendo le palme per terra.

«Hohohoho... Lilim la Scimmia, la Scimmia della Via!»

«Ascoltami, Scimmia!» tagliò corto l'uomo, di colpo serio di nuovo. «Ora tu risponderai alle mie domande. Perché hai un nome greco? Conosci qualche greco?»

«I mercanti greci della Via mi hanno chiamata Scimmia».

«Non conosci nessun greco?»

«Nessun greco».

«Viaggi da sola? Perché viaggi da sola?»

«Pitheké è sempre sola, suoi amici sono i passi».

«Non hai qualche parente, qualche amico, da qualche parte di Palestina?»

«Sì, ho un amico cane, ma ora non so dov'è».

«E dove vai?»

«A nord».

«Dove a nord?»

«A nord, dove ci sono città ricche vicino a un lago, dove ci sono feste, e la gente regala».

«Chi ti ha detto di queste città?»

«La voce della Via, i bambini viaggiatori, i loro passi danno le notizie».

«Allora vai a nord e non hai nessuno».

«Nessuno, solo Lilim Pitheké».

L'uomo la guardò ancora per qualche tempo, e lei resse lo sguardo sorridendo. Infine si voltò e tornò alla casa.

Lilim si dedicò alle sue figurine sparse: raccolse una casetta cubica, la lanciò in alto e mentre ricadeva afferrò con gesto rapido da terra una piccola sfera; riacciuffò al volo la casetta, lanciò la sfera e mentre ricadeva raccolse un omino; lanciò l'omino e raccolse un coccodrillo. Intanto la sua voce salmodiava una filastrocca di gioco, in una lingua diversa dall'aramaico corrente con cui aveva parlato fino ad allora.

Quando Lilim ebbe raccolto tutte le sue figurine e le ebbe riposte in un sacchetto di stoffa e perline che portava legato alla cinta, l'uomo tornò. Reggeva in mano un pezzo di pane d'orzo, mezza cipolla, un trancio di pesce salato già inumidito nell'acqua. Si chinò di fronte a lei sedendo sui calcagni, la guardò col suo sorriso indecifrabile, posò il pane per terra e i cibi sul pane.

«Per l'acqua vieni da me, alla casa».

Si alzò e se ne andò. La bambina girò il sorriso ai cibi, guardandoli per un istante coi suoi occhi diversi spalancati come fossero un miraggio: poi si lanciò su di essi con un mugolio selvaggio e prese a divorarli.

Il suo benefattore, poco dopo, parlava amabilmente col gestore del posto di cambio, quando Lilim si presentò in piedi di fronte a lui, un po' intimidita ma sorridente.

«Hai sete?»

«Sì».

L'uomo riempì un bicchiere di legno con l'acqua di una brocca rinfrescata da un panno bagnato. La bambina bevve avidamente, sorrise, rese il bicchiere e corse via.

Gli altri due uomini ghignarono, ammiccando complici al mescitore d'acqua, che in qualche modo però li dissuase all'istante con un unico sguardo inespressivo. I tre, che erano uomini di mondo e viaggiatori, ripresero come se niente fosse stato la conversazione.

Il gestore della stazione di posta, grazie ai contatti continui con venditori e artigiani ambulanti, con pubblicani esattori di tasse e altre figure viaggianti, si fregiava d'essere il notiziario pubblico del posto, e stava giusto allora raccontando le ultime novità: circolava per la regione una centuria romana, un drappello di cento uomini sceltissimi, forse in missione speciale. Non parevano infatti i soliti straccioni delle coorti di stanza in Palestina, sapientemente formate di ausiliari siriaci e samaritani per non irritare l'orgoglio giudeo: questi erano veri soldati, cittadini romani, galli e spagnoli, staccati dal grosso delle legioni discretamente accampate in Siria. Qualcosa bolliva in pentola, evidentemente.

«Saranno qui per le incursioni dei maledetti briganti idumei, cammelli incirconcisi, che la collera di Javeh li incenerisca!» si scaldò uno dei due viaggiatori, un vecchio e collerico mercante di conserve, che doveva aver avuto qualche brutta esperienza.

«Dev'essere così» aggiunse l'altro, più calmo e già visibilmente insonnolito. «Ho sentito che si stanno spingendo sempre più a nord, sfidando la guardia di Erode».

«Ah! Erode, il nostro re beduino!» rincarò il primo. «E come potrebbe contrastarli? Non è un idumeo anche lui? Ha voglia di farsi strigliare col nardo dalle sue schiave concubine nella fortezza Antonia, dove si veste da romano di nascosto: la puzza del cammello e della tenda non gli verrà via così facilmente!»

L'uomo si pentì subito dello sfogo maldestro, e sbirciò con sospetto lo straniero che aveva dato da mangiare alla bambina. Ma quest'ultimo, distratto nei suoi pensieri, gli rilanciò un sorriso amabile, si alzò e si avviò ancora verso il retro della casa, dove pareva aver fatto la cuccia quella piccola stracciona. Il vecchio mercante grugnì e si levò a sua volta, andando a prelevare dall'asino il tappeto per le preghiere.

Era l'ora detta vigilia della sera, il primo turno di veglia delle sentinelle sulle mura delle città, presso i pozzi dei villaggi, nei bivacchi dei pastori: circa le sei pomeridiane, nei giorni corti d'inverno. La luce gialla delle lampade a olio della stazione di posta allargava una chiazza stagnante nel buio blu della bella notte limpida che stava incominciando.

L'uomo aggirò la casa, si avvicinò a Lilim Pitheké, che già dormiva avvoltolata alla meglio in una vecchia stuoia d'asino raccattata nel recinto, le scosse dolcemente una spalla, e quando lei si levò stordita le parlò così:

«Pitheké, ascoltami. Io son diretto a nord, come te, e la Via è una. Domani, alla vigilia del mattino, verrò a svegliarti. Ti laverai nella casa di cambio, ti vestirai dei tuoi stracci e partirai con me».

«Chi sei, signore?»

«Non è un tuo problema».

«Ma perché mi prendi con te?»

«Te l'ho detto, la Via è una e tanto vale farla insieme: ti troverei tra i piedi in ogni modo. Coraggio, ora dormi».

L'uomo si levò, e senza aggiungere altro scomparve dietro la casa. Le stelle del cielo immenso di Terra Promessa si specchiarono negli occhi di Lilim, che sorrisero impercettibilmente prima di chiudersi di nuovo.

Da poco lontano la voce nasale e irosa del vecchio mercante intonò il suo 'Shemà Israel!'.

Quando cessò, restò il filo d'oro di un unico grillo. E poi fu silenzio.

7. La Via Collinare

Quell'anno l'inverno era arrivato troppo tardi, e il freddo vero non venne.

Solo alla notte, nel suo cuore più fondo, Lilim e gli altri bambini randagi rabbrividivano per i morsi di un gelo improvviso nelle stuoie chieste in prestito agli asini. Ma già dall'alba un tepore primaverile impregnava l'aria, e i viventi emergevano dal sonno con buone persuasioni per il giorno.

L'indomani, primo giorno di tevet, all'ora prima, poco dopo le sette del mattino, Lilim Pitheké e il suo ignoto compagno di viaggio erano già sulla Via.

L'uomo aveva svegliato la bambina che era ancora buio fondo a Matarieh, scuotendo quel fagotto insaccato nel suo giaciglio di fortuna. Le aveva messo in mano un pezzo di pane d'orzo e tre fichi di sicomoro. Aveva preteso che si lavasse interamente, pagando al gestore del posto una giara d'acqua e due pugni di nitro di Siria per sciogliere le sue croste. Si era visibilmente innervosito quando, sul corpo pulito, la bambina aveva dovuto rivestire il suo shaluk giallo sudicio e stramato, e aveva brontolato vagamente che nel corso del viaggio avrebbero rimediato a quello schifo.

Aveva pagato la notte, aveva salutato i due viandanti che si svegliavano allora, aveva caricato su una spalla una bisaccia, sull'altra una borraccia, in mano un bastone da viaggio, ed era partito senza voltarsi indietro. Lilim lo aveva guardato, per un istante immobile e perplessa, poi aveva sorriso, si era infilata in fretta e furia i sandali e gli era corsa dietro.

Ora andavano insieme sulla Via, col passo dondolante della discesa, nel lungo tratto di declivio verso il Nord. L'uomo marciava con andatura regolare più avanti di due passi, e Lilim lo seguiva trotterellando senza fatica apparente, e senza perdere un palmo di distacco.

La grande Via Collinare che attraversava la terra di Canaan da nord a sud, 'da Dan a Bersabea' come si usava dire, non era deserta nemmeno a quell'ora. A piedi, o su asini, su muli, i romani a cavallo, i ricchi su lettighe portate da schiavi, soli o in comitive di viandanti, in carovane di mercanti, in processioni di pellegrini, percorrevano la Via Collinare viaggiatori di ogni paese, ebrei e gentili.

Ebrei erano i contadini che andavano ai mercati delle città con le bestie gravate di frutta fresca e secca, di verdure e ortaggi e conserve; ebrei i venditori ambulanti con gli asini altrettanto carichi di tappeti, stoffe, utensili per i campi e per la casa; ebrei i portatori di lettere coi tubi appesi al collo, gli artigiani in spedizione di lavoro coi loro attrezzi, i semplici viaggiatori senza carichi o merci, con bastone, bisaccia e borraccia.

Stranieri erano i carovanieri nabatei, alti e magri e col viso nascosto, gli uomini d'affari babilonesi, vestiti di seta e col pesante anello d'oro al naso, i trafficanti di schiavi egiziani coi loro tristi carichi, i galati reclutatori di soldati, i cambiavalute fenici, i viaggiatori di commercio greci, gli agenti del fisco romani, e tutti gli altri funzionari dell'impero delle razze e delle lingue più diverse.

Senza patria né lingua invece, come in ogni altra terra, erano i numerosi mendicanti che cercavano risorse sulla Via: gli schiavi liberti, i falliti, i debitori, i disertori, i bambini di strada, e la mesta coorte dei malati, ciechi, storpi, lebbrosi e matti posseduti dal demonio.

L'uomo che accompagnava Lilim Pitheké salutava tutti, scambiava battute con tutti, burbero e gioviale, come se il sole fresco e luminoso l'avesse disposto al migliore degli umori.

La bambina ascoltava, attenta.

«Mi chiamo Zahel Ben Kosbi, di Joppa, fenicio convertito» lo sentì dire a un certo punto a un viaggiatore.

Durante una sosta a un pozzo, all'ombra di un sicomoro, Zahel Ben Kosbi cinse ai fianchi la tunica per bere, e Lilim intravide sulla sua coscia destra un tatuaggio, proibito ai giudei, che riproduceva la figura di una spada intrecciata a un terebinto.

Più tardi, di nuovo in cammino sulla Via, Zahel fece un tratto di strada con un ricco falegname samaritano in viaggio di lavoro. L'uomo guidava una piccola carovana di asini, carichi dei pezzi smontati di un massiccio armadio in legno, destinato alla casa di un banchiere di Genin. Lilim non dovette origliare di nascosto la conversazione dei due, perché Ben Kosbi la prese decisamente per una spalla e la esibì al suo interlocutore.

«Ecco, vedi? Questa è la piccola orfana. Al primo spaccio le comprerò una veste nuova».

«Oh, povero agnello!» esclamò cortesemente l'altro, poco incuriosito del caso ma, come tutti gli ebrei, appassionato delle chiacchiere per via. «E come mai, come son morti i genitori?»

«Febbri delle paludi. Dalle mie parti, giù nel basso Giordano, presso Gerico, sono un vero flagello di Jahvè».

«Voi giudei dovreste essere più severi con voi stessi, e meno coi vostri vicini».

«Per carità, amico, non parliamo di questo! So cosa intendi, purtroppo: gli ultimi incidenti tra noi e voi son sulla bocca delle donne alle fontane. Ma ti giuro che non tutti i giudei sono fanatici e rissosi come voi samaritani ritenete».

«Ti credo, figlio di Kosbi, ma vai avanti: qual è allora il motivo del tuo viaggio? Ha a che fare con questa orfana?»

«Solo in parte. Io sono l'intendente della tenuta agraria di un proprietario di Gerico, e vado in Galilea perché ho sentito di un nuovo ceppo d'orzo cresciuto lassù, più robusto e resistente alla grandine».

«Ne ho sentito parlare anch'io. E la bambina?»

«Al mio villaggio non ha più nessuno, ma pare che le sia rimasta una sorella maggiore, andata in sposa di recente a un artigiano, un vasaio o un falegname come te. Il guaio è che non si sa chi sia quest'uomo, né dove siano andati ad abitare».

«Un bel guaio».

«Il sacerdote della sinagoga ha affidato a me questa piccola disgraziata, sapendo...» Zahel guardò Lilim, che aveva ascoltato il dialogo con attenzione, e che gli rivolse uno dei suoi sorrisi radiosi e vuoti. L'uomo distolse rapidamente lo sguardo, e proseguì: «...sapendo che andavo verso il Nord, col compito di domandare sulle strade. Pare che il marito sia un uomo avanti negli anni, e lei sia invece piuttosto giovane. E oltretutto in avanzata gravidanza».

«E chi vi ha dato tutte queste informazioni non sapeva dirvi di più?»

«No: era una vicina di casa che ha conosciuto gli sposi durante una loro visita a casa del padre. Poi son partiti, e lei non sa per dove».

«No...» il samaritano esitò, come chi riflette e ricorda. «Io direi che... no: lungo la strada fin qui non ho veduto nessuna coppia come quella che tu cerchi».

«Un uomo maturo, un vasaio o un falegname, in viaggio con una moglie molto giovane, incinta e vicina al parto» riepilogò Zahel. Ma l'altro scosse il capo con aria definitiva: «No, mai visti».

I due proseguirono il loro dialogo, scivolando su altri argomenti. Lilim, alleviata della loro attenzione e della mano di Zahel sulla spalla, tornò a distanziarsi di alcuni passi e si guardò intorno.

Stavano attraversando quella parte di Samaria che, lasciandosi alle spalle il Garizim, riprende il melodioso saliscendi delle colline di Canaan verso nord, quasi in un presagio dell'eden fiorito di Galilea, che tra poco verrà. Anche gli alberi si erano di nuovo infittiti in macchie, boschetti, e talvolta vere selve: boschi di querce e terebinti, soprattutto, punteggiati di cipressi, carrubi, platani d'oriente, lecci, ulivi selvatici. Dove non era coperta di selva o di macchia, la terra era bianca, calcarea, spaccata dalle eterne ferite dell'arsura. L'abbaiare degli sciacalli, che nelle lande deserte di uomini cacciavano anche di giorno, echeggiava tra vette lontane. Nel cielo altissimo e vuoto pendevano abbacinati i soliti tre avvoltoi.

Avevano aggirato la città di Samaria, dove Zahel preferì non entrare per non rallentare il passo: voleva raggiungere Sichem prima della chiusura delle porte e quindi entro il tramonto, disse a Lilim senza ulteriori spiegazioni.

Il pranzo di mezzogiorno, che per i giudei già normalmente era appena una colazione, in viaggio era una pratica ancora più svelta. Lo stomaco pieno appesantisce il passo delle due e delle quattro zampe, e il giorno d'inverno è corto: la sua luce va spesa in cammino. Zahel e Lilim sedettero sul ciglio della strada, nell'ombra di un sicomoro, senza nemmeno cercare un pozzo, e consumarono rapidamente il classico pan di via di quelle terre: chicchi di frumento abbrustoliti, olive, frutta fresca e acqua di borraccia.

Nel pomeriggio, ripreso il cammino, Zahel Ben Kosbi continuò ad attaccar discorso con gli occasionali compagni di via. Ogni volta chiamava a sé Lilim e ripeteva la storia: l'orfana, i genitori morti di malaria, la sorella gravida, il marito anziano probabilmente falegname...

Lilim pareva non curarsi minimamente della cosa, limitandosi a sorridere appena imbarazzata e a riprendere con sollievo il suo cammino, ricamato di giochi e di corse, non appena la conclusione dell'inchiesta lo consentiva.

In uno di questi momenti di giochi e corse, giocando a camminare all'incontrario, spalle alle spalle di Zahel, vide qualcosa che la mandò sulle furie: si fermò, si mise a strillare come un giovane maiale, e a scagliare raffiche micidiali di pietre verso un ciuffo di palme, poco più indietro sul bordo della strada.

Zahel si fermò a sua volta e la guardò incuriosito, senza riuscire a vedere il bersaglio della sua ira e dei suoi tiri, né a comprendere il significato delle grida.

Poi vide, e capì: dal ciuffo di palme aveva fatto capolino la testa di un bambino, poi un'altra, e una terza. Tre bambini di strada, suoi colleghi di accattonaggio, li pedinavano chissà da quando. E come vuole la cruda legge della caccia, i competitori che vagano ai margini del banchetto aspettando di rubarne una parte vanno scacciati con grande decisione.

«Cosa fai, Pitheké?»

«Caccio via quelle iene coperte di rogna!»

«E perché li cacci?»

«Perché vogliono il mio pane e la mia acqua! Via, maledetti!» riprese a strillare. «Denti di morto, sterchi di cane, via!»

Si chinò, raccolse le pietre e riattaccò la raffica. Le teste scomparvero dietro le palme. Zahel sorrise, si volse e riprese il cammino.

Dopo poco la bambina lo raggiunse, ma camminava di malavoglia, accigliata, voltandosi di continuo a scrutare alle spalle la Via, stringendo un sasso in ciascuna mano.

Due ore dopo la sua collera era svanita e il sorriso gioioso e stordito le era tornato sulle labbra.

I bambini di strada che attentavano al suo pane erano scomparsi, ed era stato proprio Zahel a farli sparire: annoiato della questione, o forse contrariato dallo spettacolo inopportuno offerto ai viandanti dalla sua orfanella, si era deciso a entrare in campo di persona, e con una breve corsa aveva messo in fuga per sempre i tre concorrenti.

Ma le frequenti soste, i rallentamenti per stare al passo coi viaggiatori con cui Zahel intrecciava discorso, i calcoli forse inesatti del tempo e della distanza impedirono ai due di compiere il cammino del giorno. Il tramonto li colse ancora troppo lontani dalle porte di Genin, per pensare di trovarle aperte. Si accamparono.

Si erano fermati in una curva della Via presso un torrente, uno uadi asciutto per gran parte dell'anno, ma in quella stagione di piogge ricco d'acque.

Il terreno era grosso modo pianeggiante, perché la Via in quel tratto, discesa dai crinali, serpeggiava pigramente nel fondovalle. Una fitta macchia di querce e terebinti nereggiava alla sinistra della strada; a destra un'ansa dello uadi si allontanava dalla strada stessa, per tracciare una stretta curva e tornare a lambirla, circoscrivendo così un largo spiazzo.

Questo spiazzo, pur non essendo attrezzato di costruzioni, era visibilmente utilizzato per sosta e bivacco notturno da parecchio tempo. Il focolare al centro era largo, nero di anni di falò, munito di pietre e fornelli; un ampio cerchio di massi squadrati lo coronava, sedili dei racconti nelle notti; fascine ben legate di sterpi, raccolti dalla macchia circostante, erano state lasciate dai vianti danti a uso di chi veniva dopo di loro, per riparo dal vento, dal sole, dagli sguardi.

Già numerosi viaggiatori erano fermi in questo sito di bivacco, occupati in diverse fasi dello stesso lavoro: scaricare, governare, condurre a bere gli asini e i cammelli, accendere i fuochi, cuocere i cibi, sistemare le merci per la notte, stendere i giacigli, ammucchiare i ripari di sterpi.

Zahel scelse un luogo appartato dello spiazzo, vicino all'angolo tra la Via e il torrente, e cominciò a liberarlo dalle pietre, lanciandole nell'acqua. Lilim dapprima si unì divertita al gioco, ma poi guardò il sole e andò ad accucciarsi sulla riva dello uadi. Lì cavò dal suo sacchetto le sette figurine, le sparse sulla sabbia della sponda, le guardò assorta per un po'; poi levò il viso e fissò lo sguardo nel sole, chiudendo con la mano l'occhio destro.

Zahel Ben Kosbi la guardò accigliato, ma questa volta non le rivolse la parola: ormai sapeva che finché l'ultimo lampo dell'ultimo spicchio di sole non si fosse spento, la bambina non avrebbe risposto. Ma volle fare un esperimento: raccolse uno sterpo, si avvicinò, lo passò più volte in silenzio davanti al suo viso. L'occhio sinistro spalancato e chiaro, fisso nel sole, non ebbe un solo tremito: quell'occhio, concluse l'uomo, era quasi cieco.

Poi l'ultimo bagliore arancio si spense dietro i monti, e la bambina si mosse.

Si sfregò col pugno sporco l'occhio destro, mentre il sinistro pieno di sole splendeva del suo più caldo tono d'ambra; guardò Zahel, sorrise e prese a raccogliere, lanciare in aria e riacchiappare le figurine, come la sera prima, salmodiando la sua cantilena in un vecchio dialetto.

Quando le ebbe riposte tutte nel sacchetto, Zahel la chiamò: «Pitheké! Scimmia morta di fame, cosa aspetti!»

La cena era pronta. Lilim strillò di gioia, si alzò e corse a sedersi davanti al piccolo fuoco, in faccia all'uomo.

Mangiarono con abbondanza i cibi di scorta che l'uomo portava nella bisaccia e alcune vivande fresche che aveva comperato per via: pesce salato ammorbidito nell'acqua calda, gallette secche di cavallette in polvere, due uova cotte nell'acqua del pesce, un ciuffo di cipolle di Ascalon, una manciata di datteri di Gerico.

Mentre attingevano insieme con le dita ai cibi posati su un letto di pane, parlarono: o meglio Zahel parlò, mentre Lilim lo fissava incuriosita.

«Pitheké, tu non devi stupirti delle cose che mi senti raccontare. Hai sentito la storia dell'orfana? Sono tutte bugie. Lo sai, no?»

La verità, le disse serio, era un'altra: lui era in cerca della propria figlia incinta, fuggita con un vecchio seduttore sposato. Doveva trovarla e purificare la sua casa, trascinando lei e lui davanti al sinedrio, e se necessario davanti alle pietre che aspettano gli adulteri. Aveva bisogno di lei, di Pitheké, per evitare lo scherno della gente. Riusciva a capirlo questo?

«Non mi piace passare per un padre inetto, per un pastore distratto che non sa guardare il suo gregge. Per questo ho inventato quella storia. Lo capisci?»

Lilim, che per tutto il monologo non aveva smesso di mangiare di gran gusto, lo guardò con aria fatua, inghiottì il boccone, fece sporgere la lingua a grondaia dalla bocca socchiusa a 'O', produsse tre lievi fischi flautati, e domandò: «Ben Kosbi, lo sai fare così? È il verso del gufo».

Lontano, nel buio brulicante di freddo e di piccole vite che intanto era calato sopra il mondo, un ululato solitario di sciacallo rispose a quel flebile gufo. Nel campo le voci nasali dei viandanti, impastate di sonno e di stanchezza, salmodiavano i loro 'Shemà Israel!'

Zahel sorrise a sua volta e le indicò il suo giaciglio: un mantello quasi nuovo che aveva comperato la mattina da un mercante compagno di via.

La bambina rise di gioia, si tuffò nel mantello, e vi scomparve.

8. La notte dei beduini

Ma quella notte non passò serena, per i due viaggiatori. E per molti compagni di bivacco, più sfortunati, non passò mai.

La vigilia di mezzanotte volgeva alla fine, il silenzio era profondo e irreale, venato appena da un urlo di sciacallo nelle valli lontane, dal russare vicino di qualche vecchio viandante, dal calpestio sporadico degli asini.

Una ventina di dormienti si rannicchiavano in diverse posizioni tra gli ingombri delle merci, nello spiazzo. Lilim dormiva voluttuosamente, involta nel suo nuovo mantello; Zahel Ben Kosbi dormiva un sonno guardingo, con la testa poggiata alla bisaccia; i viandanti ebrei e gentili dormivano sognando la Via, il viaggio, gli affari, e ognuno i suoi guai.

Il cielo per tutta la volta brulicava di stelle.

La luna appena nata era un monile troppo fine, insufficiente a illuminare le figure furtive che dalla strada si accostavano al campo incustodito, fiocamente illuminato dagli ultimi fuochi morenti.

Quando i cammelli muggirono allarmati e Zahel si rizzò dal giaciglio era già troppo tardi. Le prime pugnalate fecero alzare le prime grida delle vittime, che a loro volta in uno specchio di furia aizzarono le grida degli assassini assalitori, e il campo precipitò in un caos di sangue.

Le bande di briganti idumei usavano attaccare nella notte, col programma di non fare prigionieri. Gli schiavi ebrei erano merce proibita nel mercato interno, e trasportarli in Egitto o in Decapoli era un rischio dispendioso. Le merci, i gioielli, l'oro e l'argento, le monete e le lettere di credito, il bestiame e tutti gli equipaggiamenti erano scopo prefisso dell'impresa: il resto era trabocco di pazzia.

Mentre i briganti pugnalavano alla cieca, uno di loro accese nei resti del falò un fascio di torce, e grottescamente correva in giro per il campo a piantarle qua e là nella sabbia: gli assassini volevano luce, nessuno doveva scappare.

E nessuno scappava. Una quindicina di beduini idumei avvezzi a uccidere non si aspettavano grandi problemi da venti viaggiatori insonnoliti. Un forte samaritano di mezza età oppose resistenza, ferì un bandito, e cadde attaccato da due. Un giovane greco riuscì a impugnare la sua spada, e le grida di assalto e dolore, da quella parte del campo, risuonarono appena un po' più a lungo: poi si spensero in rantoli anche lì.

L'unico grave problema, l'inciampo per quella banda di assassini, fu Zahel.

Lilim si svegliò al primo grido, emerse dal suo giaciglio e con gli occhi terrorizzati lo cercò. Lui, che raccoglieva furiosamente le sue cose, ben deciso a fuggire, sentì quello sguardo guercio che sondava disperato le aule ostili del buio, cercando da dove venisse la minaccia, e da dove la protezione. Curiosamente, indugiò a considerarla: quella bambina – pensò – vedeva poco.

Non aveva alcuna intenzione di ingaggiare battaglia, era pronto a lasciare tutto, lei per prima, e sparire nel nulla della notte. Ma la sfortuna, e forse quell'indugio, non vollero che così fosse: un beduino gridò forsennato e con un frusciare di stoffe si lanciò; il suo grido cambiò di tono ancora in volo, e l'uomo cadde ucciso. Un compagno vide, si lanciò, e cadde ucciso. Altri videro, accorsero, e si accese la mischia mortale.

Zahel combatteva solo, senza un suono, muto in mezzo a una giostra di urla rauche. Si teneva molto basso sulle gambe, e si muoveva in una danza precisa, cadenzata da un invisibile tamburo. Nelle sue mani erano apparse due armi: un corto gladio spartano nella destra, e un pugnale di foggia orientale nella sinistra. Stranamente, era il pugnale l'assassino: la spada parava i colpi, deviava, stordiva: il pugnale colpiva alla fine, con un unico affondo, sufficiente.

Lilim guardava la scena imbambolata, illuminata dai lampi rossi delle torce, miracolosamente risparmiata da fendenti di scimitarre idumee sferrati alla cieca. A un tratto un nomade, colpito da Zahel, cadde in ginocchio proprio di fronte a lei. Si comprimeva con le due mani il ventre aperto e sgranava gli occhi increduli e impazziti, fissi nei suoi, a un palmo dal suo viso.

I due stettero così, incatenati con gli sguardi, per un tempo che parve infinito.

Poi la bambina chiuse gli occhi in faccia all'uomo.

Passò ancora qualche secondo. Poi l'uomo morì.

Lilim Pitheké stette lì ferma a lungo, con gli occhi chiusi contro la morte pazza e complicata che le stava di fronte, nella luce bugiarda dei fuochi.

Quando infine li riaprì, tutti gli scontri nel campo erano spenti. Qualche viandante fortunato era riuscito a sgusciare nel buio e a dileguarsi nella selva oltre la Via; ma tutti gli altri giacevano morti, sparsi per il bivacco in pose non tanto diverse da quelle in cui poco prima dormivano ignari.

Anche la guerra di Zahel era finita, ma l'uomo era vivo.

Otto beduini ansimanti lo tenevano fermo per le mani, per i capelli, per la vita e per la gola.

Pitheké si riscosse, si alzò e corse veloce e senza un suono, scomparendo nel buio oltre la Via. Si fermò ansimante dietro un cespuglio di lentisco, e tra i rami spiò.

La collera e il delirio dell'agguato andavano spegnendosi lentamente negli animi dei briganti, come un temporale che attenua la furia dell'acqua, ma ancora non cessa. Grida di vittoria straniate e false, grida di insulto ai morti, e soprattutto grida di rabbia e d'invettiva all'unico nemico vivo punteggiavano ancora la notte, pian piano scemando.

Gli idumei, lentamente, si calmarono.

Anche Zahel cessò di opporre resistenza, e fu infine tenuto per i polsi da due soli uomini, mentre gli altri si disposero ai suoi fianchi e alle sue spalle in uno stretto semicerchio. Le torce, le braci dei fuochi e nuova legna furono radunate di fronte al prigioniero, e un nuovo fuoco presto divampò. Dal resto del campo, ormai immerso nel buio, giungevano rumori soffocati di oggetti, stoffe strappate, vasellame.

Il gruppo stette immobile, in questa posizione, per un tempo che a Lilim parve immenso.

Finalmente un nono idumeo alto e possente, pesantemente armato, entrò nella luce del fuoco trascinando un grosso fardello, una tenda stracciata e chiusa a sacco intorno a qualcosa. Sull'altro lato del falò rispetto al prigioniero si fermò e ne sciolse i lembi, scoprendo un alto mucchio di oggetti eterogenei: armi, lampade, gioielli e utensili, coppe e stoviglie, pezze di stoffe, rotoli di libri, vetri e metalli che guizzavano ai bagliori delle fiamme.

Un grido corale di trionfo si levò dagli otto idumei: era il bottino.

Il capo sorrise, scostandosi dietro le spalle i lembi del mantello chiaro, e con un gesto impose il silenzio. Quindi si volse al prigioniero; gli si avvicinò con passi lenti; lo guardò muto, accigliato, da molto vicino, per un lungo tratto. E quando parlò staccando le parole la sua voce vibrava di collera.

«E dunque, Zahel Onagro, nuovamente tu incroci la mia via».

'Onagro!' parvero dirsi a vicenda con gli occhi i suoi carcerieri, percorsi da un moto di agitazione e di incertezza, che il capo spense con uno sguardo solo. Gli uomini strinsero le loro prese.

«Ti saluto, Sineba» rispose Zahel con voce piatta.

«No, Onagro, non salutare me, ma la tua morte. Guarda» indicò nel buio, «si avvicina».

Seguì un lungo silenzio, rigato dal miagolio lontano di una lince.

Dall'intrico del cespuglio, oltre la strada, Lilim guardava senza battere le ciglia.

L'uomo che Zahel aveva chiamato Sineba gli volse le spalle, e proseguì parlando alla notte immensa e nera.

«Innumerevoli come le sabbie del deserto sono coloro che mi saranno grati, per quello che sto per fare di te». Si volse al prigioniero. «Come si è grati a chi schiaccia un serpente».

«Sei diventato un rabbi, amico mio?» chiese Zahel, mentre un lampo del solito sorriso lambiva il suo sguardo. «E questi venti viaggiatori silenziosi? Apprezzeranno la tua predica?»

Il nomade si guardò intorno, parve riflettere. Poi parlò con voce fredda, senza enfasi.

«Noi uccidiamo per rubare, Onagro. Tu uccidi per lavorare».

«C'è differenza, Sineba?»

«È molto peggio».

Si avvicinò a Zahel, lo guardò negli occhi, e scandì:

«Tu sei peggio di me».

Sputò per terra, intorno a lui, tre volte.

Zahel tacque.

Si aprì un altro silenzio.

Sineba camminava avanti e indietro nello spazio tra il fuoco e il prigioniero. Pareva riflettere.

Lilim, nel suo nascondiglio, non muoveva un muscolo: ma i suoi occhi parevano più grandi, e una luce arroventata, che era forse riflesso del fuoco, tremava nell'occhio sinistro chiaro e cieco.

Finalmente l'idumeo parve risolversi: si fermò ancora davanti al prigioniero e parlò, stavolta con voce stanca.

«Hai ucciso cinque dei miei uomini. E non hai cinque vite da darmi. Ma vali molto, me ne basterà una».

Fece un gesto deciso ai suoi uomini, e si allontanò a passi veloci verso il buio.

Dal gruppo dei nomadi si levò un ululato tremolo in falsetto: cinque afferrarono di nuovo Zahel per le gambe, per la vita, per la gola, e il sesto sguainò una scimitarra.

Fu allora che il fuoco si spense, e il campo cadde nel buio.

L'ululato cessò di colpo. Nel silenzio sterminato che seguì, un altro fuoco divampò rigoglioso in riva al fiume e come un fronte d'incendio strisciò rapido in cerchio attorno agli uomini, e la scimitarra, d'improvviso arroventata al calor bianco, cadde di mano al boia.

I briganti idumei erano guerrieri spietati, ma superstiziosi. Si guardarono intorno allucinati, trattenendo il respiro ancora per qualche secondo, poi esplose il terrore. Correvano urlando da tutte le parti, fermandosi di colpo contro il cerchio di fuoco come mosche in bottiglia. Sineba tornò di corsa col viso stravolto: gridò alcuni ordini vani, girò intorno uno sguardo selvaggio, si gettò a raccogliere bracciate di oggetti dal mucchio del bottino e infine corse verso il fuoco, scavalcandolo. E dietro a lui allora i suoi banditi, come trovando finalmente un senso, si slanciarono, saltarono il fuoco come alle feste del solstizio, e scomparvero fuori nel buio, e dentro la notte.

Dopo mezz'ora, Zahel Onagro e Lilim Pitheké camminavano al buio sulla Via.

L'uomo alla fine era rimasto solo, fermo in piedi in quell'incendio circolare che lentamente si estingueva attorno a lui. Le fiamme non avevano alimento, aveva notato ruotando lo sguardo: non si vedeva legno né stoppa al loro piede; parevano sorgere dalla sabbia cruda.

E infine si erano estinte, senza lasciare ceneri né braci.

Silenzio.

Si era guardato intorno, sensi e muscoli tesi come corde. A un fruscio impercettibile dietro di lui aveva fatto uno scatto improvviso, voltandosi e chinandosi sulle ginocchia, col pugnale di nuovo stretto in mano. Ma si era subito disteso: dal buio emergeva esitando la figura di Lilim, che avanzava stremata, guardinga. Lui aveva riposto l'arma e le era andato incontro, si era fermato davanti a lei e l'aveva guardata. La bambina aveva risposto a quello sguardo serio e indagatore con un sorriso immensamente stanco.

«Andiamo via di qui» aveva detto allora Zahel, mettendosi all'opera, cominciando a raccogliere qualcosa. «Tra non molto arriveranno le iene. E domani mattina i romani. Aspettami qui».

Aveva fatto sedere la bambina accanto alle braci del fuoco dei nomadi, ed era scomparso. Era riapparso poco dopo con un melone, che aveva tagliato in quattro col pugnale ripulito dal sangue.

Aveva porto il frutto alla bambina, ed era scomparso di nuovo. Mentre mangiava, Lilim lo aveva sentito muoversi e trafficare per tutto il campo.

Era tornato pronto a riprendere la via, col bastone, il mantello e la bisaccia, che era assai più gonfia di prima.

Non parlarono dell'accaduto, né allora né mai. Camminarono

silenziosi, ognuno assorto nei suoi pensieri, nella Via Collinare che era appena un biancore indistinto nel buio notturno. Ma Lilim si teneva più vicina, quasi a contatto con l'uomo, e l'uomo teneva il pugnale a portata di mano.

Era l'ultima vigilia della notte e nel buio, oramai stramato, emergevano i sentori delle cose. Lungo un tratto rettilineo della Via, che fiancheggiava campi incolti, Zahel si fermò: scrutò con insistenza dentro quel niente fumoso, fece due passi avanti, scrutò ancora. Poi si volse, diede un cenno alla bambina e i due abbandonarono la Via, prendendo per i campi.

Dopo un centinaio di passi nel basso prato invernale inzuppato di buio, da quella caligine emerse ai loro occhi una torre costruita da migliaia di pietre minuscole e guarnita di ciuffi di capperi. Era una delle torri di guardia, frequenti nelle regioni coltivate, che i proprietari terrieri facevano erigere per sorvegliare i loro domini. Se non vi erano sentinelle o pastori, una legge non scritta consentiva ai viandanti di alloggiarvi.

Lì trascorsero il resto della notte.

Si sistemarono nel vano superiore, cui si accedeva per una rozza scala di legno poggiata a un'apertura quadrata del solaio, poco più di un soppalco di legno anch'esso. Addossato al muro, dalla parte opposta alla scala, c'erano un giaciglio di paglia e vecchie stuoie; accanto a essi un panchetto di legno con una decrepita lampada a olio sbreccata e annerita; nel muro a sinistra del giaciglio si apriva una piccola finestra che guardava verso la Via; accanto alla finestra, appeso a uno stecco incastrato tra le pietre, un vecchio e logoro scialle da preghiera.

Zahel dispose i suoi bagagli accanto al muro, tra il giaciglio e la finestra. Sciolse e stese sul pagliericcio il mantello di Lilim, e glielo indicò.

La bambina era stremata, taciturna, e piombò in un sonno profondo appena vi si avvolse.

Zahel Onagro invece vegliò a lungo, guardando assorto attraverso la finestra e volgendo ogni tanto alla dormiente uno sguardo pensoso. A un certo punto, quando la luce crebbe a sufficienza, le si accostò in silenzio, si chinò su di lei fin quasi a sfiorarne il viso, e scrutò a lungo i suoi occhi chiusi.

Quale che fosse l'esito dell'esame, tornò accigliato alla finestra, e vi restò.

Da lì vide spandersi in cielo l'indaco, e poi il rosa, e poi il malva dell'aurora del nuovo giorno, il secondo di tevet.

9. I compagni di via

Il cammino cominciò tardi quel giorno, per i due. A mezza mattinata, nella torre, nel raggio abbagliante e fumoso del sole invernale che filtrava dalla piccola finestra, mangiavano ancora di gusto. Dalla bisaccia di Zahel stavolta era spuntata una ghirlanda di frittelle al miele, che l'uomo aveva raccolto, con parecchie altre cose, tra i bagagli senza padrone del bivacco. Lilim l'aveva accolta con un grido e aveva divorato avidamente due grosse frittelle dolci, fredde e unte, guardando eccitata a bocca piena dalla piccola finestra sulla Via.

E quando furono in viaggio, era raggiante.

Camminava spavalda avanti all'uomo, di buon passo, fissando in viso i viandanti che venivano incontro, incurante dei loro occhi prima stupiti e poi beffardi, o diffidenti, o spaventati, non appena vedevano i suoi.

Non pareva esser rimasto segno alcuno, nel suo umore, della notte di sangue e pazzia che aveva vissuto, né della sua misteriosa risoluzione. Neanche Zahel mostrava traccia dell'accaduto, della lotta spietata, delle vite che aveva tagliato e della sua che aveva rischiato oltre ogni segno. Camminava leggero, col suo passo energico e cadenzato, rivolgendo saluti e commenti ai compagni di via.

«È con te quel demonio?» chiese un pio e burbero pastore di Arimatea, in viaggio per vendere i suoi formaggi, osservando Lilim giocare con l'asinello bianco che seguiva la sua asina mascate.

«Quale demonio? È solo una bambina!» rise Zahel con tanta gioviale persuasione che il vecchio finì per sorridere a sua volta. Ma si represse subito, levò un dito nodoso e ammonì: «Durante il periodo in cui Adam fu separato da Eva, gli spiriti maschi s'innamorarono di lei e gli spiriti femmina s'innamorarono di lui: così si generarono i demoni».

«E questo cosa ha a che vedere con la bambina?»

«Coloro che hanno quegli occhi sono stregati! Jahvè non ha potuto terminarli perché era suonato il sabato, e qualche demonio ha finito il suo lavoro! Guardati da lei, straniero. Non pare tua figlia».

«E non lo è. È una povera orfanella che il sacerdote del mio villaggio mi ha affidato, perché trovi la sua unica sorella e la lasci a lei: una giovane di Nazareth, che viaggia col marito, un falegname...»

Camminarono oltre Genin senza entrarvi, aggirandola per una deviazione della Via che lambiva le mura. Zahel voleva evitare le città: troppa ressa di impiccioni e di mercanti, diceva, che rallentano il passo e guastano l'umore. Meglio incontrarli per via, son meno accaniti a vendere e ci si può perfino chiacchierare.

«Che Jah ti incenerisca, demonio idolatra, vuoi pestarmi i calli con quel sacco di sterco che cavalchi?»

Il vecchio pastore bisbetico ne aveva per tutti.

«Ehi, calma, vecchio, vuoi metterti nei guai?»

«Nei guai!? Ah! Nei guai c'è già fino al turbante quel maledetto cammelliere! Che se ne torni alle sue tende puzzolenti! Ehi! Tu, piccola impura figlia di due demoni diversi! Non stare addosso al mio asinello, o stasera dovrò togliergli le pulci!»

Anche il tempo pareva continuare a favorirli. Da anni non si ricordava un mese di tevet così tiepido e mite. Le piogge erano passate la settimana prima, ma senza impensierire, e si aspettavano ancora per i primi mesi dell'anno. La Via chiara, i piani ondulati e verdi, i colli ocra coi ciuffi scuri delle querce, i monti grigi e rosa, il cielo turchese col sole radioso e bianco, tutto stillava rigoglio e pienezza dell'oggi.

«Shalom Israel!» gridò loro dai campi un giovane samaritano coi lunghi capelli sciolti. «I romani non hanno ancora messo la tassa su questo sole! È libero per tutti!»

Di fronte a un terebinto maestoso, frusciante di luce, il vecchio pastore giudeo fu sopraffatto dal sentimento del mondo e del suo Dio: borbottò qualcosa a Zahel, cui da due miglia camminava accanto, si fermò, indossò il suo scialletto da preghiera, annodò i filatteri alla fronte e al braccio sinistro, levò le mani al cielo e intonò con voce ferma le diciotto benedizioni dello Shemonè.

Zahel Onagro lo guardò sorridendo, poi fece cenno a Lilim e proseguirono.

«E voi dove siete diretti?» chiese il successivo compagno di via, il capo di un piccolo gruppo di nomadi keniti.

«Per noi oggi il cammino è lieve» rispose Zahel, «cinque o sei miglia romane. Contiamo di arrivare al bivio di Scitopoli prima del tramonto».

A una decina di chilometri a nord da Genin, infatti, si incrociavano le due grandi vie di Palestina: la Via Collinare verso nord, che loro stavano percorrendo, e la cosiddetta Via Reale verso est, che da Cesarea, passando per Scitopoli, si dissolveva senza interruzione nelle piste carovaniere per Damasco, e oltre verso il lontano grande oriente.

«C'è movimento» disse il kenita.

«Di romani?» chiese Zahel.

«Non solo».

I nomadi keniti erano fabbri, calderai, riparatori di ogni genere di attrezzi, e offrivano i loro servigi nei poderi agricoli che incontravano per via in cambio di cibi e ristoro. Questa condizione a un tempo girovaga e ricca di contatti locali faceva di loro, come dei gestori delle stazioni di posta, dei veri diffusori di notizie.

«Ho sentito di una centuria speciale, che gira da queste parti» saggiò il campo Zahel.

«È la centuria di Furio, l'ho incontrata. Sì, son soldati romani, non ausiliari: devono avere qualche incarico segreto».

«Poi ho sentito parlare di briganti, beduini idumei, che si sarebbero spinti a nord quasi fin qui».

«Esatto anche questo. Ieri notte però hanno trovato pane per i loro denti: un massacro, da tutte e due le parti».

«Per i profeti! Dove?»

«Al bivacco di Mazra, poche ore da qui, sulla strada che abbiamo percorso. Strano che tu non abbia visto. Due ore fa i leviti

64

di Genin erano già all'opera per seppellire i cadaveri, e i romani erano appena andati via. Ma c'è dell'altro».

«Parla, capo, ti ascolto» invitò Zahel.

«Gli zeloti. Anche loro sono in giro».

«Che Sion viva benedetta, ancora loro! Dobbiamo dunque aspettarci ancora sangue?»

«Temo di sì».

«Ma perché questi uccisori di parti opposte si muovono tutti insieme? Cosa accade? Non ci son state nuove ordinanze dei romani, a quanto sappia, né nuovi delitti del tetrarca, se sono quelli che uno aborre; né nuove tasse o esecuzioni di profeti...»

«No, ma una profezia c'è, una profezia nuova. O meglio, la profezia è antica, ma pare che sia imminente l'attuazione: sta per nascere un nuovo potentissimo re».

«Re di chi?»

«Non lo so, amico mio. E devo dirti che noi keniti teniamo le profezie dei giudei in poco peso. Quando ci daranno da mangiare, come ne danno ai loro sacerdoti, allora forse le peseremo meglio. Ma ora parlami tu, di quella bambina. Sai cosa dicono i nostri vecchi delle persone con gli occhi diversi?»

«Che sono figlie del demonio».

«No. Che i loro genitori erano così brutti che hanno dovuto giacere insieme chiudendo un occhio».

I due uomini risero forte. Lilim si volse a guardarli e sorrise.

«Chi è?» chiese infine il rechabita, accennando a lei.

«È una piccola orfana, senza nessuno al mondo tranne una sorella, che però non si sa dove sia. Anzi, non ti è per caso accaduto di vedere, nei tuoi pellegrinaggi, una ragazza giovane, vicina al parto, in compagnia di un artigiano, un falegname...»

Fu verso il primo pomeriggio che anche Lilim Pitheké ebbe il suo incontro.

Camminavano da tre ore, senza fretta, ma non avevano ancora fatto alcuna sosta. La bambina non correva più, non tormentava gli asini dei mercanti, non zampettava su un piede solo e non camminava all'indietro. Seguiva serena e svagata il compagno di viaggio, senza più neanche ascoltare le sue chiacchiere coi viandanti, sempre gioviali e sempre perfettamente identiche.

A un tratto, da dietro un muretto a secco, un centinaio di passi avanti a loro, si levò un grappolo di teste di bambini. Lilim, d'improvviso accigliata, stava già raccogliendo le pietre, quando un grido acutissimo e bizzarro scaturì da quel gruppo.

«Uhi-uhi-uhi-uhi-uhi-uhi-uhiiiiiiii!»

L'espressione di Lilim mutò: una sorpresa gioiosa le spalancò la bocca, e subito dopo un altro grido, non meno pungente, ne uscì.

«Caneeeeeeeeee!»

La bambina partì di corsa, e simultaneamente dal gruppetto saltò fuori un bambino, che volò oltre il muro e prese a correre verso di loro. Correre, veramente, non era la parola giusta: saltellava a rapidi scatti squinternati su due gambe malmesse, storpie e slogate, eppure rapidissime.

«Uhi-uhi-uhi-uhi-uhiiiiiiiii!» ripeté l'urlo.

E quando dopo quel gioioso slancio furono uno di fronte all'altra, come spesso accade ai bambini, non seppero più cosa fare. Si guardarono per un po' senza toccarsi, ansando, al colmo della frenesia, poi cominciarono a scambiarsi piccoli colpi sulle spalle e sul petto, piccoli pugni in forma di carezze.

Il bambino era uno scherzo di natura: piccolo, magro, più basso di Lilim, di età indefinibile ma di certo minore di lei, afflitto da una malformazione che gli storpiava le esili gambe e la grande testa; col viso negro su cui spiccava il bianco di due occhi astuti e radiosi e di due enormi denti solitari, separati da un grande varco. Indossava una tunica lurida a strisce verticali bianche e rosse, legata in vita da una fascia stranamente pulita e nuova; in testa uno straccio rosso troppo piccolo era stretto da un'unica fasciolina, che da mesi non veniva snodata e lavata a dovere.

I due amici confabularono fittamente con le bocche intralciate dai sorrisi. E quando Zahel li raggiunse, Lilim parlò.

«Signore Zahel figlio di Kosbi, questo che vedi è Cane Cotto, il mio amico di strada...»

Zahel non dette quasi segno di aver sentito. Lilim trotterellò al suo fianco, guardandolo ansiosa, e Cane Cotto al fianco di Lilim.

«Signore Zahel, possiamo tenerlo con noi? Non darà noia».

«Hai imparato a parlare, Scimmia?»

«Non darà noia, giuro! E io romperò con lui il mio pane, non dovrai dargliene dell'altro!»

Zahel tacque.

«Allora può restare?... Eh? Può restare?»

Ancora silenzio. I due bambini si guardarono, guardarono ancora l'uomo che camminava impassibile, scrutando avanti verso un altro viaggiatore e accelerando il passo per raggiungerlo. Infine si scambiarono un sorriso, un cenno, e si lasciarono superare da lui. Erano randagi di strada, avvezzi ad accettare lo stato delle cose per quello che era, e finché durava: per il momento, e fino a esplicito segno contrario, prendevano quel silenzio per consenso.

E ora sulla scia di Zahel Onagro non c'era più una bambina sola, che camminava, saltava, o trascinava i piedi per la stanchezza: ma due bambini che camminavano fianco a fianco, saltando, zoppicando, sputando, raccogliendo e scagliando pietre, ridendo e confabulando fitti fitti.

Non molto dopo i tre, oramai non lontani dalla meta, fecero l'unica piccola tappa della giornata. Abbandonarono la Via, arrampicandosi per una trentina di passi su un modesto pendio, e sedettero su un gruppo di rocce bianche sotto un vecchio ulivo. Zahel estrasse dalla bisaccia pane d'orzo, fave crude, noci e datteri. Diede a Lilim la sua solita porzione, e parve non notare neanche il fatto che lei la dividesse meticolosamente col piccolo amico.

Mentre mangiavano in silenzio, due viandanti in abiti candidi passarono sotto di loro per la Via. Si fermarono, li guardarono, confabularono brevemente, scavalcarono il basso muretto a secco e presero ad arrampicarsi verso di loro.

«Shalom alek hem» salutarono seri e calmi, quando furono all'ombra dell'ulivo.

«Shalom» rispose Zahel senza sorridere.

«Possiamo sedere con voi?»

«Siediti, Rabbi».

Zahel li guardò con impassibile attenzione, catalogandoli tra sé. Erano due esseni del monastero di Qumran, sul mar Morto, fronda teologica estrema dei farisei, in scontro aperto con la classe sadducea dominante: ecco la tunica bianca di sak, la tela grezza, ecco il grembiule bianco e la cinta di cuoio, da cui pendeva il celebre mestolo rituale. Uno dei due era un vecchio magro e forte, dall'alta fronte mistica, dallo sguardo febbrile: un santo cenobita, probabilmente indovino e guaritore. Il suo compagno era assai meno individuabile, per certi versi addirittura sorprendente: un gigante irsuto e possente, con l'aria bonaria ma decisa, e con un mestolo di legno di dimensioni abnormi alla cintura, istoriato di tacche. Forse, pensò Zahel, una guardia del corpo.

«Noi esseni ci asteniamo dalle fave» disse il vecchio, «perciò non mangeremo al vostro desco».

Zahel chinò appena il capo. Il gigante estrasse dalla bisaccia, con evidente buonumore, un desinare commisurato alla sua stazza: un enorme cerchio di pane d'orzo, un piccolo sacco di tela colmo di olive, una cesta di fichi, e un vaso di cavallette secche sotto miele. I due bambini guardavano il cibo con gli occhi sgranati, e i sorrisi di Cane Cotto e del gran monaco, incrociandosi, si allargavano visibilmente.

Tutti tacquero per qualche tempo, mangiando assorti, in uno di quegli attimi incantati in cui si mastica col cibo la stanchezza, il bilancio del giorno, lo stordimento dell'uomo pensieroso.

Poi l'anziano incominciò.

«Io sono Zeitan, detto Zeitan del Cerchio, e il mio fratello è Jod-He Maccabeo. Naturalmente non sono i nostri veri nomi, che abbiamo lasciato nel mondo entrando a Qumran. E voi chi siete, viaggiatori?»

Zahel gli rivolse uno sguardo freddo e inespressivo, poi rispose.

«Il mio nome è Zahel Ben Kosbi, sono un fenicio convertito».

«E questi due?» il vecchio indicò con un lieve sorriso i due bambini, che prendevano felici dalle mani del gigante, non meno felice di loro, cavallette gocciolanti di miele.

«Son due piccoli straccioni che ho preso con me per qualche tratto: mangeranno il mio pane e porteranno i miei bagagli, tutto qui. E tu, Rabbi? Cosa ti spinge così lontano da Qumran? Pensavo che gli esseni non amassero i viaggi».

«E non li amiamo, infatti. Ma per gravi motivi, qualche volta, il Maestro di Giustizia ce li impone. E tu, fenicio, perché viaggi?»

«Sono un mercante, rifornisco i bazar della costa».

I due incrociarono gli sguardi, indugiarono un solo istante, li distolsero. Seguì un silenzio, in cui ciascuno mangiò. Ma tra i due uomini il tono delle voci e il moto degli sguardi, molto più che le parole, avevano ormai aperto una distanza. Tutti e due volevano sapere, nessuno dei due voleva dire, tutti e due erano abbastanza astuti da capire che vi erano segreti. Il gioco era fermo.

«Andiamo!» disse Zahel bruscamente alzandosi in piedi, non appena ebbe finito di mangiare. «Dobbiamo arrivare alla locanda di Mushi Nadàb prima del buio. Addio, Rabbi Zeitan».

«Che Jahvè protegga i tuoi passi. Shalom, Ben Kosbi».

I due bambini ingollarono a malincuore le ultime leccornie, si inginocchiarono ai piedi dei due esseni, Cane Cotto aggiunse una specie di balletto sorridente in favore del gigante, che lo guardò ridendo deliziato, e infine i tre partirono.

Non appena furono a distanza sufficiente da non essere visti né uditi, Zahel, scuro in volto, scacciò Cane Cotto a sassate. A Lilim che lo implorava con voce da pianto, rispose brusco che le aveva pur spiegato a cosa lei gli serviva, in quel viaggio: chi avrebbe più potuto mandar giù la frottola dell'orfanella, con quell'altro mezzo sgorbio alle calcagna? E poi gli rallentava l'andatura. Come a conferma l'uomo accelerò il passo, senza più parlare né volgersi indietro.

Muta, accigliata, a testa bassa, Lilim lo seguiva trottando, di tanto in tanto voltandosi a guardare. Cane Cotto li seguiva a sua volta a distanza, fuori tiro di pietra, zoppicando goffo e solo in mezzo alla Via, mogio e buffo come un cane bastonato.

Il sole calava rapidamente. Ma procedendo a quel passo forzato, e senza più indugiare in soste o dialoghi, i due viaggiatori giunsero in meno di un'ora alla loro meta: la locanda di Mushi Nadàb, sull'incrocio tra la Via Collinare e la Via Reale per Scitopoli.

Zahel scomparve, lasciando Lilim presso il muro della locanda, bagnato di arancio dal sole al tramonto. Quando tornò, la bambina scrutava assorta le sue figurine, sparpagliate di fronte a lei nella terra rossa. Lilim alzò gli occhi e sussultò: l'uomo, alto contro il sole, reggeva per le redini un cavallo.

«Io parto. Tornerò domani sera, forse dopo il tramonto. Attendimi qui, non parlare con nessuno, non uscire dalla locanda. Ho dato ordine che ti diano da dormire per stanotte e da mangiare per tutto il giorno di domani. E che caccino ogni altro bambino di strada che vedessero accostarsi a te. So che ti ritroverò. Shalom, Scimmia».

L'uomo montò e si avviò al piccolo trotto verso l'uscita del recinto, e sulla Via. Lilim lo guardò scomparire dietro una macchia fitta di carrubi, e poco dopo sentì partire un galoppo sfrenato.

Allora pose la mano sull'occhio destro, e guardò il sole.

10. Cesarea

La città di Cesarea fumava pigra e larga nell'alba del terzo giorno di tevet, rosata dai raggi radenti di un sole gelato che occhieggiava dalle catene d'oriente. Le cuspidi dei templi, delle terme, dei mercati svettavano dall'ombra azzurrina, nuovissime e brillanti di nitore, lavate dalla notte. L'anfiteatro, nei quartieri di nord-ovest, si stagliava spaccato dalla luce contro la banda scurissima del mare, e il colosso marmoreo di Augusto dominava di molte spanne l'orizzonte. La città era nuova e scintillante, ricostruita dalle fondamenta da Erode il Grande in perfetto stile greco, come un proclama rivolto a occidente del suo ossequio per Roma.

Nell'ombra folta e azzurra delle strade, incassate tra gli edifici, i selciati brulicavano già del traffico mattutino del mercato: contadini con gli asini carichi di frutta e di ortaggi, pescatori con le ceste scintillanti del recente pescato, macellai coi carretti pesanti di quarti di bue dissanguati e i ciuffi di volatili appesi alle stanghe. Barbieri, sarti, profumieri, calzolai, cardatori, tintori, vasai, e tutti gli altri artigiani di cui una città ha bisogno aprivano le loro botteghe sulle vie. Le donne con le giare sulle spalle convergevano cicalando e ridendo dai vicoli verso le pubbliche fontane.

Tenendo il cavallo al passo Zahel fendeva lentamente questa folla, appena curvo sulla sella, affaticato. Aveva cavalcato per quasi cinquanta chilometri, con poche e rapide soste, per tutta la notte, e poco prima dell'alba era alle porte della città. A differenza che lungo la Via, nel grande viavai cittadino nessuno pareva notarlo, nessuno gli chiedeva dove andasse: era lui che chiedeva ai passanti.

«Forte Druso? È sul porto. Vai verso il mare, non puoi non incontrarlo».

Zahel smontò e condusse il cavallo per le redini.

Mano a mano che andava verso il mare i vicoli si facevano più stretti, più sporchi di immondizie e scorie di imballaggio, funi lacere, legni di casse, cocci di giare; più strepito di voci e di carretti invadeva l'aria fresca e luminosa; gli uomini che camminavano con lui non erano più mercanti e artigiani, ma facchini con il cercine e le funi, marinai coi fazzoletti bianchi in testa, doganieri con le ceste dei rotoli a tracolla. Nessun odore di salsedine, di mitili, di porto si sentiva nell'aria.

E all'improvviso il vicolo si aprì in una larga darsena ingombra di carretti di ambulanti, su cui torreggiavano, inondate di sole, le titaniche mura del Forte.

«Zahel di Joppa chiede di parlare col capitano della guardia di re Erode» disse a uno dei piantoni che sbarravano il passo davanti al portale aperto. L'uomo entrò nella garitta, da cui uscì con l'ufficiale della guardia alle mura.

«Di che vuole parlare Zahel di Joppa?»

«Digli il mio nome, vedrai che basterà».

Attese immobile accanto al cavallo, gli occhi socchiusi, tutto il tempo che ci volle.

«Ishmaiah ti sta aspettando. Entra, fenicio».

Lasciò il cavallo ai servi di scuderia e seguì l'ufficiale nel porticato che circondava il vasto cortile centrale, affollato di soldati inquadrati negli esercizi mattutini. Di fronte a una porta i due si fermarono, bussarono, attesero. Aprì un altro soldato, di aspetto assai diverso, che si fece da parte per far passare Zahel.

L'uomo seguì la nuova guida per scale e corridoi echeggianti ai loro passi. Il soldato era alto, massiccio, chiaro di pelle, di capelli e di occhi; indossava una corazza leggera da caserma, in cuoio sagomato e istoriato di rune indecifrabili, fissata con molte fibbie e anelli di bronzo; una corta tunica scura copriva le cosce nude, e due gambali di cuoio istoriato con gli stessi motivi completavano l'uniforme; portava al fianco una spada lunga e piatta, di foggia diversa dalle armi romane e greche più diffuse. Era un galata, membro di un ceppo celtico impiantato in Giudea in tempi passati, noto per la forza e l'arte guerriera dei suoi uomini. Per molte generazioni i galati di Giudea erano stati soldati di ventura, combattendo sotto ogni re e ogni bandiera: ma di recente i migliori guerrieri erano stati arruolati in esclusiva nella guardia del corpo di Erode.

Ishmaiah, il capitano della guardia, lo aspettava in una sala luminosa, arredata di divani e palmizi, aperta su un alto terrazzo che da ambo i lati comunicava con gli spalti.

«Ti aspettavo due giorni fa, Zahel di Joppa».

Ishmaiah non era un galata, ma un idumeo di fiducia del tetrarca, che quest'ultimo aveva fatto addestrare a Roma alle arti della diplomazia segreta. Era vestito alla giudea, con tunica e mantello, benché di stoffa e fattura assai ricche. Il suo viso era brutto e duro, calvo e astuto, con una piccola bocca guarnita di denti alternati, uno d'oro e uno vero, e due grandi occhi scuri indecifrabili.

«Ho avuto dei contrattempi sulla via» rispose Zahel con la sua voce piatta da battaglia.

«Che contrattempi?»

«Ora sono qui. È già forse troppo tardi?»

«Oh no, non ancora...»

«Dunque dimmi le novità, se ce ne sono, e riepiloga i dettagli del mio compito».

«Siediti, amico mio: hai l'aria stanca».

Mentre Zahel si sedeva rigidamente su un divano, Ishmaiah fece tre passi verso la soglia luminosa del terrazzo, si fermò volgendogli le spalle, guardando fuori, e citò simulando un'aria ispirata:

«'Io lo vedo, ma non adesso; lo contemplo, ma non da vicino: da Israele sorgerà una stella...'»

«Son le parole della profezia?» chiese Zahel.

«Solo una delle tante. Di un certo Balaam, antico indovino di Mesopotamia. Ma ce ne sono decine e decine, secondo i sapienti e gli astrologhi di Erode. La maggior parte son divertenti: spighe grandi come rognoni di bue, alberi che daranno frutti ogni mese, Gerusalemme ricostruita con pietre di zaffiro, vacche e orsi che pascoleranno insieme, le settanta lingue del mondo che diventeranno una sola... Indovina quale?»

Senza attendere risposta, Ishmaiah si girò di scatto e a rapidi passi andò a sedersi accanto a Zahel.

«Ma c'è un altro tipo di profezia, assai più pericoloso».

«Per esempio?»

«Nei *Salmi* di Salomone, per esempio: 'Il Re figlio di David purificherà Gerusalemme dai pagani'. E ancora: 'Infrangerà l'orgoglio dei peccatori come terraglia'. E altrove, in altre fonti, dappertutto: teste sfondate, cadaveri accumulati, sangue pagano bevuto come vino. I romani paragonati esplicitamente agli invasori di Gog e Magog. Istigazione alla ribellione. Vuoi mangiare?»

«Sì, ti ringrazio».

Ishmaiah si alzò, si avviò alla porta, la aprì, disse qualcosa a qualcuno che vi stava dietro di guardia, tornò presso Zahel con un sorriso fatuo.

«Lo sai che il nostro tetrarca è superstizioso, con tutte le arie greche che si dà. Oltretutto non sta per niente bene. Macaone di Cos, il suo medico, lo dà per spacciato in due anni: un blocco canceroso nelle viscere, dice lui. Ma temo che, se persevera in queste diagnosi, morirà prima il medico che il paziente!»

Rise, con una rapida risata da bestiola, che troncò di colpo. Guardò assorto verso il terrazzo e proseguì.

«Erode, a farla breve, è sempre più convinto che questo re figlio di David stia per nascere».

«Non è il solo a pensarlo».

«Che vuoi dire?»

«La gente già ne parla per le strade, e c'è una strana agitazione. Squadre speciali di romani, zeloti, esseni, tutti che ronzano come mosche sul letame».

«Esseni? Anche loro?»

«Due monaci viaggianti, una strana coppia. Non giurerei che siano coinvolti in quest'affare, ma qualcosa nascondevano senz'altro. E qualcos'altro cercavano».

«Tanto peggio, penseremo anche a loro. È per questo che Erode si muove, cosa credi? A parte la superstizione e il mal di ventre. Questa terra, lo sai, è un pagliaio accanto a una lampada accesa. I nostri cari sudditi giudei non chiedono altro che un capo, un messia qualsiasi, re del mondo o cialtrone fa lo stesso, per attaccare briga coi romani, coi samaritani, con noi, e possibilmente anche tra loro».

«Conclusione?»

«La conclusione la conosci: bisogna trovare questo re...» Ishmaiah mostrò i denti a scacchi, abbassando la voce di un tono, «...'prima che nasca'».

«La pista è sempre quella ragazza di Nazareth?»

«Stanno arrivando altre ipotesi, ma son deboli: concentrati su quella».

«Va bene, lo farò. Hai novità?»

«Tu hai novità?»

«No. La Palestina è grande, ho pochi indizi. Una ragazza incinta in viaggio da qualche parte, in compagnia di un marito falegname: è una traccia troppo tenue, ci vuole tempo».

«È per questo che ti aspettavo, amico mio».

«Il tempo?»

«Il tempo».

La porta si aprì, entrò un servo, si avvicinò e posò presso i divani un piccolo tavolo d'avorio, carico di piattini di leccornie: rognoni di toro, sottaceti dolci, conserva di pesce di Magdala, piccioni arrosto freddi e lattuga di Cos. Il servo si inchinò e uscì in silenzio. Ishmaiah versò da un boccale di bronzo dorato un vino scuro in una coppa di vetro opaco, che porse a Zahel.

«Piacerebbe ai tuoi amici esseni: è vino kasher, toccato solo da mani israelite!»

Rise ancora con la sua rapida risata, che di nuovo troncò.

74

«Il tempo si avvicina!» disse brusco.

«Quando?»

«I maghi di corte di Erode non hanno cavato un ragno dal buco sul dove, ma sul quando, a furia di strizzare profezie, pare che ormai un'idea se la siano fatta».

«Quando».

«Prestissimo. Il solstizio d'inverno».

«Il dieci di questo mese?»

«Esattamente».

Zahel corrugò la fronte. Ishmaiah prese ad armeggiare con un piccione arrosto, ostentando un tono melenso, confidenziale.

«Il tetrarca mi prega di confermarti che se riuscirai in questa impresa sarai ricco. Ma se fallirai...»

Con uno strappo deciso l'uomo staccò la testa del piccione, se la portò alla bocca, la masticò rumorosamente coi denti di metallo. Nella voce di Zahel non risuonò la minima emozione.

«Il mio fallimento sarebbe la fine anche per lui, perlomeno la fine politica. Se nasce questo bambino re del mondo la situazione si metterà a bollire, l'hai detto anche tu. E se lui non tiene la Giudea sotto controllo, i suoi amici romani...»

«Non ci contare!» lo interruppe bruscamente l'idumeo. «Erode ha un piano alternativo piuttosto drastico, qualora tu fallissi, per risolvere la questione...» fece una pausa e scandì le parole, «senza possibilità di ulteriori sbagli».

Fissò in viso Zahel studiando le sue reazioni, ma invano: l'espressione del fenicio era piatta e fissa come quella di una figura su un vaso. Allora si alzò, e versando altro vino concluse con aria fatua: «Ma il tetrarca ha fiducia che ciò non sarà necessario. Dimmi di te, piuttosto: sotto che nome giri?»

Zahel accettò la distensione. Ciò che di importante c'era da dire s'era detto, non restava che una coda d'etichetta. Rispose con voce calma.

«Zahel Ben Kosbi. Ho anche una buona copertura: una bambina di strada, una stracciona che ho raccolto sulla Via. La faccio passare per un'orfanella che mi è stata affidata, perché la consegni a una sorella, una ragazza incinta che è in viaggio col marito falegname... eccetera eccetera».

«Ah, Zahel! Sei sempre il migliore su tutta la piazza di Canaan! Sono sicuro che non mi pentirò di avere fatto a Erode il tuo nome».

«Farò il possibile perché tu non te ne penta».

«Però attento!» il tono del capo delle guardie tornò grave. «Manca poco. Manca molto molto poco... Addio».

Ishmaiah si voltò bruscamente, e si incamminò deciso verso l'uscita. Sulla soglia si volse ancora indietro, lanciò un ultimo largo sorriso dei suoi denti a mosaico bianco e oro.

«Buona caccia, lupo del Ghor!» Uscì e richiuse la porta.

Zahel restò solo.

Curvo, coi gomiti sulle ginocchia, si guardò a lungo le mani intrecciate.

Quindi si alzò, si avviò alla soglia, uscì nel terrazzo al sole abbagliante del mattino.

Forte Druso era un massiccio castello costruito da Erode sul modello della fortezza Antonia di Gerusalemme. I suoi spalti frontali, verso ovest, dominavano il bel porto doppio di Cesarea, gioiello di architettura che oramai contendeva al Pireo il Mediterraneo; ma quel terrazzo dava sul retro del complesso e guardava a oriente, all'entroterra.

Zahel si accostò al cornicione, e guardò.

Davanti a lui, ai suoi piedi, la città, brulicante di grida e frastuono di carri.

Più in alto, oltre quella, la piana della costa, la prima fascia delle tre che tracciavano Canaan, da nord a sud in tutta la lunghezza. Di fronte a lui il Saron, un pianoro largo e basso di cui il profeta Isaia lodò la ricchezza; a sud, alla sua destra, la Sefela, pianura ondulata coperta di messi di grano; a nord, a sinistra, Esdrelon, un piano più verde e più mosso che già preannunciava le dolcezze di Galilea.

Più in alto ancora, oltre quelle pianure, in lontananza, la seconda fascia di Canaan: le montagne, la vera ardente e mistica Terra Promessa. La percorse con gli occhi lentamente, cima per cima, da destra a sinistra: la catena dei monti di Giuda, il Garizim, l'Ebal, il monte Gelboe, il monte Tabor.

Oltre quei monti, invisibile ma noto, il fiume Giordano si inabissava nella fossa selvaggia del Ghor, arida di deserti pietrosi sulle coste, e folta di giungle pluviali giù sul fiume.

Zahel frugò l'intera Terra Santa con lo sguardo, più volte, avanti e indietro, e strinse le labbra.

Laggiù, in qualche punto, piccolissima e perduta nel paesaggio, c'è una ragazza incinta.

È la sua preda.

'Ma dove sei...' pensò dentro di sé.

Il solstizio d'inverno era la notte tra il dieci e l'undici di tevet. Quel giorno che volgeva al mezzogiorno era già il terzo di quel mese. Aveva sette giorni.

E ciò che cercava poteva essere dovunque: laggiù, in qualunque punto, in quel paesaggio...

11. Da dove cominciare

Ecco infatti il grande paesaggio del presepio scorrere sotto gli occhi di Lele Palmas e della statuina che lui tiene in mano e ruota lentamente su se stessa.

Alta quindici centimetri, perfetta nella finitura, la statuina raffigura un uomo dalla barba corta, vestito di una tunica chiara e di un mantello a larghe strisce bianche e ocra, e col capo coperto da una kefiyah stretta da fascioline colorate. È Zahel Onagro.

Col petto poggiato al bordo del presepio, Lele tiene la statuina alta e protesa avanti sullo scenario, ruotandola lentamente su se stessa per farle scrutare intorno. Padre Giuseppe, in piedi accanto a lui, guarda sorridendo ora il paesaggio ora il bambino.

«Allora, secondo te da dove cominciava?» chiede infine.

È il sedici dicembre, nella chiesa di San Sigismondo, poco dopo le tre del pomeriggio: un'ora morta per le visite al presepio. Padre Serchi si è ritirato nel suo ufficio a tirare i suoi fili intricati di posta, telefonate e videomail; gli altri confratelli sono intenti al riposo pomeridiano nelle loro stanze, o in altre mansioni altrove: campo libero per i due giocatori.

È il terzo giorno di gioco. Per tutti e tre i giorni Lele ha trovato il tempo di fare una scappata alla chiesa, sempre intorno a quell'ora, come gli ha suggerito il frate. Torna da scuola alle due del pomeriggio: è solo in casa. Mentre trangugia il pranzo che la mamma gli ha lasciato da scaldare, prende visione dei compiti. Dopo il pranzo, anche per poco, li incomincia. Verso le tre interrompe e scappa in chiesa. Alle quattro e un quarto, senza sgarrare di un secondo, vola all'asilo a prendere Carlotta. Ha quindi un'ora intera per confrontare eventi, discutere dettagli, concertare strategie col compagno di gioco.

Non ha ancora ben capito, veramente, che cosa stia accadendo: come possa essere mai che lui e quel frate siano compagni di gioco, stiano facendo lo stesso gioco, o due giochi con la stessa trama. E meno ancora ha capito come faccia il vecchio frate a giocare col presepio.

Ma c'è da dire che neanche il frate riesce a capire molto bene come lui possa giocare col suo game.

«Ma...» torna a chiedere perplesso ogni tanto, «tu come fai a muovere i personaggi?»

«Coi joyglove, i guanti di comando».

«Sì, me l'hai detto, ma come fanno, cosa fanno questi guanti?»

«Mandano segnali complessi al sistema, generati dai movimenti combinati delle dita».

«Un po' come un pianista».

«Uno scultore d'aria, si dice in gergo».

«Scultore d'aria, bellissimo. Ma io forse direi... ecco, un burattinaio! Sei un burattinaio che muove i suoi personaggi con fili invisibili».

«Un po' sì e un po' no».

«Cosa vuoi dire?»

«Un po' li muovo io e un po' si muovono loro».

«Aspetta, spiegami meglio questa cosa».

«Si chiama inerzia attiva, è una proprietà dei personaggi sintetici lifelike. I master dei giochi la spiegano con un bellissimo esempio».

78

«Dimmelo».

«Se tu lanci una palla di pietra per terra, va dove vuoi tu. Se tu lanci un topo, no».

«O per San Piero!»

«Se lanci un topo con un lancio abbastanza forte, va dove vuoi tu. Se lanci un gatto, no».

«Geniale! E questi tuoi personaggi son topi e gatti?»

«E cani e vitelli e orsi. Ce ne son certi che non posso proprio governare».

«E chi li governa, allora?»

«Il Motore Drammatico».

«Ah. Mistero della fede...»

«Amen!»

E giù a ridere tutti e due, ma con le mani sulla bocca per non farsi sentire.

Altre volte invece è Lele che domanda.

«Padre Giuseppe, ma lei... fa le voci?»

«Certo che faccio le voci».

«Le voci di tutti?»

«Per forza».

«E gli fa dire quello che vuole lei?»

«Un po' e un po', come dici tu».

«Cioè: un po' dicono ciò che vuole lei, e un po' cosa?»

«Un po' ciò che devono dire. I personaggi hanno le loro leggi, sai? E devono obbedire a queste leggi anche se io non voglio. Lilim può dire certe cose, e altre no. Zahel può dire certe cose, diverse da quelle di Lilim, e altre no».

«Ma se non son pilotati da niente, cioè... nessun programma, ovvio, son statuine... insomma, se c'è solo lei che ci mette la voce, nessun altro controllo: può fargli dire quello che vuole, no?»

«Bel discorso, ma allora che gioco è? Allora ti sembra che diventavo matto per fare questo presepio come lo vedi? Se potevo metterci tutto ciò che mi girava, magari mettevo i centri commerciali, come gli altri presepi che vedi in città, coi loghi dei mall».

«Giusto».

«Bisogna fare le cose bene».

«Le cose giuste» concorda Lele.

C'è una pausa, ma il dubbio è rimasto.

«Però...» riprende infatti poco dopo, «come fa lei a sapere le cose giuste? Cioè a sapere... quello che possono dire e quello che no?»

«Se te lo dico mi credi?»

«Be', certo!»

«Me lo ispira il Signore».

«Ah» fa Lele un po' imbarazzato. Ma poi gli scappa da ridere, e aggiunge: «Il Master Control».

E di nuovo giù a ridere entrambi.

Altre volte dissertano aspramente, come accademici catarrosi inveleniti.

«Guarda Lele che non c'è nessun bisogno di far morire tutti i viaggiatori nel bivacco di Mazra».

«Perché?»

«Non conosci i giudei: sanno mercanteggiare molto bene la loro vita. Sempre che abbiano di fronte dei nemici e non dei pazzi».

«Ma questi *erano* dei pazzi! Beduini idumei, gente feroce! Le cronache parlano di stermini di intere carovane».

«Sciocchezze. I cronisti lavoravano di fantasia, allora come oggi. E il lavoro dello storico è quasi tutto lì: purgare le fonti».

«Secondo le mie fonti purgatissime gli idumei erano nomadi predatori».

«Gli idumei erano gli antichi edomiti, da Edom, nome di Esaù e dei suoi discendenti: un popolo stanziato a sud della Giudea, tra il mar Morto e il golfo di Aqaba. Era piuttosto improbabile che si spingessero a nord in forze tali da poter minacciare intere carovane. Saranno stati quattro disperati, gente che si tentava un colpo e via».

«Io invece dico che erano un bel po'. Una specie di spedizione di vendetta».

«Per quella storia del piatto di lenticchie del loro capo, che si era venduto tutto? Ancora quella?»

«No, per la tamburata che si erano presi da Giovanni Ircano, che li aveva pure fatti circoncidere».

«Molto improbabile» concluse il vecchio inacidito.

«Ma vero» ribadì il ragazzino intestardito. E aggiunse: «E la prossima volta le porto anche una simulazione di Ancient Maps Engine, dove si vede che quelle tre montagne laggiù, ai contrafforti del Tabor, sono coperte di foresta e non pelate come le ha fatte lei».

«Oh be'...» rispose il vecchio, già riacquistando il sorriso e grattandosi il mento. «Devo ammettere che le mie fonti geografiche non sono molto aggiornate. Sono almeno tre anni che non mi arriva il bollettino dei Geografi Storici. Domani provvederò. Quelle tre, hai detto?»

«Sì».

Una piccola pausa di silenzio. Poi il vecchio sorride.

«Daniele...»

«Sì?»

«Non sono morti tutti, i viaggiatori».

«Va bene, padre Giuseppe, senta... mi scusi. Qualcuno forse è riuscito a fuggire nel buio. Domani torno indietro e cambio il log».

Così son passati i tre giorni.

I giocatori giocano di notte, fino a tardi. Per Lele non è un problema, sono anni oramai che non dorme prima dell'una. Di mattina si sveglia alle sette e sei ore gli bastano e avanzano: a scuola è fresco e attento, rende bene, e non c'è verso che dimagrisca un po'.

Dopo la visita del pomeriggio in chiesa va all'asilo a prendere Carlotta, e alle cinque è a casa. Accende il computer e fa i compiti fino all'arrivo della mamma, con qualche rapida incursione in Palestina, ma solo nel manager delle connessioni NPG, o nel log dei tratti già fatti, o in qualche altro circondario: mai nel gioco. Verso le sette e mezza esce di stanza, aiuta in casa a far faccende, gioca con Carlotta, parla un po' della scuola con la mamma e sono già le otto, ora di cena. Alle nove Carlotta è a letto, tutto è pulito e sbarazzato, la mamma si collega alla TV, e lui può tornare in pace alla sua stanza.

Accende il computer, si siede, si rilassa.

Parte nel buio la sigla della NPG Unlimited: un Pinocchio di legno tornito, luccicante di smalti rossi e verdi, corre armonioso nel firmamento nero. Fili di marionetta o fibre ottiche partono da mani e piedi e testa, e in un volo vertiginoso di virtual camera sfrecciano in alto nel buio siderale, fino ad allacciarsi alle stelle. E le stelle migrano a frotte, raggrumandosi a formare il logo NPG, sotto il quale si materializza il motto:

'*Virtus Omni Loco Nascitur*'
(Seneca, *Epist.*,1,1,64)
VIRTUE COMES FROM ALL SITES

La sigla è chiusa da un violento zoom sul viso di Pinocchio, che guarda in camera verso Lele: e ha i suoi stessi occhi.

È il segnale: l'interfaccia immersiva della virtù reale, l'interfaccia FAF (*facies ad faciem*), è caricata. Lele indossa il casco-monkey e spegne il monitor. Con una breve assolvenza dal nero e dal silenzio, appare intorno a lui la Palestina. Ecco la Via Collinare, fiancheggiata da declivi rocciosi punteggiati di ulivi, su cui scorrono i titoli di testa: il suo nome come autore del gioco, tutti i vari trade mark, i logotipi dei siti NPG e dei loro sponsor.

Davanti a lui sulla Via, a pochi metri, Lilim e Zahel camminano, con la strana e aggraziata andatura flessuosa dei personaggi virtureali. Lui li segue in terza persona. Quando l'ultimo logo dei titoli è schizzato via, fa un cenno dell'indice verso Lilim per passare alla prima persona, e ora è lui che cammina accanto a Zahel. Sente un grido lontanissimo in alto, leva il capo: i soliti due rapaci perduti nel cielo.

Sa che lanciando in alto su di loro uno zoom, e spingendolo poi al dettaglio macro, vedrebbe il minuscolo marchio NPG stampigliato da qualche parte sotto il becco: come del resto su ogni foglia, ogni dettaglio, ogni singola pietrina del paesaggio.

Ma non lo fa: china lo sguardo sulla strada, e parte il gioco.

Più o meno a quell'ora padre Giuseppe scende al suo presepio, indisturbato. I frati sanno che quella è l'ora sua, ne è stato tenuto lontano tutto il giorno, ora gli spetta. Soltanto padre Serchi, inquieto da quello scontro nel suo ufficio, di tanto in tanto lo sorveglia da lontano.

Il vecchio entra nella sala, accende il presepio. Mentre il frastuono sferragliante invade il posto, si avvia all'inginocchiatoio sul fondo, si inginocchia, guarda ancora una volta la grande macchina in funzione, poi china il capo e prega. Dopo dieci minuti si alza, scosta la tenda cremisi, entra nell'antro. Sceglie uno dei tanti punti di emersione, marcati dai rozzi scalei e dalle fioche lampadine accese sotto il piano inclinato. Sopra il piano, in quei punti, un villaggio o un colle o un bosco cela agli occhi del pubblico la botola da cui emerge.

Ecco sotto di lui la Via Collinare, cosparsa di statuine di viandanti: ecco tra loro Lilim e Zahel. Fermo, fissando la scena, il vecchio prende a salmodiare una litania incessante, incomprensibile, da cui emergono stracci di parole, come quella che mormora chi prega o legge un libro tra sé a filo di voce. Così mugolando si sporge, prende la statuina di Zahel, la fa avanzare lungo la via di un segmento, poi prende quella di Lilim e lo raggiunge. Ogni tanto, quando la statuina dell'uomo affianca quella di qualche viandante, dalla nenia indistinta emerge una voce più chiara, che non pare sua:

«Shalom, amico, che la via ti sia propizia. Dove vai?»

Un attimo dopo, maneggiando altre statuine, la voce può essere sorprendentemente diversa:

«Che Jah ti incenerisca, demonio idolatra, vuoi pestarmi i calli con quel sacco di sterco che cavalchi?»

Così i due hanno giocato per tre notti: le notti del tredici, del quattordici e del quindici di dicembre. Alla fine di ogni notte di Lele e padre Giuseppe, una giornata di Lilim e Zahel finiva a sua volta in una notte ubriaca di stelle: ma un giorno avanti a loro, come avevano convenuto dall'inizio. Oggi è il sedici dicembre per il bambino e il frate, otto giorni alla vigilia di Natale: ma già il tre di tevet per Zahel, che ha solo sette giorni per trovare ciò che cerca.

La statuina si gira intorno lentamente, tra le mani di Lele.

«Da dove cominciava?... Non lo so» si dice assorto il bambino. «È il primo stallo del gioco. Quelli che cerca potrebbero essere dovunque, perduti in quel paesaggio...»

«Non per niente il tuo gioco l'hai intitolato Quest».

«Giusto, indagine. E in un'indagine la prima cosa è trovare un punto di partenza. Lei ce l'ha qualche idea?»

«Be', è vero che potrebbero essere in qualunque punto del paesaggio, però...»

E il frate comincia a narrare con toni fiabeschi della regione intorno al lago di Genezareth, il grande specchio d'acqua dolce attraversato dal Giordano, in Galilea. L'intera regione intorno è un paradiso di campi fertili, pascoli grassi, boschi fitti, fiori di tutte le specie in primavera. 'In quella terra scorrono latte e miele', dicono cento volte le scritture, e mai vi mancano i frutti: gli unici due mesi in cui non si trovano fichi, matura il melograno.

Naturalmente al rigoglio della terra rispondeva il favore degli uomini. Le sponde occidentali del lago erano folte di genti di tutte le razze, formicolanti di strade e villaggi, di lavori e commerci, e città grandi come capoluoghi di provincia si susseguivano quasi l'una all'altra.

«Insomma: se c'è un buon posto per cercare informazioni» conclude il vecchio, «per me è intorno a quel lago».

«Il lago di Genezareth...» ripete Lele, ruotando la statuina di Zahel verso il Nord del presepio e fermandola in direzione del lago. «Non è una cattiva idea. A nord, laggiù...»

Pondera ancora un po' qualche suo conto, poi posa la statuina sugli spalti di Forte Druso, a Cesarea, dove l'aveva presa poco prima. E conclude: «Domani allora ripartiamo verso nord».

Si appoggia coi gomiti al bordo del presepio, posa le guance sulle mani, riflette. Poi parla con sforzo, scegliendo le parole.

«Ma lei, padre Giuseppe, vuole che Zahel li trovi? Cioè... quella ragazza incinta col marito?»

«Lo sai anche tu, Daniele: noi non possiamo stare con nessuno. E contro nessuno. Troppo facile, così, che gioco è?»

«È vero. Anche io faccio così, ho imparato da poco. I giochi vengono meglio».

«Perché assomigliano alla vita».

«Lifelike» sorride Lele.

«Esatto» risponde al sorriso il frate, «anche senza sistemi esperti».

«Allora dobbiamo giocare».

«È il solo modo per far succedere le cose. Poi magari nulla ci vieta di sperare che succedano quelle che in fondo vorremmo noi...»

Ma il bambino si è già distratto, pare di nuovo perso nel paesaggio: guarda il presepio meccanico di padre Giuseppe, ma vede la sua Palestina *facies ad faciem*, in virtù reale.

«Ma lei...» ricomincia incerto. Poi si volta deciso: «Ma tu, padre Giuseppe... lo sai dove sono?»

«Ooooh!» si allarga il riso felice e un po' pazzo del frate. «Mi chiedevo quanto ci avresti messo! Ciao, amico!»

Padre Giuseppe gli tende la mano, Lele la stringe. E stanno lì, ridendo e scuotendo le mani in silenzio, un vecchio frate e un bambino con gli occhiali contro lo sfondo di un paesaggio raccontato.

Infine sciolgono la stretta e in un solo gesto, come per tacito accordo, si volgono e poggiano i gomiti al presepio.

«Vuoi dire dove sono... le prede?» chiede padre Giuseppe, e con un sorriso furbo e raggiante indica un punto non distante del presepio: una costruzione circondata da un recinto, sul bivio di due grandi strade.

Tre fatti accadono in rapida sequenza.

Lele lancia un grido di entusiasmo agitando nell'aria il pugno: «Grande!»

Padre Giuseppe lo zittisce spaventato: «Zitto, sciocco bambino!»

Da qualche altra parte della chiesa padre Serchi alza di scatto il viso da un foglio.

«La locanda di Mushi Nadàb! Son lì anche loro!» sussurra eccitato Lele. «Grande! Pazzesco! Micidiale!»

Padre Giuseppe si guarda intorno con allarme.

«Sì, sono lì, ma ascolta: è meglio fare un piano d'emergenza per restare in contatto, qualora qui la situazione cambi. Ce l'hai un telefono?»

«Certo, ma...»

Poco dopo, alle quattro e cinque minuti, Lele costeggia furtivo la fila di buie cappelle verso il grande portale socchiuso, dal cui spiraglio penetra un'abbagliante lama di sole.

Da una grata alta del coro, padre Serchi lo guarda uscire.

12. Myriam

La mattina del terzo giorno di tevet, una luce lattea pioveva omogenea da un cielo affogato di nuvole sulla locanda di Mushi Nadàb, all'incrocio tra le due grandi Vie di Palestina. Quelle nuvole perlate e smaglianti non portavano pioggia, ma chiara luce senza ombre e calma di vento per tutto il giorno. E gli sbuffi e i calpestii degli animali, con le voci in quieto conversare dei viaggiatori in vari punti del cortile, risuonavano nell'aria vaporosa come dentro una stanza.

Strizzando la faccia in una smorfia buffa per l'abbaglio di quel chiarore, Lilim Pitheké uscì dalla soglia scura della locanda. Guardò meglio, alla luce, sollevandola con le due mani, la tunica nuova color corda con una bella cintura di lana rossa che il gestore della locanda le aveva dato, dicendole brusco 'per ordine del tuo padrone'. Bella, era proprio bella: pulita e bella.

'Padrone?' pensò la bambina con un piccolo indecifrabile sorriso. Poi si guardò ancora intorno strizzando gli occhi.

Alle sue spalle si allargava la locanda, un agglomerato di piccole case a un solo piano. Sulla lunga facciata si aprivano sei o sette porte, e sui tetti a terrazzo una lunga teoria di tettoie ombreggiava i quartieri di fortuna per i viandanti più giovani, o più poveri. Davanti a lei una cinta di muro a secco chiudeva una vasta corte, con due accessi laterali muniti di pilastri di pietra e portali in legno: la porta di destra guardava sull'angolo in cui la Via Reale e il ramo della Collinare diretto a sud s'incrociavano; quella di sinistra dava sul ramo della Via che proseguiva a nord.

A quell'ora di piena mattina, la vasta corte brulicava di bestie e viaggiatori, impegnati in fasi diverse di arrivi e partenze. Piccolissimi asini scuri, asini bianchi di razza mascate e grossi muli venivano scaricati o caricati da uomini che vestivano mantelli da viaggio. Qualche cammello inginocchiato era accudito dai cammellieri del sud, che portavano alti turbanti. Gli ambulanti di passaggio alla locanda approfittavano della tappa e del viavai per stendere i loro tappeti e allestire le merci, sotto un ciuffo di palme rigogliose: ceste di cetrioli, cipolle, indivia e lattuga; orci di rame pieni di muries, la conserva di pesce salato di Magdala, ricercata per il suo gusto fino a Roma; otri di vino rosso puro, e altri più piccoli di vino aromatizzato con timo, cannella, rosa e gelsomino; e ancora vesti e stoffe, profumi e utensili per i campi e per la casa, campanacci, setacci, mestoli e taglieri.

Lilim aveva dormito in un angolo caldo della sala centrale, accanto al fuoco, dove il padrone le aveva steso in terra un giaciglio di vecchi tappeti. E appena sveglia si era sentita chiamare bruscamente: una ciotola di legno ben colma di latte di capra, un pezzo di pane di orzo, datteri e fichi secchi l'aspettavano sul tavolo scuro di unto.

Aveva bevuto di gusto tutto il latte e mangiato metà della frutta e del pane, riponendo il resto con aria guardinga nelle pieghe della nuova cintura. E ora passeggiava svagata per il cortile, curiosando tra i bagagli e le merci. Si fermò presso un gruppo di bambini, figli di viaggiatori di passaggio, amici di una sola mattinata, che avevano tracciato per terra una forma a caselle, e ora lanciando la pietra ci saltavano dentro. Guardò sorridendo finché una bambina più piccola di lei le chiese se voleva giocare. Rispose di no, e riprese la sua passeggiata.

Ma giunta alla porta a sud, quella di destra, lanciò uno sguardo rapido alla locanda, poi si volse e con un guizzo fu fuori. Prese a correre sulla Via verso sud, nella direzione da cui era giunta la sera prima, rasentando i cespugli di mirto e ginestra e gridando con voce acuta:

«Uhi-uhi-uhi-uhi...»

Di lì a poco il suo amico sbucò dalla macchia e le corse incontro zoppicando freneticamente.

«Cane Cotto, guarda! Hai fame? Guarda qua!»

Non senza una piccola esitazione nel sistemare la tunica nuova, Pitheké si sedette sul bordo della strada, imitata dal piccolo amico che esibiva un sorriso spropositato, sdentato e felice; tirò fuori la metà colazione che aveva serbato dalle pieghe della cintura e l'offrì al bambino, che prese a divorarla avidamente.

Pitheké lo guardava sorridendo, senza parlare, quando vide i suoi occhi felici adombrarsi di colpo: avevano scorto qualcosa alle sue spalle. Si volse e vide giungere una donna, che puntava a gran passi furiosi verso di loro. Portava gli abiti da lavoro delle classi più umili, una tunica corta coperta da un grembiule macchiato e un fazzoletto in testa; Lilim riconobbe in lei una delle serve della locanda.

La donna strinse gli occhi miopi, li vide meglio e affrettò ancora il passo, chinandosi a cogliere pietre e strillando invettive. Fu subito chiaro con chi ce l'aveva, e quando Lilim si volse di nuovo verso Cane Cotto, il bambino era già scomparso.

«Vieni subito dentro, cavalletta! Il tuo padrone aveva le sue ragioni ad avvisarci! Cos'hai a che fare con quei figli della Via? Non hai trovato il tuo pane, ormai? È proprio vero che Jahvè non dà secondo i meriti alla gente...»

E senza smettere di brontolare la afferrò per un polso, trascinandola brutalmente alla locanda. Camminando voltata indietro, Pitheké riuscì a scorgere il viso di Cane Cotto che emergeva cautamente dalla macchia sul bordo della strada; allora, con una pantomima a una sola mano degna del suo nome di scimmia, gli segnalò di farsi sotto il muro, più tardi, per avere la sua parte di cena.

La giornata passò tranquilla fin quasi al tramonto.

Lilim ciondolò per la corte, giocò coi bambini, curiosò tra le merci esposte. Tirò fuori dalla loro saccoccia le sette figurine dei suoi giochi e le pulì con uno straccetto intinto d'acqua. Si lavò con cura al pozzo prima di pranzo, mangiò di gusto il frugale pasto del mezzogiorno, si trattenne a chiacchierare con le servette della locanda.

Nel pomeriggio, un'ora prima del tramonto, guardandosi intorno pigramente nella corte, vide qualcosa che le fece sgranare gli occhi. Tra i viaggiatori che andavano e venivano, due nuovi arrivati parvero attrarre la sua attenzione e il suo entusiasmo: un uomo che allentava i finimenti di un bell'asino mascate e una ragazza che ne era da poco discesa, e che inarcando e massaggiandosi la schiena intorpidita spingeva avanti una spavalda pancia incinta.

«Myriam!» gridò Lilim correndole incontro.

«Pitheké!... Cosa fai tu qui?»

Le due ragazze si tennero le mani, sorridendosi negli occhi in un ingorgo di domande.

«E tu che fai?»

«Ma quando sei arrivata?»

«Da dove vieni?»

«Sono in viaggio con il mio sposo. E tu?»

«Sposo? Ti sei sposata?»

«Be', sì, eccolo qua... guarda, Joseph!» proseguì Myriam, rivolta all'uomo che si avvicinava con un sorriso stanco. «Questa è Lilim, la piccola gebusea che serviva nel Tempio nei primi anni in cui son stata lì».

«Shalom, Lilim. Hai mangiato, sei riposata, hai compagnia?»

«Grazie, Joseph di Emmaus, ho mangiato e ho la mia compagnia».

«Bene. Io porterò l'asino nella stalla e lo governerò. Voi due ragazze potrete chiacchierare, se volete. Ma lascia che Myriam riposi: vedi il suo ventre?»

«Riposerò, marito!» rise Myriam. «Riposerò mille volte meglio qui a chiacchierare con un'amica di quand'ero bambina, piuttosto che nel buio di quella locanda. Già tutto il viaggio è un silenzio insopportabile!»

Joseph allargò le braccia sorridendo e si allontanò, conducendo l'asino ancora carico dei bagagli.

«Dove ci mettiamo?» chiese Myriam.

«Seguimi!» rispose Pitheké, e corse via.

«Ehi!» rise l'amica, tentando una goffa corsa. «Già mi battevi quand'ero a pancia vuota...»

Sedettero in un angolo appartato della corte, su una panca di pietra addossata al muro di cinta, sotto una folta chioma rampicante di gelsomini.

Lì parlarono fitte, smemorate, sole al mondo, ridendo ogni dieci parole.

Le domande si intrecciavano ai ricordi, il passato al presente ed entrambi alle risate. Rievocarono le sere estive senza fine, al Tempio, nella Corte delle Donne. Le vergini sacre filavano il lino d'Egitto, tinto dei quattro colori prescritti, per la cortina del Santo dei Santi. Il paramento andava rinnovato ogni anno, tirando a sorte tra le vergini la porpora, lo scarlatto, il viola e il bianco: a Myriam era toccato lo scarlatto per tre anni di seguito, e si erano fatte di quel caso discussioni compunte e solenni. Ma la servetta matta che spazzava i cortili faceva ridere fino al pianto le sacre giovinette, con le parole, le facce, gli scherzi, le acrobazie da scimmia sulla ramazza.

«Quando facevi con le mani il segno vau, il cuneo della dea, e la Madre Guardiana ti vedeva...»

«E io allora facevo così...»

Lilim intrecciò le mani dorso a dorso, coi due medi che sporgevano e si agitavano buffamente come due vermi contrapposti: Myriam rise con le mani sulla pancia.

«Chi è la Guardiana adesso, sempre Anna figlia di Fanuele?»

«Ma cosa dici! Avrà seicento anni!»

«E a chi è toccato di tessere la porpora dopo che me ne sono andata io?»

«Ma dai, a Tamàr, quella fava!»

«Davvero Madre Guardiana per castigo ti faceva contare le pietre del pavimento del Tempio?»

«E quel vau che avevamo disegnato col verderame sotto il terzo scalino, chissà se c'è ancora».

«Pitheké, però la Madre aveva ragione: è vero che sei fatata».

Lilim tacque, sorrise appena, guardò altrove. L'amica fece la faccia furba ed incalzò: «Hai salutato mio marito chiamandolo Joseph di Emmaus. Ma io ti avevo detto solo Joseph...»

Pitheké sospirò, si accigliò, si morse il labbro. Poi si volse all'amica, le due si guardarono in volto per qualche istante, poi scoppiarono a ridere con le mani sulla bocca.

«Dai, prima di andare via mi leggi il futuro».

«Va bene. Ma questo Joseph com'è?»

«Insomma. Bello non è, l'hai visto».

«Giovane nemmeno».

«Meglio lui di tanti altri, Pitheké. È un uomo buono, non mi batte, mi tiene tra lana e miele...»

Per un effetto d'imitazione, usuale tra amiche, o per l'emergere d'antiche tracce della fine educazione femminile che la vita nel Tempio, in qualche modo, aveva irradiato anche su di lei, la bambina randagia sudicia e urlona parlava con misura e dolcezza, con toni da ragazza. E colmavano pienamente la distanza tra i quindici anni di Myriam e i suoi undici l'affetto, i ricordi, il conforto di ritrovarsi tra loro due, perdute in quei deserti di uomini severi e noiosi come le loro montagne.

«E tu?»

Lilim tentò ancora un paio di smorfie, ma alla fine dovette raccontare.

Lo fece volgendo all'amica un sorriso più fondo, più scuro, ma non meno dolce e sereno. Myriam la ascoltava in silenzio, con l'aria presente e distante al tempo stesso che hanno le donne gravide quando tengono le mani sul ventre. Poi tacque qualche momento, assorta. Infine disse che aveva già saputo, da amiche comuni, che lei era andata a finire sulla Via; che se ne dispiaceva, certamente, ma conoscendola non si stupiva più di tanto; e non pensava che in fondo fosse così male, quella vita, così empia come dicevano i rabbi – che mai al mondo le orecchie devote di suo marito la sentissero parlare così! Sapevano entrambe che c'erano molti modi, uno più pazzo dell'altro, di cercare la propria vita o di perderla, per una donna in quella terra di pazzia.

«Quando ti hanno cacciata dal Tempio, dopo la storia degli incantesimi...»

«Ma erano giochi».

«Lo so, ma i sacerdoti li conosci. Finché ha potuto Madre Guardiana ti ha protetto, ma tu vai a farti beccare con le sette figurine...»

Myriam le chiese, con molta semplicità, se voleva venire con loro come serva.

«Staresti con me, ti tratterei bene».

«Lo so. Ma non posso. Devo fare una cosa».

«E fa la misteriosa, la maga delle scimmie! Ma cosa puoi avere da fare, di tanto importante?»

Il sole intanto s'era fatto strada in una fenditura larga e piatta tra coltre di nubi e letto di terra, e mostrandosi per la prima volta nel giorno spalmava di luce arancio il muro della locanda, laggiù di fronte a loro.

«Tra poco devo andare, è già il tramonto».

«Fai sempre quel gioco?»

«Sì. Ma c'è ancora tempo, parliamo ancora: dove andate, perché siete in viaggio?»

«Il solito censimento. Sai cos'è?»

Myriam spiegò all'amica, come lei l'aveva capita, la storia del censimento voluto da Augusto. Tutti dovevano farsi registrare, ciascuno nella città d'origine della propria stirpe: e Joseph, della stirpe di David, da Nazareth in Galilea, dove abitava, doveva andare a Betlehem, in Giudea. Lì erano diretti.

«Quindi a sud» disse Lilim, «meno male».

«Perché?»

«No, niente, pensavo una cosa».

«Che cosa? Dai, maghetta, non far la misteriosa! Leggimi questo futuro, dimmi tutto: avrà fortuna il mio bambino?»

Lilim Pitheké chiuse gli occhi, si coprì con la mano l'occhio destro, aprì lentamente il sinistro, che brillò della sua luce d'ambra cieca, portò lo sguardo vuoto di quell'occhio sul ventre gravido di Myriam figlia di Joaquim. E lanciò un grido corto, di bestiola.

Fu un attimo: distolse subito lo sguardo, e prese a sfregarsi entrambi gli occhi furiosamente come un bambino molestato dal risveglio. Poi sbuffò un lungo sospiro, mentre un primo incerto sorriso tornava sulla sua bocca.

«Cosa c'è, Pitheké? Cos'hai visto?» chiese Myriam con gli occhi dilatati dall'ansia. «Non mi far spaventare, parla, Scimmia!»

«Va bene, non spaventarti, tutto bene. Tuo figlio...»

Esitò, sbirciò ancora la pancia dell'amica. Sospirò.

«Mio figlio?»

«C'è molto sole in quel bambino. Tanto sole».

Myriam guardò l'amica con gli occhi ancora accigliati ma le labbra già sorridenti.

Poi chinò il capo sulla rotondità della sua pancia, vi posò entrambe le mani, fece un lungo sospiro e disse, quieta: «Lo so».

Dopo poco parlavano d'altro.

Chi era questo Zahel? Di quale gente? Qual era il suo mestiere? E la sua casa? Era onesto? Temeva Jahvè? O aveva intenzioni poco belle? Le aveva fatto proposte sconvenienti?

«No, nemmeno una volta».

«Sei sicura?»

Lilim studiò la posizione delle ombre che strisciavano sul suolo della corte.

«Devo andare, è già l'ora del tramonto».

«Ti vedo ancora domattina, alla partenza?» chiese Myriam, mentre negli occhi le passava la tristezza improvvisa e sconfinata delle donne vicine al parto.

«No, credo di no. Partiremo presto» rispose Lilim guardando altrove.

Le due amiche si salutarono nelle forme che la distanza di casta consentiva: Lilim, com'era d'uso al Tempio, abbracciò le ginocchia di Myriam, che le scarmigliò con una carezza i capelli neri.

Poi la ragazza si avviò caracollante, come una giovane cammella, con la sua pancia avanti per la corte. I suoi occhi e il suo sorriso erano già mille miglia lontani, nell'Eden di ogni vita che sta per essere, brulicante di dèi, chissà dove.

Pitheké la guardò allontanarsi. E solo quando fu scomparsa in una porta buia della locanda si alzò, si lisciò la tunica nuova, toccò il sacchetto dei giochi, guardò il cielo, guardò la terra, e si avviò verso il sole del tramonto.

13. I due esseni

L'indomani, quarto giorno di tevet, la coltre uniforme di nubi perlate copriva ancora il cielo da orizzonte a orizzonte, neanche un'unghia d'azzurro era visibile. La luce bianca felpata intagliava ogni cosa, come un'immobile equanime inventario: tutto presente, senza ombre, senza odori.

Tutto reale, tutto vero, tutto lì.

La locanda di Mushi Nadàb, sveglia da un pezzo, vociava tranquilla sotto quel bel chiarore. Asini e muli degli ultimi viaggiatori in partenza attendevano carichi, legati agli anelli del muro di cinta in due gruppi, uno a ciascuna porta: quelli che si accingevano a proseguire sulla Via Reale a est o a ovest, o sulla Via Collinare verso sud, erano presso il portale di destra; quelli che avrebbero preso la Via Collinare diretti a nord si affollavano a sinistra.

«Andiamo a nord» annunciò asciutto Zahel, guardando Lilim.

La bambina mangiava pane con marmellata di cotogne e beveva latte di capra, seduta al tavolo nella cucina della locanda, faccia alla porta. I loro occhi si incontrarono, e sopra il bordo della ciotola di legno quelli spaiati di Lilim Pitheké parvero ancora più strani e impossibili.

«Com'è andato il tuo viaggio, padrone?»

«Non chiamarmi padrone».

«È così che ti chiamano, qui: ha detto il tuo padrone di far questo, ha detto il tuo padrone di far quello...»

«Sono degli imbecilli. Che cosa hai fatto tutto il giorno, ieri?»

Zahel era arrivato a notte fonda. La bambina, che dormiva accanto al fuoco, nel locale centrale dell'agglomerato, s'era svegliata al suo ingresso: l'aveva sentito posare la sacca e il bastone, chinarsi brevemente a guardarla, quindi uscire a cercare un giaciglio per il poco che restava della notte. La cavalcata di ritorno da Cesarea era stata più calma che all'andata e con più soste, ma la fatica accumulata in tutto il viaggio aveva fatto sì che, trovato un letto, Zahel dormisse fino a quell'ora del mattino: quando cioè, con sollievo di Lilim, i viaggiatori in partenza quel giorno erano già andati via.

Così le mancò il fiato quando, attraverso la porta aperta alle spalle di Onagro, scorse Myriam in fondo alla corte che si avviava all'asino legato.

«Che hai?» chiese l'uomo, soprappensiero.

«Niente. Ho bevuto troppo in fretta questo latte. Posso averne dell'altro?»

«No, ora dobbiamo andare. Vado a pagare il cavallo e la tua giornata. Quando torno devi essere pronta. Ti sei lavata?»

«Sì, ma aspetta. Ti devo dire cosa ho sentito ieri».

«Me lo dirai per via».

L'uomo fece per uscire, ma Lilim aggiunse: «Ho sentito di un gruppo di ginnasti».

Zahel si volse, tornò indietro, sedette di fronte a lei.

«Ginnasti? E cosa hai sentito di loro?»

Facendosi cavare le parole, con mille indugi e imprecisioni, ma in fondo senza mentire, Lilim narrò i discorsi che aveva colto il giorno prima tra il gestore della locanda e due viandanti: una squadra di una decina di ginnasti era passata di lì poco prima del loro arrivo, diretta a nord. Avevano deriso e umiliato i vecchi devoti di una comitiva di pellegrini, avevano allungato le mani sulle serve, insolentito il gestore, insozzato lo spiazzo davanti alle porte con gli escrementi dei loro cavalli.

Zahel chiedeva dettagli, precisazioni: quanti erano, dov'erano diretti, se c'era qualcuno che li comandava, se aveva sentito fare dei nomi. Nel corso del dialogo, simulando il solito sguardo imbambolato, Lilim guardava alle spalle di lui, nella corte. Vide Myriam e Joseph accanto all'asino, vide l'uomo aiutare la ragazza a montare, lo vide sparire ancora per un tempo infinito, lo vide tornare, li vide ancora confabulare e finalmente, lenti come sogni, li vide uscire dalla porta verso sud.

«Posso avere dell'altro pane con marmellata?» chiese allora.

«È ora di andare» disse Zahel, e uscì nella corte ormai vuota.

Appena pochi minuti e anche loro furono pronti per partire: Lilim con la tunica nuova comprata lì alla locanda, il mantello nuovo comprato al bivacco dei briganti, la cintura rossa con un cartoccio di pane e marmellata tra le pieghe; Zahel con le bisacce cariche di misteriose scorte, provenienti anche quelle dal bivacco, col bel mantello a strisce bianche e ocra, la kefiyah stretta di fascioline colorate, il bastone nel pugno, e i pugnali nelle pieghe della fascia.

Uscirono dalla porta verso nord, e furono sulla Via.

Dopo nemmeno cento passi, Lilim si volse indietro: le figurine minuscole di Myriam e Joseph scomparivano con asini e bisacce in fondo al tratto rettilineo della Via, allontanandosi dalla parte opposta a loro.

Lilim estrasse dalla cintura il suo cartoccio, e assicuratasi che Zahel non la guardasse lo posò sulla strada.

Dopo altri cinquanta passi tornò a voltarsi: Cane Cotto era già lì seduto che mangiava, e le faceva cenno con la mano. La porta nera tra i denti del suo buffo sorriso sembrava potesse scorgersi fin da lì. Lilim rispose al cenno, si volse, riprese il cammino serena: di nuovo in viaggio.

Ma sereno il viaggio non fu.

Dopo una quindicina di chilometri a nord della locanda, la Via Collinare toccava il villaggio di Nain, alle pendici del monte Tabor; altri dieci chilometri e attraversava la città di Nazareth, per voltare poi decisamente a nord-est e in un'altra quindicina di chilometri raggiungere la bella Magdala, sul lago. Zahel aveva detto alla partenza che intendeva raggiungere Nazareth entro la notte: venticinque chilometri erano una buona giornata di cammino, per viandanti decisi e sani, che non portava né fatica né pigrizia.

Davanti agli occhi di Lilim e Zahel ora si ergevano i contrafforti del monte Tabor, e la Via si disponeva alla salita: si snodava dapprima nel fondo delle valli, si arrampicava poi sui fianchi delle alture, serpeggiava sui crinali più accessibili, e si lasciava infine andare giù di nuovo in blande e lunghe discese. Ai boschi di querce e terebinti si alternavano vasti ghiaioni, brulli calanchi terrosi sui fianchi dei colli, striati dai tratturi delle greggi. Stavano insomma per lasciarsi indietro l'accidentata Samaria ed entrare in Galilea, terra molle di pascoli e di vigne.

Il cielo era sempre velato da quel mantello di nubi luminose, omogenee, che spargevano sul paesaggio la stessa luce farinosa e immobile dalla mattina alla sera.

96

Il viaggio si distese lento e quieto, in quel torpore, per oltre la metà della giornata: soste ai pozzi per bere e riposare, pochi discorsi coi viandanti nel cammino, lunghi silenzi nei tratti più deserti, resi più grandi dai gridi puntiformi dei soliti rapaci alti nel cielo o di qualche sciacallo solitario. Parlando coi compagni di viaggio, un paio di volte ancora Zahel sfoderò la fandonia dell'orfanella: ma pareva meno convinto egli stesso, come se avesse un altro piano più efficace. Alla fine smise del tutto di parlarne e marciò muto, con il suo sguardo atono puntato sulla Via. Lilim, dal canto suo, alternava momenti di gioco e corse e salti ad altri di marcia assorta e silenziosa, al fianco destro dell'uomo.

Non parlarono quasi mai.

Zahel s'accorse da subito delle manovre di Lilim per celare il suo piccolo amico vagabondo, ma non disse niente: solo una volta, durante una sosta sotto un cedro, vedendo la testa spuntare con troppa insistenza da un albero troppo vicino, si levò e raccolse una pietra. Ma non la lanciò.

Così procedeva il viaggio da sei ore, e avevano già percorso quasi venti chilometri quando giunsero, poco prima del tramonto, due chilometri oltre il villaggio di Nain, a un tratto serpeggiante della Via che pareva deserto. Lì sentirono da un punto avanti a loro un concerto di grida soffocate, tonfi sordi e brevi sillabe squillanti:

«He!... Jod!... He!...»

Lilim si spaventò visibilmente e scrutava con apprensione avanti a sé, verso la fonte di quei suoni, e al suo fianco verso Zahel, per studiarne le reazioni. Ma l'uomo era impassibile: strinse forse appena un poco le mascelle, portò la mano a tastare la cintura e camminò senza mutare il passo. La bambina, con gli occhi dilatati, lo seguiva camminando alle sue spalle, con una mano aggrappata alla bisaccia e sporgendo il capo di lato per vedere.

«Ho paura!» piagnucolò.

«Zitta!» rispose lui in un sussurro che non ammetteva risposte. «Da adesso non un respiro!»

Solo una volta a ridosso della curva Onagro si fermò: stette immobile, con una mano protesa indietro a ordinare il silenzio anche a lei, e ascoltò. I suoni, oramai più vicini, erano senza più dubbio quelli di una mischia furibonda, con viscidi schiocchi paurosi e grida aggriccianti, e sempre quelle sillabe cantate.

Zahel si mosse: si portò fuori della strada, tra i cespugli, vi si addentrò finché furono fitti, e lì riprese ad avanzare fiancheggiando la Via. Così tagliarono la curva, si riaccostarono non visti al tratto di strada dove infuriava lo scontro, e appiattendosi al suolo tra gli arbusti del mirto, scostando le fronde, questo fu quello che videro.

In mezzo alla Via un uomo solo, gigantesco, fronteggiava con una grossa mazza sei o sette individui stranamente vestiti. L'uomo era un monaco, con una bianca tunica di sak e una cinta di cuoio, e la mazza micidiale che brandiva – riconobbe Lilim – era il mestolo rituale degli esseni.

I suoi nemici erano giovani ebrei dai muscoli torniti, armati di gladi romani, con corte tuniche di foggia greca legate ai fianchi per lasciar libere braccia e gambe, occhi marcati di bistro, capelli corti, unti di oli e cosparsi di polvere d'oro in tutto il corpo: i celebri ginnasti. Tra loro, assurdamente inginocchiato, un altro monaco assai più esile e più vecchio pareva assorto in preghiera al centro di un cerchio tracciato sul suolo.

Lilim si volse senza fiato al suo compagno: Zahel guardava muto e inespressivo. Entrambi avevano riconosciuto nei due monaci gli esseni incontrati due giorni prima sulla Via, prima del bivio per Scitopoli: Zeitan del Cerchio e Jod-He Maccabeo.

Ecco spiegato il mistero di quei nomi.

In realtà entrambi gli esseni combattevano. Tutta Canaan conosceva i poteri taumaturgici di certi eremiti, e le fiabe narravano di Honi, tracciatore di cerchi dove nessuno poteva metter piede contro la sua volontà. Zeitan faceva di meglio, a quanto pareva. Il sant'uomo giaceva inginocchiato con la fronte per terra, salmodiando preghiere sconosciute: alla benedizione che chiudeva ogni lunga strofa batteva al suolo le palme delle mani, e nella mischia, inspiegabilmente, uno dei ginnasti cadeva colpito, ferito, o forse solo stordito da mano invisibile.

Chi non stordiva soltanto era Jod-He Maccabeo. Il gigante traeva il doppio nome dai due segni della sua arte micidiale. Il Maccabeo, che in aramaico significava 'il Martellatore', svettava furente attorniato dai nemici, roteando nell'aria il suo mestolo, di cui finalmente si spiegavano le dimensioni sproporzionate e le tacche: parava con esso i fendenti dei gladi romani, e lo calava in mazzate tremende su teste e su schiene. A ogni colpo tuonava con voce bronzea e potentissima una delle quattro lettere sacre dello Schem, l'impronunziabile Nome di Iddio:

«Jod!... He!... Vau!... He!... Jod!... He!...»

E a ogni nemico caduto, infine, la voce argentea faceva suonare per le valli un trionfante 'Osanna Israèl!'

Lo scontro pareva iniziato da non molto: i ginnasti stesi in terra, morti o feriti, erano quattro, e in sei ora attaccavano Jod-He. La squadra era di dieci, come quella di cui parlava la bambina. Zahel si volse per chiederle conferma, ma lei lo prevenne:

«Aiutali, Zahel! Sono uomini buoni!»

«Sono quelli i ginnasti di cui parlavi?»

«Non lo so, signore Zahel, io non li ho visti! Ma tu aiuta questi due monaci, non farli morire!»

«Li aiuterà il loro dio, se ne ha la forza. Io son qui per un altro lavoro. E ora silenzio».

Si volse alla battaglia. Anche Lilim, spaventata e afflitta, guardò.

I giovani erano belli, vigorosi, addestrati nelle palestre dei romani alle arti della lotta e della gara, e combattevano elastici e danzanti, con fatua allegria, forse in parte ubriachi, forse pazzi.

Un fendente di spada superò la guardia furiosa del grande mestolo di legno e colpì il gigante esseno alla spalla sinistra. La voce tonante gridò vocali diverse dalle solite sillabe sante, e il vecchio confratello nel suo cerchio levò il viso accigliato d'ansia. Mentre il Martellatore, immobile e stordito, richiamava a sé il fiato e la forza, Zeitan lanciò a sua volta la voce profonda in una serie rapidissima di nomi, e una nuvola di scoramento e di fatica parve calare sui sei giovani atleti. Ma se miracolo era, fu assai breve: si riscossero contemporaneamente, il monaco lanciandosi avanti con un grido sonante e i ginnasti saltando e roteando attorno a lui.

Ma le bocche di sangue si aprivano sempre più fitte sul corpo di Jod-He, e il vecchio Zeitan curvava le spalle sotto il peso dell'umiliazione di chiedere troppo al suo dio.

«Non ce la fa, Zahel! Non ce la fa!»

14. Fight!

È quasi la mezzanotte del diciassette di dicembre. In casa di Lele il silenzio, foderato dal tenue ronzio degli apparecchi di pulizia dell'aria, è rigato anche da un altro lievissimo suono: fruscio di stoffe, scricchiolio di sedia, sussurro impercettibile di voce.

La porta della sua camera è chiusa. Dentro, il buio è velato appena dal tenue chiarore di una lampada sul comodino accanto al letto, regolata a bassissima potenza. Il ragazzo è seduto sulla sedia della consolle, che però è rivolta al centro della stanza. Il suo profilo, deformato dal casco-monkey, è incorniciato dalla luce acida dei led azzurri delle apparecchiature che barbagliano per segnalare la fatica di suscitare mondi.

In questo buio spettrale Lele vede solo ciò che gli mostrano i visori 3D davanti agli occhi, sente solo ciò che gli suonano gli auricolari 3D nelle orecchie, sussurra leggerissime parole ai due microfoni ai lati della bocca; ma soprattutto si muove alacremente, ansimando appena, in ciò che a un osservatore esterno apparirebbe un'insensata pantomima.

Il movimento guida è nelle mani: inguainate nei bei joyglove neri, imbottiti di minuscoli sensoeffettori tattili e cenestetici e di attuatori per il ritorno di forza, le mani di Lele danzano armoniose. La sequenza velocissima dei gesti non richiama nessun uso umano, non fosse per una vaga somiglianza con una danza kathakali accelerata o un alfabeto dei muti: prendere, spingere, artigliare, rifiutare, indicare, scostare, tagliare... e molti altri rapidi gesti che non si possono ricondurre a niente.

La testa ruota a scatti corti e secchi in tutte le direzioni, come chi debba guardarsi da qualcosa che lo minaccia da tutte le parti. Il resto del corpo accompagna: le spalle si stringono come a proteggersi dai colpi; il busto, le braccia, le gambe, tutte le membra escluse dal gioco scattano in piccoli gesti mancati come quelli dei sogni. La voce sussurra pianissimo sillabe ignote, che la maschera sonora del sistema trasforma dall'altra parte in grida squillanti: «Jod!... He!... Vau!...»

Lele, in modalità prima persona, sta pilotando Jod-He Maccabeo nella sua disperata battaglia.

'L'ho beccato!...' impreca tra sé. 'Maledizione, ho beccato il virus, vuoi vedere? Un bastardissimo Quixote.fighter! Che senso avrebbe questa battaglia, adesso? È l'irruzione di un Quixote, non c'è dubbio. E poi mi scappa anche da pisciare!'

Chinando di colpo il capo schiva un fendente di gladio che arriva da dietro e da destra; poi con una combinazione di pollice e indice destri rotea con forza il mestolo in quella direzione: sente nel guanto un ritorno di forza preciso, un urto smorzato, come avesse colpito e rotto qualcosa di duro; e sente in cuffia, localizzato indietro e a destra, un suono di denti spezzati e un grido affogato da sbocchi di sangue. «Osanna Israèl!»

'Porca miseria! Non mi pareva di aver messo un violence rate così pesante! Sì, dev'essere il virus. Apprezzerebbero molti in classe mia...'.

Un gesto in basso delle due mani, e un indice puntato avanti: Jod-He si china e allunga il mestolo a tenere lontano un ginnasta che tenta un affondo. Lele rimugina velocemente: il sistema conosce benissimo la lunghezza dei gladi romani dall'elsa alla punta, non dovrebbe arrivare a ferirlo. Infatti il ginnasta protende invano la spada, che sfiora appena il saio bianco.

Ma una puntura secca al dorso della mano e una tonalità rossa che invade per qualche secondo il campo visivo lo avvertono che Jod-He è stato ferito.

'Uhia! Spalla sinistra, danno sei. Brutto bastardo! Un'altra botta così e ci lascio le penne'.

Due guizzi decisi di lato dei mignoli a destra e a sinistra, e i due indici che calano al centro dall'alto in basso: il santo gigante sforbicia due poderosi calci a destra e a manca su due nemici che correvano a finirlo, e cala una martellata davanti a sé sul cranio del ginnasta feritore.

'Eh no, mi sto pisciando addosso. Ok, timeout!'

Con un gesto di metapilotaggio mette il gioco in stand-by e si blocca di colpo.

Si lascia andare sulla poltroncina come un pupazzo sgonfiato, con un profondo sospiro.

Resta fermo così, senza fiatare per qualche secondo, poi scatta in piedi, si toglie il casco, si toglie i guanti, fila di corsa via. Apre la porta, corre scalzo in punta di piedi nella sala evitando di travolgere il presepio, entra nel piccolo bagno così veloce che la luce si accende quando è già davanti al water.

«Ma forse non è un virus...» rumina ancora. «Forse è così questo cavolo di storia! Si sviluppa in un modo così strano... Bella, però! Sta performando bene! Diversa da tutte, finora. Avranno messo una nuova release dello strato gestore dei destini nel motore drammatico. Oppure chissà... Va be', io vado avanti, poi vediamo che succede. E domani chiedo al frate che ne pensa. Chissà a lui come sta andando...»

Pochi metri più in là, con gli occhi spalancati dentro il buio, la mamma di Lele fissa le cifre della sveglia e tende le orecchie ai rumori. Eccolo, sta facendo la pipì. È fermo, incantato a pensare: certamente rimugina il gioco che ha appena interrotto, e che correrà a riprendere appena ha finito in bagno. Probabilmente senza tirare l'acqua. No, ecco, l'ha tirata, e scappa via. Il tamburo felpato dei passi rulla verso la camera: e clac, chiusa la porta.

Perduto di nuovo.

Ma dove va? Dov'è che va quel suo bambino, in quali posti dove lei non può seguirlo?

Questi giochi non sono cose che si vedono e si fanno: sono posti in cui si va. Lui va e cammina in un mondo che si crea dieci chilometri davanti al suo naso, e si disfa dieci chilometri dietro di lui. È l'infinito! Una chiazza personale di infinito, preciso, meticoloso, vivosimile, come dicono loro: lifelike. Che succhia come un ragno nella rete il sapere di milioni di studiosi, secoli di conoscenze conquistate per tutt'altri scopi, e dirottate su quello: creare mondi. Mondi ossessivi, compilatori, innumerabilmente progettati, dove neanche una foglia è lì dov'è per caso, dove c'è tutto e ogni cosa: tranne lei.

E peggio ancora: mondi bellissimi, disperatamente veri. Il suo bambino cammina da solo nelle notti, in salita, sui fianchi dei colli, con la luce polverosa della luna che gli preme le spalle, e l'ombra nera che striscia avanti a lui.

Virtù reale, sospira la donna. Chissà perché la chiamano così.

Accende la piccola luce a forma di luna, si leva sui gomiti. No: quelle visioni non sono il modo giusto di prendere la cosa. Così facendo tutto ciò che otterrà sarà una notte in bianco. Oppure un brutto sogno: colline sotto la luna, e poi altre, e poi altre, fino a domani, all'ora di andare in ufficio.

Prende il bicchiere, beve. Si scopre, butta le gambe fuori dal letto, si alza.

Ferma in piedi con una mano nei capelli, nel grande pigiama da uomo di foggia antica, a fisarmonica di pieghe larghe dappertutto, sembra un clown bello e triste.

Esce dalla sua camera in punta di piedi, attraversa la sala illuminata fiocamente dalle luci della strada, si accosta alla stanza di Lele, avvicina la testa alla porta, ascolta...

Niente.

Sta lì, per un tempo infinito, correndo il rischio che lui esca e se la trovi davanti. Sarebbe quasi meglio, pensa tra sé: almeno il foruncolo esplode, ne parliamo...

Invece riprende quel lieve rumore di gioco: stoffa che fruscia, poltrona che scricchiola, voce che soffia grida sussurrate. La riconosce, è una scena di battaglia. Lo ha visto tante volte ormai giocare, ma non ci ha ancora fatto l'abitudine. Ora ad esempio è contenta di sentirlo soltanto, senza vederlo muoversi così, con quel casco che lo fa cieco a lei, e visionario invece di altre cose che lei non può vedere, con quelle mani incredibili, guizzanti, armoniose...

«È bellissimo, mamma!» dice a volte con sorrisi disarmanti.

Ma allora che cos'è che fa paura?

Posa una mano leggera sulla porta. Cosa c'è adesso dentro quella stanza?

Mondi, ultramondi, tanto più vertiginosi perché sa che se irrompesse proprio ora e accendesse la luce non vedrebbe niente altro che il suo bambino imbambolato, solo, coi suoi guanti protesi avanti, col suo casco ridicolo in testa, e intorno il solito letto, il solito armadio, i soliti due tappeti, uno schifoso... E perché allora, malgrado tutto questo, quella stanza sembra vibrare di qualcosa, una strana virtù...

103

Virtù reale. Ma cosa vorrà dire.

La donna finalmente si distoglie: la mano lascia la porta sfiorandola, in un'inconsapevole carezza. Si allontana in punta di piedi ma sulla via del letto, come per uno scambio ferroviario incastrato dall'usura, devia verso la stanza di Carlotta.

Entra decisa, senza bisogno di far piano, perché niente minaccia il sonno di quell'età. La bambina dorme abbracciata ai suoi peluche. Col dorso delle dita la mamma controlla il sudore della nuca, sbuffa accigliata, le toglie di dosso un po' della 'sua gente'. Le passa piano una mano sulla testa, in un gesto distratto che insieme ravvia i capelli, riconosce le forme, accarezza, come un unico riepilogo d'amore.

Poi esce rasserenata da quel sonno, o da quel gesto, e torna a letto.

Sì, lo sa, sono fantasmi della notte, domani tutto sarà più semplice e più vero. E invece di perdersi stupidamente nei mondi sconosciuti di suo figlio, agirà concretamente nel suo: fisserà un appuntamento con l'assistente familiare, e se non basta andrà al Centro di Igiene Virtuale. Parlerà con gli esperti, e se lo chiedono ci tornerà con Lele. Le diranno qualcosa, non può capire tutto da sola!

Sospira: tutto da sola, sempre da sola...

Chiude gli occhi, e finalmente arriva il buio.

È mezzanotte nella chiesa di San Sigismondo immensa e fredda. Il buio denso sotto le volte è trafitto dai laser rossi degli allarmi. Un rombo basso e lontano echeggia dappertutto, senza fonte apparente. Le luci notturne sono una collana di pozzanghere azzurre nel vestibolo, nell'atrio del convento, nello scaleo, nel corridoio degli uffici. Rompe questa collana un'unica luce bianca e violenta, rovesciandosi sul pavimento lucidissimo dalla porta aperta di un ufficio.

Due voci maschili parlano.

«Mi spiace, padre Sergio. So quanto a lei stia a cuore il nostro vecchio confratello: ma questa volta, le assicuro, il rischio è grosso».

Il frate grassoccio dall'aria afflitta si agita a disagio sulla sedia, dall'altra parte della scrivania.

«Ma ne è sicuro, padre Serchi?»

«Avevo subodorato qualche cosa, e ho tenuto... diciamo... gli occhi aperti. Il ragazzino è lo stesso di quel giorno, si ricorda?»

«Quello che dice di aver trovato il personaggio...»

«Lui. È stato qui diverse volte. L'ho visto uscire ieri pomeriggio, poco dopo le quattro».

«Be'... in fondo è ora di visita al presepio» azzarda il buon frate senza alcuna convinzione.

«Andiamo, padre Sergio!» un sorriso sgradevole appare sulla bocca del suo interlocutore. «Lei sa meglio di me che rischio corre il buon nome della nostra comunità. Un ragazzino che viene a trovare un vecchio frate! Ogni pomeriggio! Se la cosa venisse saputa in giro...»

«Ho capito, ho capito, va bene!» interrompe l'altro, più imbarazzato che impaziente. «E che cosa consiglia di fare?»

«Di tenerlo lontano dal presepio».

«Il ragazzino?»

«No, padre Giuseppe».

«Ma lei sa bene che il padre provinciale...»

«Il padre provinciale» lo interrompe stizzito padre Serchi, «ha problemi ben più gravi da curare, commisurati al suo magistero. E non è qui ora, a darci il suo consiglio. E noi purtroppo dobbiamo procedere ora».

«Ma senta...» con un sussulto di determinazione, il mite uomo si rizza sulla sedia. «Cosa c'entra il presepio, stavolta? Perché vuol tenerlo lontano? Se il problema è il bambino, teniamolo lontano dal bambino!»

Padre Serchi lo guarda accigliato, pensando rapidamente. Padre Sergio ne approfitta, stringe i denti, tira il fiato, e prova a sferrare il suo colpo.

«Quanto al padre provinciale... Be', il suo consiglio non è così lontano: si può raggiungere con una telefonata».

Padre Serchi lo fissa sgranando gli occhi, con espressione di scandalo affettato.

«Padre Sergio!» esclama, scuotendo il capo. Poi sorride sarcastico. «Incredibile... Vedo che il fascino di questo vecchio può trasformare in falchi le colombe!»

«Non falchi, serpenti...» mormora il frate grasso a capo chino.

«Astuti come serpenti, certamente. Non è il suo caso, ma sia come dice lei!» Padre Serchi si alza in piedi, coi pugni sulla scrivania. «Diamogli un'altra possibilità. Ma si curerà lei della cosa. Sotto la sua responsabilità».

«Mi curerò io di tutto». Anche padre Sergio si alza, visibilmente sollevato.

«Quel bambino non deve più mettere piede in questa chiesa».

«Sia lodato Gesù Cristo, padre Serchi».

Il frate grasso non aspetta risposta, si volta, infila la porta, si tuffa nel buio.

Percorre scale, atri, vestiboli, fino alla chiesa. Attraversa le immense navate, dove i suoi passi echeggiano su quel lontano rombo ovattato. Passa la sacrestia, altri vestiboli, altri corridoi di buio chiazzato d'azzurro, fino a una sala dove buio e rombo esplodono in cento luci e fragore sferragliante.

Sporgendosi appena nella sala del presepio, padre Sergio sbircia furtivo.

La grande macchina del paesaggio è accesa e vivente, con le sue oltre trecento figure, fra uomini e bestie, coi loro oltre seicento movimenti di braccia o di torso, tutti in vita. La vita finta brulica e danza, sognante nel suo incantesimo di ripetizione: i viandanti camminano muovendo le gambette, i falegnami battono i martelli, i tessitori intingono i panni, i pescatori muovono i remi, i sacerdoti si fanno alle soglie del Tempio per cantare lo *Shemonè Esrè*, perché ormai il ciclorama del cielo proietta il tramonto.

Padre Giuseppe, emergendo col busto da una delle sue botole, si muove ingobbito e convulso, a scatti e scarti, manovrando con movimenti rapidi e prese alterne una decina di statuine raggrumate in una curva della Via. La bassa giaculatoria narrativa che accompagna il suo gioco come un bordone musicale stavolta è interrotta da sillabe cantate: «Jod!... He!... Vau!...»

Prende le statuine dei ginnasti e le avvicina alla grande statua dell'esseno, che brandisce alto il suo mestolo clava; afferra l'esseno e lo ruota a fronteggiarle; poi lo solleva in alto e cala la clava.

«Osanna Israèl!»

Un ginnasta cade. Ma un altro ginnasta con la spada sguainata è alle spalle di Jod-He: il frate lo vede, lo prende, lo spinge avanti con decisione: l'esseno è colpito alla spalla, e il grido che lancia si trasforma in un colpo di tosse; cui segue un altro, un altro ancora, e per qualche secondo padre Giuseppe cerca l'aria che scappa lontano dal rauco respiro.

Padre Sergió si agita inquieto nel buio oltre la porta, reprimendo l'impulso a intervenire.

Il vecchio frate depone il ginnasta che ha in mano, respira ancora affannato premendosi il petto, estrae dalla manica un fazzoletto, lo porta alle labbra. Estrae dalla tasca un flacone, ne spruzza il getto fresco nella bocca, inspira forte, trattiene il fiato: finalmente l'affanno si calma.

Padre Giuseppe guarda l'ora, sospira, s'incanta.

E prima negli occhi celesti, poi sulle labbra, appare il sorriso di un'idea inaspettata. Porta lo sguardo sul campo di battaglia, soppesa e conferma l'idea: adesso è pronto.

Prende in mano con cura religiosa la statuina di Lilim Pitheké, che giaceva riversa tra i cespugli di lato alla Via. La solleva, la guarda sorridendo.

E la depone con gran delicatezza proprio nel mezzo del mucchio, nella rissa.

«Lilim! Nooo!» grida Lele mentalmente, nel suo buio. «Ma che cavolo combina questo gioco!»

Con un guizzo del mignolo sinistro lascia la prima persona di Jod-He, prende quella di Zahel Onagro, e spinge con decisione i due pollici avanti.

15. Interrogatori

Nella luce bianca e netta che precedeva quel tramonto nuvoloso, l'esito della zuffa pareva incerto.

Zahel Onagro lo spiava dai cespugli, intento e muto, senza curarsi più della bambina che immaginava accucciata e tremante dietro di sé. Così restò di sasso per qualche secondo quando la vide apparire nella strada e inoltrarsi stordita e demente nel bel mezzo di quella mischia furibonda.

Il volto dell'uomo, ben addestrato al suo lavoro, non tradiva i sentimenti, le emozioni, neanche i semplici impulsi: ma differenti calcoli, e in conflitto, dovettero passargli per la mente in quei pochi secondi, rendendo duro il bel taglio degli zigomi e il disegno di occhi e sopracciglia.

Poi l'Onagro si alzò e corse avanti.

Quando fu nella mischia, in pochi passi, aveva in mano già le sue due lame: il corto gladio spartano nella destra, e il pugnale orientale nella sinistra.

Prese a combattere muto, come suo uso, molleggiandosi basso sulle gambe, con quella grazia danzante e micidiale. La spada parava, stornava, deviava: il pugnale colpiva alla fine, una sola volta.

I ginnasti lo videro e dopo un breve sbandamento si divisero in due gruppi, ormai esigui: due di loro continuarono a combattere il monaco, ormai ferito e stanco, e tre affrontarono il nuovo venuto.

Presto furono due. E presto uno, che si voltò e fuggì.

I due che fronteggiavano Jod-He videro, valutarono, e spiccarono la corsa dietro a lui.

Nel campo di battaglia restarono quattro figure: i due combattenti muti, ansanti, le ginocchia appena flesse, contratti nell'inerzia della furia che non si spegne mai d'un solo colpo; il vecchio Zeitan che al contrario si scuoteva dalla stasi, e si levava lentamente dal suo cerchio; e Lilim Pitheké che guardava smarrita dall'uno all'altro.

Poi, con un lungo respiro profondo, guardandosi in viso, i due guerrieri si distesero in piedi, e abbassarono le armi.

Ma la pace non fece in tempo a incominciare: dalla macchia nera dei mirti, a cento passi, risuonò un pianto fine e disperato.

Subito la voce altissima di Lilim gli fece eco con un grido interminabile: «Caneeeeeeeeee...»

Senza interrompere quel grido immenso, la bambina si gettò di corsa nella macchia, in direzione del pianto.

Il terzo suono fu la voce di bronzo di Jod-He.

«Il bambino!» gridò, e corse dietro a Lilim col suo mestolo alto sul capo.

Le loro voci si allontanarono nell'ombra della macchia, assieme allo schianto dei rami spezzati dalla marcia diritta del gigante. Zahel e Zeitan si guardarono negli occhi, senza amicizia, senza complicità.

«Ci ritroviamo, fenicio».

«Così pare».

«Tu non vai a difendere il tuo servo?»

«Che servo?»

«Non è il bambino che era con te due giorni fa? Mi dicesti che portava i tuoi bagagli».

«E tu, Rabbi, perché non vai?» chiese Zahel, chiudendosi nella voce inespressiva e nello sguardo da statua che erano il suo bastione di difesa: quel monaco, che invece lo squadrava con occhi fin troppo accesi e pieni di disprezzo, cominciava a domandare oltre il dovuto.

«Il mio compagno basterà per questa impresa» rispose il vecchio.

«È ciò che credo anch'io».

«Combatti bene, per essere un mercante».

«Anche il tuo compagno, per essere un uomo di Dio».

Come a conferma, a interrompere quel duello di parole, risuonarono i rintocchi dell'esseno, e non furono molti.

«Jod!... He!... Vau!... Osanna Israèl!»

E di lì a poco nel teatro degli scontri giunse una desolata processione: il grande monaco portava in braccio senza sforzo, come uno scialle scuro, Cane Cotto privo di sensi, abbandonato, col capo che ciondolava a ogni passo; Pitheké camminava al loro fianco, tenendo una mano sporca dell'amico, col volto rigato di pianto.

Anche gli occhi di Jod-He luccicavano muti, guardando imploranti il confratello e superiore, di fronte a cui si fermò senza parlare. Zeitan guardò il gigante, poi il bambino, poi si guardò brevemente intorno, e infine si volse e si avviò facendo segno di seguirlo. Il gruppo lasciò la Via e si portò su un piccolo spiazzo erboso lì vicino, dove due rocce grigie proteggevano dalla vista del massacro.

«Posalo qui» disse il vecchio inginocchiandosi e stendendo davanti a sé il mantello bianco. Lilim si accucciò accanto a loro. Zahel arrivò di lì a poco, fermandosi in piedi in disparte.

Mentre Zeitan spogliava il bambino dei suoi stracci e visitava, osservava, tastava con delicatezza tutto il corpo, il Maccabeo narrò con la voce rotta di collera e pena.

«Lo hanno assalito per pura cattiveria, i tre ginnasti fuggiti. Lo hanno trovato nella macchia che guardava, lo hanno picchiato a sangue, lo hanno ucciso!»

«No, non è morto» corresse il sant'uomo. «È immerso nel sonno del corpo violato. Ha molte ferite di taglio, ma solo una è grave».

«E vivrà?» chiese Lilim serissima, senza piangere più.

«Se avrà le giuste cure, vivrà».

«Rabbi, padre e maestro, amico mio...» iniziò con voce implorante Jod-He.

«Lo so cosa vuoi dirmi, buon fratello» lo interruppe il vecchio monaco, che parlava senza cessare di posare dolcemente le mani ossute in vari punti del corpo del ferito. «Il tuo cuore è più grande delle tue grandi e forti mani, io lo so. Ma il bambino è il piccolo servo di quest'uomo, o così lui ci ha detto. Dev'essere lui a parlare».

Il gigante e Lilim si volsero a guardare Zahel. E Zahel chiese a Zeitan del Cerchio:

«Tu sai chi sono quelli che abbiamo ucciso?»

«Certo: una squadra della Compagnia del Ginnasio. Giovani e ricchi giudei, ellenizzati, annoiati e teppisti, rampolli della casta sadducea».

«Amica di Roma» aggiunse Zahel.

«Amica di Roma» confermò l'altro sereno, senza interrompere le sue cure.

«Non temi i romani, Rabbi?»

«Non più di quanto tema gli israeliti traditori, gli Erodi usurpatori, e i pugnali in vendita».

«Cosa vuoi dire?»

«Uomo!» interruppe Jod-He furioso. «Di che parli? Ti abbiamo chiesto qualcosa, non hai udito?»

I due guerrieri si guardarono negli occhi: quelli freddi e inespressivi di Zahel lessero in quelli del monaco, poco prima luccicanti di lacrime, quel diverso luccichio di furore che ben conosceva. Distolse allora lo sguardo da lui con la suprema indifferenza del gatto, e parlò al vecchio.

«Tu puoi curare questo piccolo straccione? Puoi prenderlo con te?»

Lilim sorrise. Il vecchio la guardò accennando un sorriso a sua volta, e rispose a Zahel: «Lo farò, se la bambina lo vuole e tu me lo chiedi».

«Fai quello che vuoi. Né lui né lei valgono altre parole».

Il gigante e la bambina si guardarono felici. Jod-He le disse: «Zeitan del Cerchio è il miglior guaritore di tutta la terra di Canaan. Il tuo amico tra qualche giorno potrà di nuovo ballare la sua danza sulla Via».

«Grazie, buoni signori» disse semplicemente Lilim, ma con tale forza chiara nella voce che i tre uomini si volsero a guardarla. Le tre parole parevano indugiare sospese nell'aria, come tre forme di cristallo scintillante. Zeitan corrugò la fronte, guardando pensieroso la bambina. Ma Zahel ruppe l'incanto: «Noi partiamo».

«Non volete far bivacco con noi?»

«No. Devo raggiungere Nazareth entro stanotte».

«I tuoi affari sono sempre così imperiosi?» chiese Zeitan. «Anche l'unica altra volta che ti vidi rifiutasti di condividere il bivacco per arrivare a qualche tua meta prima di notte».

«Io sono un mercante, Rabbi, non vivo di offerte. E ieri notte è cominciata l'Encenia».

«Ah già, la festa!» gli occhi del vecchio folgorarono. «Con il bel pretesto di riconsacrare il Tempio profanato più di centosessanta anni fa, i pii giudei profanano ogni anno ogni legge di Dio a furia di sbronze, e di peggio!»

«E io sarò là. A ognuno la sua arte: ai santi monaci la preghiera, e la clava... Ai mercanti il mercato».

«E il pugnale...»

111

«Shalom, Rabbi Zeitan».

«Shalom, fenicio. Bambina...» l'espressione del rigido esseno si addolcì rivolgendosi a Lilim: «Vuoi venire con noi anche tu?»

«No Rabbi, ti ringrazio» rispose Lilim con un sorriso luminoso. «Quest'uomo è il mio padrone».

«Hai da lamentarti di lui? Per il tuo amico ferito, dimmi il vero».

«No, padre». Un altro sorriso. «Egli è buono con me».

Zeitan guardò accigliato la bambina, poi Zahel che durante il dialogo, con apparente indifferenza, aveva raccolto bisaccia e bastone e ora attendeva pronto.

«Andiamo» disse infatti seccamente, girò le spalle e si incamminò verso la Via.

Lilim si inginocchiò accanto al viso del piccolo amico, che già pareva dormire più sereno; lo baciò teneramente su una guancia, si alzò, lanciò un sorriso per uno ai due monaci, e corse dietro a Zahel.

Dopo due ore il sole era calato. Il cielo era nero d'inchiostro, come se non mostrando alcuna luce volesse prendere riposo dal candore che l'aveva accecato lungo il giorno.

Accanto a un fuoco, nello spiazzo erboso, i due esseni consumavamo la cena.

I cadaveri dei sette ginnasti erano stati rimossi senza sforzo, trasportati sul ciglio di un dirupo che poco lontano fiancheggiava la Via e gettati nel folto sottostante; ogni traccia di sangue era stata spazzata dalla polvere della strada con ramazze di acanti strappati alla macchia. Cane Cotto era stato curato, era sveglio e pareva star meglio; era seduto, poggiato con la schiena a una roccia, e veniva imboccato di cibo dal gigante Jod-He mentre Zeitan, senza premura né rigore, gli faceva domande.

Chi era, dove andava, cosa aveva a che fare con quel guerriero travestito? Cosa sapeva di lui? Chi era quella strana bambina, la sua amica, col segno delle due conoscenze nello sguardo? E che rapporto aveva in verità con quell'uomo che lei chiamava suo padrone? E cos'era la strana cintura che lui, il bambino ferito, aveva avvolta in vita? Era per caso una fionda? Cane Cotto sorrideva a Jod-He, e anche al vecchio che gli poneva le domande: ma al di là di quel sorriso imbambolato non ottennero da lui risposta alcuna.

L'interrogatorio, del resto, fu interrotto, e in breve tempo gli inquirenti divennero inquisiti.

Da sud infatti, sulla Via, si udì lo scalpitare lontano di un gruppo numeroso di cavalli. I due monaci si guardarono in silenzio: gli occhi di Zeitan alla luce della fiamma parvero tenere un severo discorso al confratello, che sospirò, intrecciò le mani, e chinò il capo.

Di lì a poco un folto drappello di cavalieri romani transitava accanto a loro sulla Via, irto di lance e torce fiammanti come una ridda di spettri.

Il comandante scorse il loro bivacco, lanciò un ordine, il gruppo proseguì di poco avanti e infine si fermò. I due esseni sentirono alcuni di loro smontare e aggirarsi sulla Via, tacendo a lungo e discutendo a tratti come chi osserva con attenzione qualche cosa. Infine il comandante, accompagnato da due ufficiali che brandivano le torce e da un uomo in abiti ebrei, si avvicinò al bivacco.

Una stupefacente trasformazione si era intanto operata nei due esseni: ora parevano due soavi uomini di preghiera, dagli occhi estatici e dai blandi sorrisi benigni.

«Benvenuti, nel nome di Jahvè» disse Zeitan con voce tremula e mite, indicando il terreno accanto a lui. «Sedetevi e dividete, se volete, il nostro umile pane e il nostro fuoco».

Il romano restò in piedi, torreggiando su di loro e scrutandoli accigliato. Indossava corazza ed elmo leggeri, da campo, di cuoio sagomato, su cui però volteggiava il bellissimo manto di porpora dei centurioni. Aveva il volto quadrato di un latino maturo, forte di quella salda persuasione che dava la rettitudine dell'animo nel presente, e l'abitudine a un passato di dominio.

«Sono Furio Cornelio Vica, centurione romano della Coorte Italica di stanza a Cesarea. Ave. L'interprete vi tradurrà le mie parole».

«Lasciamo che il tuo interprete riposi» rispose Zeitan, in un latino un po' legnoso ma veloce, «conosco la tua lingua».

«Come può essere ciò?»

«Sono un uomo di studi, romano, un esseno di Qumran».

«Ah. Sei uno di quegli asceti che sobillano il popolo ebreo contro Roma?»

«Non è così. Siediti, Furio, e ti spiegherò».

«Non voglio spiegazioni, monaco, ma informazioni. Io chiederò, e tu risponderai».

«Come vuoi, centurione, domanda».

Le domande arrivarono, severe, taglienti, ma mai arroganti. Il vecchio rispondeva querulo e petulante, negando, cascando dalle nuvole, protestando un totale candore e un'ignoranza del mondo. Non sapeva di ribelli zeloti, di briganti idumei, di Bambini del Vento; non sapeva di squadre di ginnasti.

«E il tuo socio, questo gigante, perché non parla?»

«È muto, centurione, ed è assorto in preghiera».

«Le sue spalle son troppo forti per i libri: sarebbe meno fuori posto al Circo Massimo, con una rete e una forca in mano e un leone di Libia davanti».

«Per l'amore dei tuoi dèi, Furio Cornelio! Non scherzare su ciò! Questo infelice è il nostro uomo di fatica. L'abbiamo salvato dal mercato degli schiavi, è cresciuto tra noi! Siamo una comunità di letterati, deboli e vecchi: chi ci cava l'acqua dal pozzo? Chi ci compera i sacchi di farina? Chi ci aiuta nel...»

«Basta, vecchio! Non tediarmi coi tuoi lamenti, e dimmi piuttosto: cosa è successo qui accanto, sulla Via? Le mie guide hanno scorto tracce di battaglia. Spruzzi di sangue sulle foglie delle siepi».

«Che Jahvè ci protegga, dove? Dove?... Forse banditi, briganti della Via!... E noi che dobbiamo giungere fino al lago! Poveri noi, chi ci proteggerà? Chi ci difenderà dai malvagi? Chi ci farà...»

Furio smorzò di nuovo la sequela con un solo gesto impaziente, e fissò la sua attenzione sul bambino. Domandò chi fosse, come mai fosse ferito, dove l'avessero raccolto. E all'improvviso la sua attenzione, ormai assopita dai piagnistei stolti del vecchio, si ridestò: si inginocchiò, allungò una mano, toccò la cintura di Cane Cotto, la esaminò.

Anche Zeitan allora si sporse in avanti, accostando la testa a quella di Furio, e quando il romano si volse a guardarlo, mutata di colpo l'espressione patetica in uno sguardo acceso e duro, mormorò una corta frase salmodiante in un linguaggio ignoto. Poi tacque, e continuò a fissare l'uomo con forza imperiosa.

Lo sguardo di Furio si fece interrogativo, e poi si appannò: l'uomo strinse gli occhi, portò una mano all'elmo come chi cerchi di ricordare qualche cosa.

«Devo andare...» disse con fare stordito, e si alzò. Fece un sospiro profondo guardandosi intorno. Parve riprendere forza e decisione. Si volse verso i suoi ufficiali, diede l'ordine di partenza, e si avviò seguito da loro verso la Via.

«Shalom alek hem, Furio» disse Zeitan con voce mansueta e viso sorridente. E chinò il capo.

Di lì a poco il drappello di cavalieri partì al galoppo, con un urlo di molte voci: «Nama Sebesio!»

Zeitan levò lo sguardo su Jod-He, e sospirò: «Nama Sebesio... Questi stolti adorano Mithra. Non hanno futuro».

Ma Jod-He taceva, e lo fissava con una pantomima implorante concentrata negli occhi.

«Hai ragione, fratello mio: ora ti sciolgo dal legame di preghiera. Mi prometti che non li inseguirai?»

16. La Festa d'Inverno

La stessa notte, la quarta di tevet, in poco più di un'ora di marcia silenziosa Zahel e Lilim giunsero alla città di Nazareth in festa.

Si festeggiava Channuka, la Dedicazione, in memoria della purificazione del Tempio profanato da Antioco Epifane, lo spietato invasore siriano che le vecchie israelite nelle loro fiabe chiamavano Epimane, il Pazzo. Aggiustando come d'uso in tutto il mondo le ricorrenze storiche sui cicli naturali, si faceva coincidere la festa col solstizio d'inverno, che quell'anno sarebbe caduto nella notte tra il dieci e l'undici di tevet. In quella notte la Channuka avrebbe toccato il suo colmo: gli abitanti delle città e dei villaggi avrebbero cantato e danzato per le strade, per festeggiare a un tempo la rinnovata purezza del Tempio e la ritrovata forza del sole, che a partire da quella notte avrebbe regnato nel cielo sempre più a lungo.

Ma già da sette giorni le case erano ornate coi rami verdi del mirto e della palma, sulle porte erano eretti pergolati di frasche, alle finestre erano esposti festoni di scialli e mantelli colorati. Ma soprattutto torce, lampade e lanterne erano accese nella notte dappertutto, per rischiarare la via ai danzatori e dar l'esempio col loro bagliore al sole che doveva rinascere.

Quando, accesa di questa luminaria, dopo l'ultima curva della Via, la città di Nazareth sfolgorò nello scrigno del buio, Lilim esplose in uno strillo di gioia che colse Zahel di sorpresa.

«Che hai da gridare, Scimmia?»

«La festa!» indicò lei col dito teso e gli occhi accesi.

«Ah, già. La festa...» ripeté l'uomo pensoso, come se da un lunghissimo buio vedesse riemergere, specchiate in quegli occhi splendenti, la parola e la cosa.

Da quel momento Lilim non stette più nella pelle: correva avanti di cinquanta passi, poi si fermava e aspettava impaziente il suo compagno, girando il capo in continuazione fra lui che avanzava senza mutare il passo e quella meta luminosa e invitante.

Quando furono tra le prime case l'eccitazione crebbe ancora, malgrado come sgradito benvenuto li investisse il fumo dei sacrifici, denso del pelo bruciato di agnelli e volatili.

Poi fu la volta dei piccoli ambulanti: li circondò uno sciame di bambini urlanti e appiccicosi, carichi di merci rituali da vendere ai pellegrini sprovveduti che arrivavano dalle campagne e dai villaggi. Offrirono loro galli e piccioni, giurando e spergiurando che erano puri, kasher perfetti, adatti ai sacrifici, dissanguati a regola d'arte subito dopo l'uccisione; offrirono tirsi sacri di salice, palma e mirto legati insieme, da agitare nelle danze ai quattro punti; offrirono rami di cotogno carichi dei pomi che la Prima Eva porse al suo Adamo per amore, e che – suggerivano ammiccando – erano il distintivo necessario per trovare l'amore nella festa. Lilim prese a rispondere ai gridi, e agli insulti coloriti che seguirono, a

116

suon di risate e calcioni. E l'Onagro sorrise compiaciuto nel notare la perizia con cui si serviva delle une e delle altre armi.

Infine giunsero al crocevia della fontana, brulicante di folla e di brusio. I festanti, raccolti in piedi in capannelli o seduti per terra presso i muri, chiacchieravano, cantavano, danzavano, bevevano vino addolcito con miele e birra di miglio, mangiavano leccornie e frutta e dolci prelibati.

Fu appunto la vista delle frittelle di farina e miele, offerte in una baracca di fortuna coperta di frasche, che fece perdere ogni ritegno a Pitheké.

«Zahel signore, mi compri le frittelle?»

«Non sono tuo padre».

«Lo so, ma è lo stesso, ti prego, non senti l'odore?»

«Non c'è nessun odore, e poi non siamo qui per fare festa».

«Ma tu puoi fare quello per cui sei qui, anche se prima mi compri due frittelle!»

Zahel tentò la strategia del sordo, ma fu vana.

«Zahel signore, guarda, adesso non c'è fila...

«Zahel, guarda, costano un asse la dozzina...

«Però mi bastano sei...

«Non ho neanche cenato...»

Senza dir nulla né mutare d'espressione, Zahel si accostò alla baracca, e Lilim di lì a poco reggeva estasiata una corolla di sei frittelle ancora calde, gocciolanti di miele, impilate in una fibra di giunco fresco.

Placata da quel bottino, e impegnatissima a consumarlo, la ragazzina lo seguì mansueta dentro la casa che fungeva da osteria.

Il locale, non grande, era strapieno. Nel fumo dell'incenso e dei cibi che annebbiava la vista, i più sedevano per terra parlando e ridendo forte, uomini e donne. Gli uomini portavano sotto gli scialli della festa le loro tuniche migliori, dai bordi ricamati con fili d'oro e scarlatto. Le donne vestivano panni a colori vivaci, giallo di croco, rosa di melagrana, cremisi di cocciniglia; molte ostentavano vistose parrucche, pesanti gioielli e trucchi.

Una spiccava su tutte: non più giovane ma molto bella, arcana e allegra, con una parrucca egiziana a riccioli d'oro, le palme delle mani finemente istoriate con l'henné, gli occhi marcati di righe neroazzurre e ombreggiati col verderame del Sinai, e un finissimo anello d'oro al naso.

«Magdalena!» chiamò Zahel dopo averla osservata a lungo, mentre teneva banco al centro di un gruppo di uomini seduti per terra, mostrando nel riso i bellissimi denti.

Lei levò lo sguardo e lo fissò: una labile ombra di allarme, o di dolore, fu subito cancellata da un sorriso sorpreso e felice.

«Onagro!... Ma saranno sei anni!... Aspetta, attendimi fuori».

Zahel uscì, seguito da Lilim, e attese presso la soglia. Di lì a poco la donna lo raggiunse: con un solo movimento dello sguardo colse Lilim che divorava le frittelle, e scoppiò in una risata musicale.

«Onagro! Non mi dirai...»

«No. È una specie di serva, l'ho raccolta sulla Via».

«Infatti non ti assomiglia. O sì?» scherzò la donna. «Guardandole bene gli occhi... metà e metà!»

Rise di nuovo.

«Come ti chiami, ragazzina?»

Ma Lilim non fece in tempo a inghiottire il grosso boccone che masticava per risponderle.

«Lascia perdere» intervenne Zahel. «Devo parlarti».

«Ma certo, amico, e chi ne dubitava? Zahel Onagro deve sempre parlare di qualcosa: chiedere, domandare, investigare... Vieni laggiù, ascolteremo un po' di musica».

I due si spostarono, seguiti dalla bambina, presso un gruppo di persone sedute in uno slargo della via intorno a un suonatore di kinnor, che salmodiava con voce nasale mentre una donna accanto a lui batteva il cembalo. Si sedettero ai margini del cerchio, un po' in disparte perché le loro voci fossero coperte dalla musica alle orecchie degli astanti più vicini.

La Magdalena incontrava molti uomini, e veniva a conoscenza di segreti. Zahel sapeva come domandare, e la donna sapeva rispondere, a metà, o del tutto, o per niente, secondo un sapere antico. Domande e risposte, avanti e indietro come la spola di un telaio, rivelavano un arazzo complesso di oscure inquietudini, di indagini, missioni, misteri. Romani, zeloti, guardia di Erode, leviti, ginnasti, tutti parevano correre in giro alla cieca, come formiche dopo il passaggio dell'aratro.

Zahel concluse:

«Sembrano tutti in cerca di qualcosa, ma non sanno cosa».

«Sanno cosa» corresse la donna con un sorriso lento. «Ma non sanno dove».

Zahel la guardò. Magdalena lasciò svanire con calma il sorriso, poi parlò sottovoce.

«E anche tu sai benissimo cosa, e non sai dove».

«E tu sai dove?»

La tensione negli sguardi era ormai forte.

«Io so qualcosa. Ma fra tutti voialtri uomini terribili, chi mi pagherà meglio?»

«Io, Magdalena. La mia moneta la conosci».

«Quella dell'odio o quella dell'amore?»

Negli sguardi dei due c'erano entrambi.

«Entrambe, nell'ordine inverso».

I due si fissarono ancora senza sorriso, poi Magdalena rovesciò la testa indietro in una risata che pareva zampillare di gioia noncurante. Distolse lo sguardo dall'uomo, guardò il suonatore illuminato dalle torce, batté a tempo le mani per un po'. Infine, col riso ancora nella voce, senza voltarsi disse:

«Non lo so se sia quella che tu cerchi, ma una ragazza di nome Myriam, figlia di Anna e di Joaquim, sposa a Joseph di Emmaus, un falegname della casa di Davide, e in stato di avanzata gravidanza...» si voltò a guardare Zahel, «...abita qui, a Nazareth».

Notte di canti e luci, nella città.

Le lampade a olio più belle, a tre e quattro becchi, assieme ai moccoli di candela più modesti scintillavano su ogni davanzale, su ogni zoccolo di muro, su ogni sporgenza. Le torce erano infisse lungo i muri, o portate alte in corsa dai ragazzi. La notte intera brulicava di fulgori.

Pitheké guardava dall'alto, seduta su un tetto a terrazzo, ubriaca di quella miriade di fiammelle.

Le luci, quelle luci, quante luci! Centuplicate dalle lacrime del pianto.

119

'Com'è stupendo questo mondo! E cambierà...'.

Era ormai mezzanotte. Zahel l'aveva condotta nella casa di Magdalena, dicendole brusco che doveva cercare qualcuno nella festa, che si mettesse a dormire da qualche parte e non lo aspettasse: l'indomani l'avrebbe svegliata per partire.

Ma lei non poteva pensare di dormire, in una notte così. Con tutte quelle luci dentro gli occhi.

Era serena: Zahel non avrebbe trovato ciò che cercava. Però di dormire non se ne parlava lo stesso.

Nel mare schiumoso di luminaria tutt'intorno chinò lo sguardo al golfo buio dei vicoli sotto di sé. Le parve di vedere un movimento. Guardò meglio, fissamente, e di lì a poco qualcosa passò di corsa nell'incrocio: qualcuno, qualcuno piccolo, un bambino. Si alzò, si avvicinò al bordo del terrazzo, che era senza parapetto, e guardò giù.

Una voce smorzata di bambino lanciò un grido noto: «Uhi-uhi-uhi-uhi-uhi-uhiiiii!»

«Cane!?» gridò sottovoce Lilim, ma fu piuttosto un'esclamazione di sorpresa: lo aveva lasciato non molte ore prima ferito e privo di sensi, come poteva essere già in giro? A ogni buon conto si volse e corse alla scala.

In strada, all'incrocio dei vicoli, si guardò intorno: a destra, a sinistra, deserte fughe di vie; in alto, miriadi di stelle; in basso, a specchio di quel firmamento, la luminaria; davanti, una piccola ombra che veniva incontro.

«Cane Cotto?»

No, non era lui, non zoppicava. Anzi: camminava spavaldo e persuaso, col passo di un capo. Quando le fu vicino, vide meglio: più grande di Cane Cotto, dodici anni, non alto ma forte, vestito di stracci ma in qualche modo puliti e perfetti.

«Sono Kenah Khamsin, capo dei Bambini del Vento».

«Oh!» disse lei e fu, con disappunto del bambino capo, un 'oh' di delusione. «E Cane Cotto?»

«Ascoltami, io so che sei dei nostri, una bambina di strada come noi. E non mi denuncerai alla guardia levita».

Lilim tacque. Il capo ragazzino attese un poco, poi decise di interpretare bene quel silenzio, e proseguì.

«Quel tizio che gira con te, il tuo padrone: è dal bivio di Mushi Nadàb che fa domande a tutti quelli che incontra. Sai chi è?»

Lilim sospirò, si volse come distratta, guardò altrove. Kenah Khamsin continuò.

«E anche alla locanda, poco fa: ha parlato con la Magdalena, che è una spia della guardia di Erode, e anche di altri. Chi è quest'uomo con cui giri? Da dove viene?»

Lilim si volse a lui, gli esibì una smorfietta indecifrabile, poi intrecciò le mani dietro la nuca e guardò in alto.

«Ascolta, hai ragione, lo so: non si tradisce chi ti dà il pane sulla Via. Ma qui si tratta di cose più importanti, anche per noi bambini della strada. E poi non temere, né lui né altri sapranno mai che tu mi hai visto. Devi soltanto dirmi ciò che sai. Chi è, cosa cerca?»

«Dov'è Cane Cotto?» chiese Lilim per tutta risposta.

«Cosa cerca? Cosa chiede a tutti quanti?» insistette Kenah Khamsin, spazientito. Lilim tacque, guardò di lato, sbadigliò.

«Senti, Scimmia!...» il bambino la afferrò per la tunica. Guardandolo in viso da molto vicino, perfettamente calma, lei scandì: «È amico tuo Cane Cotto, vero? Hai fatto il suo richiamo».

Kenah la lasciò andare, spingendola via.

«È amico tuo, più che altro, e si vede!»

Si guardò intorno, con gesti rapidi d'antico automatismo, due sguardi come colpi di frusta ai due lati. Poi la fissò di nuovo, sospirò.

«Comunque senti» riprese più calmo a sua volta, «qui sta per scoppiare davvero qualcosa di grosso. E se noi bambini di strada non stiamo dalla parte giusta, la pagheremo per anni e anni. Quindi sta attenta, Lilim Pitheké: se tu non...»

Ma non poté terminare la minaccia: un lievissimo fischio risuonò nel buio del vicolo a destra. Kenah Khamsin si volse in quella direzione, si volse ancora verso Lilim, la guardò con aria allarmata, guardò verso il vicolo a sinistra, che si allontanava dal centro del paese, e ci si buttò dentro di gran corsa. In quell'istante una ventina di bambini vestiti di stracci si materializzarono dall'ombra e corsero senza rumore dietro a lui, scomparendo nel buio a loro volta.

«Uhi-uhi-uhi!» mormorò Lilim tra sé, con un sorriso. E si accucciò nell'ombra ad aspettare.

Dopo pochi secondi irruppe di corsa un drappello di sei uomini vestiti di giallo, armati di spade e bastoni. Era la guardia levita
del Tempio di Gerusalemme, trasformata da Erode di fatto in polizia religiosa, che agiva ai suoi soli comandi per tutto il paese.

Si fermarono, si guardarono intorno. A quel punto Lilim si alzò e scattò di corsa, prendendo il vicolo opposto a quello in cui
erano scomparsi i Bambini del Vento. I sei uomini, gridando e ansimando, le corsero dietro.

E corsero e corsero, per vicoli e vicoli, dentro la grande luminaria di fiammelle, e sotto l'altra luminaria del cielo, bella e lontana. Finché una mano acciuffò la tunica della bambina, e fermò
quella giostra.

Lilim rise ansimando sghangherata, incrociò gli occhi, mostrò la
lingua, fece una serie di versi: «Oh-oh-oh!»

«Chi sei?» le chiese il capo dei leviti.

«Lilim la Scimmia».

«Ah, sì? E fa' sentire come piange questa scimmia».

Le diede uno schiaffo. La bambina grugnì, piagnucolò, esaspe-
rò le smorfie e i versi.

«Amici, abbiamo preso una scimmia. Ce la cuociamo?»

«Lasciala perdere, Joiada. Non hai visto quegli occhi? Porta
male».

«Su, andiamo, questa piccola idiota non ci serve. Cerchiamoli
ancora».

I sei uomini si allontanarono. Lilim Pitheké si rizzò in piedi,
controllò la tunica nuova, scosse, pulì, stirò, e si mise serena in
cammino.

Un'ora dopo, sdraiata su una stuoia nella casa di Magdalena, era
ancora ben sveglia. Sentì la donna rincasare, spogliarsi oltre la
tenda che spartiva la stanza centrale, e mettersi in attesa. Dopo
un'altra ora tornò Zahel, e li udì bisbigliare.

L'Onagro era furioso: aveva trovato la casa di questo Joseph di
Emmaus, ma era sprangata. Il falegname era partito da due giorni, con la moglie incinta, e nessuno lì intorno sapeva indicargli

per dove: o nessuno voleva. Un vecchio aveva fatto l'ipotesi di Magdala, sul lago, quindici chilometri a nord-est. Lì la Channuka era ancora più fastosa, il vino scorreva a fiumi, scoppiavano risse, e un buon falegname trovava sempre da far bene per riparare sedie, tavoli, porte...

«È vero, è la mia città, è un buon consiglio» osservò la Magdalena, ma senza crederci, pensando ad altro.

Acciglìata, Lilim tese le orecchie nel lunghissimo silenzio che seguì, velato appena da un muto frusciare di stoffe e da un lieve ansimare. E rotto infine dalla voce della donna, scura e velata.

«È quasi giorno, non riposa il mio guerriero?»

Zahel non rispose, ma Lilim lo sentì uscire di casa e salire la scala del terrazzo.

Allora sospirò profondamente, si rivoltò sotto il mantello, sbadigliò, riepilogò tra sé la bella festa. E chi mai poteva dormire, in una notte così? Con tutte quelle luci dentro gli occhi! Cercò di sporgersi per vederne brillare ancora una attraverso lo spiraglio della porta. E con tutte quelle frittelle nella pancia, pensò con un sorriso soddisfatto: e si addormentò.

Zahel Onagro, in piedi sul terrazzo, braccia intrecciate sul petto, guardava le luci dei fuochi sbiadire nel rosa dell'est.

Fine della pista, perdute daccapo le tracce.

Dove sarà, come sarà questa ragazza?

E chi può sapere di lei?

17. Il Remagio

«Dopo mangiato giochi con me a Remagio?» ci riprova Carlotta, con un accenno di speranza nella voce.

«No» risponde Lele, senza quasi levare gli occhi dalla pasta. «Devo fare una cosa».

«Che cosa?»

«Una cosa da grandi».

«Sai che bella novità... Puoi anche dirglielo!» interviene la mamma.

«Ma lo sa benissimo, mamma! E anche tu lo sai: oggi è domenica, i compiti li ho fatti, mi porto avanti con Palestina Quest. Ci sono problemi?»

«Sta' calmo, e non parlare con quel tono».

«Non parlare con quel tono» ripete Carlotta vendicativa.

C'è un vuoto di silenzio, tutti mangiano. Carlotta è la prima a romperlo, ci riprova.

«Ma Remagio è un gioco da grandi».

«Dai, rana, non insistere: lo sai che io mi rompo con le Barbie!»

«Ma non sono solo Barbie, c'è Remagio! Che possiamo giocarci pochi giorni, poi basta per un anno, non lo sai?»

Secondo una tradizione generata chissà quando e chissà dove, le statuine dei tre Re Magi sui cammelli vengono messe fuori con le altre, ma non prendono posto nel presepio: son piazzate su qualche mobile o per terra, con lunghe e bellissime discussioni fra i tre su quanto distanti metterli, e di quanto farli avanzare ogni giorno, perché arrivino giusti alla grotta il sei di gennaio.

A questo rito, che già era la delizia di Carlotta, la bambina ha ottenuto di aggiungere un'opzione ulteriormente deliziosa: può prendere uno dei Magi, Gaspare, il suo preferito, e giocarci per un po' come vuole. Ma senza romperlo, e rimettendolo sempre a posto.

«Ascolta, Lotti, devo proprio andare avanti. Son caduto in un altro stallo, se vuoi te lo dico».

«Sì, dimmelo».

«Zahel ha perduto di nuovo la traccia. Credeva di aver beccato la sua preda, a Nazareth, nella festa, e invece Myriam e Joseph erano già partiti, e lui non sa per dove».

«E tu lo sai?»

«Certo che lo so. Li ho incontrati a Mushi Nadàb: sono in viaggio per Betlehem».

«E perché non glielo dici allora a Zahel?»

«Che cosa c'entra, non si fa mica così il gioco!»

«Non glielo dici perché lui è cattivo e tu non vuoi che li trovi, io lo so».

«No, non è che non voglio che li trovi, è diverso. Io non posso aiutarlo, capisci? Ma non perché è cattivo. E poi non lo so neanche se è cattivo...»

«Sì che è cattivo, e tu lo difendi!»

«Non lo difendo per niente, è solo che... deve cavarsela da solo, come gli altri. Sennò il gioco non performa, che gusto c'è?»

«C'è gusto che finisce, e tu giochi con me a Remagio».

«Aaaaah! Senti, forma di vita, se speri di prendermi per esasperazione...»

«Mamma, mi ha detto forma di vita!» strilla Carlotta col pianto della stizza nella voce.

«Lele, non dire così, lo sai che si offende».

«Ma siamo tutti forme di vita».

«Uffa, mamma!»

La donna sospira e li guarda, con uno di quegli sguardi imbambolati che perdono il fuoco, e trovano il senso. Eccoli lì: un attimo fa non c'erano, e ora non c'è altro. Carlotta è prepotente, talvolta dispotica, come molti fratelli minori che hanno goduto dell'allentarsi dei freni educatori, stremati dal primo figlio; ma fuori da quegli episodi è deliziosa: solare, generosa, affettuosissima. È lì da appena un battito di ciglia e ha già saputo diventare ciò che è: irriducibile, inconfondibile Carlotta. Lele invece lo ha sempre un po' confuso con se stessa: pura gioia e fatica sconfinata dei bravi giorni con le loro zitte notti, perline infilate insieme, lui e lei. Lele tirato su con le sue mani serio, forte, morale, come lei: e ora invece è la sua zona d'ombra. Ormai non riesce quasi più a vederlo, abbagliata da quell'ansia dei suoi giochi. E sbaglia, centomila volte sbaglia. Dovrebbe riavvicinarsi a lui nel suo terreno, come dice la psicologa di scuola. Ma come si entra in quel terreno, dov'è il passaggio? E perché è così difficile...

«Ma Lele...»

Lele si volge a guardarla, già in allarme: quando mamma comincia con quel tono...

«Mi chiedevo, l'altro giorno... cosa vuol dire poi 'virtù reale'?»

Ecco, come pensava. Non sarà il preludio nascosto di qualche altra predica? O peggio di qualche divieto? Risponde guardingo.

«Vuol dire... be', non l'ho mai capito benissimo neanch'io. So che prima si chiamava realtà virtuale, e poi hanno rovesciato il nome... quando hanno rovesciato l'idea, più che la cosa. Quando l'hanno lanciata, cinque anni fa, lo slogan diceva: 'Non più un altro mondo, ma una virtù di questo'».

«Una virtù di questo? Cosa vuol dire?» chiede la mamma.

«Boh...» risponde Lele, a disagio. Com'è strano: dovrebbe essere contento, lusingato, rispondere a valanga quando la mamma gli chiede dei suoi mondi per una volta senza sgridare, senza quell'espressione preoccupata. È ciò che lui desidera di più: parlarne con lei, raccontare, forse un giorno farla giocare addirittura. Ma qualcosa nel suo tono lo confonde, come una nota falsa che lo ammutolisce. Come se lei non fosse davvero curiosa di quello che chiede, e poi infatti non fosse davvero contenta una volta che sa. Non vuol sapere quello che sta chiedendo: vuol sapere qualcos'altro, chissà cosa. Per questo è così difficile rispondere.

Guardando altrove, con un respiro di fatica, il ragazzo riprende a spiegare.

«Una virtù di questo mondo vuole dire... anche altre cose filosofiche, che io non capisco: ma per andare più sul tecnico, ad esempio... ha a che fare con gli standard NPG. Come se tirando giù i dati dei mondi non dalla fantasia dei game designer, ma dai musei, dai siti geo, dai siti meteo, insomma da fonti reali, anche quei mondi fossero reali. Una cosa che esiste veramente, in una forma nuova e... virtuosa, dicono loro».

«Virtuosa? Ma come fanno a dirlo di una cosa...» incomincia la mamma; ma Carlotta la interrompe, eccitata da un'idea.

«Aspetta, lo dico io cosa vuol dire! Vuol dire che i mondi dove gioca Lele esistono davvero, come Babbo Natale che esiste, anche se Gaia dice di no!»

«Brava Lotti, bellissima risposta! Sei la rana più furba del mondo!»

«Allora giochi un po' a Remagio? Solo un poco!»

Lele vede lo spiraglio e ci si ficca.

«Uff! E come si giocherebbe a questo gioco?»

126

Carlotta lo fissa incredula per qualche secondo, poi si alza da tavola e scappa urlando: «Aspetta che li porto!»

La mamma li guarda con un sospiro: son già partiti sui loro binari, per la loro inerzia. Parlerà con suo figlio un'altra volta. Anche lei si lascia andare nella sua: hanno finito le polpette, le patate no ma va bene così. Si alza e sparecchia.

Carlotta torna eccitata, e sulla tovaglia quasi sgombra piazza due bambole bardate in modo strano e una delle statuine dei Re Magi. Poi spiega, piazzando e muovendo i personaggi, che Remagio si è nascosto in un giardino e lì aspetta Barbie Lilli e Ken Zahel, che viaggiano insieme per la Palestina.

«Barbie Lilli è questa qui, la vedi? Le ho fatto l'occhio giallo con lo smalto di mamma, ti piace? Ma Ken Zahel lo sente dalla puzza del cammello che Remagio è in quel giardino, e allora va a cercarlo. E Remagio...»

«Ma lo sai che hai ragione, sorellina?» la interrompe Lele, aggrottando la fronte, seguendo un pensiero. «Potrebbe essere una buona idea. Anzi no: una ottima idea! Un Re Magio... Un Re Magio...»

E così borbottando tra sé si alza e fa rotta verso la solita stanza. Un grido di Carlotta tenta invano di fermarlo: «Ma non giochi?»

«Gioco dopo, sei un genio, sorellina! Altro che forma di vita! Mi hai suggerito una variante favolosa. Ora provo a implementarla, poi ti dico...»

«Con me però non giochi mai, alla fine, uffa!»

Ma la porta di quella camera è già chiusa.

La mamma si siede al tavolo accanto a Carlotta, con la mano spazza le briciole dalla tovaglia, e inizia il suo pomeriggio di domenica.

«Dai, gioco io: cosa faceva Barbie Lilli?»

Un'ora dopo, alle tre del pomeriggio di quella domenica diciotto dicembre, Lele esce di nuovo dalla stanza, vestito di tutto punto: le gigantesche scarpe russe militari, i jeans di zebra estinta, il giaccone da piattaforma oceanica, il berrettino dei Ravenna Ranger.

127

«Dove vai, ora?» gli chiede la mamma.

«Vado dal frate a chiedergli una cosa».

«Ma dagli scout non ci vai più?»

«Sì, dopo...» echeggia lui vagamente, già sulle scale.

Bicicletta Man-Techno a dieci cambi, sessanta chilometri all'ora in rettilineo: in meno di dieci minuti è davanti alla chiesa che la lega a un palo col lucchetto. Entra, le solite frecce che guidano al presepio, il solito percorso: sacrestia, corridoio, porta, sala, presepio illuminato, niente visite.

«Padre Giuseppe non c'è» dice una voce alle sue spalle.

Lele si volta col cuore in gola. No, non è padre Serchi, per fortuna: è quell'altro frate grassoccio che c'era quel giorno, che è sceso di corsa quando padre Giuseppe stava male. Gli era sembrato un buon uomo...

«Ah... eeee... quando torna?»

«Bambino, ascolta. Io non lo so perché tu venga qui ogni giorno. Sono sicuro che non fai niente di male, ma non si può più. Padre Serchi ti ha visto andare e venire e ha relegato padre Giuseppe in camera sua».

«Non può più scendere al presepio?»

«Solo di notte».

«Uff, meno male» dice Lele, ma solo fra sé. Si guarda intorno un po' con aria idiota, nel tentativo inutile e inconscio di sembrare un visitatore disinvolto. Poi guarda il frate e scopre che anche il pover'uomo si guarda intorno imbarazzato come lui.

«Ma scusi, è padre Serchi che comanda qui?»

«No, ma... insomma... ha certe responsabilità. Non chiedermi altro, bambino, non peggiorare le cose. Devi andare».

Lo sguardo afflitto di padre Sergio scappa ogni tanto in alto, sempre allo stesso punto, alla grata del coro. Lele segue la traiettoria, poi lo guarda negli occhi. C'è un breve dialogo muto, domanda, conferma, conclusione: «Devi andare».

«Va bene, allora... mi saluti padre Giuseppe, gli dica che sono venuto».

«Lo farò, buon Natale» ribatte il frate con sollievo, e aggiunge a voce bassissima: «Ciao, Lele».

Il ragazzino, che s'era già quasi voltato per andar via, si gira e lo guarda sorpreso. Padre Sergio gli scocca un timido sorriso, e ammicca: sì, ti conosco. Lele risponde al sorriso, e se ne va.

Molte ore dopo, quella notte, in camera di Lele la luce è accesa, quindi Lele non gioca.

Seduto alla consolle, senza monkey né joyglove, guarda nel monitor e manovra svogliatamente il joystick destro. Mentre in background si dipana uno show di antiche iconografie documentali, che il ragazzo non guarda, in una piccola cornice in primo piano scorre la lista delle nuove fonti NPG che la shell di virtù reale sta caricando.

Libro della Caverna dei Tesori (fonti siriache) – PLUGGED
Gadla Adam e Qalementos (fonti etiopiche) – PLUGGED
Kitab al-Magall (fonti arabe) – PLUGGED
Opus Imperfectum in Matthaeum (fonti latine) – WAIT...

In un'altra cornice più grande scorrono sunti e anteprime estratte dalle fonti per chiavi di domande, che Lele sfoglia agilmente a colpetti del joystick: sorvola il corpo del documento in vista aerea, scende in picchiata sulle stringhe evidenziate dalla query, enfatizza, legge o salta, corre oltre.

CHI ERANO I MAGI?

Consiglieri alla corte dei re Medi, otto secoli prima di Cristo, e poi dei Persiani. Casta sacerdotale seguace di Zarathustra, specializzata nella corretta esecuzione di rituali di varie religioni. In pratica un super-clero...

«Che cavolo vorrà dire super-clero...»

Ammiratissimi dai contemporanei: oltre a Matteo, parlano bene di loro storici ellenistici (Ammiano Marcellino), autori cristiani (Crisostomo) e bizantini (Romano il Melode)...

«No, questo serve a ben poco. Escludi. Avanti».

CAMPI DEL SAPERE DEI MAGI.

«Questo è meglio».

Liturgie comparate, sincretismo; preparazione astrologica e astronomica di origine caldea; psicoanalisi, interpretazione dei sogni; indagine del futuro; campi del paranormale e metapsichica; scienze naturali, mediche, alchemiche, magiche...

«Ecco, ci siamo».

POTERI.

La loro virtù magica è detta 'Farr', una forza-splendore connessa col Sausyant, l'inafferrabile, che agisce e aggioga, conferisce vittoria sui demoni e sul signore del Male, Ahriman.

«Mmm. Non c'è male, avanti».

Il 'Farr' era forza magica, e il 'Maga' era lo stato di potere che i Magi raggiungevano attraverso la contemplazione del fuoco femmina e l'assunzione di una bevanda allucinogena a base di psilocibina estratta dai funghi...

«Fuoco femmina?... Potente! Se lo sente Fabrizio che va pazzo per i magix... Copia e intasca».

GLI STADI DELL'ILLUMINAZIONE.

Colui che partecipa del Maga acquisisce un potere magico – 'xsath-ra' – per mezzo del quale può ottenere un'illuminazione – 'cisti' – ed entrare in contatto con gli 'Amasa Spanta', gli Arcangeli delle cose...

«Va bene, basta... No, un attimo!»

Ripesca con un guizzo del joystick la cornice che stava già implodendo, ed evidenzia in luce viola un ultimo titolo:

IL NOME.

Dal pracrito indiano minore VINDAPHARNA, 'conquistatore del Pharn' – cioè del Farr – attraverso le trascrizioni approssimate in caratteri greci sulle monete, fino alla traduzione armena GATHASPAR 'conquistatore del Par' – sempre il Farr – da cui il passaggio latino a GASPARE.

«È lui!»

Un suono.

Un accordo musicale che risuona dovunque in casa, e in nessun posto. Lele sobbalza violentemente, e con un guizzo improvviso del joystick intercetta la chiamata sullo schermo prima che il secondo accordo svegli la mamma. In una macchia sfumata in alto a destra sul documento che sta leggendo appare un volto che tossisce e ride.

«Padre Giuseppe!»

«Lele, come va?»

«Come va lei! Mi ha detto quel frate grassone che l'hanno rinchiusa».

130

«Povero padre Sergio! Era molto più avvilito lui di me».

Ma conferma: l'hanno rinchiuso. Si sono accorti dei loro incontri pomeridiani, non sanno cosa pensare, ma per precauzione lo tengono chiuso tutto il giorno. Figurarsi, non gli mancava che un pretesto! Hanno ripreso anche coi soliti sedativi, ma lui ha imparato a usare la tosse per vomitare tutto appena loro vanno via.

Per fortuna tra un paio di giorni dovrebbe tornare in visita al convento un vecchio amico, il padre provinciale. Padre Serchi non lo sa ancora, vedrà che sorpresa...

«Il nostro gioco? Ma certo che continuo! Mi lasciano scendere al presepio dopo le dieci. Ora ti parlo dal terminale in sacrestia, comodissimo, proprio qui a fianco. E possiamo andare avanti in questo modo: io ti chiamo ogni sera da qui, mi dici tu l'ora».

Andare avanti però non sarà facile, continua il frate: è caduto in uno stallo, Zahel è arrivato a Nazareth ma non sa che pesci pigliare. Tutto fermo.

«E lì da te, ci sono novità?»

Lele conferma: preciso identico, totale stagnazione. Per quanto... un'idea nuova lui ce l'avrebbe. È una fortuna che il frate abbia chiamato.

«Come?... Un Re Mago?» la tosse del vecchio, smossa dalla sorpresa, per un po' sembra rendere instabile perfino il segnale video. «Per San Joseph, forse è proprio l'idea giusta! Perché, lasciami pensare...»

La tradizione ellenistica – riepiloga, travolto dall'entusiasmo – rifacendosi allo Pseudo-Matteo, raffigura l'arrivo dei Magi *transacto vero secundo anno*, dopo due anni dalla nascita del bambino: che trovano infatti *sidentem in sinu matris*, seduto in grembo, come poi lo vedremo dall'iconografia primitiva in avanti fino alla scultura medioevale. Ma secondo la formula orientale, siriaca e poi bizantina, i Magi adorano il bambino appena nato, adagiato nel giaciglio di paglia.

«Quindi» conclude, «se sono arrivati quand'era appena nato, sei giorni prima dovevano essere lì attorno!»

«Va bene» incalza il ragazzo impaziente, «allora giochiamo. Tu sei pronto?»

«Devo solo andare di là e incominciare».

«Son pronto anch'io. Il sistema ha finito ora di caricare le risorse NPG e i driver per un personaggio extra».

«Chi è dei tre?»

«Gaspare».

«Vindapharna, ottima scelta, era il più esperto. Quella era gente in gamba, lo sai, vero? Maghi e sacerdoti capaci di officiare tutti i riti di una ventina tra religioni ed eresie! E poi sapevano accendere il fuoco femmina...»

«Ma cosa cavolo è questo fuoco femmina?»

«Cominciamo, e magari lo vedrai».

18. Il Mago Re

Una mano carica di anelli complicati sparse una manciata di polvere di mirra su un fuoco, le cui lingue lampeggiavano a tratti d'uno strano colore malva. Il fumo si alzò candido e impetuoso, impigliandosi nel folto di un roseto, carezzando più in alto i begli archi istoriati di un portico, e svolando più in alto ancora in un cielo sontuoso, sfumato dall'arancio all'azzurro.

I raggi del tramonto del quinto giorno di tevet fulminavano radenti da quel cielo, caricando di colori pastosi un giardino frusciante di fontane, al centro di Magdala.

Decine di cuscini erano sparsi su una rotonda di ghiaia fulva, circoscritta da siepi di mirto e di rosa di Gerico. Zahel sedeva di fronte a uno straniero vestito in abiti principeschi. La seta e la canapa in luogo del lino e del bisso, e la veste con maniche strette anziché la tunica ampiamente drappeggiata, rivelavano un principe d'Oriente. Gioielli di grande bellezza pendevano dalle sue orecchie e sulla fronte, e qua e là impreziosivano le vesti. Uno su tutti colpì lo sguardo dell'Onagro: nel paesaggio ovale di un grande pendente, su una montagna di malachite incombeva un cielo di cristallo di rocca, e al centro del cielo una stella di topazio faceva piovere un raggio d'oro a picco sulla montagna.

132

Da un braciere di bronzo sistemato tra i due uomini seduti si levavano le fiamme color malva, che lo straniero alimentava coi piccoli blocchi di una sostanza ignota, estraendoli da uno scrigno.

Nel giardino le grida e i tamburi della festa giungevano attutiti, mescolati al frusciare dell'acqua di qualche fontana nascosta nel folto. Melograni, cotogni, cedri e gelsi colmavano d'ombra il cielo basso sotto i rami, dov'era già notte, mentre un tramonto ancora chiaro, azzurro e arancio, trionfava nei piani alti della casa sovrastante il giardino, e nel cielo che si perdeva sopra lei. Una miriade colorata di lanterne dai vetri dipinti brulicava in quest'ombra bassa, mentre sotto un pergolato, nella cornice di una finestra, un candelabro a sette bracci scintillava di sette candele accese di cera d'api.

Zahel e Lilim erano partiti da Nazareth quella mattina, dopo una ricca colazione con latte e dolci di miele e pistacchi, comperati per loro alla festa dalla Magdalena. Con un saluto insolitamente dolce, che non era sfuggito a Pitheké, Zahel aveva lasciato la donna all'incrocio con la strada maestra, e i due viaggiatori erano presto scomparsi agli occhi di lei, inoltrandosi nell'animazione del mercato che brulicava fin da presto sulla via.

Avevano marciato con calma per i quindici chilometri che separavano le due città, sotto un cielo grandissimo e azzurro che pareva presagire i riflessi del prossimo lago. La Via Collinare in quel punto si perdeva in una rete di strade minori che portavano ovunque, in quella regione così piena di case e di uomini da parere una città disseminata. Le strade erano molto trafficate: alle abituali carovane commerciali dirette al Sud, coi muli carichi di pesce secco confezionato sul lago, si aggiungeva il brulichio di ambulanti, mendicanti e pellegrini che la festa metteva in moto in tutta Canaan come lo zoccolo del bue su un formicaio.

Zahel Onagro viaggiava silenzioso, senza attaccare discorso con nessuno, senza più menzionare una parola della frottola dell'orfanella. Senza forzare l'andatura, con soste casuali alle fonti, agli incroci, ai capannelli attorno ai venditori di shekar, i due giunsero a Magdala nel primo pomeriggio.

Zahel pareva sapere dove andare: si orientò con sicurezza per le vie inondate di sole giallo e di ombre nere ben stagliate, e di vicolo in vicolo giunse di fronte a una casa patrizia, con una porta in cedro massiccio munita di chiave e due finestre con le lampade spente che attendevano la sera. Ordinò a Lilim di attenderlo, bussò ed entrò.

Uscì dopo circa mezz'ora in compagnia di un uomo basso e brutto, dai tratti volgari, dagli occhi truccati di bistro, vestito con panni costosi alla moda romana, e che spargeva molte risate e troppi gesti. L'ometto accarezzò Lilim sulla guancia con una mano piccola e sudata.

«È questa la tua copertura? Salve carina! Sembra una scimmia che ha cavato un occhio a un gufo!» L'uomo rise con un garrulo falsetto. Lilim lo fissò per un istante con sommo disprezzo, poi si ritrasse dall'altro lato di Zahel, e lì stette, senza mai più degnarlo di uno sguardo.

L'uomo grasso parlava a cascata, intercalando l'eloquio col gracidio di quelle risatine.

«Ora vedrai. Non è un vero e proprio Ginnasio, una vera palestra, ma i miei ragazzi si sanno accontentare. È un vecchio quartiere romano, una piccola caserma in riva al lago, con un grande cortile attrezzato per gli esercizi. Sempre meglio di dove stavamo l'ultima volta che sei venuto, ti ricordi? Una stamberga buia, una tana da giudeo mangiacipolle, dove si stava tutti belli appiccicati...»

E via, una grassa raganella di risata.

«Sì, ho sentito di quella batosta: dieci ragazzi, sulla Via Collinare poco prima di Nain. Sono tornati in due, fuori di mente. No, non erano dei miei, per buona sorte: erano del Ginnasio di Scitopoli, un covo di bei giovanotti imbecilli. Ai miei non sarebbe successo mai niente del genere».

«Sai se quei due scampati siano in zona?» chiese Zahel quasi distrattamente. «Mi piacerebbe sentire da loro come è andata».

«No, non si sono più visti: i genitori li hanno spediti a Roma a ritrovare il senno nei banchetti. Si arrangino, i denari li hanno. E quanto a come sia andata, le voci che girano sono ancora più pazze di quei due: pare che siano stati sbaragliati... da due cenobiti esseni e da un demonio!» Una risata agra seguì ancora, ma Lilim incrociò per un istante due occhietti suini allarmati.

«Senti, Onagro, ma perché vuoi vedere i miei ragazzi? Che cosa bolle in pentola? Puoi raccontare qualcosina al vecchio Fileto? Anche io ho sentito cianciare di grandi cose, ma che possa essere crocefisso se ci capisco un vau! Per esempio chi sarebbe questo Joseph falegname che vai cercando? Qui ronzano personaggi di ogni tipo, che Giove li fulmini, non so se sia la festa o che accidenti! Ieri è arrivato addirittura un grande signore dall'oriente, altro che falegname! Sul suo grande cammello puzzone, tipo principe o re o dannato bastardo sfondato coperto di gemme! Sono tutti sconvolti che vada in viaggio senza scorta, deve sentirsi sicuro, il maledetto: avrà qualche arma segreta, magari è un Mago! O forse è solo un pazzo, ma per me...»

«Dov'è?» Zahel si fermò bruscamente e l'ometto, sull'abbrivo della parlantina, fece ancora due metri da solo.

«Come?»

«Dove alloggia, questo principe d'oriente?»

«Dove alloggia, eh? Altro che pazzo! È un pezzo grosso, quello lì, te lo dico, perché è stato ospitato nella casa di Bar Tolomai, l'uomo più ricco di tutta la regione».

«Tu lo conosci?»

«Chi, Bar Tolomai? Certo che lo conosco: mi detesta. Ma suo figlio, a dispetto del padre, è uno dei miei. È lui che mi ha spifferato questa storia, che oltretutto è mezzo segreta: lo tengono quasi nascosto, lo straniero bastardo».

«Pensi che il tuo ragazzo mi possa far parlare con lui?»

«Ti piace, eh? Per questo te l'ho detto! Ti conosco, Onagro, carogna! Ci vai a nozze tu con...»

«Puoi farmi ricevere o no?»

«Andiamo a chiederglielo, ma per Ermes puoi darla per fatta!»

«Sai chi sono?» chiese il ricco straniero a Zahel.

Il viso scuro dai tratti persiani, istoriato di rughe, era incorniciato da una barba bianca frammista di piccole trecce, e da due bande di capelli grigi raccolti alla nuca in una elaborata acconciatura. Gli occhi infossati, opachi e imperscrutabili, erano resi più inquietanti da un tika blu cupo stampato tra le sopracciglia.

Appollaiata sul muro di cinta, fuori di vista, immersa nel raggio

135

arancio del tramonto, Lilim Pitheké fissava il sole con l'occhio sinistro abbagliato, coprendosi il destro con la mano.

«Non so il tuo nome, Signore, ma un Mago Re non passa inosservato in Galilea».

«No, purtroppo. Dimmi: perché hai voluto vedermi?»

«Permetti che io ti racconti, saggio Mago. Io sono Zahel Ben Kosbi, fenicio convertito, intendente di un proprietario terriero di Gerico. Il mio padrone è molto ricco, e molto malato: zaraat, la lebbra bianca, lo ha in potere. Ma gli è giunta notizia di un gran medico straniero che vivrebbe in terra di Canaan, di nome Licaone, o Macaone, che saprebbe scacciare quella morte. Il mio padrone ha mandato me in viaggio perché lo trovi: questo medico, o un altro, o qualunque altra cosa abbia speranza di salvarlo».

«Ebbene?»

«Ebbene, Signore, la fama di guaritori e di sapienti dei Maghi d'oriente è giunta ovunque. Io ti chiedo: conosci tu questo medico Licaone? O conosci qualche altro medico o guaritore che sia in grado di curare zaraat? O addirittura: potresti farlo tu? Bada bene: il mio padrone è molto ricco...»

Si avvicinò in silenzio un giovanissimo servo gebuseo, con una fascia stretta alla fronte, e inchinandosi depose accanto ai due un vassoio di bronzo ricolmo d'una superba uva bianca da tavola, cui erano mischiati datteri di Gerico e petali di rosa. I due uomini colsero un acino, mangiarono, e cominciò il duello dell'astuzia.

Il Mago intese subito che quell'uomo stava cercando di sondare se egli conoscesse Macaone di Cos, medico di Erode, per arguire se fosse stato di recente in quella corte. A sua volta, nel rispondergli, deviò il discorso verso l'arte medica dei druidi celti, che era ben nota presso la guardia galata del Tetrarca: e in questo studiava con attenzione inapparente il viso e le reazioni del fenicio, per dedurne se avesse a che fare con quella consorteria.

Ma Zahel, rinforzando la sua maschera impassibile, ricondusse per gradi il discorso ai miracoli di guarigione, e da essi ai prodigi che parevano manifestarsi in quel tempo.

Ne erano stati segnalati a Gerusalemme, a Betlehem, Ebron, Samaria, e in molti altri luoghi di Canaan: uomini in bianche armature e in sella a cavalli bianchi che galoppavano per le strade

136

appaiati; grida profetiche e strepiti che si levavano da sotto il cortile del Tempio; spettri decapitati, rocce che stillavano sangue nel deserto, una donna alta e velata che camminava sulla via di Gerico tenendo per mano una scimmia...

«Eppure è strano» si stupiva, o fingeva di stupirsi il vecchio Mago, «il vostro regno è in pace, le messi sono abbondanti, le stagioni regolari, e nessuna notizia degna di allarme giunge dall'Italia, dall'Egitto o dall'Oriente...»

Scegliendo con aria distratta un racimolo d'uva, Zahel lanciò il suo affondo.

«Alcuni collegano questi prodigi con la spoliazione del Tempio da parte di Erode, e altri col nome di questo Messia. Tu cosa dici?»

Il Mago Re lo guardò negli occhi, il suo volto si fissò, il suo sguardo si fece opaco, alieno, orribile. Zahel si fermò a sua volta, non distolse lo sguardo, cessò di masticare, cessò ogni altro movimento.

I due uomini stettero fermi come statue per gran tempo: ma qualcosa nei loro occhi, fissi gli uni negli altri, diceva che uno dei due stava leggendo, e l'altro mostrando.

Infine, a un gesto vago della mano del vecchio, Zahel chiuse gli occhi e seduto com'era dormì.

Il Mago sospirò, chinò il capo, meditò per qualche secondo; si volse al vassoio, prese un acino d'uva, lo mangiò; si alzò lentamente, estrasse dalle pieghe dell'abito un pugnale dalla foggia elaborata; sospirò ancora e si avvicinò a Zahel.

Ma una voce alle sue spalle lo fermò.

«Vindapharna, Rajatiraja, ti prego, ascoltami!»

Lilim Pitheké emerse dall'ombra, guardando seria e ferma in volto il Mago.

«Non uccidere, Maharaja, quest'uomo è con me».

Il vecchio la guardò sorpreso per un solo istante, poi un sorriso felice schiarì il suo volto.

«Come desideri, bambina del tramonto».

Il Re d'India, nei suoi abiti splendidi, chinò profondamente il capo davanti alla piccola stracciona, e ripose il pugnale.

137

I due sedevano insieme, la notte stellata scendeva signora di tutto, un incantesimo di protezione li celava agli occhi del mondo.

Zahel dormiva adagiato sui cuscini, coperto dal suo mantello. Lilim guardava guizzare il fuoco femmina, chiudendosi ora l'uno ora l'altro occhio, e ridendo felice. Il vecchio Mago la guardava paziente, col sorriso di un nonno.

Infine si fece serio, e le parlò.

«Lo sai che l'uomo che proteggi è un assassino?»

«Io non protèggo lui, Mago».

«Conosci la sua missione nefasta?»

«La conosco, sono con lui anche per questo».

«L'avevo immaginato. Allora calmo la mia inquietudine».

Il vecchio Mago sorrise, e spinse verso Lilim un basso tavolino di legno istoriato, su cui era imbandita la cena: su un piatto d'argento fumava un pasticcio di montone, circondato da cipolle di Ascalon stufate col mirto, formaggio di capra, pane bianco, frutta fresca, acqua con miele e succo di melagrana.

Lilim sgranò gli occhi, sorrise al vecchio, si alzò e corse via alla fontana. Quando tornò e sedette alla sua cena aveva il viso e le mani gocciolanti.

«Aspetta».

Il Mago si levò a sua volta, si inginocchiò di fronte alla bambina, e mentre lei lo guardava divertita col lembo della finissima casacca asciugò le sue mani e il suo viso.

Lilim Pithekè sorrise ancora, ringraziò e si gettò sulle leccornie.

Vindapharna per parte sua non toccò cibo, e mentre lei mangiava le parlò. Come avesse di fronte un sapiente suo pari, con cui confrontare gli studi, svolse sotto gli occhi di lei i suoi vastissimi calcoli del tempo: tre linee millenarie, disse con voce emozionata, stavano per giungere a un incrocio.

«La prima. Fra due anni, secondo il calcolo giudaico, scade il quarto millennio dalla nascita di Adamo. La fine di ognuno di questi millenni è stata segnata da un grande evento e un grande nome: alla fine del primo Enoch fu assunto in cielo, a quella del secondo Jahvè strinse il patto di alleanza con Abramo, alla fine del terzo Salomone consacrò il primo Tempio di Israele... Chi sarà dunque il quarto?»

138

Era ormai l'imbrunire inoltrato. Da qualche parte, oltre i muri del giardino, si udì squillare la tromba dell'hazzan che come comanda la legge, tra l'apparire della prima e della terza stella, annunciava l'inizio del Sabbat con due note ripetute tre volte: la prima per i campi, la seconda per le botteghe, la terza per tutti.

Lilim masticava in silenzio, con gli occhi fissi al vecchio, ascoltandolo attenta.

«Seconda linea del tempo. Gli egiziani calcolano la durata della vita di una nazione in ottomila anni. Fra due anni, quindi, saremo a metà della vita di Israele, il Mezzogiorno del tempo di Adamo».

La bambina mangiava con tanto entusiasmo, che in breve finì. Sempre con gli occhi al Mago che parlava, allontanò da sé il tavolino, si scrollò le briciole dalla bocca e dalla veste, intrecciò le braccia sul petto e ascoltò.

La luna quasi piena sorgeva dal muro di cinta, occhieggiando tra i rami di un cedro: Lilim cercò di sbirciarla muovendo soltanto lo sguardo, senza mostrare di distogliersi dal Mago, che continuava la sua trattazione.

«Terza linea del tempo. La fine del quarto millennio giudaico coincide con un Anno della Fenice, il Grande Anno Sotiaco che cade ogni 1460 anni, e che è formato dalla somma delle ore eccedenti i 365 giorni di tutti quegli anni. In quest'anno l'Uccello Celeste brucia sul suo rogo a On-Heliopolis, e dalle sue ceneri di palma rinasce un'altra Fenice. Anche questo capo d'epoca è segnato da eventi mirabili: Noè e Mosè compirono le loro gesta alla fine del primo e del secondo Anno della Fenice».

La bambina, senza distogliersi da Vindapharna, intrufolò una mano nel sacchetto che portava alla cintura, ne estrasse una figurina, la sbirciò: il coccodrillo nero di ossidiana. Lo posò su un ginocchio, nascosto al Mago dal tavolino della cena. Frugò ancora, trovò tastando l'ippopotamo rosso di legno di cedro e lo posò sull'altro ginocchio. Li guardò furtivamente. Le si leggeva in viso il suo problema: come poteva fare per giocare, senza offendere un tale parlatore?

«Ecco dunque che ci troviamo al crocevia del tempo. Qui si incrociano tutte le ere. È il meridiano del tempo di Adamo; è

139

il punto esatto in cui l'anno della Fenice interseca il millennio giudaico, e in cui la linea del destino di Enoch, Abramo e Salomone incrocia quella di Noè e Mosè. Solo adesso e mai più! Quale evento e quale essere unirà le potenze di questi grandi uomini di Dio, e il valore delle loro gesta?»

La fontana che frusciava tranquilla fu la sola risposta. Perché Lilim Pitheké, che aveva marciato per quindici chilometri e mangiato e bevuto con lieta abbondanza, chinato il mento sul petto, nella notte ormai alta, dormiva.

Il Mago Re si interruppe, sorrise, si alzò.

Vide le due figurine sulle ginocchia della bambina, le prese con delicatezza, le studiò. Una nuvola passò sulla sua fronte: un coccodrillo nero, Leviathan, e un ippopotamo rosso, Be'emot. Cosa voleva dirgli, quel presagio?

Ogni cosa a suo tempo. Ripose le sacre figure nel loro sacchetto; sollevò con delicatezza la bambina e la depose sdraiata sui cuscini accanto a Zahel; la coprì con veli e tappeti che abbondavano intorno. Riattizzò il fuoco, sedette ai suoi piedi, e la guardò dormire serena per lungo tempo.

Infine si levò in ginocchio e sussurrò:

«Ora che so che anche voi combattete al nostro fianco, proseguo il viaggio col cuore consolato. Addio fata del tramonto, il piccolo Sausyant è in buone mani».

Si inchinò profondamente davanti al sonno della bambina, raccolse le sue cose, e se ne andò.

Dopo mezz'ora, alto sul suo cammello, lasciava Magdala diretto a sud.

19. Il sabato

L'indomani, sesto giorno di tevet, un gregge di piccole nuvole candide saliva nel cielo, e discendeva in direzione opposta nel lago di Genezareth, che quel cielo specchiava. La luce fumosa abbagliante calava e saliva quando ciascuna di quelle nuvolette sci-

140

volava davanti al sole, e le ombre si stagliavano dapprima nerissime e nette, e poi si squagliavano in niente.

La città si svegliava nel Sabbat, stordita e fumante.

Dalla mattina del giorno prima, per non doverlo fare nel tempo proibito, ciascuno aveva preparato i cibi freddi, focacce dolci, pesce salato, datteri, fichi, vino aromatizzato, e la sacra lampada che avrebbe arso tutto il giorno. All'imbrunire, dopo gli squilli dell'hazzan, i cittadini osservanti s'erano purificati con un bagno completo e s'erano messi a tavola a consumare in letizia quei cibi, per digiunare poi fino al pranzo del giorno dopo.

Ora, nella mattina del Sabbat, i fedeli confluivano da tutte le strade verso la sinagoga. Portavano sul capo e le spalle i loro tallit, gli scialletti da preghiera in seta bianca, ricamati con uve e melagrane d'azzurro giacinto; alla fronte e al braccio sinistro pendevano i tefillim, i minuscoli astucci di pelle d'animale kasher, che celavano brani sacri scritti su pergamena.

Ma il risveglio di Lilim Pitheké, in questa santa serenità, non fu felice: una risata gracidante e appiccicosa, che riconobbe subito, la tolse ai sogni inconcepibili dell'alba.

«Per Ermes, t'è scappato sotto il naso! Onagro, che succede? Stai invecchiando!»

La bambina si mosse scontenta sotto il suo mucchio di tappeti.

«Svegliati, Scimmia! Dobbiamo andare via!»

La voce di Zahel. Lilim tirò fuori la testa come una tartaruga, gli occhi stretti nel bagliore del giardino inondato di sole. Poi venne un'ala d'ombra, e lei li aprì.

«Posso lavarmi di corsa alla fontana?»

Zahel, con gesti furiosi e viso scuro, ficcava i suoi pochi oggetti nella bisaccia. La voce dell'ometto grasso si fece sentire ancora.

«Devi spicciarti, amico. Il padre del mio ragazzo potrebbe uscire di casa da un momento all'altro, e non va bene che mi trovi qui».

«Ti laverai più tardi, schizza fuori!»

Lilim si mise in piedi barcollante. I due uomini partirono a passo di marcia, scricchiolando coi calzari sul vialetto del giardino. Lei si spazzò distrattamente i panni con le mani, si tirò il mantello sul capo e si avviò sbadigliando dietro a loro.

Poco dopo, nell'incrocio principale, ben sveglia e felice di nuovo, si lavava viso e mani nella fonte, levando spruzzi scintillanti al sole, scambiando parole e risate con le donne che riempivano le brocche.

Poco distante, seduti su un muretto all'ombra di un pergolato sulla strada, Zahel e Fileto, il maestro dei ginnasti, confabulavano fitti.

«Non lo rintracci più» ridacchiava l'ometto. «Se l'è filata intorno a mezzanotte, me l'hanno detto i servi. Ha nove ore di vantaggio su di te: con un cammello come quello sono molte. Ma perché ci tieni tanto a riacciuffarlo?»

«Non lo so. Abbiam parlato, ma non ricordo niente».

«Ti ha fatto qualche trucco da mago».

«Appunto, ed è sparito. Questo mi riconferma due o tre cose».

«Cosa! Si può sapere cosa, per Giunone! Ma perché siete tutti così misteriosi?»

«Tutti chi?» chiese l'Onagro gelido.

L'ometto lo guardò, per un istante del tutto smarrito; l'espressione di Zahel divenne imperiosa; Fileto rovesciò la testa indietro e scoppiò in una risata troppo allegra.

«Carogna di un fenicio, non ti si può nascondere niente! Ma tu sei pieno di segreti, per Ermes: non vuoi lasciarne qualcuno anche agli altri?»

«Chi» ripeté l'Onagro con voce calma, guardando in direzione di Lilim, come fosse distratto. La bambina ora teneva capannello tra le donne beate, leggendo mani, toccando piaghe, segnando brocche con le dita intinte di saliva e di polvere rossa della strada. Ma qualcosa in quel distogliere lo sguardo aveva reso in qualche modo inappellabile la richiesta di Zahel, perché Fileto sospirò e rispose:

«Ishmaiah, il capitano della guardia galata di Erode, quello sciacallo con i denti a mosaico».

«Quando lo hai visto?» chiese Zahel, volgendosi di nuovo a lui.

«Sarà stato... sei giorni fa. Mi aveva fatto giurare di non dirlo».

«E che cosa voleva?»

«Magari l'avessi capito!» rispose Fileto con aria esasperata.

«Mi ha fatto settanta domande, mi ha chiesto anche di te, se vuoi saperlo: se per caso ti fossi fatto vivo. E mi ha chiesto di questo falegname, maledettissimo sia, possa inchiodare la croce di suo figlio! E che ne so io di falegnami! Chiedetemi di atleti, prostitute, pederasti! Ma falegnami!... Cosa sta succedendo, Zahel Onagro? Io mi domando se Ermes non abbia sconvolto la mente di...»

«E piantala, Fileto, sei noioso. È semplice, se usi il cervello qualche volta, invece che la bocca. Ishmaiah e io corriamo la stessa corsa. Io corro per lui. Però lui vuole correre sicuro, e sta muovendosi anche da solo. Fatti suoi. Ora invece stammi a sentire. Su quanti ginnasti puoi contare?»

«Una ventina» disse Fileto risentito.

«Tutti sicuri?»

«Dipende. Certo si butterebbero nel fuoco, pur di fare dispetto a certa gente».

«Che gente?»

«Farisei, maledetti fanatici! E hassidim, esseni, zeloti e tutti gli altri prepuzi tagliati che rendono così pia e così mortalmente triste questa terra! Che la condannano a stare fuori dalla storia e da tutte le cose belle che gli dèi...»

«Basta, ti ho detto! Sta' zitto e ascoltami bene. Parla con loro. Spiega loro che sarà una bella beffa ai danni di quella gente. Digli quello che vuoi».

«Quale beffa? Che cosa vuoi che facciano per te?»

«Che si sguinzaglino a raggiera intorno a Magdala per cercare le tracce di quel Mago. E mi riportino su che strada viaggia, in che direzione, e quanta distanza ha fatto».

Fileto tacque per la prima volta. Fissò a lungo Zahel con gli occhi socchiusi, cercando di assumere un'aria astuta che non gli si addiceva. L'Onagro attese, poi impassibile si alzò, gli si avvicinò, torreggiando su di lui gli afferrò i capelli, gli rovesciò il viso in alto e fissò con durezza i suoi occhi terrorizzati.

«Che c'è, Fileto, non hai capito?»

«Sì... sì, Zahel, ho capito...»

«Farai questo per me?»

«Lo farò...»

Zahel lo lasciò andare, gli volse le spalle come a qualcosa che ha perso ogni interesse. Sedette di nuovo, e con aria serena riepilogò.

«Io cerco il falegname. Quel Mago sta andando da lui. Tu cerchi per me il Mago. Io seguo il Mago e trovo il falegname».

«E perché non te lo cerchi da solo, questo Mago?»

«L'hai detto: perché son solo. Posso cercare solo in una direzione. Se è quella sbagliata, ho perso. Voi invece siete venti. Ora ti è chiaro?»

Fileto deglutì, si ricompose, e riprese senza apparente fatica la sua untuosa allegria.

«Per Zeus, Onagro! Quando vuoi sai essere più chiaro di un pugno in bocca!»

«E allora datti da fare».

«I miei ragazzi correranno come il vento! Non foss'altro per far vedere a quegli idioti che anche di sabato si può fare una bella cavalcata, di ben più che sei stadi!»

E scoccò la sua risata in falsetto. Zahel gli concesse finalmente un sorriso stirato. «Allora ti aspetto qui entro stanotte».

Ridendo e guardandosi attorno nervosamente, l'ometto si allontanò.

Quasi subito Lilim apparve, sorridente, con un pane e sei fichi guadagnati alla fontana a compenso dei suoi scongiuri. Sedette accanto a Zahel e gli porse quel cibo. Zahel scosse il capo, poi colse con la coda dell'occhio l'espressione ferita della bambina: prese il pane e mangiò.

Il sabato trascorse senza intoppi, lungo e sereno, lento e riposante.

Zahel Onagro e Lilim Pitheké, per la prima volta da quando s'erano incontrati, oziarono per tutto il giorno, osservando così, seppur per caso, il riposo del Sabbat.

La stessa Channuka rallentò il suo passo di danza forsennata, quantunque le feste avessero licenza di proseguire anche nel giorno del riposo. Il Sabbat era a sua volta una piccola festa intima e famigliare, contrapposta alle grandi feste pubbliche e chiassose come Channuka, Purim, Yom Kippur, e tutte le altre.

144

Per il resto, il riposo era totale e obbligatorio. Era proibito compiere ogni cosa che avesse la parvenza di lavoro. Era proibito intraprendere viaggi che eccedessero il cammino del sabato, calcolato in sei stadi, un chilometro. Era proibito fare e disfare nodi, accendere fuochi, scrivere più di due lettere dell'alfabeto. Per i più puri e intransigenti come gli esseni era stimato lavoro, quindi proibito, persino portare soccorso a uomini o bestie in pericolo, che di sabato si lasciavano morire.

Il sicario e la bambina a questi precetti obbedirono, trascorrendo la gran parte del Sabbat seduti pigramente in quell'incrocio che in assenza di piazze, poco frequenti nelle città giudaiche, era in effetti il centro di Magdala.

Lì videro uscire i fedeli dalla sinagoga, dove seduti sulle loro panche avevano pregato e ascoltato la lettura dei brani. Sciamavano cicalando verso le case, dove avrebbero riposato a loro volta tra commenti dei versi sacri e pettegolezzi dei casi profani della festa.

Lì videro passeggiare ragazzi e ragazze, che come in ogni luogo e in ogni tempo si esibivano nelle vesti della festa, si sbirciavano e corteggiavano a vicenda, pur attenti a contare i passi per non eccedere il cammino consentito.

Lì infine chiacchierarono tra loro.

«Ma tu hai mai avuto padre e madre?»

«No. O forse sì, ma non me lo ricordo».

«Sei sempre stata sulla strada?»

«No, per niente. Fino a otto anni sono stata al Tempio».

«Nientemeno, Gerusalemme! E io che ti credevo una povera scimmia. Sei una vera principessa».

«No, non lo sono. Ma nemmeno così scimmia. Oppure solo quando voglio io».

«E com'è che poi sei andata via?»

«Mi hanno cacciata».

«Perché?»

«Facevo giochi».

«Che tipo di giochi?»

«Quelli che faccio ora, non li hai visti?»

«Quelli dell'occhio matto che guarda il sole?»

«Sì, e quelli delle sette figurine. E anche altri».

«Ti hanno cacciata solo per questo? Veramente?»

«Sì, per questo. Però facevo anche scherzi».

«Ah, ecco. Che scherzi?»

«Facevo spegnere il fuoco dei leviti quando sgozzavano il capro di Azazel».

«Il capro espiatorio? E perché?»

«Perché mi faceva pena, poverino».

«E che altri scherzi facevi?»

«Facevo disegni proibiti sugli scalini della Corte delle Donne; mettevo pece greca nella lampada della Madre Guardiana, così faceva il botto; mettevo bisce vive nei rami intrecciati dei tirsi, così quando i sacerdoti li scuotevano ai punti cardinali schizzavano fuori, e si sentivano bellissime urla...»

«Bravissima Scimmia! Io lo so che sei molto più in gamba di quanto cerchi di far sembrare con quell'occhio».

«Quale occhio?» chiedeva Pitheké spalancando i suoi occhi spaiati, e sorridendo con tutti i suoi denti. Zahel rispondeva al sorriso, poi guardava altrove.

Il sole compiva il suo arco basso nel cielo, le ore passavano lente.

Anche Lilim faceva domande al compagno di viaggio, e anche lui quella sera rispose.

«Ma tu non hai una moglie?»

«L'ho avuta».

«È morta?»

«No, sono andato via».

«L'hai ripudiata? Si è macchiata di adulterio?»

«No, sono andato via e basta».

«E figli ne hai?»

«No, credo di no».

«E ne vorresti avere?»

«No».

«Tutto no, sei un uomo tutto no. È per questo che ti chiamano Onagro? Perché non vuoi far niente come l'asino selvatico?»

«Perché non voglio girare intorno alla mola come gli asini domestici».

«E allora perché non ti chiamano Leone?»

«Perché mi disprezzano. Se tu disprezzi qualcuno come un asino, ma lo temi come un leone, lo chiami Onagro».

«A me piace il nome Onagro. Una Scimmia e un Onagro viaggiavano insieme: sembra quasi l'inizio di una storia...»

Fecero una sola breve passeggiata alla darsena dei pescatori, in riva al lago.

Lilim non parve meravigliarsi più di tanto della distesa d'acqua: probabilmente nei suoi vagabondaggi era stata sul lago varie volte. Gironzolò un poco guardandosi intorno con aria svagata, finché trovò un buon punto per giocare: estrasse dal sacchetto di tela e perline appeso alla vita le sue sette cose, e le dispose in linea su un parapetto di pietra che sprofondava dall'altra parte nello sciacquio del lago.

Apriva la fila un omino di creta cotta, ritto in piedi con le mani lungo i fianchi; seguiva una minuscola ciotola di bronzo smaltato di azzurro, il coccodrillo nero di ossidiana, una pallina verde di alabastro striato, una casetta cubica di gesso bianco, l'ippopotamo in legno di cedro rosso, e chiudeva la parata una scimmia intagliata di avorio giallognolo. Nessuno di quei piccoli oggetti pareva avere un valore: forse per questo motivo non le erano mai stati rubati, o forse per altro.

Poggiata pigramente con la pancia al parapetto, Lilim disponeva con calma le sette icone: in linea, a intervalli regolari, voltate tutte nella stessa direzione, a fronteggiare il lago e il tramonto. Quando ebbe finito le rimirò soddisfatta, poi alzò gli occhi e guardò il lago a sua volta.

Il lago di Genezareth, poi chiamato di Tiberiade, era uno specchio d'acqua di forma oblunga che il Giordano nutriva a nord e vuotava a sud, lungo oltre una ventina di chilometri, largo oltre una decina. Le sue acque pure, variegate da minuscole onde, screziavano i verdi nelle loro sfumature dallo smeraldo al giada, specchiando quelli delle colline intorno scanditi da ordinatissime colture, e tremolando riflessi d'ocra e ruggine sotto la nuda colata di lava che chiudeva il bacino a sud.

Era ormai il secondo pomeriggio, e il sole in discesa sui monti cominciava a velare con l'arancio tutte quelle sfumature luccicanti. Molto più in basso dei soliti tre avvoltoi persi nel cielo, uno stormo baccante di gabbiani apriva la caccia.

Zahel sedeva sul parapetto accanto a Lilim, qualche metro più in là. Una dozzina di pescatori sedevano più in basso, su un esile molo di legno che avanzava sull'acqua, discutendo quietamente della stagione.

Lilim prese dalla fila il coccodrillo e la ciotola, li piazzò poco più in là sul parapetto e prese a muoverli in una serie di azioni reciproche complicate, accompagnate dalla solita cantilena in antico dialetto.

Dopo un po', un pesce guizzò sul lago e si rituffò.

Un pescatore lo vide e cominciò a parlare al vicino, indicandogli il punto con la mano.

Un altro pesce guizzò, poi un terzo, poi cinque, poi dieci. I pescatori vociavano agitati, indicando il lago e sbracciandosi in gesti di grande sorpresa.

Zahel guardò la scena corrugando la fronte. Poi si voltò e guardò Lilim: la bambina rideva divertita e continuava a maneggiare il coccodrillo e la tazzina.

In quell'istante sul circo dei pesci tripudianti piombò lo stormo da caccia dei gabbiani, e diede inizio a un lauto banchetto. Lilim guardò per un momento divertita, poi seria, poi accigliata: la cosa, evidentemente, stava prendendo una piega che non le piaceva. Tenne ben ferme le due figurine per un secondo, poi fece il gesto di mettere il coccodrillo nella ciotola, e infine ripose entrambe al loro posto nella fila.

L'acrobazia dei pesci sul lago di colpo finì. I gabbiani volteggiarono ancora un po' intorno strillando delusi, poi si dileguarono su sponde più lontane. I pescatori invece non si chetarono, passando ora a discutere con furia il vigore dei divieti del sabato a fronte di tali eventi straordinari. E mentre il sole oramai si accostava alla linea dei monti, accordandosi sull'idea di un capo-pesca, sciamarono tutti vociando verso la sinagoga per dirimere la cosa con i rabbi.

Tornò il silenzio, rigato appena dalle grida dei gabbiani dispersi alla loro caccia su altre rive.

I raggi del sole basso sfocavano d'arancio polveroso i contorni controluce delle cose.

Lilim Pitheké sedette a gambe incrociate sul muretto, accanto alle sue figurine, l'una e le altre ora investite in pieno da quell'onda focosa di luce. Levò la mano a schermare l'occhio destro, e col sinistro spalancato fissò il sole.

Zahel Onagro la guardò, quella sera, con un lieve sorriso che per una volta non fu d'ironia.

Non appena il sole fu scomparso, lo squillo dell'hazzan si levò ad annunziare la fine del Sabbat. Sciolta così la diatriba, un nugolo di pescatori si avventò a spingere in acqua le barche piatte, sperando in una pesca portentosa.

Che tuttavia non venne.

20. Verso sud

Venne invece la notte, e poi passò.

Zahel e Lilim dormirono a casa di Fileto, il maestro dei ginnasti, che venne a cercarli alla darsena dopo il tramonto per invitarli a cena.

L'untuosa ospitalità dell'ometto non incantò Lilim, che continuò a inondarlo di un muto e irrevocabile disprezzo. Gradì i cibi squisiti della sua cucina, ma oppose a tutti i suoi tentativi di farla parlare un viso assente, inespressivo, che cominciava a ricordare da vicino quello del suo compagno di viaggio. Dopo il fallimento di quello che doveva essere il suo pezzo forte, l'esibizione dei tatuaggi da ginnasta con la lupa di Roma e i glifi dei misteri di Olimpia, Fileto rivolse a Zahel un sorriso tirato.

«A quanto pare non piaccio alla tua amica».

«A quanto pare no» rispose asciutto il fenicio.

«Peccato, perché io invece adoro i bambini».

«Appunto. Lei non è una bambina, è una scimmia».

L'uomo stupido rise in falsetto, senza notare lo sguardo d'intesa che corse tra la Scimmia e l'Onagro, e la cosa si chiuse lì. Sen-

149

za rivolgersi oltre alla bambina, Fileto dette fiato a un lungo monologo impastato di masticazione, in cui stendeva l'elogio di Erode il Grande, dei fasti militari della sua fortezza Antonia, delle imperiali magnificenze dei banchetti nella sala di Agrippa, cui lui stesso aveva avuto in sorte di partecipare.

La vecchia serva intanto portava in tavola agnello da latte arrostito su ceppi di vite, stufato di lenticchie, olive soffritte con aglio e cumino, formaggi caprini dei monti di Hattin, e infine l'immancabile almé, la salamoia di pesce del lago. Alla fine della cena, con un sorriso di sfida, Fileto fece servire un trancio blasfemo di maiale lessato, che Zahel e Lilim assaggiarono senza battere ciglio, ma poi lasciarono lì.

Nella notte le staffette dei ginnasti fecero tutte ritorno. Lilim fu ridestata dal frastuono di un cavallo sul selciato di fronte alla casa, cui seguirono va e vieni, sbattere di porte, brusii, e infine un lungo conversare di uomini nel cortile centrale. La cameretta in cui dormiva, come tutte le altre della casa, dava su quel cortile, e tra i fumi dondolanti del sonno la bambina poté sentire, se non proprio ascoltare, ogni cosa.

Uno dei ginnasti aveva infine trovato la pista: un principe orientale che viaggiava da solo su un cammello aveva chiesto indicazioni sulle vie in una casa di contadini, dieci chilometri sulla strada verso sud.

«Indicazioni su che vie?» chiese Zahel.

«Per le città del Sud» gli fu risposto.

Sud, si disse Lilim con un sospiro: ecco, ci siamo.

Il sospiro si tramutò in lungo sbadiglio. Sprofondando dolcemente a capofitto, sentì che dicevano ancora qualcosa intorno a degli asini.

Poi non sentì più nulla.

All'alba del giorno dopo, il settimo di tevet, il risveglio fu crudo. Con poche e asciutte parole Zahel comunicò a Pitheké che partivano in pochi minuti, ma il viaggio cambiava: non andavano più a nord ma a sud, non andavano più a piedi ma sugli asini, e non seguivano più la Via: discendevano il Ghor.

Lilim si mise in moto di malumore, come chi ha appreso tre pessime notizie.

Il Ghor era la valle del Giordano, una fossa di terre basse che attraversava Canaan da nord a sud come una piaga, lunga oltre cento chilometri e larga fino a venti. Umida, malsana, irta di rupi e ghiaioni o desolata di macchia salmastra sui bordi esterni, folta all'interno di foresta tropicale a galleria sul fiume, infestata da belve; caldo torrido in estate, cinquanta gradi all'ombra, freddo intenso nelle notti, poco sole, niente pioggia, niente vento: la fossa del Ghor strisciava a quasi ottocento metri sotto il Mediterraneo, per sprofondare infine nel mar Morto, la lastra d'acqua e sale densa e ferma, senza uccelli né sciami d'insetti.

I viaggiatori israeliti evitavano questa landa inospitale: non c'erano strade, perlomeno non ben tracciate e attrezzate; leoni, lupi, sciacalli, iene e linci rendevano sconsigliabile viaggiare da soli e disarmati; il cobra e la vipera cornuta insidiavano il sonno dei bivacchi; e sciami irriducibili di insetti, zanzare e mosche nell'aria e ragni e scorpioni per terra, completavano il quadro.

Ciononostante, per viaggiatori abili e decisi, scendere il fiume era il modo più veloce di attraversare la Terra Promessa da nord a sud, specialmente se si avevano motivi per volere viaggiare inosservati. Questo era il caso di Zahel, a quanto pareva, che si attrezzò adeguatamente alla bisogna. Fileto e il suo ambiente marziale si dimostrarono il posto ideale per procurarsi un buon equipaggiamento.

Furono presi a nolo due asini di razza mascate: asini di Licaonia grandi e forti, di pelo grigio chiaro quasi bianco, difficili da condurre ma in grado di percorrere senza sforzo quaranta chilometri al giorno, e di camminare anche nel buio della notte.

Furono procurate vesti adatte al viaggio e alle escursioni termiche, e la complessa e solenne vestizione fu per Lilim il solo momento di festa di quella partenza: entrambi indossarono nuove tuniche di lana a tessuto infeltrito, resistenti agli sterpi e alle spine; per la stessa bisogna avvolsero strette intorno alle gambe fino al ginocchio lunghe strisce di stoffa robusta; misero ai piedi calzari di pelle di iena con suole chiodate, legando alle selle degli asini un paio di ricambio per ciascuno; indossarono i mantelli di

Cilicia dei viaggiatori ebrei, tessuti fitti in pelo di cammello, molto spessi, impermeabili, tanto rigidi che posati per terra restavano in piedi.

In aggiunta alle micidiali armi che Lilim ben conosceva, Zahel si munì di un arco di legno duro con corda in budello di bue, che saggiò con perizia nel cortile tendendolo senza incoccare; e appese alla sua sella una faretra con una trentina di frecce da caccia.

La bisaccia, il bastone, un grosso otre colmo d'acqua e aceto, più efficace per la sete che l'acqua pura, una borraccia con vino aromatizzato, una zucca secca con una pietra dentro per attingere ai pozzi, e i due furono in sella, pronti a partire.

«Che cosa dovrò dire a Ishmaiah, nel caso lo rivedessi?» chiese Fileto a Zahel.

«Lo rivedrai, te lo si legge in faccia. Di' al capo di quegli orsi del Nord» Fileto rise, «che ti ripaghi tutta questa mercanzia, e che mi lasci lavorare».

«Buona caccia, lupo del Ghor!»

Zahel non rispose: frustò lievemente il suo asino, che si mise in cammino, e il secondo lo seguì senza incitamento. Lilim si voltò e senza mutare espressione del viso mostrò all'ometto la lingua. Così voltata indietro fissamente, con un palmo di lingua fuori nel viso impassibile e quieto, più allarmante che buffa o puerile, Fileto la vide rimpicciolire sulla via. Rise stizzosamente e sibilò, più a se stesso che al giovane ginnasta che lo aveva aiutato a rifornirli:

«Chissà che stavolta l'Onagro selvaggio non abbia trovato la Scimmietta che lo doma...»

La mattinata trascorse intera nel costeggiare il lago verso sud, per imboccarne l'emissario.

Il sole abbagliante d'inverno inondava di luce le colline scolpite a terrazze sulla destra dei due, e screziava di freschissime scintille la lastra turchese del lago che si lasciavano a sinistra, andando a sud.

Cavalcavano spediti sulla strada costiera brulicante di traffico, una via romana di terra battuta coperta di ciottoli che cuciva come un filo di collana una miriade di centri rivieraschi. Ai grossi

152

villaggi con la sinagoga al centro e le belle darsene sull'acqua si alternavano i minuscoli borghi di pescatori, appena uno scivolo in pietra per le poche barche con un pugno di case d'argilla e paglia intorno.

L'umore di Lilim pareva decisamente migliorato: divertita dal vigoroso saltellio del suo mascate, conquistata dalla frizzante varietà del paesaggio e degli incontri, sorrideva e salutava a destra e a manca, ottenendo ora risposte e ora sghignazzi. Ma non durò a lungo: attraversando la città di Tiberiade cominciò a indicare baracche di frittelle, si dichiarò stanca, lamentò fame, sete, pipì: ma non ottenendo risposta alcuna desistette, e si chiuse in un silenzio impermalito.

Gli asini bianchi trottavano lesti in fila indiana, con dondolio uguale, e in tre ore i due avevano compiuto la quindicina di chilometri che separava Magdala da Tarichea, la città dell'estuario.

Lilim fissava le acque incantata dal flusso, che facendosi di metro in metro più veloce convergeva da ogni parte verso una larga fenditura, ora visibile nel cercine dei colli: la bocca del padre Giordano, che uscendo dal lago riprendeva il suo nome e il suo cammino.

Entrarono nell'ombra chiassosa di grida e di carri della città portuale, dove le bocche scure dei magazzini ingoiavano e vomitavano ceste di frutta, olive, pesce salato, otri di vino in arrivo e in partenza con le carovane di terra e le barche sul fiume. La via romana terminava nella piazza dell'imbarcadero: da lì una chiatta di tronchi, governata da un sistema di corde azionato da buoi, traghettava uomini e merci sull'altra sponda.

Sulla piazza vociava un piccolo mercato di ambulanti, dove Zahel fece provviste per il viaggio. Comperò chicchi di frumento abbrustoliti, il pan di via dei viaggiatori ebrei; comperò gallette di farina e polvere di cavallette, pesce salato in grande quantità, carne secca, fichi secchi, datteri, olive e cetrioli in salamoia, e un piccolo scaldavivande portatile con un fornetto in cui bruciare ciuffi di stoppie. Lilim vide e chiese, questa volta senza capricci, con mitezza, un pane di fichi da mezzo chilo: Zahel lo acquistò, ma poi lo mise via nella bisaccia con gli altri cibi di scorta, senza assaggi.

Comperò i cibi freschi per il giorno: pane bianco, formaggio di capra, latte e frutta. I due sedettero al sole con le spalle poggiate al muro tiepido del dazio, e consumarono il piccolo pasto di mezza giornata. Alla fine, Zahel estrasse dalla bisaccia il pane di fichi, ne tagliò una fetta e la porse alla bambina.

Pochi minuti dopo erano in sella.

Era il primo pomeriggio. Mentre quasi tutti i viaggiatori passavano col traghetto all'altra sponda, dove la strada costiera rinasceva e seguitava a contornare il lago, loro due deviarono a destra su un'ombrosa via lastricata, che s'inoltrava seguendo il fiume verso sud.

Presto le case di commercio e i magazzini alla loro destra terminarono, lasciando il posto a una fila di casupole di pescatori.

Finì il lastrico, finirono le casupole, nel giro di un chilometro sparì ogni traccia di costruzione; la via divenne una pista di terra battuta, la vegetazione si fece fitta e rigogliosa, il fiume scuro: stavano entrando nel Ghor.

Cominciò un cammino monotono, sonnolento. Cavalcarono per ore, ore, e ore.

Nulla cambiava: davanti a loro la pista incerta, a destra il declivio boscoso, a sinistra il fiume.

Non scambiarono tra loro una parola.

Incrociarono pochissimi viandanti, che li guardavano ostili e insospettiti, forse chiedendosi cosa spingesse un uomo a viaggiare con una bambina in una landa inospitale come quella.

Le sole cose che parevano mutare erano i suoni e la luce. Strilli, squittii e gridi mai uditi echeggiavano a destra, da quelle pendici boscose a perdita d'occhio che sempre più si infoltivano in foresta; mentre a sinistra il fiume gorgogliava il suo salmo frusciante senza fine.

La luce mutava a sua volta col passare del giorno, e calando alla destra il sole filtrava attraverso le fronde e spandeva dovunque un chiarore verde diffuso, senza ombre.

Finalmente, poco prima del tramonto, a quaranta chilometri da Magdala, Zahel si fermò. La pista si apriva in uno slargo di radura, circoscritto a destra da un semicerchio d'alberi e a sinistra da una spiaggia sul fiume. Al centro della radura nereggiavano i segni di molti bivacchi.

«Ci fermeremo qui» disse smontando.

Poco più tardi, seduti accanto a un fuoco, mangiavano in silenzio.

Mentre Zahel preparava il bivacco, Lilim aveva girato invano intorno, in cerca di un varco tra gli alberi o un luogo elevato da cui potesse scorgere il tramonto. Ma il muro verde di terebinti, carrubi, palmizi, acacie, banani, pareva serrarsi più fitto da ogni parte, a nascondere il disco che calava. Unico segno, una luce gialla più densa e focosa si diffuse uniforme di colpo nell'intera foresta: crebbe, mutò, calò e infine, con un guizzo, venne sera.

Contrariata per la rinuncia al suo gioco del sole, dopo la cena Lilim tentò di apparecchiare almeno l'altro. Aveva appena seminato le sue sette figurine per terra di fronte a sé, quando Zahel le sibilò brusco di far scomparire tutto in un istante.

Lo guardò: era teso, irrigidito, affilato nello sforzo di scorgere o udire qualcosa che lei non capiva.

Dopo pochi secondi ribadì l'ordine, che Lilim assolse, e mutò bruscamente l'espressione del suo viso nella più quieta e sonnolenta indifferenza.

Pochi altri istanti e dal cerchio degli alberi, nell'impreciso azzurro della sera, cominciarono a sbucare uomini armati: tre, dieci, trenta, cinquanta, che uscivano dal folto, si fermavano sul ciglio della radura, e sedevano per terra quieti a gambe incrociate, rivolti verso di loro.

L'ultimo che apparve tra gli alberi non si fermò, e proseguì a passi pensosi fino al bivacco. Zahel lo guardava avvicinarsi, e quando si fermò in piedi accanto a loro lo salutò pacatamente.

«Shalom».

«Tu sei Zahel Onagro, sicario di ventura» disse l'uomo. Non era alto, ma pareva forte e asciutto, con mani grandi, viso aperto e serio, una luce scura negli occhi, e armi in ogni piega del mantello.

«E tu sei Judah Bar Kochba, capo degli zeloti ribelli di Giudea» rispose Zahel senza mostrare reazione alcuna.

«Ci conosciamo, è un buon inizio».

«Siedi e bevi del mio vino, se ti va».

«Non sono qui per il tuo vino» disse l'uomo sedendosi. «Parliamo».

Cominciò una schermaglia diversa da quella che solo due giorni prima Zahel aveva intrecciato col Mago d'oriente, ma tesa ai medesimi scopi. I due si interrogavano a vicenda sui reciproci piani e movimenti: ma mentre col Mago il gioco d'astuzia era nel dissimulare le domande, ora queste erano esplicite e dirette.

«Chi cerchi, Onagro?» chiese Bar Kochba.

«Bene, da quando in qua la guerriglia palestinese fa il lavoro della polizia ordinaria?»

«Faremo anche quello, non temere, dopo che avremo vinto questa guerra: puliremo la Terra Promessa da serpenti e sciacalli». E uno sguardo aggiunse: come te. «Ma per ora voglio solo sapere se incroci la mia via. Sei stato visto girare ovunque, udito fare domande a tutti quanti. Chi è questo falegname di cui chiedi?»

«Diciamo che è nemico di un mio amico».

«Il tuo è un empio lavoro, fenicio».

«Questione di nomi. Il lavoro del soldato si chiama guerra».

«Ma tu non sei un soldato».

«A proposito di soldati...» contrattaccò ironico Zahel, «anche Bar Kochba, il grande guerrigliero, il comandante Figlio delle Stelle, sta cercando qualcuno, io direi. Con tanti uomini in missione, così a nord... Un centurione romano, per caso?»

«Che cosa sai?»

«Qualcosa so: mi lascerai andare?»

Zahel rivelò quanto aveva appreso da Ishmaiah, e sempre taciuto fino a quel punto ogniqualvolta parlava dei romani: l'uomo che Bar Kochba cercava, quasi di certo cercava Bar Kochba. Era Furio Cornelio Vica, che si presentava come centurione romano della Coorte Italica di Cesarea, ma era in realtà un *evocatus augusti*, uno di quegli ufficiali distaccati dalle truppe pretoriane per missioni di polizia segreta.

«E cerca me» concluse il capo guerrigliero.

«Quasi certo. E tu lui».

«E ha cento uomini».

«E tu centocinquanta».

Bar Kochba lo guardò inarcando le sopracciglia. Zahel precisò:

«Cinquanta qui intorno, e almeno altri cento accampati nel bosco».

«Sai sempre tutto, fenicio. Come fai?»

«È il mio lavoro, come dici tu».

«Allora sai anche dov'è questo centurione... ora».

Zahel gettò una manciata di rami secchi nel fuoco, poi guardò lo zelota.

«Mi lascerai andare?»

Il fuoco avvampò, accendendo i profili dei due uomini.

«Chi è questa bambina?»

«La copertura per le mie indagini, una stracciona della Via, viene con me».

Bar Kochba si alzò, fece un giro attorno al fuoco con la fronte aggrottata, poi si fermò spalle a Zahel e fisse gli occhi nel buio della notte.

«Cosa sai di questo Re che nascerà?»

«Niente, non mi riguarda. Ci lasci andare?»

«I romani sono empi, pederasti e parricidi. Gli israeliti che obbediscono al Signore sono in guerra con loro».

Dopo queste parole, pronunciate con calma e con forza, lo zelota si volse a Zahel come in attesa. Ma l'uomo tacque, sostenendo il suo sguardo con viso sereno. L'altro insistette.

«Non hai niente da dire, su questo?»

Dopo un altro breve silenzio, Zahel scosse la testa lentamente.

«Io combatto da solo, Bar Kochba. Ma non ho più guerre».

Il capo zelota ebbe una specie di sogghigno. Infine, con un sospiro, si sedette.

«Ti lascerò andare, sicario. Dov'è Furio Vica?»

«Io conosco i suoi piani generali, non le mosse precise: ma se qualcuno dei tuoi è esperto del Ghor...»

Nel buio della notte, ormai discesa, il cerchio dei guerriglieri seduti in silenzio contornava di torce la radura, come grani tremolanti di collana. Illuminati dai lampi arancioni del fuoco centrale, i due uomini, con un terzo che Bar Kochba aveva chiamato

157

a sé da quel cerchio, tracciavano segni per terra con le pietre, discutendo luoghi adatti e scorciatoie.

Lilim, infagottata nel mantello da viaggio, sdraiata accanto al fuoco, fissava le stelle nel cielo incorniciato dagli alberi.

Poco dopo vide il cerchio delle torce sgranarsi e sparire: gli zeloti andavano via.

Zahel si stese accanto al fuoco.

«Sei sveglia, Scimmia?»

Pitheké non rispose, e dagli anfratti del mantello seguitò a fissare il buio coi suoi occhi spaiati spalancati, straniti d'ansia e presagi.

21. Il campo di battaglia

Nel cielo nero imbambolato di splendori cresceva gelida e lenta una delle notti più lunghe dell'anno. Notti magiche, che vengono prima delle notti sante, urna del buio che è prima dell'arca del sole, madre che è prima del padre per ciò che nasce.

Come un lago notturno rovesciato con le sue luci di città e lampare, il cielo tondo della radura lassù in alto ruotava i suoi zodiaci inconcepibili. A occhi sbarrati Lilim li fissò per un tempo che non si poteva misurare, finché dalla frangia nera degli alberi fece il suo capolino la luna.

Allora la Scimmia sorrise, e gli occhi diversi e radiosi si chiusero insieme per riposare infine, un solo istante. Poi si riaispersero, e Lilim si alzò.

Dapprima si levò solo su un gomito. Guardò per un poco Zahel: il suo compagno di viaggio dormiva il sonno cosciente del braccato. Si alzò in piedi, imbacuccata nel mantello. Guardò in alto la luna, guardò in basso dall'altra parte dove i suoi raggi, scavalcando le cime degli alberi, cominciavano a spazzare la radura. Prese dal mucchio dei bagagli una coperta, un po' di cibo, e si diresse lì.

Lì si sedette, su uno spiazzo di terra dura sgombro d'erbe, posò dinanzi a sé coperta e cibo e cominciò a guardarsi attorno lentamente, mordendosi il labbro inferiore, come in attesa.

Non dovette attender molto che una voce, smorzata ma ridente, si fece udire dal giro del buio.

«Uhi-uhi-uhi-uhi-uhiiii!...»

Con il sorriso più grande della bocca che i bambini e certi adulti sanno fare, Lilim rispose:

«Via libera, vieni Cane!»

Un cespuglio fronzuto si staccò dalla macchia del bosco e saltellò zoppicando verso lei.

«Come stai, fratellino?»

«Bene, bene».

«E la ferita?»

«Guarita».

Cane Cotto si scrollò di dosso gli strati di frasche di cui si era coperto per combattere il freddo, si avvolse con evidente piacere nel morbido panno di lana di pecora, si sedette e addentò con entusiasmo il pane e il pesce salato che Lilim gli porse.

Mangiando i due bambini si narrarono, con risate e spaventi, i loro viaggi. Era bastato un giorno alla potente medicina degli esseni per rimetterlo in forze: Cane Cotto aveva ringraziato Zeitan, che non gli aveva chiesto spiegazioni, aveva salutato Jod-He, che invece gli teneva un po' di broncio, ed era partito sulle tracce di lei e di Zahel. Per fortuna si erano fermati quasi due giorni a Magdala, così aveva potuto raggiungerli senza problemi. Era arrivato lì la notte prima, mentre erano a cena da quel tizio elegante e schifoso. Non era stato difficile trovarli: chiedeva ai Bambini del Vento, sapevano tutto. E l'indomani era partito dietro a loro, seguendoli da lontano ma non troppo: si teneva a portata di strillo, per via dei lupi, delle linci, dei leoni e di tutte le bestie golose di cani cotti. Certo – rise massaggiandosi i piedi – che l'avevano ben fatto correre, sulle sue zampe storte! Piacerebbe anche a lui cavalcare uno di quegli asini bianchi da signori, invece che...

«Basta» lo interruppe Lilim seria, «Cane, è tardi. Qui tutto sta accadendo troppo in fretta, non abbiamo tanto tempo. Su, giochiamo».

La bianca fosforescenza della luna inondava ormai la radura, contornando ogni cosa di chiarezza, di pienezza, di magia. Pareva che ogni pietra, in quel candore, fosse una e mille volte quella pietra, stagliata nel nitore e insieme fusa a ogni altra: tutte le pietre, tutte le foglie, tutte le stelle, tutte le cose che vengono prima, lì presenti, chiamate per nome, viventi, in quella notte che era ormai tutte le notti.

Era una notte dei giochi.

I due bambini lo sapevano bene, ne avevano viste altre.

Lilim Pitheké svuotò per terra il suo sacchetto, esaminò la figura assunta dagli oggetti, annunciò il gioco. Cane Cotto levò le mani con le palme verso di lei. Lilim raccolse una figurina, enunciò un verso nel suo antico dialetto semita, il bambino rispose un verso in rima; Lilim lanciò in aria la figurina, batté le mani sulle mani dell'amico, la riafferrò al volo, la ripose in terra, tracciò con uno stecco un segno intorno.

E il gioco cominciò: un intreccio indescrivibile di versi, rime e metri, detti e cantati, corali e alternati; gesti e mosse precisi, già eseguiti da entrambi tante volte: batter le mani, ognuno le sue, uno con l'altro, diritte, incrociate, palma con palma, dorso con dorso, dita con dita; raccogliere da terra le figure, lanciarle in aria, una a una, riacchiapparle, due a due, lanciarle all'altro, chiederle indietro, posarle in terra; tracciare intorno a ciascuna una casa di segni precisi, ben noti alle mani, e una rete di corna falcate o lame filate tra le une e le altre, ragnatele e pentacoli arcani e di nuovo da capo: coccodrillo, ippopotamo, uomo, casa, sfera, piramide, scimmia...

«No, Cane, sta' attento!»

«Scusa, scusa!»

«Non abbiamo tanto tempo, te l'ho detto!»

Non era solo gioco, era anche scuola. Lilim Pitheké insegnava, Cane Cotto imparava.

E la notte passava, gelata, perfetta.

Un gioco finiva, un altro iniziava, Cane Cotto sbagliava, Pitheké correggeva, ogni tanto ridevano insieme. E le stelle del cielo, a ogni gioco, cambiavano le figure agli zodiaci, e la luna faceva un passo avanti.

Zahel si svegliò molte volte, gli sembrarono mille: quella notte voleva durare un'epoca intera. Ogni volta li guardava e ogni volta erano là: fatati, ridenti, alieni. Quella chiara cucciolata della luna.

L'indomani, ottavo giorno di tevet, un cielo coperto di nuvole mesceva una luce cinerea nella radura tra gli alberi e il fiume. I canti degli uccelli, gli strilli delle scimmie, il gracidio tagliente delle rane parevano echeggiare più forti in quell'aria felpata, assordanti fin dalle prime luci.

Lilim fece una grande fatica ad aprire gli occhi.

Zahel invece armeggiava da un pezzo raccogliendo i bagagli, sellando i due asini, caricandoli delle bisacce, delle provviste e degli otri. Voltato di spalle, frattanto, parlava con lei.

«Questa notte ti ho vista di nuovo con quel piccolo storpio. Non m'importa come sia arrivato fin qui, né cosa abbiate fatto per tutta la notte: se tu non hai dormito, dormirai cavalcando».

Lilim si sollevò a fatica dal giaciglio, col cuore affranto con cui i bambini talvolta si svegliano, e difendendo con una mano gli occhi da quella luce candida e sfocata si diresse barcollando verso il fiume. Sulla sponda si inginocchiò presso una polla d'acqua ferma e si specchiò: l'occhio sinistro pareva più chiuso e più gonfio dell'altro. Se lo lavò con cura, si lavò il viso, si asciugò col bordo della tunica.

Quando tornò il bivacco era levato, i due asini carichi attendevano, Zahel montato sul primo: Lilim montò sul secondo e partirono.

La pista di terra battuta oltre lo spiazzo del bivacco riprendeva il suo corso incerto, tra il fiume a sinistra e a destra la massa incombente della foresta. Sempre più spesso ciuffi di giunchi, papiri e altre piante palustri ne invadevano il corso, costringendo i due asini a stancanti giravolte: evidentemente quanto più s'inoltrava a sud, tanto meno quella via era battuta.

Nel primo tratto, cavalcando, Lilim si pettinò i capelli neri con un minuscolo pettine di legno che estrasse dalla cintura. Li legò dietro la nuca in una coda e li coprì con la kefiyah, che strinse poi alla fronte contro il freddo con una striscia di stoffa azzurra, al modo dei maschi. Poi si abbandonò al dondolio monotono della sua cavalcatura, e in breve chinò il mento sul petto e si assopì. Ma fu un sonno fasullo e frustrante, spezzato dai moti riflessi necessari a tenersi in equilibrio sulla sella.

La mattina pareva essersi incantata in una luce grassa e chiara, senza ombre, che bagnava le ramaglie, sempre uguale, e non si capiva se il mezzogiorno, o il pomeriggio, fosse già stato, dovesse arrivare, o non sarebbe venuto mai più.

A un tratto Zahel si fermò, figgendo gli occhi in un punto della selva. Lilim levò il capo da uno dei suoi torpori e lo guardò. L'uomo, senza distogliere lo sguardo dal suo oggetto, protese la mano indietro e prese l'arco, sfilò una freccia dalla faretra allacciata alla sella, la incoccò. Tese, puntò, scoccò: il fischio della freccia si fuse al grido breve del bersaglio.

Zahel smontò, camminò avanti, scomparve nella macchia. La bambina, in attesa, si soffiò sulle mani intirizzite. Zahel tornò reggendo per le zampe una gazzella trafitta da una freccia sul dorso. Caricò la preda sull'asino di Lilim, dietro a lei, legando le zampe sotto la pancia della bestia. Sfilò la freccia, la pulì accuratamente con una larga foglia palustre, la rimise nella faretra. Tutto senza una parola. E ripartirono.

Lilim sentiva contro la schiena il morbido e caldo contatto dell'animale, ma non ne parve affatto confortata. Non dormì più e anzi si fece tesa, allarmata: si voltava a sbirciare afflitta la preda morta, si voltava a guardare indietro la via percorsa, cercando forse di scorgere il suo amico; si guardava intorno in ogni direzione, come se temesse qualcosa di male, ma non sapesse cosa, né da dove.

Ciò che solo pareva progredire, in quello stallo di luce e d'eventi, era la strada. Camminarono e camminarono senza fermarsi. I due grandi asini bianchi si rivelavano all'altezza della fama: infaticabili, inarrestabili da ostacoli e paure. Il fiume li seguiva alla sinistra, ora lambendo con lo sciacquio della corrente il bordo della pista, ora allontanandosi e celandosi dietro masse di macchia, o ciuffi di canne e di giunchi. Così viaggiarono per le ore del mattino.

Nel pomeriggio, che in qualche modo venne, qualcosa parve cambiare, purtroppo in peggio.

L'inquietudine di Lilim crebbe ancora, divenne ansia malata, frenesia, e la bambina si stringeva nel mantello piagnucolando a tratti. Anche gli asini parevano agitati: tenevano alte le teste, erte le orecchie, pronti a scartare bruscamente per un nonnulla. Zahel non mostrava segni così manifesti, ma il collo appena più lungo, la bocca serrata, i movimenti rapidi svelavano lo stato d'allarme.

Dopo mezz'ora i rumori della jungla presero a diradarsi e in breve tempo cessarono del tutto.

Avanzarono in un silenzio senza vita, reso ancora più irreale dal canto frusciante del fiume, che nulla spegneva, e si levava ora in completa solitudine.

Dopo poco si aprì davanti a loro una piana di morti.

Zahel si fermò sul ciglio e guardò immobile.

Lilim smise di singhiozzare e chiuse gli occhi.

Cinque iene levarono le bocche dal pasto, li fissarono per qualche istante irritate, poi trottarono di malavoglia al ciglio opposto della vasta radura. Rapaci neri volteggiarono in attesa.

Zahel estrasse dal bagaglio il corto gladio spartano, e avanzò. L'asino di Lilim gli tenne dietro.

Le iene scomparvero nella foresta. Il ronzio delle mosche era furioso.

I morti erano tutti soldati romani, senza divise, senza corazze e solo pochi con le armi in pugno. Nella piana avevano eretto il loro castrum, e ora le tende giacevano afflosciate in mezzo ai corpi come panni d'ospedale. Erano stati sorpresi nel sonno e sterminati.

I due asini bianchi avanzavano, le orecchie ritte e gli occhi dilatati, serpeggiando tra i cadaveri verso il centro del vasto orrore. Laggiù una tenda ancora in parte eretta innalzava le insegne di porpora del centurione.

Zahel fermò il suo asino, guardò per terra un cadavere diverso, vestito in abiti ebrei; con la spada scostò il mantello rovesciato sulla testa, svelando la fascia di seta bianca cinta alla fronte, coi tefillim delle sacre scritture: un guerrigliero zelota. Uno dei loro, che s'erano scordati di portar via.

Lilim aveva riaperto gli occhi, guardava e taceva.

Guardava i corpi posati in attitudini sbagliate, improbabili, improprie. Braccia levate come a salutare amici, gambe angolate come ferme nella corsa, mani mosse in cenni vivaci, teste chine di chi pensa, chiuso in sé.

Pitheké cominciò a cantilenare.

Raccontava la storia di ciascuno, commemorava e compiangeva ognuno, Antigone di tutti. Il soldato che aveva prestato a un commilitone quella cinghia nuova di pelle di bufalo, mentre la bella ragazza di Cesarea gli aveva detto: te la regalo, ma tienila per te... Il soldato che non aveva ancora risposto alla lettera della famiglia in Aquitania, che gli diceva la morte del padre, l'eredità, l'attesa della sua promessa sposa che ancora lo pregava di tornare... Il soldato che era morto senza dire al suo migliore amico che era stato lui a contagiare sua sorella di quella brutta malattia, che l'aveva resa cieca, e dopo quello...

«Che cosa canti, Scimmia, sei impazzita? Non hai mai visto uomini morti?»

Lilim lo guardò, si portò un pugno all'occhio sinistro, prese a sfregarlo. Con l'altra mano indicò debolmente intorno.

«È pieno di morti in cammino, ognuno a cercare una casa, un parente, una figlia...»

«Ma cosa dici, pazza. Vieni via».

La bambina si guardò in giro, disperata.

«I miei occhi non bastano al pianto...»

Ficcò la mano nel suo sacchetto, estrasse tre figurine, le guardò come cose insensate, guardò ancora intorno.

«I miei stupidi occhi di scimmia non basteranno, per tutto questo pianto!»

«Vieni via».

«Neanche una pietra, un vaso di gerani...»Zahel afferrò la cavezza dell'asino di Lilim e spronò il suo, dirigendo entrambi verso la tenda del centurione, al centro della strage.

Lì si fermò, smontò, ordinò a Lilim di attenderlo, scomparve nella tenda.

Lei taceva, il mento sul petto, sfregandosi col pugno sporco l'occhio cieco.

Quando l'uomo uscì dalla tenda, poco dopo, con due tavolette da scriba e un pugnale tra le mani, la trovò riversa sul collo dell'asino, in preda ai brividi. Guardò il suo parco bottino, lo ripose nella bisaccia, prese la bambina sotto le ascelle, la depose seduta per terra, la schiena contro una roccia, i piedi sulla mano di un soldato. Le toccò la fronte: scottava. L'occhio sinistro era gonfio, arrossato, sigillato da una strana secchezza.

Mentre era chino su di lei, avvertì con la coda dell'occhio un movimento e si volse di scatto: dal cerchio degli alberi, ai margini del campo di battaglia, era emersa una figurina che indugiava, ma con il chiaro intento di mostrarsi. L'Onagro guardò Lilim, meditò, quindi fece un ampio gesto col braccio a Cane Cotto: che si avvicinasse.

Dovette ripeterlo due e tre volte, e non bastò: dovette disporre Lilim distesa per terra, perché fosse evidente il suo stato; dovette allontanarsi, andarsi a sedere su un sasso a trenta metri. E finalmente, circospetto, pronto alla fuga come un gatto randagio, il bambino arrivò.

Quando l'uomo tornò presso di loro, Cane Cotto sosteneva l'amica con la schiena sul suo esiguo petto, con la nuca sulla esile spalla, e con la buffa faccia immensamente afflitta lo guardava.

Zahel gli parlò duramente: gli consentiva di viaggiare con loro, ma solo per un tratto, per sostenere l'amica malata fino a una casa cui erano diretti, a una decina di chilometri da lì, dove avrebbe trovato migliori cure; dopodiché doveva sparire di nuovo e stavolta per sempre.

Cane Cotto annuì energicamente lungo tutto il discorso.

«E ora forza, leviamoci di qui».

22. La malattia

Mercoledì ventuno dicembre nella scuola di Lele son cominciate le vacanze di Natale.

Due giorni prima rispetto agli altri anni, perché proprio in quei due giorni cadeva la visita dei tecnici di Ciberscuola, per la periodica manutenzione dei sistemi. Due ometti col camice bianco, che si danno un sacco di arie, fanno la spola per le aule odorose di scuola vuota con una valigia di microchip precaricati e listati di password per tutti i servizi del mondo. Aggiornano alle ultime release ministeriali i protocolli tutor; scaricano dalle agenzie convenzionate, per l'afflizione dei docenti, tonnellate di corsi, percorsi, ipertesti e iperfilm; scaricano, per l'afflizione dei ragazzi, giga su giga di form nuovi da risolvere; scalzano via dalle schiene dei chip negli scrittoi le gomme da masticare dei boicottaggi, che surriscaldano il silicio inducendolo a spassose bizzarrie; e grattano via dai banchi di memoria compiti vecchi, agenti hacker, oscenità, graffiti, spazzatura e i soliti slogan virali dei neo-steineriani: *VIDEO, AUDIO (sed non) DISCO*, 'Vedo, Sento (ma non) Imparo'.

Le scuole materne invece, per via dei genitori che lavorano, tirano avanti fino al ventitré. Questo vuol dire per Lele tre giorni di eden: ore e ore di pura Palestina alla luce del giorno! Oggi infatti, solo in casa come un re, ha giocato dalle otto fino a ora. Ora però non può più andare avanti: deve sapere qualcosa di padre Giuseppe.

Ecco perché, alle tre del pomeriggio, è di nuovo davanti alla chiesa di San Sigismondo.

Ma non riesce a risolversi a suonare. Lo sa che non gli serve andare in chiesa: deve riuscire a entrare nel convento, il portone piccolo accanto, quello lì. Ma se gli apre padre Serchi? Che gli dice?

Da due giorni non sa nulla del suo vecchio. Dopo la prima telefonata di domenica, quando gli ha dato l'imbeccata del Re Mago, si son sentiti solo una volta, il giorno dopo. Hanno scambiato notizie e opinioni sullo scontro di Zahel con il Mago, sull'intervento di Lilim per salvarlo, e su quelle infinite strologate delle linee del tempo incrociate, che avevano fatto dormire a momenti anche lui. Ma non c'era in sostanza gran che di utile da dirsi, così si erano salutati ed erano tornati a giocare.

Il giorno dopo però, ieri, nessuna chiamata.

D'accordo, era lo step del sabato a Magdala, di tutto riposo: ozio e mangiate e chiacchiere, né problemi né avanzamenti da segnalare. Ma poi alla sera c'è stata la marcia nel Ghor, l'incontro con gli zeloti, la notte dei giochi, e ancora niente telefonate. Che succede?

E stamattina, per concludere, s'è aggiunta questa svolta tremenda del massacro, e della malattia di Pitheké. Lele insomma non sta ad almanaccare quanto sia preoccupato per il vecchio e quanto per il gioco: sono due cose per lui molto vicine. Hanno giocato insieme, fino a lì, unendo le conoscenze, le intuizioni, suggerendo un po' a turno l'idea giusta per sciogliere gli stalli: il vecchio ha avuto quel lampo di genio dell'incontro tra Myriam e Lilim, e poi l'idea di orientare la quest verso il Nord e le regioni del lago; lui ha risposto col lampo non minore dell'incontro col Mago, che ha rilanciato tutto verso sud. E ora quel male di Lilim, che prende proprio l'occhio magico, in quel campo di morte, non è un passaggio da battaglie o strategie: sembra più una classica cosa da padre Giuseppe. E poi francamente, le ultime volte che ha telefonato, aveva una tosse...

È preoccupato, vuol sapere cosa accade, ma anche quel campanello non gli piace. Padre Sergio era stato molto chiaro: lui non doveva farsi più vedere.

Ma cosa gli possono fare?

Niente, però...

Insomma, quel padre Serchi ha una tale faccia di... lasciamo stare, che non gli va di trovarselo di fronte. Una speranza veramente ci sarebbe, una risorsa che ha in inventario: che cosa ha detto padre Giuseppe a proposito di quel tizio potente, quel padre provinciale, amico suo? Che sarebbe arrivato a giorni? Quanti giorni?

Lele si fa coraggio: non serve a niente star lì a rimuginare. E poi fa freddo.

Se fosse già arrivato...

Lele suona.

Il monitor resta spento, ma l'audio parla.

«Sia lodato Gesù Cristo».

L'obiettivo si china in un breve scatto ronzante, per scrutarlo dall'alto in basso.

«Buongiorno. Cercavo notizie di padre Giuseppe... Per favore».

Silenzio. Lo stanno guardando. Nessuna risposta. E lui che cosa deve fare? Sta lì e aspetta.

Finalmente, dopo un'eternità, e dopo che qualche fraticello messo in allerta ha trottato nei corridoi per avvertirlo, la faccia acida di padre Serchi si accende nel monitor.

«Daniele Palmas?»

«Sì».

«Entra, ti devo dire due parole».

Il monitor si spegne, il tiro scatta, il portone si spalanca con un soffio.

Mai sentito un invito meno invitante, si dice Lele per farsi coraggio, ma oramai...

'In fin dei conti resta sempre un frate, non può certo bastonarmi'.

Lele entra.

Lo accoglie il fraticello spione, che senza dire una parola e senza guardarlo in faccia alza i tacchi e si avvia. Lui, con l'entusiasmo di un bue al macello, gli va dietro. Corridoi, scale, ficus, tavolini, quadri con fiori e cittadine deprimenti. Un altro fraticello, da un'ala laterale, li guarda furtivamente e si ritira.

'Ma che posto, sembra che tutti si spiino a vicenda. Un gotico-mistery-intrigo, ambiente chiesa'.

Nonostante si faccia coraggio con battute che lo riportano alle sue cucce narrative, ai mondi noti e rinfrancanti dei suoi NPGames, Lele è nervoso, oppresso, afflitto: vorrebbe non avere mai suonato, vorrebbe essere ovunque tranne lì. Ha un nodo doloroso nello stomaco, peggio di quella volta che la prof lo ha mandato dal preside.

Finalmente quel braccio della morte arriva in fondo: ecco l'ufficio di padre Serchi.

«Siediti pure, Daniele».

'Sedia elettrica'.

«Vengo subito al sodo: non ci siamo capiti. Padre Sergio forse non si è spiegato bene. Del resto lui è un uomo troppo tenero».

'Lui è meglio di te'.

«Dovevo farlo io fin dal principio. Lo farò adesso, stammi bene ad ascoltare. Padre Giuseppe è una persona disturbata».

'Sei tu, che lo disturbi'.

«Ha delle turbe della personalità. Parlo di sindromi diagnosticate, non di una mia opinione. Niente di grave, uno stato regressivo, una specie di ritorno all'infanzia. È al tuo livello, insomma...»

'Lo puoi ben dire'.

«Noi lo teniamo qui al convento e lo curiamo per carità cristiana, perché ai suoi tempi è stato un bravo studioso, perché non avrebbe dove altro andare. Ma non intendiamo...» La voce del frate si fa di colpo di ghiaccio.

«... non intendiamo consentire che diventi la barzelletta della città, se non qualcosa di peggio. E noi con lui».

Si alza in piedi, scandisce le parole.

«Io scriverò una lettera a tua madre e un'altra alla tua scuola. Dirò che con il tuo comportamento, egoista, ostinato, irrispettoso, hai messo a rischio la debole salute di un vecchio. Che hai ignorato le nostre raccomandazioni, i nostri divieti...»

Lele lo guarda, e non gli viene in mente più nulla. Solo il viso affranto e indurito di sua madre, sotto il peso di un altro problema, ancora più grande; anzi, stavolta è davvero grossa...

'Cosa ho fatto!'

Una di quelle catastrofi fulminee, sproporzionate, che colgono i bambini quando la forza insostenibile dei grandi pare volgersi contro di loro, sta già aprendosi sotto i suoi piedi, quando una porta si apre alle sue spalle. Il ragazzo vede il viso di padre Serchi specchiare qualcosa: impallidire, accigliarsi, chinarsi in confusione. Si volta. Vede che è entrato un vecchio frate, piccolo, candido, magro, con due occhi verde chiaro dietro i fini occhiali d'oro: due occhi calmi, dolci e fermi al tempo stesso.

«Padre Serchi, padre Serchi...» dice il vecchio con aria di mite rimprovero, scuotendo la testa.

Lele intuisce chi è, e gli torna qualcosa da dire.

'Terzo Livello, la Vendetta'.

«Eccellenza, le assicuro, non è il caso che il suo tempo prezioso...» tenta di cominciare padre Serchi. Ma una trasformazione fulminante è scattata nello sguardo del prelato, che senza tracce di collera o violenza emette adesso un doppio raggio concentrato di pura autorità. E deve trattarsi di un segno che il giovane frate capisce, perché ammutolisce all'istante.

«Questo è il bambino che ha chiesto di vedere?» domanda il padre provinciale, non si sa a chi.

«È lui, è Lele!» si affretta a confermare padre Sergio, apparendo affannato alle sue spalle insieme al frate che li aveva visti passare poco prima.

«È venuto già in chiesa quattro volte» informa cupo padre Serchi.

«Sei» corregge Lele maligno, pronunciando con soddisfazione, con un sorriso a ventiquattro denti, la sua prima parola lì dentro. Padre Serchi stringe i pugni e la mascella, come chi trattenga a stento una sberla.

«Eccellenza, questo bambino...» comincia indicandolo col dito un po' tremante, «questo bambino ha intrecciato con padre Cavalli un rapporto... sconveniente, nocivo alla salute del nostro confratello e pericoloso per il buon nome del convento. Lei sa che la inoffensiva bizzarria di padre Cavalli, secondo i suoi consigli, presso di noi è tollerata con affetto: ma se la cosa trapela oltre le mura...»

«Pace, padre Serchi, pace!»

Stavolta è la mano del vecchio frate, levata in un gesto di benedizione e comando, che emette di nuovo quel raggio, costringendo il frate agitato a sedersi e tacere.

«Mi stia ad ascoltare. Lei è un uomo prezioso, padre Serchi. Lei lo sa e anch'io lo so. Farà carriera nelle nostre gerarchie. E io, badi bene e ricordi sempre...» inarca le ciglia e scandisce le parole, «non la ostacolerò. La nostra Chiesa ha sempre avuto bisogno di uomini come lei: per certe missioni delicate e purtroppo frequenti. Vedrà, sarà prezioso: per stroncare un moto teologico troppo agitato, in qualche paese lontano; per ricondurre alla ragione un pugno di frati troppo zelanti nel servire gli ultimi... Ma qui e ora, tra noi, giovane amico, non è il momento. Non è ancora il momento. Sappia attendere. Mi ha capito, padre Serchi? Non mi costringa a ripeterglielo più».

'Becca nei denti!' pensa Lele e negli occhi a tradimento gli sboccano due smaglianti lucciconi, per l'orgoglio di avere un vecchio amico che ha un vecchio amico che parla così.

Padre Serchi guarda furente il pavimento, umiliato davanti ai confratelli. Il prelato prosegue in tono più mite.

«Son d'accordo con lei: non è necessario che la città intera sappia tutto, del nostro confratello e del suo innocuo amore per il gioco. E tantomeno è opportuno che lo sappia la comunità ecclesiale, non è vero? Quegli alti gradi della gerarchia, che decidono le nostre promozioni, per noi così importanti...»

Il vecchio tace, sospira, china il capo, in apparenza sotto il peso sconsolato di una grande stanchezza. Passa una pausa di silenzio teso. Ma da quella stanchezza emerge invece una voce che ha lo stesso colore del raggio di prima, di nuovo ferrea, chiara, inappellabile.

«Uno di quei superiori al cui favore lei tiene tanto, giovane confratello, le dà un ordine: lasci a questo bambino libero accesso al convento, alla chiesa, al presepio, e soprattutto alla presenza di padre Giuseppe».

'Becca nei denti Due'.

Il padre provinciale si alza, si avvicina a quell'uomo a capo chino. Il raggio si spegne, lo sguardo si addolcisce.

«Ma poiché il suo superiore è anche il suo padre spirituale, aggiunge un compito: preghi, e si interroghi nel fondo del suo cuore. Si domandi se la ragione delle sue ansie è veramente quella che le appare. Se ha paura che i giochi di quel vecchio escano da qui, o se ha paura invece che *stiano* qui. Se ha paura *lei* di quei giochi. E perché mai».

Il vecchio prelato attende che il silenzio incornici per bene le ultime frasi, poi mette una mano sulla spalla di Lele e sorride bonario: la strigliata è finita.

«Io una mia idea ce l'ho, sul perché mai. Forse lei ha giocato troppo poco, da bambino. È troppo serio, lei».

'Zac-zac!' pensa Lele, accennando appena un gesto col braccio su e giù, a burattino.

«Sia lodato Gesù Cristo».

Il padre provinciale esce dall'ufficio conducendo il ragazzo con sé.

171

Corridoi, atri, scale, porte aperte e richiuse alle spalle con muta e precisa premura; alle pareti stampe ingiallite di fiori e funghi, di santi malinconici, di sconosciute vecchie città; negli angoli vasi con foglie verdi scure su trespoli troppo alti col centrino; poltrone con cuscini damascati, tavolini con statuine di San Pietro, portariviste con famiglie che sorridono. E dovunque un odore discreto di incenso, minestrone, aria chiusa.

'Brrr. Ma come fa padre Giuseppe a stare qui?'

Lele si guarda intorno, camminando. Il vecchio decano cammina al suo fianco, taciturno. Ma il ragazzo sente quasi sulla pelle, da quel fianco, il campo elettrico di una tensione, come di un'agitata titubanza. Finalmente, con un tono d'emozione che trema basso sotto la voce piana, il prelato dà un nome a quell'ansia.

«Così hai trovato Lilim Tamalièl».

Insieme, come a un segnale convenuto, i due rallentano fino a fermarsi fianco a fianco, controluce, in un corridoio di porte chiuse con una finestra abbagliante sul fondo.

«La mia si chiama Pithekè. Perché? Anche lei...»

«No!»

Il vecchio lo interrompe bruscamente, quasi con un impeto di rabbia. Poi si confonde, cerca le parole, mostra una crepa per la prima volta nella facciata composta del viso.

Lele attende, guardando una Madonna di vinile, senza sapere che dire.

Infine il prelato sospira, corruga la fronte, sorride, si volge verso di lui e parla con fermezza ritrovata, ora venata di malinconia.

«No, Lele, io non posso. Non lo vedi? Il mio compito è un altro».

Ora son fermi uno di fronte all'altro, il frate poco più alto del ragazzo.

«Molti anni fa io e padre Giuseppe eravamo molto amici. Fratelli, si può dire: ha la mia età. E quel briccone visionario mi ha coinvolto per qualche anno nella sua... in questa sua strana ricerca. Ma non siamo riusciti a trovarla, la tua Scimmia. Non c'era, o non veniva mai da noi».

Il padre provinciale fissa Lele con occhi che ora paiono commossi.

«Dimmi, com'è?... È bella?»

«Ha gli occhi diversi. Uno chiaro e uno scuro».

«Gli occhi diversi?» la sorpresa iniziale del vecchio sfuoca nella meditazione. «Gli occhi diversi... Ma certo! Che imbecilli...»

Lele attende per la seconda volta, guardando altrove. Poi rompe il silenzio e chiede:

«Ma lei, poi, perché non ha continuato?»

Il frate lo guarda, sospira, si scuote, come emergendo da un tempo lontanissimo.

«Ho fatto altre scelte, Lele. Dovevo cambiare strada, se volevo arrivare in altri posti».

Si volta e si incammina, ma dopo pochi passi si ferma ancora e gli posa le mani sulle spalle.

«Però, da questi altri posti, in altri modi, ora posso aiutarvi: andate avanti».

Lele china il capo, ed esitando fa cenno di sì.

«Ok, va bene».

Poi solleva lo sguardo in faccia al vecchio:

«Ma padre Giuseppe... cos'ha?»

«Ha un enfisema polmonare». Il padre provinciale, continuando a parlare, lo guida alla prima porta sulla destra. «Un male ai polmoni, che diventano rigidi, si riempiono di catarro e non bastano più a respirare».

«Si può curare?»

«Le crisi acute, come quella che ha avuto ora, si curano, a forza di antibiotici. La malattia no, alla sua età. Vieni: ti porto da lui».

Apre la porta con cautela, e lo fa entrare.

Se i ragazzi sono spesso imbarazzati di fronte ai vecchi, di fronte ai frati e di fronte alla malattia, ora Lele può ben dirsi tre volte impietrito.

Padre Giuseppe giace disteso su un letto attrezzato, il cui piano inclinato tiene il busto in posizione atta a far defluire l'essudato gorgogliante dai polmoni. Ansima e rantola sonoramente. La bombola d'ossigeno, ritta contro il muro, gli ispira il suo soffio di vita attraverso due cannule al naso.

Lele sente un bisbigliare alle sue spalle e poi il tocco della mano del prelato.

«Pochi minuti. Non può parlare a lungo».

Il padre provinciale e il frate infermiere escono, lasciandoli soli.

Padre Giuseppe lo guarda coi suoi occhi di sempre, celesti e accesi, vivaci e allegri, ironici. Il resto del viso però, attorno a quegli occhi, è marcato profondamente dalla crisi: magro, grigio, con la pelle tirata sulle ossa, la barba bianca ispida di due giornate.

«Ehi, collega, come va?»

«Come vai tu, padre Giuseppe. Come stai?»

«Non tanto male. Una crisetta, un'infezione come tante. Mi stanno dando una razione d'antibiotici che stroncherebbe il nostro Yod-He!»

Ridono insieme, il frate con un fischio.

«E tu? Il gioco? Dai, finalmente sei qui, forza, racconta!»

«Il gioco va così così. Anche laggiù ci sono malattie».

«Malattie? Io li ho lasciati a Magdala, quel sabato, che parevano in villeggiatura!»

Lele racconta per filo e per segno gli sviluppi del gioco dopo il sabato. Il ritorno dei ginnasti, la partenza da Magdala, il cammino nel Ghor, l'incontro con gli zeloti, la ricomparsa di Cane Cotto, la notte dei giochi, la valle del massacro, la malattia di Lilim Pitheké.

«All'occhio sinistro, eh?» ragiona padre Giuseppe, assorto. «Ed è successo quando ha visto i morti?»

«Più o meno. Anche prima si stropicciava, ogni tanto, ma la cosa è scoppiata proprio lì».

Il malato riflette con la fronte corrugata, guardando fuori dalla finestra il cielo azzurro. Lele si chiede, scrutandolo non visto, quante volte l'avrà guardato quel cielo sui tetti, in quei giorni di malattia; e quante in tutti gli altri giorni prima, in tutti quegli anni che ha. Deve ammetterlo: gli piacerebbe che fosse suo nonno, quel vecchietto; il grande nonno che non è mai riuscito a essere il padre di sua madre, quel vecchio amaro e scontento, troppo accanito su sua figlia per poter...

«Bene».

Il frate sospira, ponendo fine alle meditazioni di entrambi. E quando si volge di nuovo verso Lele appare stranamente più sereno, come se avesse appreso una buona notizia. E invece annuncia:

«Temo che il peggio sia appena cominciato».

«Accidenti, cos'altro può accadere?»

«Non lo so, ma ci avviciniamo al punto X. Le forze scendono in campo coi mezzi pesanti».

«Cosa vuoi dire, padre Giuseppe?»

«Lascia stare, non è importante, stai sereno. Va' avanti e fa' il tuo gioco. Anche noi abbiamo dalla nostra una o due divisioni corazzate».

«Che divisioni? Che cosa devo fare?»

«Niente. Sai come si dice, da che mondo è mondo, quando si cade malati?»

«Come si dice?»

«Pazienza, ci vuole pazienza. Lo vedi? Esattamente come me».

«Pazienza? Ma... per Lilim o per te? Tu, padre Giuseppe... cioè... torni al presepio? Giochi...» il ragazzino s'interrompe, intimorito. Sono soli e tuttavia abbassa la voce: «...giochi ancora con me?»

«Certo, vedrai. Quando meno te l'aspetti».

Lele sorride, sospira sollevato. Il frate si lascia andare sul guanciale, si tira la coperta fino al mento, sorride e sospira a sua volta, e chiude gli occhi. Sembra che dorma già, invece sussurra: «Verrò, verrò, è fuori discussione. Ma ora pazienza... Stringere i denti... Andare avanti...»

Le ultime parole si perdono in un soffio affannoso. Una porta si apre alle spalle di Lele. Il collòquio è finito.

23. Shamaliel

Cane Cotto stringeva i denti e andava avanti. Non doveva esser facile per lui sostenere l'amica Pitheké, oramai quasi del tutto abbandonata contro il suo petto esiguo, in sella all'asino. Zahel trottava davanti a loro, senza voltarsi per vedere come andasse: aveva preso con sé quel bambino straccione per questo, perché si curasse di lei.

Era notte. Cavalcavano alla luce di una torcia che l'uomo reggeva in mano.

Si erano lasciati alle spalle da più di un'ora la radura dei morti, ma continuavano a sentire, echeggianti per tutta la selva, i complicati versi di richiamo, monito e sfida di iene e corvi, sciacalli e avvoltoi, e quanti altri animali l'inatteso banchetto adunava.

In un varco di foresta meno folta Zahel aveva piegato a destra, verso ovest, abbandonando il corso del fiume e inoltrandosi nelle pendici dei rilievi che lo fiancheggiavano. Gli alberi si diradavano gradualmente. Risalendo un pendio leggero, seguendo a tratti il filo di un sentiero, che poi si perdeva in niente, in un'altra ora videro la folta foresta fluviale stramarsi e svanire, cedendo il passo a una landa desolata di steppe e valli deserte.

La luna apparve, grande e chiara, quasi piena.

L'altopiano aperto e pietroso su cui avanzavano non dava rifugio al buio, e il chiarore lunare inondava come un soffio di polvere argentea ogni cosa d'intorno. Zahel spense la torcia.

Lilim si lamentava, di tanto in tanto. Cane Cotto le parlava nell'orecchio confortandola, dicendole che resistesse, che sarebbero presto arrivati in questa casa, dove avrebbe trovato buone cure.

«Non voglio andare lì!» mormorò la bambina, scuotendosi per un istante. Ma quando Cane Cotto le chiese il perché, si era assopita di nuovo e non rispose.

Cavalcarono in quella landa per tre ore.

Il paesaggio mutava intorno a loro: alla distesa di piatte dune e basse conche, equamente illuminate dalla luna, andava ora sostituendosi un labirinto di luci e ombre, irto di rupi e fosse e canaloni che serpeggiavano fra torrioni di roccia riarsa. Entrando e uscendo dal buio alla luce perlata, Cane Cotto s'accorse che percorrevano un sentiero ben marcato, che contornava ghiaioni e calanchi.

Lilim si risvegliò un'ultima volta, aprì l'occhio destro, guardò intorno e disse all'amico in tono disperato:

«È Bet Refaim, la Casa degli Spettri! Cane scappiamo, portami via di qui!»

Il bambino si spaventò terribilmente, pianse in silenzio e non sapeva più che fare.

Ma mentre s'imponeva di riflettere, alla svolta successiva del sentiero apparve una casa il cui aspetto, per qualche motivo, lo gettò ancor più a fondo nel terrore. Aggrappata nel mezzo di un'alta parete rocciosa, era fusa con essa come in una simbiosi animale: un insetto che affondava il pallido addome in quella roccia, fino a chissà dove.

Una scala tagliata nella pietra saliva alla casa dal piano della valle, e altre scale più corte nel suo corpo, sgranandosi in varie direzioni, collegavano i pianerottoli, i cortili, un piccolo giardino pensile, un arco con un terrazzo, addirittura una torretta di guardia munita di bifore. Piccole finestre nere dalla forma oblunga si aprivano tra i conci di pietra grigia. Una sola era accesa della luce lampante di un fuoco.

Cane Cotto, in un colpo di puro terrore, voltò l'asino e tentò una fuga disperata, che durò pochi istanti. Zahel smontò dal suo, spiccò la corsa e afferrò la cavezza del fuggiasco in meno di dieci passi. Il bambino si buttò giù dalla sella e proseguì la fuga a piedi, zoppicando. E com'era oramai abituale, inseguito dalle sassate dell'Onagro, scomparve nel buio.

Senza più curarsi di lui, l'uomo caricò in braccio Pitheké, che si era afflosciata sul collo dell'asino senza cadere. Condusse per le cavezze i due animali fino ai piedi della scala, li legò e, carico della bambina, della gazzella cacciata e dei bagagli, prese a salire.

La padrona di casa lo attendeva sulla porta, alta e scura, illuminata dalla luna.

Era una donna di mezza età dalla strana bellezza, vestita di una lunga tunica color rosso cupo, col capo scoperto dai capelli lunghi e neri, unti di oli e intrecciati di amuleti. Il suo volto era tinto di rosso col succo di melagrana e una piccola mosca d'oro configgeva le zampe a fondo nella cute della fronte, e forse oltre. I suoi occhi erano nerissimi, due pozzi, senza bordi tra iridi e pupille. La sua voce era bassa e melodiosa.

«Non m'ero sbagliata, sei tu. Sii il benvenuto, Onagro, chi mi porti?»

«Fammi entrare, Shamaliel, son molto stanco».

La donna si fece da parte, Zahel entrò.

L'ampio atrio della casa era invaso di servi, fumo e cuscini. Un brulicare di traffici, mansioni, piccole operazioni indaffarate intorno a vassoi, bracieri e vasi di ingredienti, che si interruppe non appena la padrona, entrata dietro Zahel, batté le mani. Tutti lasciarono i loro compiti, riposero ciò che avevano in mano e sciamarono via.

Zahel distese Lilim su un divano.

Una sola persona era rimasta: una bambina dell'età di Lilim, di una bellezza mistica e inquietante. Magra, bionda, diafana, con gli occhi grigio chiaro, da cui emanava una strana miscela di dolcezza affranta e perfidia. Era vestita in modo piuttosto succinto per la stagione, con una semplice tunica chiara di bisso leggero, larga e fluttuante, senza cintura né mantello. I bei capelli dal colore biondo fulvo ricadevano sciolti sulle spalle, mescolati a nastrini finissimi di seta nera che non si scorgeva dove fossero annodati.

«Questa è la mia piccola allieva: puoi chiamarla Shabriri».

La bambina si inchinò profondamente in direzione di Zahel, poi si avvicinò a Lilim, incuriosita. La guardò un solo istante, trasalì, e quando volse il viso alla padrona splendeva di gioia selvaggia. La donna confermò con un cenno impercettibile del capo e ordinò il silenzio con lo sguardo. Shabriri soffocò una risata con la mano, guardò ancora la malata e fuggì via.

Zahel, voltato a levarsi bisaccia e mantello, non vide niente.

«Cosa ti porta in queste solitudini, guerriero? Sono almeno sei anni che ti attendo, per pagare il mio debito con te».

«Questo è il momento».

«Hai finalmente bisogno di me?»

«Può darsi, strega».

«È per questa bambina malata?»

«No, non è lei. Lei la dovrai guarire, se sai farlo, e io ti pagherò. Ma l'aiuto che ti chiedo è un'altra cosa. Ne parleremo dopo la cena prelibata che senz'altro avrai comandato da ore per me».

«Infatti. Ti ho veduto arrivare da quando hai mosso i primi passi dentro il Ghor».

Shamaliel batté le mani quattro volte e quattro giovani serve accorsero con un inchino.

«Due di voi prendano questa povera bambina e la portino nella camera verde: tra un minuto verrò a vederla. Le altre due accompagnino quest'uomo ai lavacri, gli diano acqua calda, panni puliti, erbe e saponi».

E rivolta a Zahel:

«Ti aspetto a cena fra mezz'ora».

Uscirono tutti. Shamaliel sedette sul divano e agitò un piccolo campanello, che non emise alcun suono. In un istante Shabriri fu ai suoi piedi, ridente ed eccitata.

«È una fata del tramonto, vero, padrona? La uccidiamo?»

«Calmati, biscia. È un'amica di Zahel. Non so perché ma quel fenicio la protegge. Bisogna attendere che se ne vada».

«E se si sveglia?»

«Appunto. Ti ho chiamata per questo. Mentre io e Zahel saremo a cena, preparerai una pasta nera del demonio di cui porti il nome. Ti ho insegnato come si fa».

«Con le sanguisughe».

«E tutto il resto. Poi andrai nella stanza verde e l'applicherai sull'occhio di quella bambina».

«E se si sveglia mentre lo faccio, ti chiamo in aiuto?»

«No, non si sveglierà. Mettiti all'opera».

La cena fu raffinata, come Zahel aveva previsto, arricchita di ricette esotiche di terre lontane che, come spesso accade, oscillavano tra il bizzarro e il disgustoso: in luogo di cavallette, per esempio, furono servite lumache sgusciate e lessate alla moda dei galli. Il coscio della gazzella cacciata da Zahel, arrostito in fretta e furia dalle cuoche e accompagnato con un contorno di scalogno, fu onorato dai commensali. Meloni e datteri, torta di menta, vino filtrato e addolcito col miele completarono il pasto.

Mangiando, il sicario e la strega rechabita vennero agli argomenti che avevano a cuore. Zahel le disse che cosa voleva da lei:

una missione come tante delle sue si stava rivelando più ardua del previsto, specie per via del tempo oramai molto stretto.

«Quanto stretto?»

«Due giorni».

«Va' avanti».

Non riusciva a rintracciare nel paese una coppia di sposi in viaggio: un falegname e una giovane incinta.

«Sai come si chiamano?»

«Certo».

«Hai qualcosa di loro?»

«Ce l'ho. Son stato a Nazareth, ho rintracciato la loro casa, chiusa e vuota, e ho scalfito via una scheggia della porta».

«Avevi già pensato a me?»

«Una precauzione».

«Bene, è un oggetto forte: basterà».

«Naturalmente, se la cosa riesce, non mi dovrai più niente».

«Riuscirà» rispose la donna, poi lo guardò con un sorriso enigmatico. «E mi dispiacerà quando saremo pari».

Nessuno dei due menzionò la natura del debito, e parlarono d'altro.

Shamaliel comunicò il responso della sua visita a Lilim. Era abbastanza grave, inutile negarlo. Un'infezione all'occhio, un contagio di polvere, di sole, di muffe, di altre materie impure portate dalle dita, o dalle zampe di Ketew Meriri.

«Chi è?»

«È il demonio delle stragi. Chi dice d'averlo visto lo descrive come un essere pieno di squame e peli, con un occhio nel centro del cuore, che si rotola come una palla gridando di gioia nei campi di battaglia».

«Sciocchezze».

«D'accordo con te. È qualcosa di più sottile e più potente, che gira nei campi cosparsi di morti per strage. Forse grida e rotola poco, ma fa molto male».

«Insomma, si può curare?»

Shamaliel lo guardò, tacque un istante.

«Ci proverò, ma la dovrai lasciare qui».

Più tardi la strega guidò Zahel per una serie di corridoi via via più stretti, più umidi e bui, che affondavano profondamente nella roccia, e che infine sboccarono in una vasta sala, o piuttosto una grotta. Qui al contrario c'era luce, calore, colori vivaci ovunque, ma con un'unica dominanza: il rosso e il fuoco.

Scialli e drappi, grandi e piccoli, rossi e vermigli erano appesi alle asperità delle pareti; tende degli stessi toni calavano ovunque come cortine d'ambiente e divisori; ciuffi di lane e nastri pendevano a festone dal soffitto; e infine fiamme divampavano dovunque: torce e lampade in alto, bracieri in basso e candele ardenti a sciami, nidi formicolanti di fiammelle.

Come già poco prima aveva fatto, Shamaliel batté le mani e tutti i servi, indaffarati in mille mansioni, le interruppero e sciamarono via. Restò Shabriri.

«La mia allieva mi aiuterà» disse la strega cominciando a preparare le cose del rito.

«Ma non ha un nome da diavolo anche lei?»

«È il suo nome di magia, e hai ragione: Shabriri è il demone della cecità, che colpisce coloro che bevono acqua di notte».

«Mi sembra di cattivo augurio per quella bambina».

«Io non ti vengo a insegnare di pugnali: tu lascia decidere a me sui cattivi auguri».

La donna aveva scavato con le unghie una piccola buca proprio al centro del pavimento in terra battuta. Sussurrando parole sconosciute, cui Shabriri rispondeva, depose sul fondo di quella buca dell'esca combustibile, e sopra di essa stecchi d'olibano, grani di resina di storace sacra a Iside e un pugno generoso di un'erba potente che estrasse da un sacchetto di seta trapunto d'oro.

Quindi, aiutata da Shabriri che raccoglieva le sue vesti, prese a spogliarsi.

Si denudò completamente, ed era bella.

Zahel guardava senza batter ciglio, senza mostrare reazione alcuna, come usava. Solo Shabriri sbirciava ora l'uno ora l'altra con smorfie e risatine soffocate.

Poi la strega chiese a Zahel il suo testimone. L'uomo frugò nelle pieghe della fascia, ne estrasse una scheggia di legno lunga un dito e gliela porse.

Dopo averla studiata e accarezzata, la strega si chinò, la spezzò, e ne depose i pezzi nel foro per terra, che levava già un fiotto potente di candido fumo.

Infine si accovacciò sopra quel foro, mormorando una nenia sonnolenta.

Shabriri arrivò vacillando sotto il peso di un'intera pelliccia di bufalo poco conciata, dall'odore pungente: la avvolse a cono sulla padrona accovacciata, nascondendola completamente, disponendo con cura ogni lembo, aggiustando ogni piega così che ogni fessura fosse chiusa.

Il fumo denso delle erbe che bruciavano permeava la pelle nuda della strega, porosa e sudata per il caldo, sbuffando fuori infine in un filo sottile dalla cima della tenda di pelliccia.

Il rituale andò avanti fino a quando la pelliccia non prese a sussultare, con convulsioni ritmiche e danzate. Allora Shabriri si armò di un tamburello e con un piccolo batacchio d'osso batté il tempo buio e immemore di quella trance.

Poco dopo Shamaliel guardava il suo ospite, seduta di fronte a lui, sudata e ansante, avvolta in una grande coperta rosso fuoco, in mano una tazza di vino. Gli parlò con voce bassa e rauca di fumo.

«La porta della loro stessa casa, forzata dai demoni che comando, mi ha detto dove sono le tue prede».

«Dove».

«Sono a Betlehem di Giudea, in una locanda. E lì probabilmente resteranno. La ragazza oramai è vicina al parto e non vuole viaggiare più. Li puoi raggiungere in tempo, come vedi».

«Partirò subito».

Lo sguardo nero della donna si addensò.

«Non resti con me, stanotte?»

«Ti sono grato, strega, ma non posso».

«Hai mai provato la pelle di una donna intrisa di quel fumo?»

«No, mai. Ma troppe volte mi è sfuggita, questa preda: non posso sbagliare più».

«Sia come vuoi».

«Tornerò a prendere la bambina. E resterò».

«Com'è che tieni tanto a quella vagabonda? L'Onagro spietato ha sentimenti? Stai invecchiando?»

«Quella bambina mi è stata utile in molti modi, nella Via. Ha più risorse di quanto tu creda».

«Ah, immagino».

«Tu non devi immaginare, tu devi guarirla. Chi sa dare il male, come te, sa anche toglierlo. Curala, falla guarire, trattala bene. Se le accade qualcosa, sarai responsabile».

«Mi minacci, fenicio?»

«Non ce ne sarà bisogno».

Zahel partì.

Prese con sé entrambi gli asini mascate, per cambiare cavalcatura e viaggiare senza soste fino a Gerico. Lì contava di comperare un cavallo, coprire gli ultimi quaranta chilometri fino a Betlehem con una corsa sola, prendere alloggio alla locanda e riposare.

A Bet Refaim, nella casa della strega, quella notte interminabile moriva. Era ormai quasi l'alba.

Con un ramo di rosmarino inzuppato d'acqua calda, Shabriri lavava la schiena della sua maestra.

Shamaliel parlava con gli occhi chiusi.

«Non lo temo, ti ho detto. E poi ascoltami: tra l'occasione di eliminare un'avversaria e il rischio di inimicarci un semplice uomo, non possiamo aver dubbi».

Si voltò, aprì i suoi occhi neri senza fondo.

«Il fenicio ci ha portato questa fata su un piatto d'argento, non so perché. Non credo sappia neanche cos'ha in mano. Ma noi sì e non possiamo lasciarla andare. E se questo è solo un tassello di un gioco più grande, be' non m'importa. Io sono una strega, lei è una fata, io la uccido».

Si volse di nuovo di spalle e la bambina riprese a sfregarle la schiena.

«E quell'uomo? Ti ha minacciata».

«Gli dirò che la malattia ha avuto la meglio sulle mie arti magiche. Talvolta succede».

«E se non ci crederà?»

«Tanto peggio. Dovrò uccidere anche lui».

Prima di ritirarsi nella sua stanza a riposare, la strega chiamò Shabriri un'ultima volta.

«Domani partirai con quattro servi e una lettiga, dove sarà rinchiusa la bambina. Viaggerai fino al monte Karantal, a duecento stadi da qui, fra Gerico ed Efraim. Lì, seguendo le mie indicazioni, troverai una fonte sigillata da un masso: è la prigione del Signore dei Demoni, Asmodeo. A lui sacrificherai la fata del tramonto, uccidendola su quel masso e lasciandola lì».

24. La missione

L'indomani, nono giorno di tevet, il sole del mattino invernale mesceva una luce chiara come limone freddo sulle montagne di Giudea: una luce che includeva ogni foglia, contornava ogni pietra, descriveva ogni dettaglio del paesaggio col suo pennello fine.

Il tratto di Via Collinare che dalla città di Betel, serpeggiando sui crinali ondulati, affrontava gli ultimi venti chilometri di salita verso Gerusalemme era intriso di suoni freschi e netti, variopinti come il resto del paesaggio. Il brusio delle voci, ricamato a intervalli di risate, s'intrecciava al calpestio dei calzari dei viandanti e degli zoccoli del bestiame sulle pietre; più lontano, su questo tappeto frusciante, spiccavano le grida dei pastori che richiamavano le greggi dal breve pascolo invernale; facevano eco a queste grida, ancora più lontano e molto in alto, i soliti tre rapaci perduti nel cielo.

Il clima ancora a mezzo inverno si ostinava in uno stralunato tepore autunnale, invogliando quei commerci e pellegrinaggi che gli ebrei nei mesi freddi di solito riducevano al minimo. La Via Collinare brulicava di viandanti che procedevano nel sole del mattino coi pesanti mantelli invernali, in tutte le sfumature del marrone, dell'azzurro, del giallo, aperti sulle tuniche e spesso gettati indietro sulle spalle. Due di queste figure risaltavano fra tutte per il candore dei manti di cammello e il bizzarro assortimento della coppia: un giovane uomo, altissimo e massiccio, e un vecchio energico, piccolo e magro.

«Posso rompere la norma del silenzio, padre santo?» chiese Jod-He il Martellatore con voce reverente.

«Parliamo, amico mio. La Via è lunga e monotona e il Signore comprenderà anche quest'oggi» rispose paziente Zeitan Tracciatore di Cerchi.

Andavano di buona marcia verso sud, camminando al centro del selciato tra le righe dei carri, e i loro passi, esperti di tanti viaggi compiuti assieme, si accordavano come le note dispari di un canto: ogni due passi del gigante, tre del vecchio.

«Parlami ancora del Salvatore che attendiamo. Io sono forte ma la mia memoria è debole, e non ricordo ciò che mi hai già detto».

«E la tua anima è come quella di un bambino nel corpo di un gigante, amico mio: ama sentirsi ripetere le storie».

Jod-He rise.

«Rabbi, niente ti è nascosto. E dunque dimmi, fai contento questo bambino: come sarà? Sarà un giorno glorioso, non è vero? Cosa faremo noi esseni? Su, racconta».

«Sarà un giorno glorioso. Noi esseni ci leveremo presto, come è regola, prima dell'alba. Faremo le lustrazioni anche quel giorno, non scambieremo parola tra di noi prima del sorgere del sole: ma il silenzio sarà altra cosa dall'usuale».

«Come sarà il silenzio? Un carro d'oro?»

«Un carro d'oro traboccante di certezze. Non più promesse ma gemme di certezze. Come ogni giorno ci schiereremo alla Porta d'Oriente per cantare, e i nostri canti faranno sorgere il sole come ogni giorno: ma il sole che nascerà quel giorno sarà un sole diverso, che non tramonterà mai più».

«Mai più?»

«Mai più».

«E potremo anche ridere, Rabbi?»

«Potremo ridere liberamente e lo faremo davvero, tutti insieme. E non sarà vergognoso finalmente, perché il Messia vorrà per sé la nostra letizia».

«E dimmi quell'altro racconto, di come confonderà i nostri nemici».

«I sacerdoti amici dei romani, gli scribi usurpatori della Legge, i farisei molli e paurosi, tutti quanti i circoncisi contagiati dal demone pagano cadranno accecati dalla luce smagliante di quel gran sole carico d'amore! Gli zadokiti col loro Sinedrio, miserabile teatrino di...»

Il maestro, che si era esaltato nella requisitoria, fu interrotto da un accesso di tosse. Il discepolo lo sostenne premuroso. Zeitan inspirò una lunga sorsata d'aria, trattenne il fiato guardando in alto, infine ammise con un sorriso mesto:

«Vedi? Mi fai narrare, e cado preda del demonio del racconto. E l'angelo del silenzio, nostro amico, per correggermi mi ammutolisce con la tosse: perché è stolto colui che ciancia mentre il suo tempo volge al termine e lui non ha ancora compiuto la sua missione. Sia benedetto quell'angelo, ma ora devo andare a sputare. Attendimi qua».

Come la regola comandava, il vecchio monaco lasciò la strada, si inoltrò per qualche poco nei campi riarsi, slacciò il mestolo di legno antico dalla cintura, scavò con esso una piccola buca nel terreno, tossì più volte, sputò nella buca, la colmò nuovamente di terra col mestolo e tornò sulla strada.

«Ora via, basta ciance. In cammino».

Si rimisero in marcia pensierosi, con la loro andatura costante, ogni due passi del gigante tre del vecchio.

Andavano a sud, verso Betlehem di Giudea. Nei molti strappi alla regola del silenzio che in quei giorni si erano concessi, il vecchio aveva illustrato al compagno la vera natura del viaggio: si trattava in realtà di una missione.

Per molti anni i sapienti di Qumran avevano raccolto tutte le profezie, le visioni, i presagi, i sogni dei veggenti e dei pazzi di cui potevano venire a conoscenza; li avevano confrontati tra loro e con le fonti della loro biblioteca, raschiando il fondo delle giare e facendo arrivare nuovi rotoli dalla Decapoli, dalla Siria e dall'Egitto. Un vero repertorio incrociato dei segni dell'arrivo del Messia era stato intessuto.

«Dimmi i prodigi, dimmi le forme della stella!» chiedeva Jod-He insaziabile, a quel punto.

E Zeitan con pazienza enumerava: una stella nuovissima di

inaudito splendore, una stella in forma di angelo, una stella con la coda in forma di scimitarra, una stella che emana una colonna di luce che poggia il suo piede sul Luogo, una stella che ha al centro l'immagine di una donna con in braccio un bambino, un intero sciame di stelle che migra per formare le quattro sante lettere del Nome...

«Jod! He! Vau! He!» concludeva il gigante entusiasta, levando il mestolo.

«Taci, sciocco!» lo zittiva il maestro. «Vuoi attirare tutti gli sguardi su di noi?»

A conclusione di questi lunghi studi i sapienti esseni avevano ricostruito con esattezza il Tempo e il Luogo: la notte tra il dieci e l'undici di tevet, a Betlehem di Giudea. Ma molte visioni concordavano su un punto: una forza oscura sarebbe scesa in campo contro la forza luminosa del Messia, per scongiurarne la venuta. Pareva trattarsi di una minaccia terrena, concreta, piuttosto che di un evento demoniaco: più che un prodigio, insomma, un pugnale.

Ma quale mano, in quale luogo, in quale tempo l'avrebbe impugnato?

Questo era ciò che Zeitan del Cerchio, il più saggio e il più santo degli esseni, era stato incaricato di scoprire; e con l'aiuto di Jod-He, forse il più forte tra gli uomini di Canaan, di impedire.

Il Maestro di Giustizia di Qumran, nell'istruirli alla partenza, non aveva potuto dar loro una pista esauriente: non sapevano chi né dove avrebbe agito, sapevano solo quando. O meglio: entro quando. Sapevano quando il Messia sarebbe nato, ma l'assassino poteva ben colpire prima.

«Colpire prima? E come può colpire prima?»

Jod-He, che marciava rimuginando già da un'ora, non poté più trattenere l'urgenza dei suoi dubbi e li lasciò fiorire.

«La tua lingua non ha freno, uomo grosso».

«Perdona, Rabbi, ma mentre i miei piedi fanno due passi per tre dei tuoi, l'anima arranca dietro la tua, e arriva dopo. Solo ora, per esempio, mi è sorto il dubbio su qualcosa che mi dicesti giorni fa».

«Parla, visto che hai rotto il silenzio».

«Come può l'assassino colpire prima che il Messia nasca?»

«Colpendo la madre incinta».

«Che Jahvè ci protegga!»

L'orrore di quel nudo concetto aveva fulminato il grande innocente, che si fermò sgomento sui due piedi. Intenerito, il vecchio maestro gli pose una mano sul braccio. Jod-He lo guardò per un istante come se non l'avesse visto mai, mentre una collera cieca cominciava a rombare nel fondo del suo smarrimento.

«Ma un simile uomo... un simile bastardo vigliacco, perdonami padre... non mostrerebbe in volto il suo delitto ancor prima di compierlo? Non sarebbe la sua faccia quella di un lupo, di una belva feroce, cosicché chiunque incontrandolo per via lo riconoscerebbe, e lo fermerebbe, e lo... e lo...»

Le sue mani si muovevano in piccoli gesti appena accennati ma eloquenti.

«No, figlio, purtroppo no. Gli empi che sono tra noi son come noi. Nessun marchio esteriore li distingue».

Annichilito sotto il colpo di quella seconda nuda verità, che aveva accettato subito senza riserve come ogni parola del maestro, Jod-He si rimise in marcia confuso, sbandando nel cammino. Ma di lì a poco qualche passaggio del suo ragionare riportò l'espressione torva nel suo volto: strinse i pugni, serrò i denti, accelerò il passo senza quasi più badare al suo compagno.

«Andiamo, allora! Bisogna trovarlo!»

Zeitan tacque e gli tenne dietro pensoso. Avevano viaggiato, osservato, interrogato; avevano pregato, letto le stelle, chiesto agli angeli; avevano ragionato alla luce del giorno e sognato nel buio della notte, ma non sapevano ancora nulla di quell'assassino: nemmeno se ancora doveva colpire, o già aveva colpito. E il giorno fatale era ormai l'indomani.

Incombeva infatti il meriggio del nove di tevet, il giorno più corto dell'anno, solstizio d'inverno. Il sole, al culmine del suo arco, era appena a un tiro di pietra sopra il monte e rotolava la sua piatta traiettoria inondando di luce fredda la regione.

La Via Collinare, man mano che si avvicinavano a Gerusalemme, si affollava di tettoie di palme e di frasche, erette da pastori e contadini della zona, che vi lasciavano i loro ragazzi a vendere latte e formaggi, o frutta e ortaggi. La salita si era fatta meno erta e il corso della strada si snodava ora su un piccolo altopiano, il cui terreno pietroso rubato alla macchia era tenuto a vigna e uliveto. Muretti a secco, rinforzati da folti rovi, tentavano di dissuadere i viaggiatori dal servirsi da soli dei grappoli, quand'era stagione.

Anche il paesaggio umano era mutato, e s'era infoltito a sua volta. Come accade nei pressi di ogni grande città, convergevano a imbuto ogni giorno da tutti i paraggi gli uomini e i mezzi necessari alla sua sussistenza: scalpellini, muratori, carpentieri, con gli asini carichi di strumenti, che andavano a offrire la loro perizia nei cantieri aperti dai grandi lavori pubblici; fabbri ambulanti, calderai, falegnami, che proponevano le loro piccole riparazioni casa per casa; e stuoli di commercianti d'ogni sorta, dalle lunghissime carovane ben armate dei grandi importatori ai piccoli soherim ambulanti coi loro asinelli stracarichi di cianfrusaglie, ai contadini coi pochi prodotti dell'orto ben disposti nelle ceste pulite, caricate sull'asino o in testa.

Ma ora la ressa s'era alquanto diradata e la Via si snodava bianca e sgombra: quasi tutti i viandanti, infatti, si erano fermati per consumare il breve pasto del mezzogiorno, sparpagliandosi secondo i propri mezzi nelle baracche dei venditori di fritture, o nei pozzi serviti da tettoie, o per terra presso un muretto all'ombra di un cedro.

Jod-He cominciò a mostrare i segni di nervosismo e malumore che Zeitan ben conosceva. La sua enorme bisaccia, all'inizio del viaggio, era stata gonfia di cibi e vettovaglie, in larga parte prodotti e confetture del monastero stesso: olive, cetrioli, cipolle, pane di frumento e di segale, gallette e grano arrostito, formaggi, datteri, fichi secchi, cavallette secche sotto aceto e sotto miele. Ma l'appetito del grande esseno, commisurato alla sua forza, aveva presto alleggerito quel peso. Allora i due pellegrini avevano messo mano all'altra provvista, il gruzzolo che Zeitan custodiva in dracme greche, denari romani e sicli ebrei, anch'esso frutto della parsimonia di Qumran. Ma anch'esso, a furia d'attingervi per comperare grandi ciambelle di pani e ceste di pesci, s'andava oramai assottigliando. Perciò le soste dei pasti, fatalmente brevi e frugali, erano ora occasione di facce lunghe ed eloquenti sospiri di pazienza da parte del grosso uomo.

Questa volta però Zeitan giudicò che il compagno aveva patito prove rudi per la sua anima, nella giornata, e che un piccolo compenso per il corpo non avrebbe guastato. Accendendo il suo largo sorriso si fermò a una tettoia, e comperò pane bianco, formaggio e pesci salati, che uniti al loro grano arrostito e a un po' di datteri sarebbero stati un buon pasto.

Secondo la regola di silenzio e solitudine della loro setta avrebbero dovuto fuggire le oasi affollate, ma per le ovvie esigenze dell'inchiesta dovevano chiacchierare coi viandanti. Anche stavolta, quindi, scelsero per fermarsi il bivacco più affollato che era in vista: un pozzo nei pressi di un grande sicomoro, in uno slargo circondato da tettoie a lato della Via.

Eremiti e sant'uomini in viaggio non erano certo uno spettacolo insolito, nei pressi di Gerusalemme; nessuno quindi faceva meraviglie se due esseni, quantunque così stranamente assortiti, eseguivano i loro complicati rituali di preghiera appartandosi ai margini del piazzale d'un pozzo.

Zeitan tracciò il suo cerchio per terra e si inginocchiò al suo centro, Jod-He si prostrò con la fronte al suolo accanto a lui, e il mugolio delle loro voci non tardò a levarsi, monotono e cantilenante.

Ma dopo pochi istanti il vecchio monaco si rizzò di scatto, interrompendo la preghiera, e guardò fissamente verso est. Il compagno, non sentendolo più salmodiare, s'interruppe e si levò a sua volta, guardandolo allarmato.

«Cosa c'è, Rabbi?»

«Qualcosa... qualcosa di male laggiù. Qualcosa di malvagio, verso est...»

«Hai avuto una visione?»

«Non proprio una visione, un sentimento. Di pena e spavento e urgenza, verso est».

«Cosa facciamo? Andiamo?»

«Non so... ancora non so. Aspettiamo un altro segno».

Terminarono le preghiere e si misero a pranzo. Ma il loro umore era ormai rabbuiato dal cattivo presagio e allarmato dall'attesa d'altri segni, e rinunciarono, per questa volta, ad accostarsi e fraternizzare coi viandanti. Si sistemarono anzi oltre il margine dello spiazzo, frapponendo tra sé e loro una siepe di canne.

Fu così che poterono vedere, non visti, il drappello di guardie galate che giunse a cavallo.

Erano dieci, alti, massicci, chiari di pelle e capelli, armati con corazze di ferro ed elmi di grossa fattura, e di lunghe spade piatte. Li guidava un ebreo, vestito in abiti tradizionali ma lussuosi, col capo coperto di una kefiyah a strisce bianche e ocra e con un sorriso decorato di denti alternati, bianchi e d'oro.

I cavalieri non smontarono nemmeno: smontò il capo, si avvicinò a un gruppo di mercanti che mangiavano seduti in cerchio e parlò a lungo con loro, interrogandoli a turno.

I due esseni non potevano sentire le loro parole, per via della distanza, ma osservarono attentamente ogni mossa attraverso la siepe di canne.

«Galati» sussurrò Zeitan, «la guardia del corpo dell'idumeo usurpatore. E quello dev'essere Ishmaiah, quel rinnegato idolatra, il loro capo».

«Merita il nostro castigo?»

«Non farti venire idee, amico mio. Quelli sono guerrieri tremendi».

«Non li temo».

«È questo il guaio. Guarda! Vanno via...»

Ishmaiah era rimontato in sella e parlava col capomanipolo galata, indicando a oriente.

«Indica a est...» disse Zeitan.

«È il segno?» chiese il compagno.

«Non so, stiamo a vedere».

Il drappello si mise in marcia coi cavalli al passo, in direzione di Gerusalemme, verso sud.

«Andiamo!» comandò reciso Zeitan, alzandosi e raccogliendo le poche cose.

L'attimo dopo, sulla Via, marciavano di buona lena a una cinquantina di metri dietro i cavalli.

«Ci porteranno dall'assassino?» chiese Jod-He, che camminava strappando bocconi da un pezzo di pane, cimelio del pranzo interrotto.

«Non lo so».

«Perdona, Rabbi santo» esplose il Maccabeo con voce afflitta, «perdona il mio ardire... La mia fede nella tua sapienza è sconfinata, e tuttavia... So di essere uno sciocco, e tuttavia...»

«Parla. Vedo l'ombra che turba il tuo cuore: dalle sfogo».

«Venerabile padre, abbiamo forse fallito la nostra impresa? Ancora mi dici che non sappiamo dove stiamo andando. E manca un giorno...»

«È vero che manca un giorno. Ed è vero che non sappiamo dove stiamo andando. Ma non è vero che abbiamo fallito l'impresa. Finché non sarà finita, non sarà fallita».

«Ma non sappiamo mai nulla!» insistette angosciato il gigante. «Dov'è il nostro uomo? Dove stiamo andando? Dove siamo andati, tutto questo tempo? E domani che è l'ultimo giorno, dove andremo?»

«Ascoltami» spiegò il maestro. «Io non so dire dove stiamo andando. Ma questo non è un male. Perché la missione che ci è stata affidata non è dire, è fare. Noi dobbiamo operare, perché tutto si compia. Forse che le tue mani sanno dire cosa stanno facendo, quando combatti?»

«No, loro fanno: ma sanno cosa fare».

«Ma se glielo chiedessi, saprebbero dirlo?»

Jod-He tacque, guardando accigliato davanti a sé.

«Noi siamo le mani del Signore, Jod-He Maccabeo. Lui lascia fare a noi. Tu lascia fare a lui».

«Guarda! Stanno lasciando la Via!»

Il drappello dei galati era giunto a un incrocio con una via minore e stava prendendo a sinistra.

«Il segno! Vanno a est!» gridò quasi il gigante.

«Calmati. E non dubitare più. Andiamogli dietro».

I due esseni accelerarono il passo e in pochi istanti giunsero all'incrocio. Nel chiarore ambrato del primo pomeriggio i galati si allontanavano al piccolo trotto sulla via verso est. I due si incamminarono dietro a loro.

«Ci distanziano! Li perderemo!» esclamò allarmato Jod-He, trattenendo a stento la corsa.

«Sono sulla strada, non li perderemo. E semmai seguiremo le tracce».

Presero con disciplina la loro andatura di marcia, ogni due passi del gigante tre del vecchio.

«Paga, socio malfidente! Venti dracme».

«E sia, Fileto, hai vinto la scommessa. Ma non mi persuaderai che quei due pulciosi abbiano fatto fuori otto dei nostri».

Dopo aver visto i due esseni svoltare all'incrocio, la squadra di ginnasti che li seguiva ormai da giorni accelerò d'istinto l'andatura. Fileto sgranò la sua risata agra e batté la piccola mano sulla spalla muscolosa del magister ludi, che cavalcava al suo fianco.

«Eppure sono loro, caro Eutrofio. Sono partiti dopo i galati dal pozzo, si sono tenuti a distanza, hanno svoltato dietro a loro per Gerico: chiaro che li stanno seguendo».

«Ma perché?»

«Piano, più piano, teniamoci lontani! Di' ai tuoi ragazzi di calmare i bollori. Voglio scoprirlo anch'io perché li seguono, e se gli siamo addosso troppo presto avremo la nostra vendetta, ma nient'altro».

«Tu invece vuoi ben altro, eh, Fileto?»

«Non mi sono preso i calci di quell'Onagro in cambio di nulla. Questa storia è un gomitolo intricato: tutti spiano, tutti cercano, tutti mentono. E ora che ho trovato un filo anch'io, puoi giurarci che non lo mollo!»

«E cosa speri di cavarne?»

«Non lo so ancora, vedrò. Vendetta, divertimento. O un po' di soldi. O credito presso Roma, o presso Erode; o almeno presso quella iena di Ishmaiah. Vedremo, ma ora ripeto: teniamoci distanti, distanti! Da' gli ordini, Eutrofio. Unti e vestiti come giriamo noi, se quelli ci vedono anche solo da lontano, ci tocca saltargli addosso ed è finita la festa: non sapremo mai cosa avevano in mente».

Eutrofio dette gli ordini: i venti giovani poderosi, truccati di bistro, vestiti alla greca e armati fino ai denti, misero i cavalli al passo fino all'incrocio. Lì si fermarono, tenendosi celati, e attesero che le figure dei due esseni rimpicciolissero in lontananza verso est. Allora si avviarono lenti dietro a loro.

Invasa d'infilata dai raggi obliqui del sole, che calava alle loro spalle, davanti a loro la strada dileguava serpeggiando verso il Giordano, e il monte Karantal.

25. Il duello dei bambini

Due ore dopo, alle pendici occidentali del monte Karantal, il sole era appena calato dietro i profili lontani dei monti Giudei, e la luce era ancora grande. Il cielo ostentava quello zaffiro profondo che è il dono di certe sere invernali d'oriente, luminoso e gelato, trafitto dal candore raggiante della stella della sera.

A contrasto, sotto tutto quell'azzurro, il paesaggio era rosso e opaco, aspro di roccia nuda e terra brulla. I rilievi, ondulati dai calanchi e striati dalle fasce geologiche, sembravano gonne assire rigonfie nel ballo, a bande arancio e ocra, e sfioravano in basso con il bordo il tappeto di macchia scura del fondovalle. Unico segno dell'uomo a vista d'occhio era una stretta pista che correva, fendendo come una cicatrice quella macchia.

Su questa pista avanzava piano, con le torce ancora spente, un'insolita carovana: una lettiga chiusa, tinta di rosso cupo, era portata a braccia da quattro servi intabarrati nei mantelli, preceduti da una bambina chiara di pelle e di vesti che cavalcava un asinello nero.

«Ooohu!»

Uno dei servi lanciò una voce gutturale, e i quattro si fermarono. Attesero di sincronizzarsi e poi insieme, come chi è avvezzo a quel tipo di manovra, posarono la lettiga. Intorno a loro c'era una piccola radura, cinquanta passi da parte a parte, bordata dalla muraglia scura della macchia, con una larga chiazza nera di carboni sulla terra pietrosa al centro. Massaggiandosi le mani fasciate di stracci, quello che aveva lanciato il segnale, una specie di capo tra i quattro, si avvicinò alla bambina sull'asino.

«Quando facciamo bivacco, dèspoina?»

«Niente bivacco» rispose calma Shabriri, scoprendosi il capo biondo. «Andiamo avanti».

«A un tiro d'arco c'è l'incrocio con la via di Gerico...» tentò ancora l'uomo.

«Appunto. Le istruzioni son chiare: attraversare quella strada a sera fatta, facendo attenzione a non farsi vedere».

«E poi?»

«Proseguire sulla pista fino al punto che vi dirò io. Poi lasciarla e salire il monte».

«Ma noi siamo stanchi».

«Non dire idiozie. Avete un peso ben piccolo lì dentro».

Con la risatina compiaciuta di un bambino che ricorda un giocattolo riposto, Shabriri guardò la lettiga. L'uomo guardò a sua volta.

«È vero, ma...»

«Allora, Abiud!» il sorriso non mitigò, al contrario rese più torva l'imperiosa minaccia degli occhi. «Vuoi che mi lagni di te con Shamaliel?»

«No, dèspoina, non voglio. Puoi dirmi almeno qual è la nostra meta?»

«La Fonte Occlusa. Dobbiamo arrivarci prima di mezzanotte, perché bisogna preparare il rito».

«C'è ancora tanta strada?»

Shabriri fece per rispondere ma fu interrotta da una serie rapida d'eventi: un fischio frullante e rabbioso si avventò da lontano, un colpo forte e ottuso suonò molto vicino, e l'uomo davanti a lei si accasciò senza un grido.

«Abiud?» chiamò Shabriri, chinando lo sguardo sorpresa.

Uno degli altri servi aveva visto e si stava avvicinando, ma ancora un fischio ronzò nell'aria, ancora un colpo secco e un altro servo, che era seduto sul bordo della strada, cadde riverso in avanti.

I due superstiti si guardarono intorno con angoscia; anche Shabriri aveva perso il suo sorriso.

«Cosa succede, Iairo?»

«Non lo so, dèspoina! Siamo attaccati!»

«Ma da cosa?»

«Presto, facci una magia di protezione!»

«Ma se non so nemmeno...»

Altro fischio rauco nell'aria, altro schiocco: Iairo si portò la mano alla testa, vacillò, cadde. Il quarto si guardava in giro a scatti, disperatamente, arretrando sulla pista nella direzione da cui erano venuti: fece tre passi, si fermò, altri tre, si girò e si dette a una fuga disperata, correndo a rompicollo e scomparendo oltre la prima curva, nella macchia.

I suoi passi risuonavano ancora in lontananza, quando Shabriri smise di colpo di ruotare intorno lo sguardo pazzo e fissò un punto, poco più avanti sulla strada.

Era apparso un bambino, piccolo, magro, stracciato, molto brutto, che avanzava zoppicando verso lei, riavvolgendosi con molti giri in vita la lunga fionda che usava per cintura.

Sotto gli occhi stupefatti di Shabriri, Cane Cotto si fermò di fronte a lei, mostrò nella mano un piccolo sacchetto di stoffa lisa e stinta, la guardò con occhi spiritati, terrorizzati e spavaldi, e disse: «Giochi?»

Poco dopo, nel piccolo slargo di terra battuta, due torce accese erano rette in piedi da mucchietti di pietre. A croce con esse, seduti per terra uno di fronte all'altra, i due bambini erano pronti per giocare.

L'azzurro grande del cielo della sera stava incupendo in blu, senza perdere la trasparenza luminosa. Contro quel blu le fiamme delle torce incendiavano di contorni rossi e arancio i due volti, chini ad apparecchiare il necessario. La bambina era bellissima, coi suoi occhi grigio chiaro che la tensione faceva liquidi e grandi, col disegno imbronciato delle labbra nel bianco del volto, col biondo fulvo dei capelli acceso dal bagliore del fuoco. Il suo avversario era magro, negro, storto, con la bocca troppo grande semiaperta a mostrare il varco nero in mezzo ai denti, con gli occhi intensi da cane imbambolati d'ansia, coi riccioli nerissimi e sporchi che invadevano la fronte.

Per terra, accanto a sé, Shabriri aveva steso un piccolo tappeto quadrato di lino candido, coperto da due veli cuciti su due lati opposti, così da aprirsi come sportelli di finestra. I veli chiusi mostravano la figura della stella di David a sei punte. Aprendoli, la stella, con atto blasfemo, veniva scissa in due triangoli: a destra, col vertice in alto, la piramide d'oro di Anat, la dea che regnava prima di Jahvè, raffigurante il piano del mondo alla base e lo zenith al vertice; a sinistra il triangolo scarlatto del vau, col vertice in basso, che figurava il cuneo della dea.

Da un sacchetto di seta bianca, ricamato a sua volta in oro e scarlatto, Shabriri aveva estratto e posato sul tappeto sette figurine finemente cesellate, in ossidiana, elitropio, diaspro, lapislazzuli, giada, onice e crisopazio.

Cane Cotto, dal canto suo, con una pietra sopra la nuda terra aveva tracciato malamente accanto a sé un quadrato bistorto, all'interno del quale aveva sparso le sue sette figurine, che erano tagliate in legno, sughero, resina, corno, avorio, osso e cuoio.

Shabriri levò le mani rivolte a lui. Il bambino si sputò sulle palme, le sfregò una con l'altra, le porse umide e sudicie all'avversaria. La ragazzina fece una smorfia di disgusto, poi prese un respiro, i due mossero indietro le mani in una piccola rincorsa e le batterono le une sulle altre.

Iniziò il gioco.

«Rabbi Shìmon Ben Jokhai
Gioca sempre e non vince mai...»

Pareva uguale a quello che Cane Cotto aveva giocato con Lilim solo due notti prima: versi di filastrocca, rime e metri ben scanditi con le voci; mani che battono, ognuno le sue, uno con l'altra, diritte, incrociate, con le palme, coi dorsi; figurine lanciate in aria, riacchiappate, una sola, due insieme, tre insieme. Gesti precisi, condivisi, come accade ai bambini che non si conoscono, ma conoscono lo stesso gioco e non hanno incertezze.

«Regina di Saba che fa le domande
a Re Salomone il Grande...»

197

Ma non era lo stesso gioco di due notti prima: si coglieva nel tono delle voci, nella tensione delle dita che afferravano, negli sguardi degli occhi dilatati. Era nascosta in ogni mossa e in ogni rima una punta segreta, velenosa. C'era paura, rabbia, crudeltà.

«Strega di Ascalon, ti faccio guerra
Quando i tuoi piedi non toccano terra
Ti lancio in alto, ti prendo al volo
Ti appendo con un chiodo solo».

Era un gioco di guerra per la vita. Stavano disobbedendo a una legge: il duello era vietato agli apprendisti, che dovevano prima concludere l'iniziazione. Molte mosse erano infatti d'incertezza, d'attesa, di studio dell'avversario; in altre invece si intuivano affondi micidiali.

«In nome di Anat, Ashima, Sheòl
Tre facce d'argento e una sola dea
Tre cose io prendo e una sola dico
Lilith uccidimi questo nemico».

Cane Cotto vacillò sotto il colpo, incassando la testa fra le spalle, ma riuscì a schierare contro la triplice minaccia coccodrillo, ippopotamo e scimmia: e via da capo.

Passava il tempo, il blu luminoso del cielo stava trascolorando in blu profondo, scintillante di stelle diamantine. Le due torce sfavillavano ancora, ma quasi del tutto consunte. Prima che le loro fiamme impallidissero, lo scontro si risolse.

Cane Cotto tentò una manovra estrema, che poche volte aveva eseguito bene: lanciare una figurina così in alto da poter raccogliere da terra tutte le altre prima di riprenderla al volo.

«Prendo sette cose, faccio sette giri
Ed ecco, taglio i piedi di Shabriri».

198

Gli riuscì. Shabriri si distrasse un solo istante. Forse stupita dell'acrobatica difficoltà della manovra, per un istante gliene sfuggì la forza magica: e Cane Cotto poté eseguire la seconda.

«Prendo sei cose, faccio sei giri
Taglio le gambe di Abriri».

La piccola strega dilatò gli occhi per l'orrore. Aveva riconosciuto adesso il gioco, l'antico scongiuro del nome contro il demonio che acceca di notte: ma era tardi. Il ragazzino prese un'aria più spavalda.

«Prendo cinque cose, faccio cinque giri
Taglio le mani di Briri».

La bambina non gli poteva più rispondere: i piedi, le gambe, e ora soprattutto le mani non si muovevano più. Guardò il suo nemico con odio, cercò di levare in alto le braccia per tentare una mossa proibita. Ma per Cane Cotto ormai il gioco era più facile a ogni mossa: lanciò in aria una figurina, e senza fatica ne raccolse tre prima di riprenderla al volo.

«Prendo quattro cose, faccio quattro giri
Taglio le braccia di Riri».

La piccola strega si volse col busto indietro, verso la lettiga, per lanciare un incantesimo di morte a chi vi era dentro. Ma oramai era confusa, annebbiata dalla paura, dalla collera, dall'umiliazione, e non ne fu capace.

«Prendo tre cose, faccio tre giri
Taglio la pancia di Iri».

Non poté più voltarsi. Restò ferma a fissare il nemico, con due sentimenti che si spartivano i suoi occhi: odio mortale nel destro, terrore nel sinistro. Ma nel centro, dove la sua padrona le stava insegnando a vedere con l'occhio sepolto le cose lontane, percepì qualche cosa di tenue... ma utile, forse... se solo avesse avuto ancora il tempo...

«Prendo due cose, faccio due giri
Taglio il petto di Ri».

Ora aveva soltanto la testa, ma con quella oramai vedeva chiaro: una presenza amica, o perlomeno nemica al suo nemico, a trecento passi da lì. Concentrò le poche forze che restavano per lanciare un richiamo silenzioso. Ancora solo un po' di tempo... poco tempo...

«Prendo una cosa, faccio un giro
Taglio la testa di...»

Cane Cotto curvò le spalle, chinò il capo, per un istante parve cadere riverso in avanti. Invece si rizzò, pallidissimo, esausto, tirò un respiro profondo e guardò l'avversaria. Era tornata a danzare nei suoi occhi un'ombra del buffo e patetico umore da povero cane, allegro e implorante al tempo stesso. Parlò alla piccola strega scuotendo la testa piano, con un sorriso.
«No. Non spetta a me. E poi non si deve fare. E poi non mi piace».
Si levò in piedi.
«E poi devo fare cose più importanti. Anzi, magari mi servi anche tu. Non muoverti, bella bambina, aspettami qui!»
Si allontanò verso la lettiga con la sua corsa buffa e velocissima, da cagnetto zoppicante. Shabriri restò seduta: paralizzata, ma viva.

A un tiro d'arco da lì Ishmaiah dette l'alt ai suoi uomini.
Gli undici cavalli scalpitarono sulle pietre della strada, mentre la luce scarlatta delle torce affollava di ombre inquiete la notte già scura. La carovaniera per Gerico, che percorrevano al piccolo trotto da quasi tre ore, in quel punto incrociava una pista ancora più esigua, appena una via di campagna, che viaggiava in direzio-

ne nord-sud. Ishmaiah guardò intorno perplesso, come chi non ricordi più bene dove deve andare.

Il capomanipolo gli si avvicinò.

«Cosa c'è, capitano?»

L'uomo di Erode corrugò la fronte, fissò a lungo il ramo sinistro della pista che incrociava la strada, e infine lo indicò.

«Manda un uomo laggiù: che guardi se vede qualcosa di strano».

«Di strano come?»

«Non lo so. Che faccia cento passi e torni indietro».

Il sottufficiale eseguì l'ordine, poi tornò presso il suo capitano e domandò con malcelato malumore:

«Non proseguiamo per Gerico?»

«Sì, proseguiamo. Ma c'è qualcosa laggiù...» rispose vago Ishmaiah, fissando il galata che si allontanava al passo, rischiarando la pista.

«La residenza estiva del tetrarca è ancora piuttosto lontana» obiettò l'altro. «È qualcosa che ha a che fare con la nostra sorveglianza?»

«Può darsi... Sì! È proprio laggiù! Venitemi dietro!»

Come colto da improvvisa certezza, Ishmaiah spronò il cavallo, lasciò la strada e si lanciò al galoppo sulla pista verso il suo esploratore, superandolo di volata. I dieci galati, sorpresi ma eccitati per il diversivo, con un grido solo gli si gettarono dietro, verso nord.

Dopo appena un minuto di galoppo irrompevano in un piccolo slargo, dove si aprì ai loro occhi una scena singolare: una lettiga chiusa, rosso scura, era posata per terra in mezzo alla pista; una bambina, con un vistoso impiastro nero spalmato su un occhio, giaceva priva di sensi con la schiena poggiata alla lettiga; un bambino magro, stracciato e scuro di pelle, in ginocchio di fronte a lei, la scuoteva; un'altra bambina sedeva per terra più in là, rigida e immobile, senza guardare niente, fra due torce ormai consumate; tre uomini giacevano al suolo in punti diversi, morti o privi di sensi.

«Accendete altre torce! Circondate lo spiazzo! Occhi aperti!»

Agli ordini rapidi gridati da Ishmaiah i dieci galati, addestrati a compiti estremi, si mossero come un sol uomo: lasciando nel fodero le lunghe spade estrassero i pugnali, accesero in un baleno sette torce, si disposero in cerchio intorno alla radura, uno volto all'esterno e uno all'interno.

L'unico essere che pareva sveglio e cosciente, il piccolo straccione, si era proteso tremando sulla bambina con l'impiastro in faccia, come a difenderla, o esserne difeso. Ishmaiah si avvicinò, aprì lo sportello della lettiga, scrutò al suo interno, guardò brevemente i due, si accostò all'altra bambina che sedeva impietrita, passò la torcia più volte davanti ai suoi occhi...

E fu un attimo: allentata la presa del suo vincitore e scossa dal lampo del fuoco Shabriri fu libera, e in quell'istante stesso lanciò un incantesimo di basso livello su Cane Cotto.

Il bambino restò immobile, stordito, senza tremare più.

Quando Ishmaiah ebbe finito il suo sopralluogo, sedette su un masso al centro della radura e chiamò a sé il capomanipolo: chiese notizia dei feriti, e appreso che erano stati storditi da colpi di pietra dispose che sei uomini vigilassero in cerchio, equipaggiati per fronteggiare un probabile attacco con fionde; ordinò che altri due accendessero un cerchio di fuochi intercalati tra le sei sentinelle. E si fece condurre Cane Cotto.

«Comincio con te, che sei l'unico sveglio. Chi sei? Chi sono questi altri? Cosa è successo qui?»

L'incantesimo maldestro di Shabriri, o la grande tensione del duello, o la somma delle due cose e d'altre ancora, avevano prodotto un effetto potente nella mente del bambino, che guardava inebetito il suo interlocutore, farfugliando parole incomprensibili.

«Parla più forte! Parla chiaro! Chi sei!»

Offuscato dallo stato ipnotico Cane Cotto ubbidì, alzando appena il tono della voce: il capo delle guardie strinse gli occhi.

«Che hai detto? Parla più forte! Ripeti!»

Il bambino riprese più forte il suo vaniloquio, e Ishmaiah ebbe un sorriso di trionfo: alcune parole di quel balbettio avevano acceso del tutto la sua attenzione. Anche il vice si era accostato alle sue spalle.

«Ci siamo, capitano! Ma come hai fatto a sapere che...»

«Lascia perdere, e prepara il supplizio. Questo topo delle strade forse è un povero idiota, o forse no. Lo scopriremo presto».

«Porto qui anche la ragazzina bionda?»

«No, a lei penseremo dopo. Intanto cerca di svegliarla. E bada che non ti scappi».

Il sottufficiale si allontanò di corsa. Ishmaiah accostò a Cane Cotto il suo sorriso a scacchi bianchi e oro.

«Allora, piccolo amico, stammi a sentire. Questi celti non sono come noi, non gliene importa niente del mondo intero. Sono i migliori guerrieri che ci siano. E i migliori torturatori».

«Non farmi del male».

«Oh! Hai visto che funziona di già? Vuol dire che possiamo incominciare».

Ishmaiah infilò le dita nei ricci del suo prigioniero, in un gesto che pareva d'affetto, e per questo era orribile.

«Hai detto 'Zahel Onagro', poco fa. Che cosa sai di lui?»

Cane Cotto lo guardò con occhi dilatati dal terrore: lo stordimento dell'incantesimo era svanito.

«Hai pronunciato le parole 'Pitheké' e 'protezione'. Chi è Pitheké? Cos'è questa protezione di cui parli? Protezione per chi?»

Il bambino serrò strette le labbra e chiuse gli occhi.

Alle sue spalle due guerrieri galati armeggiavano col fuoco e i pugnali.

26. I lupi e le prede

A sessanta chilometri da lì, nel villaggio di Betlehem, la festa di Channuka si preparava al culmine, che avrebbe toccato la notte successiva, la decima di tevet, solstizio d'inverno.

Come a Nazareth già cinque notti prima, e come in ogni altra città e villaggio in Palestina, le lampade bruciavano olio d'oliva esposte alle finestre, e le torce bruciavano resine appese ai cantoni di tutte le strade, o levate alte dai gruppi di uomini, donne e ragazzi che passavano in ridde danzanti. Le case si stringevano una all'altra in un denso alveare di cubi imbiancati a calce, picchiettato dai buchi neri di porte e finestre. Sul tetto a terrazzo di molte fra esse, leggere strutture di pali e tettoie di frasche imbandivano effimere altane, dove garrivano per la festa drappi e fasce, scialli e corde, donando all'aspetto pietroso di quell'abitato una sua leggerezza di giostra.

Le poche locande erano state prese d'assalto dai pellegrini e dai viandanti di passaggio, che non volevano farsi sorprendere per via l'indomani, giorno sacro della Dedicazione. Per pia sollecitudine, e per più prosaico guadagno, case private abbastanza grandi da permetterselo avevano aperto i cortili e le stanze sul tetto ai ritardatari che non trovavano più posto per la notte. Serve giovani e anziane, liete del diversivo, si improvvisavano cameriere per servire fave e cipolle, formaggi e frutta, pesci e vino e acqua di pozzo agli stranieri, cui carpivano in cambio ridendo notizie del mondo.

In uno di questi cortili trasformati in locande festive, seduto in disparte in una nicchia densa d'ombra, Zahel Onagro si nascondeva sotto la kefiyah girata attorno al volto alla maniera dei beduini nabatei, lasciando scoperti gli occhi, che luccicavano guardando intorno con pigrizia apparente.

Un grande fuoco al centro e torce ai muri animavano la stanza di ombre guizzanti e onde di luce arancione, e il vino rosso speziato e il liquore di datteri suscitavano le grida e le risate. Col viso acceso di calore ed euforia un ragazzino magro attizzava il fuoco. Una ragazza dal grande ventre gravido si scaldava le mani a quel fuoco, parlando con lui.

Zahel la guardò. Era difficile capire come Erode, i suoi veggenti, la sua polizia segreta, i sacerdoti, i sadducei collaborazionisti, e sull'altro versante i farisei mediatori, gli zeloti estremisti, gli esseni, gli hassidim e chissà quanti altri, potessero mai temere o sperare qualche cosa da una ragazza come quella, gaia e insignificante come tutte.

Doveva avere appena qualche anno più della Scimmia, quella Lilim Pitheké.

Chissà che fine aveva fatto. Bet Refaim, quella tana di strega, pareva il posto giusto per sistemare una mezza fata come lei, o qualunque altra cosa fosse. Del resto non era più un suo problema: oramai non l'avrebbe più rivista.

Spostò lo sguardo su un'altra figura che si avvicinava. Finalmente la vecchia serva, che Zahel aveva chiamato da un pezzo con un gesto, fendeva la folla verso di lui pulendosi le mani nel grembiule, portandosi dietro dalla chiacchierata precedente un largo sorriso benigno.

Zahel si scoprì il volto per parlarle. La donna apprezzò il gesto, e si inchinò.

«Shalom, signore. Vuoi mangiare? Vuoi bere? Vuoi vino?»

«Voglio un posto per dormire».

«Ah, signore! Non abbiamo che stuoie, oramai. Una buona stuoia di frasche e un angolo di questa corte in cui già siedi, quando avranno finito di ridere e fare baccano...»

Guardò in giro con occhi lieti e lacrimosi le risate e il baccano, che approvava.

«Non c'è proprio nessuno che va via?»

«Vuoi scherzare? La notte della vigilia?»

«Ho sentito dire che quella giovane gravida, col marito e i servi, partivano forse stanotte».

«Quella? La signora è qui da tre giorni, e non si muoverà. A parte le osservanze della festa, oramai è vicinissima al parto. Che Jahvè la benedica, non lo vedi? È questione più di ore che di giorni, e non si azzarda a rimettersi per via».

«E fa benissimo. Partorirà qui?»

«No. Lei e il marito, Joseph, quell'uomo buono, hanno trovato un posto tranquillo dove rifugiarsi non molto distante da qui».

Zahel rise.

«Scommetto che sai anche dove!»

«È la signora, che viene in cucina a parlare con noi!» rispose piccata la donna. «Povera figlia: in viaggio da tanto, da sola col marito, non ha certo da scialare con le chiacchiere. Tu piuttosto, signore, perdona: come mai sei così curioso?»

«Presto detto: io non amo dormire nei cortili. Ti darò cinque assi se mi avverti per primo quando la signora se ne va, perché io possa chiedere il suo posto».

«Sei generoso, straniero. Lo farò».

«Qual è la stanza che occupano ora?»

«La terza dell'ala d'oriente».

205

«Una buona stanza?»

«Se hai di che pagarla, non ti lamenterai».

«Dormono soli? Lei e il marito, intendo».

«No, signore. Son giorni di festa, stare insieme non è sacrificio: saranno almeno in dieci, in quella stanza».

«Bene, sempre meglio che in cento qua fuori. E ora portami qualcosa da mangiare. Tutto tranne cipolle: sono sei giorni che non mangio altro. E birra di miglio, se l'avete».

La vecchia serva ammiccò con aria d'intesa, e si allontanò.

Zahel si riavvolse il viso nella kefiyah, appoggiò la schiena al muro, socchiuse gli occhi.

Da un angolo della corte, di lì a poco, partì il suono di un flauto di legno. Lo suonava una donna giovane e assorta, che indossava sulle spalle uno scialle tinto di rosa di melagrana e ricamato a giacinti blu. Compì la sua frase d'inizio, aprì gli occhi e senza staccare le labbra dal flauto, ma atteggiandole a un labile sorriso, fece un cenno del capo all'uomo che le sedeva di fronte con un cembalo in mano, e l'uomo prese a batterne la pelle dolcemente, facendo tintinnare i sonagli. La flautista si inoltrò lungo quel ritmo con una nuova melodia distesa, struggente, perfettamente eseguita, che ripeteva e complicava la frase d'inizio. Il vociare della corte festiva si ridusse a brusio, e prima della chiusura della strofa fu silenzio perfetto. Come se si aspettasse quel silenzio, il suonatore di cembalo scandì a voce alta:

«Sull'aria di 'Colomba dei terebinti lontani', inno di Davide quando i Filistei lo presero in Gat».

Poi intonò con voce forte e flautata.

Fammi salvo, o Signore,
poiché sono entrate le acque fino all'anima mia.

Fu sufficiente: dal versetto successivo decine di voci sommersero la sua in un unisono potente e repentino, che parve far tremare le fiammelle.

Sono infisso nel fango profondo, e non c'è sostegno.
Son caduto nel fondo dell'acqua, e l'onda mi copre.

206

Il tetro significato dei versetti pareva non scalfire l'allegria trasognata della sera: coppe levate, occhi chiusi, sopracciglia inarcate, i salmodianti respingevano lontano nel tempo millenario del salmo l'affanno che basta a ogni giorno, lasciando all'oggi il miele amaro del cantare.

Anche le serve s'erano fermate: le più vecchie si unirono al canto, le altre guardavano i due musicisti con occhi sbarrati.

Sono stanco di gridare, la mia gola si è seccata;
chiudo gli occhi nell'attesa del mio Dio.

Zahel trasalì: Myriam aveva lasciato il grande fuoco e veniva verso di lui, guardandolo in viso.

«Shalom, straniero» disse, alzando la voce per farsi udire sopra il coro.

«Shalom a te, signora».

«Ti spiace se prendo un po' d'acqua?»

Mentalmente Zahel si maledisse: s'era seduto senza tenerne conto proprio accanto alla brocca del cortile. Si spostò simulando sonnolenza, più per istinto che consapevole intenzione. Myriam si curvò con un sospiro faticoso, afferrò debolmente un'ansa della brocca, poi si fermò, si volse e lo guardò con un sorriso di invito e scusa insieme, come chi è avvezza in situazioni come quella a veder tutti prodigarsi in mille aiuti. Zahel si morse le labbra di nuovo: si sporse di fianco senza alzarsi e sollevò senza sforzo, con una mano sola, la brocca pesante, versando l'acqua nella tazza di ottone che Myriam gli porse. Mentre lei si rizzava per bere, una ciocca di capelli nerissimi scivolò fuori dallo scialle. La ragazza la fermò con una mano e lo guardò, con lo sguardo fuggente e curioso che una giovane sposa riserva a un uomo attraente.

Più numerosi dei capelli del mio capo
sono coloro che mi odiano senza ragione.
Sono potenti quelli che vogliono distruggermi...

«Sei forte, straniero. Scommetto che sei stato soldato».

«No, signora».

207

«Allora sei un lottatore del circo».

«Sono solo un mercante di Giaffa».

Sono un estraneo per i miei fratelli,
un forestiero per i figli di mia madre.

«Giaffa, la piana di Sefela sul mare! Non ho mai visto il mare, coi miei occhi».

Zahel distolse lo sguardo da lei e si protese fissamente al canto, a segnalare che non voleva più esserne distratto. Myriam lo guardò, spegnendo il sorriso, poi guardò in fondo al bicchiere, e bevette.

Non mi sommerga la corrente delle acque,
non m'inghiottisca il vortice,
non chiuda il pozzo la sua bocca su di me!

Ed ecco che ogni cosa perde il fuoco, i contorni scompaiono, i colori si spandono in macchie.

Col solito tocco del mignolo Lele mette il gioco in stand by, sfila d'un colpo il monkey dalla testa, i joyglove dalle mani, e si terge gli occhi inondati da un fiotto di pianto.

«Ma porca...»

Era un bel pezzo che non gli capitava. A quanto pare non solo il violence rate, forse anche il pathos rate gli è scappato di mano. Darà un occhio ai settaggi, e tuttavia...

Quel canto: è lì che è crollato.

Veramente era un bel pezzo che covava, che saliva la pressione, il nodo in gola.

Già la scena dei morti, quella strage...

Altro fiotto di pianto: mugolando, Lele fissa il tappeto sbiadito attraverso le lacrime e rivede quel campo di battaglia. Si aspettava qualcosa del genere, naturalmente: da quando la sera prima, nel bivacco, Zahel ha spifferato al capo zelota le informazioni su Furio, il centurione. Era chiaro che Bar Kochba non voleva sapere posizione, missione, entità della colonna dei romani per andare a fargli un saluto.

Ma quando è stato lì, in mezzo ai morti, il coefficiente di realismo della scena ha colpito allo stomaco anche lui. Perché questa volta non era questione di sangue, budella, ossa, robaccia da autopsie virtureali in CD da due soldi. Erano le posture di quegli arti, le espressioni di quei visi: c'era qualcosa di speciale, non c'è dubbio, in quella ricostruzione vivosimile – per quanto, in questo caso, la parola non fosse delle più adatte...

Ma quello che l'ha lasciato più di stucco è stata la reazione di Lilim. La sua fata si è spaventata, prevedibile: ma c'è stato qualcosa di più. Come se incominciasse a perder forza, in mezzo a quella perdita di vite. Che cosa voleva dire quella frase, che 'i suoi occhi non bastavano al pianto'? C'entrava forse con la malattia dell'occhio?

E poi la notte, nel covo di Bet Refaim, con tutte quelle fiamme, quel rosso dominante che bastava la metà; e quel rituale schifoso della strega affumicata; e quella stronzetta velenosa di Shabriri...

C'è stato un bello squarcio di sereno il giorno dopo, con Cane Cotto alla riscossa con la fionda. Ma anche quello è durato poco, e ora anche il piccolo zoppo si trova nei guai, con Ishmaiah che gli prepara la tortura...

E anzi – si scuote, fa un sospiro profondo, ferma il pianto – sarà meglio tornare a quel piano del gioco al più presto. Tanto ormai Zahel, lo ha visto, è sul bersaglio. Non agirà finché c'è tutto quel viavai: si sente sicuro, sta lì come un gatto assonnato che controlla il suo topo, e nel suo piano fino a domani non c'è storia.

Ma quel canto...

È quel canto che ha fatto traboccare il vaso. Come lo avranno fatto? Con quale algoritmo, con che compressore frattale si può riuscire a modellizzare e ficcar dentro in una scarna sequenza di note, tutti insieme, quei profili di sere e di monti, di feste e abiti nuovi e dispiaceri, e malattie e partenze e stagioni e giorni con notti... Quel canto dice intorno alla vita di quella gente antica meglio di mille risorse analitiche ottimizzate. E questo racconto totale in tempo reale fa piangere: come hanno fatto?

Lele accende il monitor e da tastiera richiama il log del gioco. Torna indietro al momento del salmo e tirando su col naso chiede un info: è un canto tradizionale, dice subito la piccola cornice, e prende a sciorinare righe e righe di Israeli Ancient Ethnomusic NPG Resources.

Un canto tradizionale... Non l'ha composto un compilatore NPG...

Che bel canto, pensa Lele, e piange ancora, ma ormai solo per vuotare il vaso del pianto.

Prende il pacchetto dei fazzoletti dal comodino, si soffia il naso cercando di fare più piano che può. Sorride nel pianto all'idea che la mamma, sentendolo, per vecchio automatismo intreccerà a qualche suo sogno la parola agitata 'raffreddore'. Sospirerà e si girerà dall'altra parte.

Anche lui sospira, si volta: finito di piangere.

È la notte del ventidue dicembre, lunedì, vacanze di Natale incominciate ieri. Notte del nove di tevet in Palestina, vigilia del loro timeout, fine del gioco. E loro due non sono messi bene.

Loro due?... Padre Giuseppe chissà come sta.

Ha detto che il peggio è appena incominciato; che sono vicini all'ora X, e che le forze scendono in campo coi mezzi pesanti. Ha detto però che anche loro hanno da parte delle buone risorse, un buon paio di divisioni corazzate. E ha detto che verrà, che tornerà al gioco, quando meno lui se l'aspetta.

Sono appena le undici e mezza, è ancora presto. Con un sospiro il ragazzo indossa il casco, infila i guanti, lancia le procedure di restart.

Speriamo che queste risorse da 'arrivano i nostri' si decidano a scendere in campo.

Speriamo che padre Giuseppe si faccia vedere.

L'epigramma che appare nel cielo in lettere d'oro 3D, in testa alla nuova sessione di gioco, è a sua volta il versetto di un salmo.

> *Proteggi la mia vita dalla spada,*
> *salva l'unica vita mia dall'assalto del cane.*
> Salmi, 22:20.

«Proteggi la mia vita dalla spada, salva l'unica vita mia dall'assalto del cane».

«Osanna Israeeeeeel!»

E con quel tuono della voce bronzea, il gigante Jod-He esplose fuori dalla macchia di lentischi e si gettò di corsa furibonda, il mestolo alzato, su quegli uomini che avvicinavano pugnali al suo amico bambino.

I due esseni avevano pedinato il drappello dei galati per oltre due ore, sulla strada che dalla Via Collinare portava a Gerico; s'erano nascosti quando Ishmaiah aveva indugiato all'incrocio con quella pista di campagna; s'erano precipitati dietro a loro quando li avevano visti imboccare al galoppo la pista; s'erano infine appostati nella macchia ai margini della radura, sbalorditi dalla scena che vi aveva luogo, a spiare le mosse dei galati. Ora però, alla vista di quella tortura, più niente al mondo, il vecchio lo sapeva, avrebbe potuto tener fermo il suo grande discepolo: illuminato dal cerchio dei fuochi delle sentinelle, il Maccabeo roteava gridando il mestolo enorme, sfidando alla sua guerra il mondo intero.

Zeitan lo seguì con la massima urgenza che consentivano le sue vecchie gambe, e approfittando del momento di sconcerto si inginocchiò ai bordi della luce e tracciò il cerchio.

Ma lo sconcerto questa volta fu assai breve. La guardia galata di Erode era un corpo selezionato di guerrieri, addestrato a ogni tecnica di combattimento, dagli usi gallici originari, feroci e diretti, ai mille trucchi e alle arti dell'oriente. In pochi secondi individuarono il nemico, gli si schierarono attorno in formazione e l'attaccarono tutti insieme, con le lunghe spade celtiche che mandavano raggi rossi alla luce dei fuochi.

«Jod!... He!...»

Ma due di loro caddero all'istante: uno schiantato dal mestolo del Maccabeo, di cui non sospettavano la potenza, e un altro colpito alle spalle da qualcuno o qualcosa che non videro. Questa volta lo sbandamento fu più forte e un terzo galata, colto di sorpresa, cadde sotto la clava dell'esseno. Ma la reazione fu ancora più fulminea. I sette rimasti si divisero in un lampo: tre di loro fronteggiarono Jod-He, e quattro – tra cui Ishmaiah – corsero intorno lungo il cerchio dei fuochi per scovare il secondo nemico nascosto che aveva colpito.

I tre che combattevano il gigante, oramai concentrati, si alternavano così velocemente negli attacchi e nelle finte che alcuni giri ventosi del mestolo andarono a vuoto, alcune spade andarono a segno, e il gigante gridò. I quattro escursori, a loro volta, si imbatterono quasi subito nel vecchio, e Ishmaiah li fermò: fissò Zeitan mordendosi il labbro, e per un lunghissimo istante tutto fu immobile. Poi, quando il guerriero che aveva accanto si accartocciò per terra senza un suono, Ishmaiah corse via gridando agli altri due di sottrarsi allo sguardo di quell'uomo.

Intanto Cane Cotto, con un febbrile e doloroso lavorio contro la lama di un pugnale abbandonato, si era sciolto le mani dalle corde. Il bambino guardò disperato la maestra e amica, che giaceva poggiata alla lettiga in una postura sgraziata di bambola rotta; guardò il turbinio di lame e mantelli e grida che infuriava al centro del campo; guardò la selva scura e fredda nella sera, oltre il cerchio dei fuochi: si rizzò e corse disperatamente, per un infinito istante, verso quella selva. Finché vi si immerse, e sparì.

Uno dei tre assalitori di Jod-He, mentre il gigante parava i colpi degli altri due, lo sorprese scoperto alle spalle e lo colpì con un affondo penetrante, alla base della schiena.

Il gigante si fermò, e impallidì.

27. Il vento

La statuina d'un uomo grande e grosso, vestito di bianco e cinto di cuoio, cade attraverso la botola sul pavimento e si spezza in due. Mortificato, col fiato sospeso, padre Giuseppe la cerca con lo sguardo dall'alto dello scaleo, poi incomincia le manovre faticose per discenderne.

Sopra il presepio è notte azzurra e bella, appena un po' più chiara a occidente per la coda luminosa della sera, e punteggiata di luci lontane nel nero dei monti.

Sotto il presepio, i frutti nudi delle lampadine fioche spandono intorno un giallore di legno e di ambra, dentro cui dormono spenti per la notte i meccanismi della vita finta.

Il vecchio frate scende vacillando i quattro gradini, poi si curva con sforzo malfermo fino a terra per raccattare la statuina, e il ristagno in fondo ai suoi bronchi già ribolle. Ma si rizza tenendo nelle due mani il gigante spezzato, guardando ora un pezzo ora l'altro, con pena indicibile di vecchio compagno di strada. I giorni di minuziosa costruzione: l'impasto, le forme, i panni, il viso piccolo con il sorriso grande, il trionfo delle membra madornali... E le notti di rapinosa narrazione: miglia e miglia di viaggi, paesi e contrade, pasti golosi e grandi bevute ai pozzi, ascolti non meno golosi lungo le strade delle parole lucenti del maestro. E gli anni, tutti quegli anni di amicizia...

«Jod-He! Vecchio amico, rispondi!»

Ma ecco infine che un sospiro troppo grande va a pescare troppo in fondo, dove è il male: e si fa subito rantolo di bolle; e tosse che in breve è già furibonda; e soffio assetato, fischio dell'aria che si stringe. Padre Giuseppe annaspa, perde forza, cade di fianco travolgendo lo scaleo, e il fragore rimbomba nella sala, nei corridoi, nell'atrio e infine echeggia ingigantito nel vuoto immenso e buio della chiesa.

Padre Sergio, in un salotto di lettura, leva di colpo dal giornale il capo che ciondolava nel sonno, ascolta stranito per un istante, poi grida a due confratelli:

«Padre Giuseppe!»

Si alza e corre con passi ansiosi, seguito da loro, a ritroso lungo il cammino di quel suono.

Irrompe nella sala, non lo vede, vincendo la solita remora di profanazione si avventura nell'antro del presepio: lì lo trova, riverso a faccia in giù sullo scaleo rovesciato.

«Portate la sedia a rotelle, e la bombola piccola!»

Nella penombra velata della camera, col profilo incorniciato controluce dai lampi azzurri dei led, Lele muove ancora e ancora le due mani guantate indietro e in alto, nello stesso breve gesto ripetuto. Niente da fare: Jod-He non si alza. E invece un ritorno di forza nei joyglove, quasi doloroso, gli blocca le dita a un certo punto della mossa, come un crampo: quella funzione motoria è ormai perduta, non ha bisogno di richiamare un info – e del resto non lo fa mai durante un'azione – per sapere che la schiena del gigante è stata spezzata.

Ma l'uomo è vivo: infatti Lele vede ancora, seppure in visione sfuocata e velata di rosso, i tre guerrieri ritti davanti a sé, fermi nell'attimo che precede il colpo di grazia. Inebetito, incantato, come in sogno, li vede scambiarsi uno sguardo, un segno d'intesa, e uno di loro levare la spada in una mossa strana, arabescata, quasi assorta. Deve sbrigarsi a togliersi di lì...

E invece non serve: ha appena pensato la sequenza dei comandi per uscire dalla prima persona di Jod-He, quando vede il galata con la spada levata afflosciarsi e cadere, mentre i compagni lo guardano sgomenti.

«State fuori della vista del vecchio, vi ho detto! Via! Via di lì!»

È la voce di Ishmaiah, che lancia ordini convulsi, tenendosi a sua volta fuori vista. Dunque Zeitan del Cerchio è ancora attivo: il motore drammatico lo sta pilotando in modalità companion, secondo la macro-logica della storia.

'Benissimo, allora sta a me'.

Lele fa i gesti di metapilotaggio, e dopo un brevissimo buio ora è in prima persona di Zeitan, in ginocchio nel cerchio.

Deve cambiare modalità d'azione, cambiare stile, ricordare altri comandi. Ma non si tratta solo di comandi: deve cambiare testa, e molto in fretta. Non è più un combattimento con armi corporee, e nemmeno un duello di magia: le armi di quel cenobita sono preghiere.

La tua mano sarà sul collo dei tuoi nemici (Genesi 49:8)
La tua destra, o Signore, schiaccia i nemici (Esodo 15:6)
E i vostri nemici cadranno davanti a voi (Levitico 26:8)
Sorgi, o Signore, e siano dispersi i tuoi nemici (Numeri 10:35)
Io ho inseguito i miei nemici e li ho distrutti (Samuele 22:38)
La mia spada si nutrirà di carne, e delle teste dei condottieri nemici (Deuteronomio 32:42)...

Lele chiude allarmato la memoria-inventario di armi a disposizione: pietre e bastoni, lanciati alle sue spalle, stanno forzando il cerchio, e alcuni contraccolpi violenti ai pressori del casco, insieme a effetti audio sopracuti e disturbi visivi, lo avvisano che il vecchio è colpito. Le preghiere per proteggersi dai sassi cominciano a scorrere nella memoria di Zeitan, ma non sa se avrà il tempo...

«Avanti, uccidete quell'altro!»

Due guerrieri, tenendosi bassi, si avvicinano a Jod-He, che li guarda arrivare con sconfinata tristezza di orso. Lele scorge, dall'altra parte, un movimento: è Shabriri, saltata fuori dalla macchia dov'era scomparsa fin dal primo apparire degli esseni. Visti gli esiti della battaglia, fissando tesa il sant'uomo, recitando scongiuri, l'apprendista prende a strisciare verso Lilim. L'urto di un'altra pietra, stavolta grossa, annebbia la vista di Zeitan. I due guerrieri alzano le spade...

«Lele! Ora basta! Spegni!»

Sì... è meglio.

Lancia il comando di pausa – i personaggi si fermano e chinano il capo – salva il gioco, si appoggia con la schiena alla spalliera e sta lì ansimante, con le palpebre chiuse sotto i visori del monkey.

«Lele...»

«Sì, mamma, ho spento».

Sa che la mamma non entrerà: non le piace vederlo col casco e i guanti indosso.

«E allora dormi».

«Va bene».

«Buonanotte».

E invece no. È quasi l'una, ma domani è vacanza: Lele può stare sveglio ancora un po'.

Accende la luce grande della stanza, guarda pensoso il computer spento, morto. Là dentro c'è il progetto, la storia, che ha scritto lui con l'aiuto dei suoi strumenti. Spegne la luce, apre la finestra, si affaccia: là fuori invece, sparpagliato in mille altri computer per il mondo, c'è il materiale di costruzione, le figure. Insieme, ogni notte, coi piccoli guizzi dell'antenna farfalla che cerca i satelliti angeli dal davanzale, e coi miliardi di operazioni per secondo del suo computer, storia e figure, progetto e materiali, anima e corpo si congiungono, per dare vita a Palestina Quest.

E cos'è Palestina Quest, cosa vuol dire?

Perché sta andando tutto così storto? Cosa sta succedendo a questo gioco?

Per un bel pezzo era filato a perfezione. Il flusso d'azione era sciolto e armonioso: cadenza di crisi, scontri, soluzioni, segmenti di decompressione nei viaggi e bivacchi, progressiva stratificazione dei caratteri... Il motore drammatico e Lele lavoravano insieme come pianisti in un concerto a quattro mani.

Anche l'ambiente virtureale era perfetto. Il terraplaster generatore dei paesaggi lavorava ad altissimo livello: Lele non aveva mai creato posti ad alta definizione storica che fossero al tempo stesso così belli; la correzione dell'eccetera era ottima: nei campi lunghi una lieve nebbiolina, del tutto plausibile nelle lontananze, sfumava ai processori la fatica di precisare la topografia fino a distanze inutili all'azione; la tavolozza dei colori era quasi perfetta: forse un po' di ridondanza d'arancione. Insomma, un posto dove era bello viaggiare, guardare, giocare...

Dove era bello stare.

Lele voleva stare sempre lì. Quando non c'era lo sognava, pensava i passi, i posti, la luce che cade sui monti. Guardava l'ora ansioso di tornarci. Quando c'era, le ore passavano senza un pensiero: lui era a casa, paesano di una storia, di un mondo intero che s'era scritto attorno.

Poi, all'improvviso...

Lele sospira. Dev'essere proprio così: dev'esserci un virus. Un maledetto Quixote.fighter nel sistema. Non si spiega altrimenti l'andamento di quegli scontri d'armi, così diverso dagli altri giochi. Due frati!... Costretto a fronteggiare dei corpi speciali da combattimento con due specie di frati! Con preghiere, mestoli, giochini nei sacchetti: per forza tutto va a rotoli così...

I virus degli NPGames, quelli degni di rispetto, sono tre: Quixote.fighter, Pinocchio.runner e DonJuan.lover. Il loro lavoro è intrudere nelle sotto-procedure dei motori drammatici, stravolgendo le scene di guerra il Quixote.fighter, di viaggi il Pinocchio.runner, e d'amore il DonJuan.lover. Le scene, o le intere opere

216

colpite, divergono lentamente ma inesorabilmente dai modelli narrativi normali – che il software ha estratto da un secolo di film di consumo – degenerando verso forme via via più elusive, incomprensibili, e alla fine del tutto pazze, fuori controllo.

Gli stessi virus sono tre opere mirabili, a modo loro, frutto del genio di un hacker argentino per il quale Lele, e tutti i suoi colleghi NPGamers, non riescono a celare un'invidia reverente. Si beccano ovviamente sulla rete: girano in forma troiana, sotto l'innocua apparenza di risorse NPG, ogni volta diverse. E si curano con un programma story-editor, che pulisce i sistemi e riporta le scene virate agli standard previsti.

Naturalmente Lele ha questo programma.

Non gli è mai piaciuto, ma forse è il momento di usarlo.

Si decide, viene via dalla finestra, accende il computer. Ma sì: setaccerà Palestina Quest da cima a fondo, stanerà il bastardo Quixote dovunque si celi. Lo story-editor, un tizio anglosassone in camicia bianca, con gli occhiali da Clark Kent e la penna in mano, si affaccia al monitor allegro ed efficace, e col tono di chi ha preso la pizza con lui ieri sera, chiede a Lele quale sia la storia pazzerella da metter sotto e ridurre alla ragione.

Lele esita, quella faccia non gli piace. Apre la bocca per rispondergli, ma un accordo improvviso del telefono gliela fa chiudere di colpo.

Congela Clark Kent, cattura la chiamata, apre con un tocco del joystick una bolla rotonda.

Vi appare dentro padre Giuseppe, pallidissimo, disteso nel suo letto, con la maschera dell'ossigeno sganciata. La risoluzione è quella scadente di un cellulare, la voce è rauca, remota, fischiante.

«Padre Giuseppe!»

«Spegni tutto, salva, Lele, esci dal gioco!»

«Già fatto, ma tu... come stai?»

«Qui manca l'aria. Dovrebbe alzarsi il vento...»

«Come dici?»

«La situazione si sta facendo critica. Occorrono altre risorse, manca l'aria».

«Stai parlando del gioco o di te?»

«Anch'io sono fermo, ho avuto un'altra crisi. Lele... dovrai andare avanti tu».

«Ma io... non so più che fare! Ero arrivato alla conclusione che c'è un virus».

«Un virus?»

«Un Quixote.fighter. Non possono essere così sfigati questi scontri! Sta andando tutto storto! Io faccio uno scan e pulisco la storia con l'editor».

«Aspetta, Lele, non dare la colpa ai virus, troppo facile! Io che cosa dovrei dire, qui da me: che ci mette la coda il diavolo? Magari lo fa anche, ma noi... dobbiamo fare come se lui non esistesse. È il nostro gioco, Lele, capisci? Mio e tuo! Troppo importante per permettere che un diavolo qualunque o il primo virus che passa ci mettano becco».

Lele sospira, guarda nel monitor la faccia di Clark Kent, col sorriso maschio e sano congelato, con la penna-scanner pronta a 'ridurre alla ragione' la sua Palestina Quest; guarda padre Giuseppe accanto a lui, con gli occhi febbrili da santo visionario, e la faccia da nonno malato.

Tocca il joystick e spegne Clark Kent.

«Che devo fare?»

«Non lo so. Ma bisogna cambiare tutto, in qualche modo: deve alzarsi il vento...»

«Ma dove, deve alzarsi?»

Di che parla? Lele si chiede, con una punta di vergogna, se le malattie dei polmoni in certi stadi possano dare alla testa. La voce del vecchio si fa opaca, faticosa:

«Nella radura della battaglia, dove gli esseni stanno combattendo...»

«Sono fuori combattimento tutti e due».

«Allora subito, deve alzarsi il vento».

«Il vento non è possibile, non c'è».

«Ma può alzarsi...»

«Non può, non ce l'ho tra gli effetti! O meglio... gli effetti ce li ho, ma non ho il vento. Si vedono muovere fronde, si sente il fischio e roba del genere: se vanno bene anche quelli...»

«Non c'è il vento...» ripete il vecchio sbalordito. «Nel mondo dove giochi non c'è il vento?»

«No. Perché l'aria laggiù non è aria: non c'è aria nella virtù reale, c'è solo spazio. O meglio, descrizioni algoritmiche di spazio. Niente aria, niente odori, e niente vento».

«Neanche odori? Tu giri in un paesaggio senza odori?»

«Esattamente. Lilim vede le frittelle fumanti, alla festa di Nazareth: io non so che odore senta lei, ma io nessuno».

Segue un silenzio, tappezzato dall'affanno del vecchio.

Alla fine un sorriso misterioso inarca appena le sue labbra secche.

«Vuol dire che dovrò pensarci io...»

«Pensarci tu?»

«Devo lasciarti. Se devo farlo, il momento giusto è ora...»

«Ma fare cosa? Padre Giuseppe!»

«Ti richiamo».

«Padre Giuseppe!»

Ma il frate chiude la connessione.

Poggia sul comodino il videotelefono cellulare che s'è fatto prestare da padre Sergio, poggia la maschera dell'ossigeno. Solleva le coperte, con grande fatica mette giù le gambe esili, vestite di un pigiama grigio scuro: sono corte, non arriva alle ciabatte, deve quasi saltare giù dal letto. Si getta indosso un vecchio scialle, vacillando si trascina alla porta, la socchiude, sbircia di qua, di là: via libera. È mezzanotte, il convento intero dorme.

La crisi non è stata tra le peggiori e il frate infermiere ha ritenuto di fare da solo, senza chiamare il medico, somministrando i farmaci e l'ossigeno al vecchio e mettendolo a letto. Nessuno immagina che possa mai alzarsi, perlomeno non stanotte, e tutti dormono.

E invece passo passo, e a ogni passo un rischio, padre Giuseppe attraversa quel mar rosso di corridoi, scale, androni, sacrestie. Ogni tanto si ferma, si appoggia con una mano al muro, a un mobile, e lì respira, guarda intorno, si riposa. Impiega più di un lungo quarto d'ora per arrivare dal letto al presepio, come se attraversasse la sua Palestina intera, da Dan a Bersabea.

Accende il presepio. È notte fonda, tutto è fermo. Solo gli uadi scorrono frusciando in fondo alle valli, scintillando nel buio; e battaglioni argentati di nuvole scorrono in cielo, coi bordi accesi dalla luna. Qualche rado viaggiatore si attarda in cammino con la torcia legata al bastone, le città e i villaggi tremolano di luminaria, qualche falò punteggia la campagna, qualche sciacallo canta: tutto è pace.

Padre Giuseppe avvolge tutto con lo sguardo che conosce e riepiloga, e approva.

Poi volge le spalle a quella notte e si avvicina alla parete della sala opposta alla porta, dove una grande tenda di velluto scuro cela un'alta finestra oblunga. Apre la tenda tirando il cordone, con fatica, e poi sgancia e spalanca la finestra.

Subito un'ala leggerissima d'aria gli accarezza la faccia: il vecchio guarda in alto verso il cielo, pieno di stelle vere, al cui cospetto rabbrividisce gioiosamente, stringendosi nello scialle. Poi camminando più leggero, quasi in danza, esce dalla sala, percorre un corridoio, apre e spalanca la finestra che trova sul fondo.

Allora un vento, da un finestra all'altra, attraversa la sala silenziosa, spazzando l'intero presepio come un'onda del mare. E tutte le cose fremono: le fronde degli alberi, le frange delle palme, i cespugli della macchia; i nastri e gli stendardi della festa, le torce e le fiammelle alle finestre di ogni villaggio e città; i mantelli dei pochi passanti, i capelli delle donne e degli uomini che li portano lunghi, il vello delle greggi e delle messi. Tutto ciò che può muoversi, insomma, si muove sotto l'ala di quel vento di un moto diverso: non il solito gesto meccanico di marionetta, ma un brivido vero, di vita.

Padre Giuseppe rabbrividisce a sua volta, e respira. Ride, apre lo scialle sul petto e beve quell'aria a grandi sorsate golose. È proprio quel vento morbido e dorato che in certe notti d'inverno, sorprendente, porta il ricordo o il presagio delle estati. E il respiro in quel vento ora è pulito, silenzioso, freschissimo, come quello di un bambino di undici anni.

Nella sua camera Lele ha riaperto la finestra, s'è affacciato accanto all'antenna e guarda fuori.

È l'una e mezza del mattino, ormai ventitré dicembre, penultimo giorno di gioco. Una brezza notturna tiepida e inattesa, quelle che si alzano quando il tempo sta cambiando, passa impalpabile nel cielo tra le case. Lele la beve col naso, pensa all'estate: quella passata è lontana mille anni, la prossima sembra non debba arrivare mai più.

Poi corruga la fronte e si volta all'interno, colpito da un altro pensiero; o meno di un pensiero, meno ancora di un'intuizione, solo un'associazione: questo vento...

Meglio dare un'occhiata. Chiude deciso la finestra, accende il computer, lancia il gioco.

28. I Bambini del Vento

«Fermi!» gridò Ishmaiah.

I due galati che avevano già levato le spade su Jod-He si bloccarono, anche Shabriri si distolse da Lilim per guardare chi aveva gridato, e per un attimo la scena convulsa di corse e grida e colpi e confusione si gelò come affranta di stanchezza.

Solo in mezzo a quel silenzio Ishmaiah venne avanti, si avvicinò a Jod-He caduto, gli sputò addosso. Il gigante era vivo, cosciente, immenso disteso per terra, con solo un rivo esile di sangue che serpeggiava da sotto la schiena tra le pietre. Non una smorfia, non un verso della voce lasciava intendere il male di quella ferita. Ricevendo lo sputo sul petto, guardò per un solo istante l'ebreo rinnegato con un sorriso enigmatico, che pareva evocare la visione di un mestolo che cala su un cranio, forse in un altro mondo: poi volse gli occhi al fuoco di una torcia, e ve li tenne.

«Lasciatelo vivo. Questo toro sgarrettato non è più pericoloso: sarà lui che ci racconterà tutta la storia. Venite con me, invece: bisogna far fuori quell'altro finché è svenuto. Quello sì che non basta ferirlo».

Si avvicinarono a Zeitan, che giaceva bocconi nel suo cerchio, stordito da un colpo di pietra. I cinque in piedi lo guardarono dall'alto, e due di loro misero mano ai pugnali. Shabriri distolse lo sguardo e tornò alla sua vittima: mugolando un canto di morte cupo e uguale, con la destra tracciò dei segni sulla terra, mentre col medio della sinistra toccava l'occhio sano e chiuso di Lilim Pitheké.

Fu allora che si sentì levare il vento.

Dapprima fievole, da un punto nella macchia, da un altro punto, da un altro ancora... Un soffio basso, un frullo che cresceva, senza fermarsi mai... Sempre più forte, più acuto, più su...

I galati si guardavano intorno a scatti, esasperati: che vento era, non si muoveva fronda!

Infine Ishmaiah capì. «Tutti al riparo!»

Ma l'allarme era giunto tardi: cinquanta fionde che vorticavano nel buio scagliarono le loro pietre tutte insieme, e una pioggia di tiri micidiali si abbatté sui cinque erodiani. L'elmo di spesso cuoio, o la fortuna, salvò Ishmaiah e due dei suoi dalla morte: proteggendosi il viso con le braccia, i tre si lanciarono insieme a capofitto a staccare gli scudi dai cavalli.

Un tiro isolato, preciso, sibilante, colpì Shabriri alla nuca. Dove aveva fallito l'arte magica, ancora acerba, riuscì la lunga perizia della strada: Cane Cotto emerse dalla macchia circospetto, riavvolgendosi la fionda alla cintura. Shabriri giaceva, colpita ma cosciente, ai piedi di Lilim e con occhi sbarrati vedeva la sua fine zoppicare verso di lei. Mentre intorno si accendeva la battaglia, il bambino si chinò sull'avversaria, la fissò con occhi pieni di tristezza e disse: «...i».

E la piccola strega morì.

Cane Cotto si coprì il viso con le mani.

Poco lontano i tre guerrieri superstiti tentavano una disperata resistenza, schiena contro schiena, lontano dai fuochi che facevano di loro facili bersagli, proteggendosi con gli scudi e coi pesanti mantelli da viaggio. Intorno a loro, celati nel buio, cinquanta Bambini del Vento li bersagliavano con le fionde micidiali, dal cui fischio prendevano il nome.

La banda ribelle, fiancheggiatrice irregolare degli zeloti e delle altre fazioni avverse a Roma, s'era tenuta sulle tracce di Zahel per giorni e giorni, senza saperne bene la ragione. Vigilava e fiutava a istinto ogni cosa che paresse collegata, anche solo per un filo, con l'arrivo del Messia; come tanti altri facevano del resto, per scopi differenti e contrapposti, in quel clima d'isteria che si coglieva ormai ovunque. E quell'uomo, che viaggiava facendo domande a tutti su una donna incinta, non era sfuggito alla rete informativa di cui la banda si serviva, che in pratica coincideva con l'intero piccolo popolo dei bambini vagabondi di Canaan.

Kenah Khamsin, il capo della banda, aveva tentato di sapere qualcosa di più da quella bambina di strada che viaggiava con l'uomo, amica del piccolo zoppo Cane Cotto, che era stato nella sua banda per un anno. L'aveva avvicinata a Nazareth cinque notti prima, per interrogarla, ma quella Scimmia non voleva parlare e lui aveva dovuto lasciare la cosa a metà. Avevano preso allora a pedinarli, e quando avevano visto che i due andavano a ficcarsi nel Ghor, avevano pensato bene di dirottare la loro vigilanza su altre piste.

Ma un messaggio di Cane Cotto, il giorno prima, li aveva ricondotti su quella. Col misterioso passaparola della strada, che rimbalzava fulmineo dai villaggi ai posti di cambio, dalle locande ai pozzi, il piccolo ex lanciava alla sua banda una richiesta urgentissima d'aiuto: Lilim Pitheké aveva perso il contatto con Zahel, era in grave pericolo, era molto importante proteggerla...

Queste cose raccontava trasognato Cane Cotto alla sua piccola maestra, mentre incurante delle pietre che fioccavano cercava di rimetterla seduta, diritta e composta, con la schiena contro la lettiga, come se questo la facesse già star meglio. E la chiamava e le parlava senza sosta, come per aiutare a svegliarla.

«Appena ho visto Zahel uscire da solo dalla casa di quella strega maledetta, ho capito che eri nei guai e ho mandato il messaggio. Sapevo che Kenah Khamsin ci seguiva, anche se non sapevo perché, ma era un vantaggio. In fondo son rimasto suo amico, lui mi vuol bene. Gli ho fatto dire che si portasse con la banda da queste parti, più in fretta che poteva. Per fortuna era molto vicino... Lilim, mi senti?»

Un grido rauco di uomini lo interruppe. I tre assediati tentavano una sortita: con gli scudi sulle teste, i gomiti contro il viso, le spade in pugno, correvano compatti nella direzione da cui avevano percepito più fioco il lancio di pietre. Si sarebbero trovati di fronte soltanto bambini: tanti, pericolosi da lontano, ma in fondo soltanto bambini, e nel corpo a corpo...

«Lilim, mi senti?... Volevo aspettarli, per assalire la lettiga, ma ho avuto paura che non arrivassero in tempo. Cosa dici, ho rovinato tutto io? Son stato bravo? Son stato un pasticcione?... Aspetta, aspettami qua!»

Strisciò via, mentre in un punto della macchia risuonavano due grida di bambini. Si fermò, si volse un istante a guardare da quella parte, poi proseguì. Si avvicinò ai bagagli che i galati avevano radunato al centro del campo; cercò e trovò nelle sacche dei cavalli le pezze di lino dei medicamenti; trovò una zucca piena d'acqua; con quel bottino tornò dalla sua amica e prese a lavarle l'occhio dal fetido impiastro.

«Eccomi, Pitheké, sono tornato. Così lo sai, abbiamo avuto una bella fortuna che Kenah Khamsin fosse arrivato già qui intorno. Quando gli esseni hanno attaccato il campo le guardie galate hanno avuto altro da fare, e io son scappato a cercarlo, e gridavo e gridavo... Ho anche acceso un grande fuoco, e alla fine Kenah l'ha visto. A proposito, sai quell'esseno mio amico, quel gigante buffo e buono: ho paura che gli abbiano fatto molto male...»

Il piccolo zoppo parlava, e tergeva, e parlava: bagnava le pezzuole di lino che aveva strappato, le passava dolcemente sull'occhio dell'amica, le ritirava sporche di materia, pronunziava una breve formula sopra di esse e le gettava lontano.

Ma altre grida disperate di bambini esplosero nella macchia all'improvviso. Cane Cotto levò il capo, strinse d'istinto la mano di Lilim, aguzzò gli occhi nel buio. Non potevano essere ancora i tre galati in fuga: o erano già passati, o erano morti...

Chi era, allora? Cos'altro doveva accadere, in quella nottata?

Una sontuosa luna piena era sorta dal bordo dei monti, inondando la larga vasca della radura con la sua luminescenza bianca e viola, dove spiccavano i fiori arancioni dei fuochi morenti.

Un grido teso, maschile ma strozzato in un rabbioso falsetto, si levò sopra gli altri:

«Avanti, per Ares! Spazzate via questi cagnetti coperti di rogna!»

L'apprendista si sentì mancare il cuore: aveva già capito da quel grido, quando vide molti uomini luccicanti e seminudi correre chini attraverso la radura, sciamare oltre i suoi bordi, e disperdersi nella macchia.

«Ginnasti!»

La doppia squadra che pedinava da lontano i due esseni aveva da poco raggiunto la radura, e dopo aver osservato per un po', cercando di farsi un'idea di ciò che accadeva, ora attaccava i bambini rivoltosi.

Cane Cotto si appiattì al suolo dietro Lilim e stette immobile, facendo il morto.

Il terrore di una vita sulla strada, i ricordi delle fughe col cuore in gola, gli spettacoli atroci spiati da dietro le fronde lo annientavano solo a quel nome: ginnasti! Cento volte peggio dei pretoriani galati di Erode, della guardia levita del Tempio, delle truppe ausiliarie siriane, e mille volte peggio dei romani. Quei giovani uomini ebrei figli di ricchi, banchieri, armatori, mercanti, quei ragazzi vestiti e truccati da greci, mille volte più vili dei greci, per tutta Canaan davano la caccia ai bambini di strada come lui: perché rubavano, inquinavano i pozzi, costituivano uno spettacolo indecente agli occhi dei loro clienti e padroni romani; ma in verità per esercizio ginnico, per passione di caccia, per scommessa, per niente.

E ora, proprio lì intorno a lui, nell'illusorio chiarore della luna, con fionde e bastoni contro pugnali e gladi, cinquanta Bambini del Vento combattevano contro venti di questi assassini annoiati e addestrati.

Il corpo a corpo si frammentava, disperdendosi dentro la macchia, in scontri e inseguimenti singolari, in decine di piccoli attacchi e agguati dispersi. Un Bambino del Vento riusciva a trovare lo spazio e il tempo per far ruotare la sua fionda, e allora il ginnasta che gli correva addosso a spada tratta urtava contro la morte prima di raggiungerlo. Un altro invece era raggiunto prima che potesse armare o ruotare la fionda, e allora la breve vita si chiudeva. Sette bambini, senza le fionde, a mani nude, assaltavano un ginnasta isolato in qualche anfratto. Tre ginnasti irrompevano vibrando fendenti in un piccolo gruppo di bambini che teneva consiglio. Due bambini tendevano un agguato: uno di loro si mostrava, fuggiva, si faceva inseguire; l'altro attendeva ruotando la fionda poco avanti, e quando il ginnasta inseguitore sentiva il vento era troppo tardi per lui.

L'aria imbevuta di luna era fitta di grida, incitamenti, bestemmie, colpi di gladio, vento di fionde, frusciare di corse e schiocchi di rami spezzati.

In mezzo a questo fragore, Cane Cotto tuffava il viso spaventato nella tunica di Lilim Pitheké. Voleva dormire, era stanco, così stanco...

Con quel suo piede, fatto per ridere, aveva percorso invece dieci volte, lungo la corta vita, tutta la Palestina da su a giù. L'ultima volta solo in quella settimana, con corse, pedinamenti, fame e freddo; tratti di lusso in compagnia di Lilim, pranzando e cenando con abbondanza, giocando e ridendo e parlando tutto il tempo; e altri tratti da disperato, solo, scacciato a colpi di pietra da quello strano uomo che lei seguiva.

«Però... se ora l'Onagro fosse qui...»

Era stanco, stanco e basta, voleva dormire.

Forse dormì un minuto, forse un'ora, o forse lo immaginò soltanto a occhi chiusi.

Poi li aprì, li levò con grande fatica sul viso di lei:

«Pitheké...» sospirò, «ora devi svegliarti veramente».

Il volto della sua amica era sereno, nella luce di madreperla della luna. Pulito finalmente da quell'unguento nero, l'occhio pareva guarito e così, chiuso nel sonno, finalmente identico all'altro.

«Devi svegliarti, solo tu li puoi aiutare. Ti prego Lilim, sono tutti amici miei...»

Così dicendo si tirò su a fatica, si sedette a gambe incrociate di fronte a lei.

«Non puoi lasciarli uccidere uno a uno».

Muovendole i piedi, ancora calzati nelle belle scarpe da viaggio di pelle di iena, le dispose le gambe incrociate come le sue.

«È inutile che vada anch'io là dentro a combattere. Mi ammazzano subito e tutto finito».

Con una mano spazzò dalle pietre il terreno tra sé e la bambina, con un piccolo stecco vi tracciò un quadrato sghembo.

«C'è un'altra cosa che io posso fare...» Prese il sacchetto, lo aprì, vi guardò dentro: poi guardò Lilim con aria afflitta. «O almeno tentare».

Vuotò il sacchetto delle sette figurine nel quadrato tracciato per terra, ne osservò la disposizione.

Ma un passo di corsa molto vicino lo interruppe, facendogli di nuovo balzare il cuore in gola. Un uomo piccolo, grasso, ansimante, irruppe nella radura stringendo una corta spada: li vide, si fermò, si avvicinò.

«Che Zeus mi salvi, ma guarda chi si vede! La nostra principessa della strada! Hai cambiato cane da guardia, a quanto pare. Dove hai lasciato il tuo Onagro, principessa?»

Cane Cotto si era stretto alla sua amica e guardava con occhi sbarrati l'ometto e la sua spada avvicinarsi.

«Non è più qui che ti protegge, ora. Ora ti sei ricongiunta col tuo branco di scimmie».

L'orecchio esperto di Cane Cotto avvertì un leggero fischio a ciglio della macchia, dietro l'uomo: ma il suo sguardo non tradì quella tenue speranza.

«Fammela vedere ora, la tua lingua! Ti ricordi?...»

Fileto tirò fuori e strinse in bocca un palmo di lingua grassa e rosa, grottesco nell'orrore della luna. Poi scoccò la sua risata gracidante, che soffocò in un ruggito stridulo, avventandosi:

«Stavolta te la tiro fuori io!»

Ma dopo due soli passi si udì lo schiocco legnoso di una pietra sul cranio, e l'uomo s'inarcò e crollò al suolo.

Kenah Khamsin apparve alle sue spalle ricaricando la fionda, col viso neutro impietrito dall'orrore, con una ferita da taglio all'avambraccio e le mani sporche di sangue.

«Va bene, allora» ansimò. «Ci sei tu con lei».

«Kenah, resisti, ti prego! Ancora un poco! Se io riesco a svegliarla siete salvi!»

Il capo bambino lo guardò accigliato, poi guardò Lilim e poi ancora lui. Infine, annuendo più volte in silenzio, arretrò di qualche passo fissandoli ancora. Poi si volse e corse via, rapido e senza suono, scomparendo nel buio.

Cane Cotto sospirò profondamente, guardando le figurine per terra davanti a sé.

«E ora, sesta Scimmia del tramonto, sorella mia, maestra mia, devi aiutarmi. Io non ci riuscirò se non mi aiuti. Lo sai che non sono pronto per fare questo».

Cominciò a cantilenare nel dialetto semitico antico, alla loro maniera. Raccolse due figurine, un coccodrillo di corno e un ippopotamo d'avorio, enunciò un verso, le lanciò in alto insieme, le riacchiappò con una mano sola, aprì il palmo, le porse a Lilim e le chiese:

«Giochi con me?»

Lilim taceva, bianca, bella, addormentata, fredda come la luce della luna.

L'apprendista la guardò per un istante. Gettò le figurine tra le altre, poi ne scelse altre tre: una ciotola di sughero, una pallina di resina, una casetta di osso, che mise a triangolo davanti a lei.

«Lilim, giochi con me?»

Intorno a loro, come per incanto, le grida irose o disperate degli scontri, il fischio delle fionde, lo scroscio delle corse nella selva caddero in un silenzio senza fondo. I combattenti si muovevano nel vuoto, lentamente, stupendamente, come in una danza sott'acqua.

Altre mosse, altre rime più intricate, altre figure: Cane Cotto prese in mano un omino di legno, gli mise al fianco una piccola scimmia di cuoio, li fece avanzare insieme verso Lilim.

«Giochi con me?»

A ogni mossa lo sguardo ansioso del bambino saliva dal suolo al viso dell'amica: e il viso era bello, sereno, stanchissimo. Senza un soffio di vita.

29. I giochi

«Giochi con me a Sette Barbie?» chiede Carlotta, già con la faccia del rimprovero.

Lele sbuffa, senza staccare gli occhi dal monitor né le mani dai joystick, e non risponde.

Sono le undici del mattino del giorno dopo, giovedì ventitré dicembre. Da oggi Carlotta è in vacanza, mentre la mamma solo da domani: quindi tutt'oggi dovrà stare in casa lui, in turno di baby sitter. Non può fare a meno di andare un po' avanti nel gioco, ma non può chiudersi nella sua virtù reale, col casco 'non vedo, non sento, non parlo' sulla testa, se deve tenere d'occhio la sorella: quindi gioca in modalità frontale, non immersiva, col vecchio monitor e i vecchi joystick.

E poi forse non reggerebbe l'impatto fisico FAF *facies ad faciem* della virtù reale, stordito com'è: ieri notte, o per meglio dire stamattina, ha fatto davvero molto tardi. Su quel passaggio parascacchistico del gioco – dislocazione combinatoria di pezzi: coccodrillo, ippopotamo, ciotola, pallina, casetta – ha battuto la testa invano fino a un'ora che non vuole neanche pensare. Alla fine gli cascavano gli occhi: ha dovuto salvare e rimandare tutto al giorno dopo, con qualche ora di sonno in attivo.

«Allora giochi a Barbie con me?»

«Aspetta, Lotti. Tra un po'».

«Dici sempre tra un po', ma poi non giochi».

«Sì, tra un po'».

«Allora vado a preparare».

Carlotta se ne va, schiena diritta, con l'aria di chi ha appena lanciato una sfida.

Entra nella sua camera, si avvicina allo scaffale dei giocattoli, trascina fuori dal vano a pavimento uno scatolone stipato di una ressa furiosa di oggetti; con la lesta sicurezza di chi sa dove stia ogni cosa ne preleva piccoli abiti, minuscole gonne, microscopiche scarpe, e poi dadi, boccette, cestini, macchinine, conchiglie, stoffe, animaletti, seggioline, scatolette, nastri, spazzole, e altra simile congerie di accessori.

Dopo avere disposto gli oggetti sul pavimento, apparentemente secondo un disegno, prende e sistema tra essi sette Barbie: tre mini, tutte femmine, tre normali coi capelli diversi per foggia e colore, e un Ken.

Si alza, guarda in piedi per un po' quest'apparato, si china e corregge la disposizione di una sedia, raccoglie un cappellino e lo mette via, sposta la macchinina fuori dal set. Poi guarda ancora, si volta ed esce dalla stanza.

Torna da Lele, si accosta alle sue spalle. Segue il gioco per un po' guardando il monitor, e infine:

«Lele, allora giochi con me?»

«Aspetta un attimo».

Un'ombra, che Lele non riesce a scacciare, si insinua di fianco nel gioco quando Carlotta gli chiede qualche cosa. Un'ombra fastidiosa che si espande, come quando una nuvola passa, a comprendere anche il volto della mamma. Con lei è un po' ai ferri corti, oramai: si accorge bene che la sua preoccupazione sta arrivando a una soglia di guardia, che non sa più che pesci pigliare con quel figlio 'sempre attaccato al computer', che tra un po' scoppierà e bisogna aspettarsi guai grossi.

Ma guai o non guai, gli dispiace da morire che lei si senta così: gli dispiace più per lei che per se stesso. Le sgridate e i divieti si possono aggirare giocando di notte, o con altri trucchi assortiti, ma quegli sguardi che oramai si sente addosso, fitti e tristi come una pioggia... Per quelli non può fare niente. Perché non può lasciare ormai quel gioco. No, non può più: ma allora?

Lele un pensiero ce l'ha, da qualche giorno, timido e assurdo, sgradevole e ostinato: se la soluzione fosse... raccontarle tutto quanto per filo e per segno? Raccontarle tutta la storia fino a lì. E prima ancora tutte le fasi di invenzione e costruzione del gioco: euresis, taxis, lexis... Poi il contatto con padre Giuseppe. E poi l'inizio: quel primo tramonto nel pozzo di Matarieh. Ascolterebbe?

Accetterebbe di vedere il gioco?

Non ha mai voluto sedersi accanto a lui, non ha mai preso in mano un joystick. Lui non pretende che indossi monkey e joyglove e si cacci nelle interfacce più immersive della virtù reale: ma almeno un vecchio e piatto schermo e uno stupido joystick...

«Lele, ti sei incantato? Allora, giochi con me?» insiste Carlotta.

Già: poi ci si mette anche quella sorellina, a farlo sentire in colpa. E proprio ora, in un momento sfigatissimo...

«No, Carlotta, adesso no» risponde brusco, scuotendosi e ritornando in Palestina.

Ma questa volta la piccola scoppia in un pianto di rabbia, e rossa in viso strilla forte la sua arringa.

«Ecco, vedi? Sei scemo, cattivo, scemo! Prima dici che giochi e poi non giochi! Anche lui, Cane Cotto, chiede a Lilim 'giochi con me, giochi con me' e lei niente! È scema come te, l'hai fatta scema! Non giocate con nessuno, siete scemi!»

E scappa nella sua camera per piangere sotto il letto.

Lele resta incantato per vari secondi, a fissare con occhi stolidi lo schermo. Ha ragione, pensa tra sé. Dieci volte ragione, su tutto.

Mette il gioco in stand-by, le va dietro, s'inginocchia accanto al letto, solleva il lembo della coperta, sbircia sotto. La bambina singhiozza, faccia al muro.

«Carlotta...»

«No! Uffa!»

«Va bene, gioco con te. Dai, vieni fuori».

La mamma di Lele si siede a disagio di fronte alla psicologa dell'Igiene Virtuale, che la saluta con un sorriso prestampato e continua a digitare sulla tastiera riempiendo il record del consulto precedente. Per terra, accanto al suo tavolo, un'immensa busta piena di pacchi natalizi: altri due soli colloqui, quella mattina, e poi la psicologa è in ferie.

«Solo un minuto».

«Prego».

Si aspetta qualcosa da quest'incontro. Ne ha parlato con l'assistente familiare, ha preso l'appuntamento un mese prima, ha preso un permesso di due ore dall'ufficio: e ora tormenta la cerniera dello zaino, riepilogando tutto ciò che deve dire.

«Bene, sono da lei. La history del bambino l'ho già qui: mi dica lei il resto. Mi racconti tutto quanto dall'inizio, così come le viene. L'ascolto anche se guardo nello schermo».

La donna prende un respiro e comincia il racconto.

I primi giochi col papà, quando Lele aveva appena due anni. Sopra tutti ricorda Bee-Bear, un orsacchiotto in vista frontale 'cartoon', da pilotare con un joystick a forma di zampa di peluche, con unghiette per pulsanti: correva, saltava, faceva capriole, sentiva le pulci addosso, si grattava. Ogni volta che riusciva a cogliere un'ape con una zampata, indovinava dov'era caduta dal suono 3D e l'andava a cercare; se la trovava, se era ancora viva, e se ricordava la filastrocca giusta, diventava ape lui stesso e poteva volare; se mentre volava riusciva a imitare mugolando l'inno-ronzio dello sciame, arrivava l'ape guida e lo portava all'alveare; se lì riusciva a combinare tappi e forme di cera con le cellette esagonali, aveva diritto a un cucchiaino di miele vero dalla mamma; se risolveva altri giochi e quesiti ne aveva dell'altro. Non doveva mangiarne troppo, però, o uscendo dall'alveare troppo sazio avrebbe volato molto più pesante: e se incontrava un grosso orsacchiotto che tirava zampate...

«Certo, quel vecchio frontale è un caso classico. È stato ritirato dal commercio. Era studiato, secondo i produttori, per ottimizzare i primi approcci all'esperienza soggettiva virtuale: flessibilità d'identificazione nell'avatar, e roba del genere. Invece pare che provocasse qualche guasto nella costruzione dell'io, con stati ansiosi e anche qualche dislessia. Poi, più avanti?»

La mamma di Lele la guarda negli occhi, per un attimo esitante, poi riprende.

Più avanti, quando aveva cinque anni, Lele ha giocato Black Bears, l'interattivo consigliato per figli di coppie in separazione. Un orso nero, la sua orsa e un orsacchiotto vagavano per i boschi del Montana, sempre in frontale ma non più in vista 'cartoon', oramai in fotoreale 'full movie'. Pescavano insieme i lucci e i salmoni tra le schiume abbaglianti di sole; cercavano frutta, bacche e alveari nella buia frescura del bosco, tirando ogni tanto zampate alle api per via dei protocolli di continuità gestuale; combattevano orsi rivali per il territorio, combattevano branchi di lupi, sfuggivano ai cacciatori di pellicce; superavano precipizi, correvano rischi, dormivano abbracciati tutt'e tre sotto le grandi notti montane folgoranti di stelle. Il gioco infatti si giocava in tre, con la mamma dal vivo – quindi un joystick l'aveva preso in mano – e il papà collegato online da via, lontano, dov'era andato a stare. Il programma era in grado di apprendere le mosse abituali, il profilo caratteriale, le strategie affettive, la voce, persino le esclamazioni dell'orso papà: e poteva simularlo all'insaputa del bambino quando il padre non poteva collegarsi di persona, consentendo una gradazione più soft – diceva l'intro – dello shock del distacco.

«Ma quello l'ho buttato via dopo quindici giorni».

«E ha fatto bene. Ha fatto più danni quel relazionale che cinquanta wargame».

Da allora lei non ha giocato più. Ha continuato a comprargli i giochi, perché lui li chiedeva, perché tutti a scuola li avevano, insomma per i soliti motivi. E anche i giochi erano i soliti, lei crede, più o meno quelli che facevano tutti in quegli anni.

C'è stato il periodo di Fitosfera, un vero respiro di gioia: piante vive e vasi di fiori per tutta la casa, che Lele curava e innaffiava assiduamente, e la cui crescita reale era in rapporto – non ha mai capito come – con quella mitica impresa virtuale di rinascita e rimboschimento di un pianeta distrutto.

C'è stato il periodo orribile di Muertos, quella specie di spazzatura vudu che era arrivata a infestare i negozi dell'intero mondo: il bambino le aveva chiesto le foto di nonni e zii morti, e caterve di notizie, date, aneddoti di famiglia; giocava in silenzio assoluto per ore e ore, pallido e teso, con la cuffia in testa e i primi visori sugli occhi; non ha mai voluto mostrarle cosa vedesse, ma passava notti insonni nel suo letto, terrorizzato, abbracciato a lei.

C'è stato il periodo di Dreamland, come un lungo dormiveglia, non sgradevole: i sonni di Lele interrotti da sveglie che il programma lanciava in random durante la notte, per sorprendere i sogni in corso; lui che si alzava e registrava tutto, trame, figure, colori, nelle maschere di immissione predisposte; e poi passava i pomeriggi insonnolito, navigando negli scenari 3D dei suoi stessi sogni, ricostruiti dai sistemi assemblatori con trame, figure e colori forzati e ossessivi: così da indurre a sognarli nuovamente, e via nel cerchio.

Poi è arrivata la virtù reale, gli standard NPG e tutto il resto. E allora Lele ha incominciato a far sul serio: più serio degli altri, secondo lei. E lei ha incominciato a spaventarsi.

«Comunque...» inizia la psicologa con voce assorta, guardando i dati che scorrono nel monitor, «i valori fino a ora, se la può consolare, sono del tutto normali: nella media del profilo pre-virtu-reale di quell'età. Ora mi dica degli NPGames».

La terapeuta le fa molte domande: quali giochi NPG Lele ab-bia fatto, quanti, con quale frequenza, per quante ore al giorno; su che periodi storici e aree geografiche si orienti, se su alcuni in prevalenza o su tutti; quali siano di media il violence rate, il pa-thos rate, l'eros rate e tutti gli altri indicatori di intensità; se usi solo release ufficiali o versioni pirata, se installi motori dramma-tici cinesi, o indiani, o brasiliani, e così via. Dopo un po' che la mamma di Lele risponde con suoni elusivi, la psicologa le rivolge un sorriso seccato.

«Lei non ne sa molto, vero? Ma siccome la prima cosa che ci serve per tracciare un programma di intervento son proprio que-sti dati...»

La donna tira fuori dal cassetto una chip-card precaricata, e la presenta: è un programma di scansione di sistema che rastrella i dati nascosti da tutti i log di tutti i giochi NPG eseguiti su un da-to computer. È giocoforza servirsi di quella: non possono lanciare dal Centro l'esame online, perché i ragazzi conoscono fin troppo bene la manovra, si sono passati parola e hanno eretto barriere impenetrabili. Invece se la mamma o qualche familiare, quando loro son fuori casa, accende il computer, mette dentro la chip-card e lancia solo tre facili comandi...

«Non resta traccia, lui non lo saprà mai. Non gli modifica in niente i giochi in corso, non limita in niente la sua libertà, non c'è censura. Ci dice solo tutto ciò che lui ha fatto in questi ultimi tre anni: dove è stato, con chi, per quanto tempo, i passi, i gesti, gli atti, le parole. Lei capirà, ci serve per il quadro...»

La mamma di Lele ammutolisce e prende il chip. Prende gli appuntamenti, paga, esce.

Cammina accanto alle vetrine sfolgoranti, accigliata, con una mano nella borsa.

I pensieri tumultuano: lei non è una vigliacca, non è vero! Non è vero che non vuole saperne niente, non è per questo che lo fa. Lei vuol sapere, vuole sapere tutto. Ma non così...

Tira fuori la mano dalla borsa e butta il chip in un bidone dei rifiuti.

«Allora dai, forma di vita, vieni fuori. Ti conviene approfittarne in fretta: gioco con te».

«Davvero? A Sette Barbie?»

«Però subito, prima di adesso!»

Carlotta tira su col naso, si volta, lo guarda un po' sorpresa e striscia fuori.

I due si chinano sull'allestimento di bambole e oggetti che la bambina ha preparato poco prima. Carlotta annunzia la scelta di uno dei suoi giochi abituali, di provata efficacia: il compleanno.

Tre Barbie mini, nella parte delle figlie, organizzano una festa di compleanno per una di loro, che è Lilli Picciocché. Le bambine siedono in cerchio su seggioline, dadi e altri oggetti. Giocano un poco, ma è già ora della festa. Carlotta veste per l'occasione le Barbie grandi, cioè le tre mamme, mentre Lele vestirà l'unico papà presente: Ken Zahel. Arrivano le mamme coi doni e li piazzano intorno: una piccola spazzola per i capelli, due campioncini di profumo, un cestino, una carta magica, una luna, una conchiglia...

Mentre veste il suo Ken, Lele osserva la sorella che dispone con svagata sicurezza i piccoli oggetti nel campo del gioco.

«Lotti, dopo che io ho giocato con te a Sette Barbie, poi tu giochi con me?»

«Con te... al computer?» chiede incredula la bambina, bloccandosi senza voltarsi.

«Sì. Mi aiuti a convincere quella scema di Lilim a giocare col suo amico Cane Cotto».

Ora Carlotta si gira stralunata, i suoi occhi in un solo istante sono due fiumi in piena di gioia.

«Va bene Lele, dai! E tu non sei scemo!»

Il gioco delle Barbie non ha più storia, dopo questa inaudita proposta, e viene liquidato in poche mosse dalla bambina stessa, del tutto incantata dalla cosa che deve seguire. E pochi minuti dopo, sgomberati alla meglio i giocattoli dal pavimento, acceso il computer e lanciata Palestina, i due fratelli sono fianco a fianco davanti al monitor. Lele manovra i joystick, Carlotta guarda lo schermo e suggerisce.

«Ora metti il coccodrillino un po' più avanti... Sì, lì va bene. Ora mettici a cavallo quell'omino di legno».

«Non ci sta. Cade».

«Va bene, ma è lo stesso. Ce lo metti appoggiato e facciamo che era a cavallo. Ora fai tre righe per terra... una davanti e due di fianco, con quel legnetto che c'è lì, lo vedi?»

«Ma perché, cosa vogliono dire?»

«Vogliono dire... boh, che quella era la sua casina».

«E adesso?»

«Adesso mettici dentro quella tazzina di sughero, che era il suo pranzo... E nella tazzina la palla rossa, quella lì... che è una bistecca. Poi arrivavano nella casa i suoi amici: quell'ippopotamo bianco e quella scimmia marrone. Falli mettere vicino alla tazzina».

«Qui?»

«Va bene. E ora Omino dice a Lilli Pitheké: 'Pessicola, cocacola, ovoduro, vaffanculo'».

«Ma... Carlotta!»

«Uffa, è un gioco della materna, per gioco si può dire: dai, diglielo».

Lele attiva il comando audio e ripete la frase nel microfono del joystick. Sbircia il computer, vede – come si aspettava – i led che occhieggiano per un processo pesante in corso, e dopo un secondo nelle casse acustiche la voce agra di Cane Cotto pronuncia una frase, incerta e interrotta, nel suo dialetto semitico antico.

Il viso di Lilim resta immobile, gelato. Quello di Carlotta è intento e sereno.

«Non ha capito: metti più avanti l'omino e diglielo ancora».

Lele esegue la mossa.

«Pessicola, cocacola, ovoduro, vaffanculo».

Cane Cotto pronuncia la frase con maggior decisione. Gli occhi di Lilim restano chiusi e immobili, ma gli angoli delle labbra hanno un impercettibile tremore. Lele si precipita sul comando di zoom, la faccia pallida e sporca della bambina si avventa in primo piano.

«Pessicola, cocacola, ovoduro, vaffanculo!»

Cane Cotto strilla più forte nella sua lingua, con la voce animata di speranza. Gli occhi di Lilim Pitheké tremano appena, ma le labbra si contorcono e si stringono in quella che ormai, senza possibilità d'errore, è una santa risata repressa.

Lele leva i due pugni per aria e grida vittoria.

«Yahuuuu!»

Poi prende in braccio la sorellina, la bacia tre volte su ogni guancia.

«Brutta scimmia urlatrice, come facevi a saperlo?»

«Non lo so...» risponde felice la bambina. «Si fa così, a giocare... Sei tu che non giochi mai con le tue cose, per questo non lo sai».

30. Lilim del tramonto

Ed ecco, a poco a poco, dapprima impercettibile e poi via via più vivo, un sorriso affiorò sul viso sporco di Lilim Pitheké. E si accentuava, si chiudeva, si animava di singhiozzi, come se Lilim trattenesse una risata.

Cane Cotto, estasiato e tremante, moltiplicò i suoi sforzi: le figurine volavano alte, lanciate e riacciuffate, sole, a due a due, a tre a tre; si posavano sul terreno, avanzavano, litigavano e danzavano; le mani guizzavano, muovevano tutto, battevano il ritmo una con l'altra e sulle cosce, si presentavano alla bambina a palme aperte, indugiavano in quell'invito un solo istante, poi tornavano ai lanci e ai battimani; la voce allegrissima diceva e cantava a intervalli la misteriosa formula fatata.

E finalmente la luce della luna, che inondava la faccia di Lilim, sfolgorò con un lampo celeste nei suoi occhi, quando li aprì, grandi e belli, all'improvviso. Anche la bocca si schiuse e la risata infine scoppiò, stupefacente, sgranandosi nelle aule della notte come mille perle di vetro che rimbalzano ovunque.

Lilim si sporse avanti, afferrò con slancio i capelli sulla nuca di Cane Cotto, che la fissava intontito di gioia, e lo guardò in fondo agli occhi.

«Sei stato bravo, fratellino. Grazie!»

Batté solo una volta le mani con le sue, poi con un guizzo fu in piedi.

Ed era in piedi Lilim Pitheké, sesta Scimmia del tramonto, fata figlia di fata figlia di fata, di nuovo in piedi per la protezione, perché era venuto il tempo di usare la sua forza.

Posò la mano sull'occhio destro, spalancò oltre misura il sinistro, mormorò un verso solo: e la sua pelle ambrata prese a emanare una luminescenza, che tremava, cresceva, prendeva forza, era ormai una vera luce d'oro vecchio, calda e densa, che sfocava intorno a lei sciogliendo la notte. Un crepuscolo improvviso e innaturale fiorì nella radura, e oltre essa per tutta la valle: un secondo tramonto stregato invece dell'alba ormai prossima, dove l'occhio sinistro di Lilim era il sole calante.

La battaglia era ormai diventata una caccia spietata. I Bambini del Vento, perso il vantaggio della sorpresa e della distanza necessaria alle fionde, incalzati da presso, divisi, spaventati dalle grida dei loro compagni colpiti, erano ormai alla fuga per la vita. Solo il capo Kenah Khamsin, circondato da una manciata dei più grandi, resisteva sgusciando imprendibile di fratta in fratta, intervenendo come poteva per salvare qualche compagno a mal partito, facendosi inseguire dai ginnasti e scomparendo o tendendo loro agguati.

Ma ora, sorpresi da quel giorno nella notte, inseguiti e inseguitori si fermarono, si guardarono intorno storditi, si schiacciarono al suolo. E allora si mosse la fata: spiccò la corsa e si ficcò nella boscaglia, portando la sua luce con sé.

Dovunque andava restituiva tutto il sole, tutti i tramonti che il suo occhio aveva bevuto, ogni sera, per anni. Ma non era una luce amica: un fuoco morbido color arancio avvolgeva ogni uomo che quell'occhio guardasse, e l'occhio guardava con guizzi veloci quegli uomini lucidi e unti, chini alla caccia dei bambini vagabondi.

Cane Cotto seguiva l'amica zoppicando freneticamente e caricando senza tregua la sua fionda. A ogni sosta di Lilim, al riparo nel suo alone di luce e di forza, frombolava i suoi tiri precisi, non meno micidiali degli sguardi di sole della fata.

In breve la radura echeggiò delle urla dei ginnasti, bruciati, abbagliati, terrorizzati, che si rotolavano al suolo per tentare di spegnere il loro proprio incendio, o cadevano sotto i tiri di Cane Cotto, o fuggivano in rotta in ogni direzione.

Così quella battaglia, che pareva interminabile, finì.

Era iniziata poco dopo il tramonto, aveva visto avvicendarsi nemici diversi, le sue sorti s'erano ribaltate varie volte: apprendisti magici, guerrieri galati, esseni, Bambini del Vento, ginnasti, come ondate successive del mare s'erano abbattuti gli uni sugli altri, combattendo furiosamente per qualcosa che nessuno di loro sapeva fino in fondo.

E ora, poco prima dell'alba, tutto era finito.

Il silenzio ronzante che segue il dolore del colpo fu presto filato dal pianto dei bambini feriti. Poco dopo una voce profonda si unì al coro, con una sorta di mesta melodia: Jod-He Maccabeo aveva ripreso conoscenza e ora si lamentava, o forse cantava le lodi del suo dio, o la sua propria morte.

Era il momento immobile del tempo quando la notte è finita e l'alba ancora non viene: il silenzio tra il gufo e l'allodola, il vuoto tra il buio e il crepuscolo dove sfumano i sogni.

Lilim e Cane Cotto si trovarono ansimanti, seduti per terra una di fronte all'altro in un recesso in disparte della selva, presso una roccia scura tappezzata di muschio. Guardandosi negli occhi dilatati, attesero che si calmassero i fiati e i cuori, e infine parlarono.

«Cane, sei stato grande, come hai fatto?»

«Non chiedermelo, Pitheké, io non lo so. Io sono solo... così stanco...»

Il viso del bambino di colpo sembrò farsi più piccolo, chiuso come una pigna; la sua bocca grandissima, mai ferma, sempre piena di denti e risate, era dura e sigillata come una conchiglia; e gli occhi assenti, offesi, spaventati, guardavano oltre Lilim senza vederla.

Lei invece vide in quegli occhi, a uno a uno, quei dieci giorni di pena passati a zoppicare sulle sue tracce, scacciato a sassate per tutte le strade di Canaan, preda del freddo, della fame, delle offese e delle risa dei viandanti. Vide lo smarrimento a Bet Refaim, fuori di quella porta da cui l'Onagro era uscito solo, senza di lei, e la notte angosciosa dei dubbi che lì incominciò: notte di panico, di assurdità, di peso immensamente troppo grande per un cagnetto zoppo della strada. E vide invece sprizzar fuori da quella notte la sorprendente risoluzione, il coraggio e la pazzia, il piano e l'azione: l'estenuante pedinamento della lettiga, alla mattina e lungo tutto il giorno dopo; l'assalto solitario al tramonto, stringendo i denti più forte, ruotando la fionda più forte che poteva perché il suo vento ammutolisse la paura. E ancora il duello magico, con una nemica dalla forza sconosciuta, proibito dalla sua stessa legge, due volte rischioso; ancora la pena inspiegabile della vittoria, e poi della sconfitta, e poi della tortura; e poi ancora d'un'altra prova magica, di nuovo più grande di lui: per lei, per tirar fuori lei da quel suo buio...

«Voglio dormire, Lilim, sono stanco».

La ragazzina gli infilò le cinque dita aperte fra i riccioli della fronte, lo fissò in fondo agli occhi.

«Ricordi cosa diceva nostra madre?»

«Ioma è piccolo, Lilim è grande» disse il bambino, e l'onda di un sorriso tornò per un istante a dargli sangue.

«Ioma è cane e Lilim è scimmia. Ma senza Ioma, Lilim un giorno sarà perduta. Quel giorno è arrivato, hai visto? Ioma è cane, ma Ioma è grande. Uhi-uhi-uhi-uhi-uhi-uhi-uhiiiiiiii!»

Il grido di Pitheké risuonò altissimo, incongruo, sorprendente nel silenzio, e i primi uccelli dell'alba infine cantarono.

«Uhi-uhi-uhi...» rispose debolmente Cane Cotto, e chinò il capo sul petto.

Lei allora gli prese le spalle, lo voltò, si sistemò contro la roccia morbida di muschio, si poggiò la schiena del fratello sul petto, la nuca sulla spalla, la testa sulla testa, e finalmente chiuse gli occhi insieme a lui.

Non c'era più missione, protezione, non c'era niente da fare se non quello.

Non c'era al mondo nessun Messia bambino che le chiedesse di svegliare quel bambino che le dormiva addosso.

Ogni bambino è nato Messia, e bisogna cullarlo.

I Bambini del Vento, intorno a loro, si curvavano a curare i loro amici, bambini feriti. E quelli che non erano feriti, si curvavano sull'erba nel punto in cui erano e chiudevano gli occhi.

In breve, nella radura degli scontri, tutti dormirono stremati, sopraffatti da qualcosa più grande di loro che era accaduto. Anche Lilim, col fiato caldo delle narici del fratello che le lambiva la guancia, sentì i pensieri, i presentimenti, le visioni, i ricordi e le filastrocche della mente arruffarsi in un gioco corto e buffo: e sparire nel sonno, insieme a lei.

Gli uccelli dell'alba strillavano i loro salmi mattutini, come ogni altro giorno del mondo.

E invece incominciava il dieci di tevet.

Uno solo, in quell'unanime riposo, si svegliò.

Zeitan del Cerchio levò la vecchia testa dolorante, socchiuse gli occhi, scorse il chiarore dell'alba e tra sé pregò.

«La luce della luna sarà come la luce del sole, e la luce del sole sarà sette volte più viva, come la luce di sette giorni assieme, nel giorno in cui il Signore guarirà la ferita del suo popolo...»

A fatica si tirò su in ginocchio. Chiamò a voce alta: «Dove sei, fratello e amico? Sei ferito?»

«Sono qui. Sono ferito alla schiena» rispose la voce calma di Jod-He.

Il vecchio monaco si accostò al confratello, che giaceva poco lontano nell'identica posizione in cui era caduto, col piccolo rivo di sangue ormai scuro che serpeggiava da sotto la sua schiena.

«Puoi muovere le gambe?»

Il gigante fece cenno di no. Giaceva madido di sudore freddo, pallido in volto, ma vigile e sereno.

«Neanche un dito di un piede?»

«No, maestro».

«Le braccia?»

Jod-He levò un braccio a fatica e lo lasciò ricadere.

«Adesso prega, io mi preparerò».

La diceria sosteneva che gli esseni custodissero in giare nascoste nelle gole delle falesie del mar Morto, intorno alla casa madre, antichi rotoli segreti e potentissimi, tra cui il leggendario Libro di Salomone, contenente tutti i rimedi per tutti i mali. Come che fosse, la loro scienza medica, forse solo conquistata con lo studio e il rigore monastico, era in effetti di grado superiore. Nelle molte comunità figlie, sparse per Israele e nella Diaspora, lebbrosi, mutilati, indemoniati, ciechi, paralitici, idropisici, sofferenti d'ogni male e d'ogni morbo s'allineavano in file postulanti, in attesa di cure o miracoli.

Zeitan del Cerchio aveva trascorso molti anni in solitudine, anacoreta sulle montagne del deserto, prima di sottomettere la sua caparbia santità al Maestro di Giustizia di Qumran e alla vita in comune. Ma la sua fama di santo eremita, guaritore e taumaturgo, non era per questo scemata, al contrario: pellegrini e postulanti d'ogni razza venivano da paesi lontanissimi chiedendo di lui.

Ma questa volta non erano stranieri dai tratti inconsueti, che avevano bisogno del suo aiuto, era il suo discepolo prediletto: quell'uomo singolare che aveva avuto dal Signore, come dono e cimento e castigo, una mitezza e bontà immensa in una mano, e un'immensa forza guerriera nell'altra. E Zeitan fin dal primo sguardo, vedendo le gambe morte, il viso terreo e l'esiguo rivo di sangue sotto la schiena, aveva chinato la testa in cuor suo, umiliato di fronte alla propria inadeguatezza: per lui, proprio per lui, non poteva far molto.

Tornò nell'anfratto della macchia circostante in cui, dentro una siepe compatta di lentisco, avevano nascosto parecchie ore prima i loro bagagli; trascinò con fatica nella radura l'immensa bisaccia del monaco gigante, che egli usava far volteggiare sulle spalle come fosse un fuscello, e che conteneva quasi tutti i loro averi; ne estrasse una serie di cesti, cofanetti, rotoli e fagotti; stese per terra presso il caduto un telo di lino candido e vi dispose in ordine strumenti e medicamenti.

Mescolò in una ciotola l'olio col vino; in un'altra il miele con l'acqua di Dekarim, la linfa estratta da una radice di palmizio; in una terza l'argilla e la saliva, e le impastò. Slacciò e distese un lungo rotolo di stoffa, dove in tre ordini di piccole tasche era allineato un centinaio di striscioline di pergamena integra, non scissa, scritte in minuta grafia col rosso di sikra; estrasse una striscia e la lesse, in ebraico, guardando il caduto:

«'Guai a me, a causa della mia ferita! La mia piaga è dolorosa, ma io ho detto: questo è il mio male e lo devo sopportare'. Geremia».

Scelse un altro versetto e lo lesse:

«'Non c'è rimedio per la tua ferita, la tua piaga è grave; tutti quelli che udranno parlare di te batteranno le mani con rammarico per la tua sorte'. Naum».

Sfilò e lesse una terza scrittura: «'Chi troverò simile a te per consolarti, vergine figlia di Gerusalemme? La tua ferita è larga quanto il mare; chi potrà mai guarirti?' Lamentazioni».

Scelse e lesse altre quattro striscioline, poi le infilò insieme alle prime tre in sette tefillim di pelle pura, che estrasse da un sacchetto di bisso; e legò infine i lacci di questi sette piccoli astucci ai polsi, alle caviglie, alla fronte, al collo e sul cuore del gigante caduto.

Lo rivoltò con immensa cautela su un fianco; liberò dai panni la piccola bocca della ferita, proprio al centro della colonna vertebrale, in mezzo alle reni; la lavò con acqua pura dei lavacri di Qumran, che versò da una zucca su pezzuole di lino candeggiato; la asciugò e la cosparse con cura dei suoi unguenti, nell'ordine prescritto e con le opportune litanie. Infine la coprì con un'altra pezza di lino, rivestì l'amico e lo distese supino com'era.

Jod-He tirò un interminabile sospiro e riaprì gli occhi.

«La tua forza è grande nel sopportare il dolore» disse Zeitan.

«È una delle condizioni, maestro, che m'impongo per accettare di darlo».

Gli occhi di Zeitan per un istante si velarono.

«Tu sei un uomo giusto, Jod-He».

«Non abbastanza da meritare la guarigione».

«La desideri?»

«È un male, Rabbi?»

«No, non lo è. E tuttavia, amico mio, non guarirai. La corda del movimento e del sentire che corre nella tua schiena è stata spezzata dalla punta di una spada, e niente al mondo la potrà più riannodare».

«Devo cantare le preghiere della morte?»

«No, figlio, non morirai. Ma non potrai camminare mai più».

Jod-He tacque, volse il viso dall'altra parte. Zeitan lo guardò per qualche istante, poi si alzò, si allontanò, si inginocchiò a distanza di rispetto dalle sfiammate pazze del dolore. Chinò il capo e pregò.

Dopo mezz'ora, Jod-He si volse verso di lui e lo chiamò. Zeitan tornò a inginocchiarsi al suo fianco: Jod-He sorrideva.

«Il Signore non vuole più che scandisca il suo nome sulle teste dei suoi nemici».

«Credo anch'io che sia così, figliolo mio».

«E mi toglie ogni scusa, oramai: ora non potrò più eludere una vita di preghiera e meditazione».

«Aspetta, non precipitare. Conosco un confratello di Tracontide che costruisce stampelle prodigiose».

«E queste gambe, cosa...»

Ma un ruggito di dolore gli tagliò le parole in bocca: aveva provato a rizzarsi sui gomiti per guardare le gambe morte, ma ricadde con la testa indietro.

«Aspetta, amico mio, abbi pazienza! I miei segreti non possono niente per ridarti i tuoi passi, ma il dolore posso farlo svanire del tutto da te».

«Fallo, Rabbi, te ne prego».

Il vecchio impose le mani su di lui, e cominciò a salmodiare.

Un'alba luminosa dilagava. La luna non era ancora tramontata e fronteggiava il disco del sole dalla riva opposta del cielo, ormai azzurro e screziato di nuvole volanti.

Sotto la luna, a ovest, il vicino monte Karantal porgeva le sue rupi sfaccettate ai raggi rosa del sole, come una grande melagrana aperta. Dall'altra parte, sotto il sole, a est, la giogaia lontana del Moab era ancora nera d'ombra in controluce, fumosa come un tempio di carbone. Il cielo tra i due astri era un immenso reame di voli, un tendone di canti.

La mano destra di Zeitan, sospesa sopra il ventre del gigante, salì fino agli occhi chiusi e li sfiorò. Jod-He Maccabeo dormiva, ormai sereno tra gli inni degli uccelli.

Il santo medico radunò al centro del telo di lino la zucca dell'acqua, le ciotole degli unguenti, le pezze candide, la sacca della chirurgia; vi aggiunse altri strumenti e medicamenti, raccolse i quattro angoli del telo, si alzò e con quel fagotto sulla spalla prese a girovagare per la macchia. Ogni tanto si chinava su un bambino, o su un ginnasta ferito: lo addormentava, se ancora era sveglio, con l'ombra della mano sugli occhi, e poi tergeva, leniva, cuciva, spalmava e bendava. Ma più spesso chiudeva palpebre sbarrate, e legava mani e piedi con fasce funebri.

Il sole aveva scalato due rampe di cielo, due ore dopo, quando il vecchio tornò accanto a Jod-He che dormiva. Solo allora si scoperse il capo calvo, versò ancora un po' d'acqua di Qumran su un pannicello e terse il suo proprio sangue, ormai incrostato, dalla ferita sulla testa.

Poi si fermò. Sedette a gambe incrociate accanto al fratello dormiente, rivolto al sole.

Il sole saliva spavaldo, la luna calava.

Trasse un lungo respiro, guardandosi intorno: tutto era stato fatto.

Si strinse nel pesante mantello, rabbrividendo. Chinò il mento sul petto, e ultimo e solo nel frastuono degli uccelli, si lasciò andare nel sonno.

31. Il Consiglio di guerra

Il sole del decimo giorno di tevet era fermo in cima al cielo, prossimo al suo mezzogiorno. Da lì fulminava una luce spietata, straordinariamente bianca e scintillante, che contava e incideva con l'ombra ogni singola foglia del paesaggio.

Era stato un inverno ben strano, per quella prima metà fino al solstizio: una sorta di estate incantata s'era dimenticata di passare, e prolungava in giorni corti e luminosi un tepore incongruente, melanconico, fomentatore di febbri e stravaganze. Prodigi e visioni, pazzie improvvise e nascite mostruose continuavano a sbocciare dappertutto: e ognuno, come avviene in questi casi, confermava il precedente e istigava il successivo.

I dottori della Legge, nelle sinagoghe, continuavano a spremere dalla Torah i loro midrashim e meshalim, i commenti e le parabole, i proverbi e i dettami contro il caldo innaturale, la bonaccia di vento e la pigrizia del cielo. I contadini annunciavano il rischio dei raccolti invernali di legumi, minacciati dalla scarsità delle piogge, e perfino dei cereali per il prossimo anno. I grossisti, i monopolés, i banchieri, controllavano le scorte e calcolavano le percentuali di aggiotaggio.

Il Messia che doveva nascere era, per molti ebrei, solo una fra le stranezze di quel tempo, da commentare esaltandola convinti, o deprecandola scuotendo il capo, assieme alle rocce del deserto che stillavano sangue, alle spade che apparivano nel cielo, alle settanta piaghe che nel giro di sette mesi si sarebbero abbattute su Roma, nuovo Egitto.

Per molti altri non era così.

I primi a svegliarsi nella radura della battaglia, alle pendici del monte Karantal, furono gli ultimi che s'erano addormentati. I due esseni pregavano insieme, coi filatteri annodati alla fronte e al braccio sinistro. Ma mentre Jod-He salmodiava in lingua santa, immobile sollevato su un gomito, Zeitan gli rispondeva lavorando alacremente, come la sua regola monastica consentiva e talvolta imponeva. Seduto a gambe incrociate accanto a lui, con le mani spezzava in piccoli tocchi ciò che restava del pane bianco comperato sulla Via, procurando di non perdere neanche una briciola, come comandava la Legge; poi, con un vecchio coltello, tagliava a scaglie il formaggio e a pezzetti i pesci salati, e preparava ogni cosa nelle ciotole.

Pian piano, da soli o in piccoli gruppi, sostenendo i compagni feriti, i Bambini del Vento cominciarono a sbucare dall'ombra della macchia. Con grandi smorfie delle facce contro il sole, esitanti, intirizziti dal freddo e aggranchiti dal sonno all'addiaccio, si avvicinavano circospetti ai monaci e sedevano intorno a loro senza una parola.

E senza parlare il vecchio Zeitan poneva nelle mani di ciascuno un piccolo pezzo di pane, di formaggio e di pesce. Ma quando uno di loro fece cenno di portare il cibo alla bocca, la sua voce si levò perentoria: «Fermo! Attenderai tutti i tuoi amici, e la preghiera».

Arrivò Kenah Khamsin, accigliato e silenzioso, zoppicante, con un braccio e la testa fasciata. Si fermò a distanza, guardò i due monaci per qualche istante, riflettendo, quindi si diresse verso Zeitan, si inginocchiò davanti a lui, chinò la fronte fino a terra e disse: «Io ti ringrazio, Rabbi, per le cure e i medicamenti che ci hai dato. Per quanto i Bambini del Vento possono, ti ripagheranno».

«Siedi con noi e mangia, Kenah Khamsin» rispose il vecchio.

Il piccolo capo fissò brevemente in volto quel cenobita che sapeva il suo nome. Quindi si alzò e prese il suo posto nel cerchio.

Arrivò Cane Cotto e il sorriso bucato e felice che si aprì nel suo viso, quando vide Jod-He vivo, fu pari solo a quello che illuminò il volto pallido e teso del gigante: uno di fronte all'altro, i due amici annuivano guardandosi e ridendo, senza sapere che dire. E intorno a loro, al raggio di quel riso, si sentì la tensione sciogliersi in un respiro frusciante, un tenue brusio che cresceva a scacciare il silenzio, di richiami, commenti, versacci, scalpicciare di piedi.

Kenah Khamsin si alzò, si avvicinò a un bambino dei più grandi, gli bisbigliò qualcosa, tornò al suo posto. Questi si alzò a sua volta, chiamò a sé con gli occhi e coi gesti altri quattro, scomparve insieme a loro nella macchia. Di lì a poco i cinque tornarono con fardelli, bisacce e fagotti appesi a grappoli alle braccia e alle spalle: erano i magri bagagli che i Bambini del Vento, come gli esseni, avevano nascosto nel folto della macchia prima di ingaggiare battaglia nella radura.

Mentre gli ultimi feriti arrivavano, i cinque vivandieri cavarono dai fagotti le scorte comuni di cibo della banda, frutto d'elemosine e piccoli furti. Dopo un rapido inventario distribuirono tra tutti i presenti, badando bene di cominciare dai due monaci, datteri, uva fresca, fichi secchi, pezzi di vecchi dolci, pezzi di pane bianco e nero, cipolle crude e cotte, frittelle di cavallette, e in breve piccole dosi smozzicate di una gran varietà di cibi.

Intanto i bambini erano giunti tutti, coi loro piedi o sostenuti dai compagni. Si guardarono, si contarono in silenzio: erano trentasei. Quattordici non sarebbero arrivati.

Anche Lilim Pitheké non si vide. Kenah Khamsin si guardò intorno, come cercandola, poi fissò con aria indagatrice Cane Cotto, che gli rispose con un sorriso festoso e vacuo. A quel punto Zeitan del Cerchio levò la preghiera.

I Bambini del Vento, che ne ignoravano le parole, chinarono il capo in silenzio, sbirciando di sottecchi per capire quando fosse finita e si potesse mangiare.

Quando finì si mangiò, e non fu un lungo pasto: la scarsità del cibo, l'ora tarda, l'urgenza di operazioni e decisioni la cui ombra incombeva su tutti lo resero svelto e avaro di parole. Ancora mangiando, Kenah Khamsin e Zeitan del Cerchio discussero la sepoltura dei caduti, e appena finito i bambini più grandi e illesi partirono in cerca di un sito nascosto, poco lontano, dove scavare quattordici buche. Un altro contingente, composto da bambini più piccoli e feriti leggeri, si sarebbe occupato dei ginnasti: recuperare armi, ori, monili, e ogni altro oggetto di valore che quei giovani ricchi potessero avere indosso.

«'Spoglieranno quelli che li avevano spogliati'» declamò Zeitan, alle perplessità avanzate da Jod-He sull'operazione, «'e deprederanno quelli che li avevano depredati. Parola di Dio, il Signore'».

«Ezechiele» completò Jod-He sospirando.

«E dei loro cadaveri cosa faremo?» chiese Kenah.

«Li allineeremo sulla strada, e ne faremo arrivare notizia ai loro parenti. Li troverebbe comunque tra breve qualche pastore, ma per sicurezza disponi un bambino che parta, e sparga la voce ai pozzi e alle fontane. Verranno a portarseli via».

«Non li seppelliamo?» chiese Jod-He.

«Sono ginnasti, giudei pagani» rispose il maestro guardandolo severamente, «hanno rinnegato l'unico Dio, hanno abbracciato gli idoli di Roma. Più niente ormai può trattenerli dal discendere nella Gehenna, ombre per sempre. Ma è giusto che i loro parenti li possano piangere».

«E se ci sono dei feriti?»

«Mi son già preso cura di loro».

Il gigante sorrise.

«E comunque non possiamo più fermarci» aggiunse Kenah. «Il tempo è vicino».

«Sì...» sospirò il vecchio esseno, guardandolo negli occhi. «Più vicino di quanto tu creda: il tempo è oggi».

E l'argomento, eluso ormai da un'ora, infine emerse. Spediti per vari compiti i bambini che potevano muoversi, e radunati i feriti all'ombra a riposare, un ristretto consiglio di guerra si riunì nel luogo del pasto: i due esseni, Kenah Khamsin e Cane Cotto, che continuava a spigolare avanzi dalle ciotole.

«Dunque dici che il tempo è oggi?» esordì Kenah.

«Stanotte, decima notte di tevet» confermò Zeitan.

«Come puoi dire questo, sei sicuro?»

«Sono sicuro come può esserlo un uomo fallibile, che tuttavia ha alle spalle molti anni di studi, suoi e di molti altri uomini, molto sapienti. Vuoi che ti enumeri il conto del tempo secondo gli esseni? Il quarto millennio giudaico? Gli ottantacinque giubilei? Il ciclo santo del...»

«No, Rabbi, perdonami» tagliò corto il ragazzo. «Non intendevo dubitare. Io non so leggere né contare ma so anch'io, per altre vie, che l'avvento del Re è imminente».

«Quali vie?»

«Le vie del nostro dolore. Il popolo eletto è umiliato, schiacciato sotto il calcagno di Gog e Magog. I romani ci opprimono, ci comandano come buoi sotto il giogo, ci uccidono come cani negli incroci! Ma quando il Re figlio di David sarà giunto...»

Zeitan chinò lo sguardo, sospirò: li conosceva bene quei discorsi. Era la linea profetica chiamata 'del dolore del Messia', accreditata presso alcuni nuclei di residuale resistenza tra i farisei, presso i gruppi armati zeloti, e abbastanza sentita e diffusa tra la gente comune. Lo stato di grave prostrazione del popolo eletto, le condizioni di vita insopportabili sotto l'occupazione divenivano esse stesse segno certo del prossimo riscatto. Il bisogno raggiungeva tale forza da generare il rimedio. Si citava il momento più buio della notte, che precede di poco l'alba; si richiamava il dolore del travaglio, condizione obbligata del parto...

«Bene, ho inteso» tagliò corto a sua volta Zeitan. «Per vie diverse arriviamo all'identica meta: il Messia nascerà presto, cioè oggi stesso. Tu dunque cosa fai per prepararti? Quali sono i tuoi piani?»

I due s'informarono a vicenda intorno ai loro viaggi, ai loro scopi, alle notizie che avevano del Messia, dei suoi nemici, dei loro movimenti, degli alleati su cui potevano contare. Ma la disputa appena sopita non tardò a riaffiorare alla luce con maggiore veemenza.

«No, ragazzo» intervenne il vecchio esseno a un certo punto, «non c'è nessun bisogno di richiamare Bar Kochba e i suoi zeloti. Sarebbe come mandare messaggeri per avvisare i romani, Erode e tutti i suoi sgherri, e dire loro: siamo qua, presso il Messia che è appena nato».

«Bene! Che vengano a prenderci! Col Re Messia alla nostra testa non li temiamo più!»

«Ma tu pensi che questo bambino venga fuori da sua madre già armato di spada e capace di montare a cavallo?»

«E tu, esseno, che Messia attendi? Un Re sacerdote che si chiuda con te a Qumran a fare abluzioni, mentre il tuo popolo là fuori muore schiacciato nel suo stesso sterco?»

«Attento a quello che fai, piccolo David! Tu scagli pietre contro i giganti per Israele oppresso: ma sei sicuro che un giorno lontano altri bambini non si uniranno nelle strade per scagliare le stesse pietre – bada bene: raccolte dalla stessa terra! – contro Israele e contro te, da oppresso divenuto oppressore?»

«Può essere, non lo so. Ma so che adesso sono io che tiro, e farà bene a stare attento qualche altro!»

I due si guardarono muti, con occhi fiammanti.

A croce con loro, Cane Cotto e Jod-He si guardarono a loro volta sbalorditi, poi guardarono i due contendenti, si guardarono ancora, e qualcosa di intempestivo e incontenibile accadde, per cui dovettero voltarsi premendosi le bocche con le mani.

Kenah fulminò l'ex compagno di banda con uno sguardo furioso, mentre il cipiglio di Zeitan si addolcì.

«Pace, ragazzo!» disse sorridendo. «Tu sei troppo giovane e io troppo vecchio per questo genere di guerre. Siamo ridicoli, non vedi? Lasciamole ai dottori della Legge, in ozio nelle loro sinagoghe».

«Dici bene, Rabbi. Che sprechino loro l'aria della bocca: a noi serve per combattere».

«E pregare».

«Io combatterò per te, uomo santo».

«E io pregherò per te, bambino guerriero. Ma attento, la verità non è mai così ben spartita: abbiamo accanto a noi un uomo santo che è anche un grande guerriero. Ha combattuto i tuoi nemici per più anni di quanti tu ne abbia passati respirando. E il suo mestolo santo ne ha abbattuti più di quanti tu sappia contare. E ora, come vedi, ha pagato».

Kenah Khamsin guardò Jod-He per qualche istante con nuova ammirazione, e infine chiese: «Sentiamo allora quale Messia attende lui: un Re santo o un Re guerriero?»

«Un Re ferito» rispose Jod-He levando due occhi sereni in faccia al ragazzo. «Un Re colpito dal martello del suo Dio. Perché in Zaccaria è detto: 'Essi guarderanno a colui che hanno trafitto, e ne faranno cordoglio come per un figlio'. E in Isaia è detto: 'Ma piacque al Signore di stroncarlo coi dolori'... e anche: 'Io ho presentato il mio dorso a chi mi feriva'...»

Il gigante non poté continuare e distolse lo sguardo, che si era riempito di lacrime. I tre compagni lo fissarono in silenzio. Poi Zeitan si rivolse a Cane Cotto.

«Abbiamo parlato tutti tranne te, piccolo corridore. Tu chi attendi, che Messia nascerà?»

«Io? Be'... Nasce sempre un bambino».

Ci fu un lungo silenzio, durante il quale ognuno meditava. Al termine Zeitan parlò.

«Vedete dunque: per ciascuno il Messia ha un volto. Il guerriero immagina un Duce Invincibile, il sant'uomo un Santo dei Santi, il ferito un Dio Doloroso, e il bambino aspetta un Bambino».

Ma ancora altri ve n'erano, soggiunse: i poveri affamati attendevano un Re dell'Abbondanza, che facesse piovere manna e latte; i Rabbi oziosi attendevano un Re Scriba, che conciliasse finalmente una con l'altra migliaia di discordanti profezie; Erode temeva pazzamente un Re Giudeo della stirpe legittima di David, che si riprendesse il trono da lui usurpato; e i sadducei politicanti e marci non attendevano né speravano alcun Re, e continuavano i loro traffici dicendo che il tempo era ancora lontano sette volte sette secoli.

«Il Messia è tutto questo, e altro ancora. Per ciascuno il Messia è ciò che attende: è ciò che spera, o ciò che teme. Il Messia è la nostra attesa».

«Ma allora, padre...» esordì Jod-He impacciato, «...perdona il mio lento ingegno, ma... Allora, se il Messia non è altro che l'attesa, il sicario che noi cercavamo chi doveva ammazzare?»

Zeitan lo guardò accigliato, quasi irritato per un solo istante, poi sorrise mestamente e chinò il capo.

«Quale sicario?» chiese stringendo gli occhi Kenah Khamsin.

«Figlio» disse commosso il vecchio al confratello, «ti prego, resta al mio fianco. O Satana degli argomenti mi sconfiggerà».

Poi si volse a Kenah Khamsin e gli parlò, rivelandogli per intero la sua missione: i lunghi studi di prodigi e profezie, che avevano condotto gli esseni a sapere giorno e luogo dell'avvento...

«Il giorno è oggi, e il luogo?» chiese Kenah interrompendolo.

«Betlehem di Giudea».

«Non è lontana, meno di un giorno di marcia. Vai avanti, dimmi di questo sicario».

Zeitan spiegò come altri indizi avessero rivelato la minaccia, l'ombra di un pericolo umano sul nascituro; e come fosse stata a loro due affidata la missione di indagare, cercare l'uomo che poteva uccidere il Messia.

«E l'avete trovato?»

«No».

«Non siete andati subito a Betlehem?»

«Ci siamo andati, ma invano. Noi sapevamo che a Betlehem, stanotte, sarebbe nato il Messia; ma non dove la madre sarebbe stata fino a stanotte. Abbiamo dimorato lì per diversi giorni, attendendo la madre, o qualche segno, ma invano. E un dubbio ci divorava: dovevamo aspettare lì a Betlehem, rischiando che intanto il sicario colpisse chissà dove, da qualunque altra parte di Canaan? O metterci in viaggio e cercare in qualunque altra parte?»

«Voi siete pazzi, è un ago in un pagliaio. Cosa avete risolto?»

«Siamo partiti. Meglio fare che aspettare: fai le cose, e cambierà il mondo. Abbiamo camminato, osservato, ascoltato. E poi ancora camminato, è vero fratello?»

Zeitan sorrise a Jod-He, che gli rispose. E nei loro sorrisi in un unico istante passarono centinaia di miglia, di strade, pozzi e villaggi, salite nel sole e riposi all'ombra d'un fico, grandi appetiti e torce accese nella notte: ogni due passi del gigante, tre del vecchio.

Fu il piccolo e severo combattente che li distolse da quell'istante di riposo, riconsegnandoli a un mondo più amaro.

«La vostra missione è fallita. E ora dobbiamo muoverci molto in fretta, se non vogliamo arrivare ancora una volta troppo tardi».

«Non dire così, giovane frettoloso. Hai visto che la verità è sempre più complicata di come appare. Una missione ha molti modi per riuscire, spesso nascosti anche a coloro che la compiono».

Ma non c'era davvero più tempo per le dissertazioni: il piccolo capo ribelle aveva ragione, bisognava partire di fretta. Betlehem di Giudea era a quaranta chilometri da lì; era passato da più di un'ora il mezzogiorno; dovevano terminare la sepoltura dei bambini caduti, trasportare nella radura i corpi dei ginnasti, preparare Jod-He per il viaggio...

«Tuttavia, un'ultima cosa» disse Kenah fissando Cane Cotto. Quindi si volse agli esseni: «Voi credete che siano stati i Bambini del Vento a salvarvi la vita?»

«No» rispose Zeitan. «È intervenuta una fata del tramonto. Ho visto le scottature sui cadaveri dei ginnasti. Quasi di certo è la piccola amica di questo bambino, l'ho già incontrata due volte».

Kenah Khamsin guardò serio Cane Cotto.

«Cane, dov'è Lilim Pitheké?»

Il bambino si strinse nelle spalle, aprì le braccia e con smorfie esagerate piagnucolò:

«Non lo so, Kenah, giuro, non lo so! È partita poco prima che vi svegliaste! Aveva una gran fretta, è corsa via! Io non so niente, non mi dice mai niente quella scimmia!»

Kenah lo fissò, incerto, soffiando dal naso. Jod-He intervenne accigliato.

«Questo bambino dice il vero».

I due capi, il vecchio e il giovane, si guardarono.

«Forse abbiamo un'altra alleata» disse Zeitan. «Ma non facciamone conto».

«No. Andiamo» concluse Kenah, e si mosse.

32. Le due Betlehem

Proteggendosi gli occhi con la mano dal lampo accecante del mezzogiorno, Myriam lanciò un ultimo rapido sguardo nel cortile. Zahel sedeva nell'ombra nera del fico con la schiena poggiata al tronco, con gli occhi socchiusi. La ragazza lo fissò un solo istante, poi si volse e scomparve nel buio della camera.

Zahel l'aveva osservata senza darlo a vedere fin dalla prima mattina: il suo passo era ancora più pesante, impacciato, ora forse anche dolente; aveva scherzato solo debolmente col servo ragazzino con cui la notte prima aveva riso a lungo accanto al fuoco; era invece andata e venuta dalla cucina, dove aveva confabulato con le serve. Dai pochi frammenti di queste conversazioni, che Zahel era riuscito a cogliere passando accanto alla porta come per caso, pareva che la ragazza si facesse ripetere ancora e ancora le notizie che aveva già avuto: chiedeva la via per una certa grotta poco fuori paese, una sorta di stalla comune d'appoggio per i pastori che avevano ovili lontani. Chiedeva se vi fossero fonti vicine, se l'acqua fosse buona, se non vi fosse pericolo di proprietari rissosi e intolleranti che saltassero fuori all'improvviso. Domandava della vecchia levatrice del paese, se fosse in casa, facilmente raggiungibile, se fosse il caso di metterla in preallarme. Le serve, e in particolar modo l'anziana che aveva servito Zahel la sera prima, le rispondevano con divertita pazienza, confermandole più volte ogni dettaglio.

Zahel chiuse del tutto gli occhi nella luce, ma non si addormentò. Porse orecchio ai rumori.

La grande casa si sviluppava su tre lati: un corpo centrale maggiore e due ali simmetriche di piccole camere in fila, destinate agli ospiti o, a seconda dei casi, ai clienti. L'edificio centrale, bianco con fregi azzurri di palmizi e motivi geometrici, ospitava gli ambienti padronali, le cucine, i magazzini, e sul tetto il terrazzo con le altane sbandieranti di drappi. La corte, compresa tra questo edificio e le due ali, era chiusa sul fronte da un muro candido, nel quale si apriva un portale di legno, largo abbastanza da consentire il transito di un carro. Questo accesso dava su una delle vie principali del villaggio di Betlehem, che in quel mezzogiorno di festa pareva affollatissima e animata.

Il tappeto sonoro continuo di questa animazione era tessuto di voci umane: parole, saluti e risate di donne e di uomini che andavano o tornavano dal mercato, dalla fonte, dalle terme; su questo tappeto frusciante spiccavano i richiami arabescati degli ambulanti e dei portatori d'acqua; a questi si sovrapponeva l'alterco rauco tra due conduttori d'asini stracarichi, che non volevano cedersi il passo; il grido squillante di un banditore, che cercava di ottenere silenzio per proclamare il suo bando, riusciva per un po' a elevarsi su tutti, ma era presto sopraffatto dalla bottega del calderaio, che attaccava a scampanare i suoi colpi assordanti e ritmati. L'abbaiare dei cani e il raglio degli asini in basso e i gridi lontani di tre avvoltoi in alto nel cielo ricamavano e riempivano le pause.

Zahel assaporava pigramente questa crema di suoni scanditi e corali, collocati esattamente nello spazio, screziati insieme e a un tempo definiti uno per uno. Ma aprì di colpo gli occhi; nel pieno d'orchestra aveva colto un suono, appena un dettaglio fugace ma alle sue orecchie degno d'attenzione: lo zoccolare di un cavallo, o più di uno. Stette ancora in ascolto, guardò verso il portone, attese. Poi si levò in piedi, lanciò un'occhiata verso la soglia di Myiam, nera e vuota; si volse, si avviò al portone, lo socchiuse in silenzio, uscì.

La luce lo investì come l'acqua del mare in un tuffo, scintillante e finissima. Dovette stringere gli occhi, poi calarvi sopra a visiera il lembo della kefiyah che la treccia di fascioline colorate stringeva alla fronte.

Ma che luce mai c'era, quel giorno? Levò gli occhi al cielo: non una nuvola in vista, l'azzurro era carico e vitreo per tutta la volta come un unico blocco minerale, dov'era incastonato un sole bianco che bruciava gli sguardi. Immense cateratte di bagliore da quel sole piovevano e dilagavano dovunque. Le cose parevano accese da un latente sfolgorio interno, inzuppate di luce e di forza. Raggi stellanti sprizzavano dai vetri delle finestre, dalle pietrine quarzifere del selciato, dai gioielli delle donne; la gente camminava un po' curva, con la testa incassata nelle spalle come sotto una pioggia.

Era uno stato di pulizia dell'aria, qualche secchezza o traspa-renza eccezionale? L'effetto di qualche vento? O qualche altro fe-nomeno meno banale, quelli di cui s'intendeva la Scimmia, quel-la sua strana compagna di viaggio?

Zahel si volse a guardare su e giù per la strada, per vedere se dalla calca svettassero figure di cavalieri. Si aspettava di scorgere qualche manipolo di ausiliari galli o numidi, che si facevano largo a cavallo tra la folla ostile, coi cimieri a criniera rasata e i man-telli rossi rovesciati sulla spalla. E invece d'un tratto il suo sguar-do, senza cambiare d'espressione, si fissò; le mani corsero ad av-volgere la kefiyah attorno al volto, lasciando scoperti gli occhi. I cavalieri erano in fondo alla via, laggiù alla sua destra, e si avvi-cinavano ma non erano romani: era Ishmaiah, con quattro guar-die galate e con una benda vistosa su un occhio.

Zahel li osservò per qualche istante, immobile, assorto, se-guendo tra sé catene d'ipotesi, meditando complesse scacchiere. Poi parve prendere una decisione: scoprì il volto, assunse di col-po, come a un comando interiore, un'espressione appena allar-mata e afflitta, e si avviò decisamente incontro a loro.

«Ishmaiah, che fai qui?» gli chiese bruscamente quando gli fu accanto.

«Fermi!» gridò l'uomo alla sua scorta. Poi a Zahel, cercando le parole: «Oh, l'Onagro!... Salute a te, eccoti qua!... Sono conten-to...» S'interruppe, esitò fissandolo. Poi concluse annuendo lenta-mente: «...sono contento di trovarti sul bersaglio».

«Sul bersaglio? Dobbiamo parlare, Ishmaiah, e al più presto».

«È quello che credo anch'io. Vieni con me».

Ignorando le proteste dei passanti voltò il cavallo, imitato dal-la scorta, e si avviò al passo senza più curarsi di lui né volgersi indietro. Zahel gli guardò le spalle: la sua espressione per un istante solo mutò in un gelido e profondissimo disprezzo; poi ri-tornò quella che era, di quasi impercettibile allarme e afflizione, e l'Onagro si affrettò dietro di lui.

I cinque cavalieri bussarono alla porta di una casa ancora più grande di quella adibita a locanda che ospitava Zahel. Quando fu loro aperto, la sorpresa di chi li accolse e le recise spiegazioni di Ishmaiah rivelarono a Zahel che gli erodiani da quella corte dovevano essere appena usciti. Era la casa di un ricco mercante, esportatore di quel balsamo di Gerico che a Roma si comperava a peso d'oro, e i suoi legami di fedeltà al governo d'Erode erano quasi scontati. Da come i galati presero posto nella corte, entrando subito nelle stanze laterali e uscendone con zucche di vino, Zahel apprese che avevano fatto di quella casa il loro quartier generale finché erano in Betlehem. Quindi che in Betlehem contavano di starci.

Ishmaiah lo fece sedere all'ombra dell'immancabile fico, al centro del cortile; ordinò a un giovane servo di portare del liquore di datteri; gli sorrise coi suoi denti a scacchiera bianchi e oro, e infine gli chiese: «Allora?»

«Cosa ti è capitato?» rimbalzò la domanda Zahel, indicando il suo occhio.

«Ah!» esclamò l'uomo guardandosi attorno con aria vacua, come se provasse la vista dell'occhio sano. «Una brutta infezione. Questa luce accecante e questa polvere!... Mi sto curando con collirio all'antimonio, l'ultimo grido dei medici ebrei. Io sono uno che rispetta la tradizione!»

«E la spalla?»

Spegnendo di colpo il sorriso, Ishmaiah si coprì con un lembo del mantello la spalla, dove occhieggiava dal bordo della tunica un grande ematoma nero.

«Basta ora, veniamo ai nostri affari. Ti ho detto che ero contento di trovarti sul bersaglio, ma... non sono sicuro che sia davvero così. Siamo arrivati insieme, a quanto pare, o perlomeno...»

Fece di nuovo baluginare i denti. «...Sono arrivato in tempo, anche se dopo di te. E a questo punto potrei non aver più bisogno di un grande guerriero! È difficile trovarla, una ragazza così: non farla sparire...»

Zahel distolse lo sguardo, parlò in evidente angustia.

«Non c'è nessuna ragazza».

«Come dici?»

L'occhio scoperto dell'ufficiale erodiano divenne una fessura, e la voce fu gelida e piatta. Zahel invece pareva trasformato: il suo sguardo non era più fermo, scartava incerto tra il suo interlocutore e il portale di legno, e le guardie, e il terreno. La sua espressione pareva aver rotto gli argini dell'inquietudine, per dilagare nell'agitazione.

«Spiegati» insistette Ishmaiah, dopo averlo scrutato a lungo. «Ti sto ascoltando».

Zahel tirò un sospiro, e incominciò.

«Immagino che anche tu sia stato condotto qui, 'sul bersaglio' come tu dici, dalla profezia di Michea».

«Esatto. Ho ricevuto un dispaccio di Erode appena stamani. Pare che i sapienti di corte si siano messi d'accordo: la profezia di Michea è la pista più giusta».

«Hai qui il testo?»

«No, nella lettera non era riportato. Diceva solo che sarà a Betlehem, stanotte».

«Già. 'E tu, Betlehem, sei così piccola fra i capoluoghi di Canaan'» citò Zahel, falsando il testo, «'ma da te verrà colui che è destinato a regnare su Israele'».

«Bene, era proprio qualcosa del genere, e tu diventerai un bravo rabbino. Ma cos'ha che non va?»

«Ci sono cascato anch'io, Ishmaiah. Non è qua!»

«Cosa vuoi dire? Parla chiaro, sicario, la mia pazienza sta calando!»

Arrivò il servo col liquore e l'erodiano tacque di malavoglia, fissando Zahel. Il servo versò due coppe, Zahel prese la sua e bevve con troppa fretta. Ishmaiah fissò il ragazzo con tale furia che questo impallidì, e si affrettò a sparire; quindi si volse a Zahel in attesa. Questi lo guardò un solo istante con aria smarrita, poi gli porse in silenzio il bicchiere vuoto. Sbattendo le ciglia dell'occhio sano, colpito e sorpreso, Ishmaiah glielo riempì. Zahel bevve ancora, tutto d'un fiato, e poi sbottò.

«È per stanotte, esatto! È a Betlehem, esatto! Ma non è *questa* Betlehem! Maledetti, mille volte maledetti i giudei e la loro pazzia! Le loro sacre scritture, e doppie e triple letture, e mille sensi!»

«Tu stai impazzendo, Onagro. Cosa dici?»

«Ho fatto parlare un vecchio rabbino fariseo, un dottore della Legge ancora fedele alla setta degli hassidim, i separati».

«Quando, dove».

«Qui, alla sinagoga, ieri sera: gli è costato la vita, ma ha parlato».

«Va' avanti, per Dio!»

«C'è un'altra Betlehem...»

Zahel parlava spezzando le frasi, a testa china. Ishmaiah lasciava cadere le sue pause nel più spettrale silenzio.

«...Uno sputo di villaggio, da qualche parte in Galilea, vicina a Nazareth... Il falegname e Myriam sono di Nazareth, anche se ora sono via... E molte profezie, lo saprai, chiamano il Messia col nome di Nazareno. Ma sentimi, Ishmaiah, se mi concedi...»

Come se non volesse lasciare il tempo all'erodiano di riflettere su quanto gli aveva appena detto, Zahel tentò di incalzarlo. Ma il capitano della guardia lo interruppe.

«Aspetta, uomo, aspetta! Mi stai dicendo...» si alzò, lo scrutò dall'alto, «che la nascita di questo Messia sarà stanotte, a novanta miglia da qui?»

«Sì, ma se mi fai avere un cavallo fresco, e un credito per i posti di cambio romani...»

Ishmaiah gli volse le spalle bruscamente, gridando più volte un comando in lingua celtica. Immediatamente giunse di corsa il capomanipolo.

«Preparatevi a partire! Subito! Con tutti i bagagli!»

Il galata corse via. Zahel insistette, cercando di dare forza alla propria voce.

«Ishmaiah, mi rendo conto di averti deluso. Ma se mi concedi un'ultima carta...»

«L'hai già giocata, Onagro» rispose, ora con gelida calma, l'erodiano. «Ne avevi solo una, e lo sapevi. Devo dirti però che son sorpreso: Zahel Onagro, il lupo del Ghor, il migliore di tutti!... Ma per Plutone, che tristezza, che tristezza! È proprio vero che per ciascuno i fati girano... Be', è andata così! Potrai sempre renderti utile scannando vecchi rabbini farisei per conto dei sacerdoti...»

Ishmaiah lasciò cadere sul sicario la sua risata corta e agra, da bestiola.

«Capitano! I cavalli sono pronti».

Il capomanipolo chiamava dal portone, dove i cinque cavalli

scalpitavano. Ishmaiah gli rispose con un cenno della mano, poi si volse ancora a Zahel.

«Ma se io fossi in te, scomparirei dalla circolazione. E ora vai».

Zahel Onagro si alzò in piedi e si mosse. Della sua forza allarmante, da arco teso, più niente si poteva percepire nella figura che attraversava il cortile come se stesse guadando un fiume in piena; che passava la porta sotto gli occhi sprezzanti dei galati, già montati sugli altissimi cavalli, come varcando un giogo di sconfitta; che usciva nella strada, schermando il viso col lembo del mantello e vacillando si inoltrava sotto la luce insostenibile.

Aggrottando la fronte e facendovi visiera con la mano, Ishmaiah lo guardò allontanarsi nella via principale, fino a svoltare e scomparire nel primo vicolo; poi dette ordine a un cavaliere di smontare e cominciò a impartirgli istruzioni in lingua celtica, indicando quel vicolo.

Nell'ombra del vicolo, fuori dalla loro vista, il sicario si volse di scatto a guardarsi alle spalle: ed era già di nuovo Zahel Onagro, coi suoi occhi inespressivi e micidiali, con le labbra atteggiate alla solita ambigua ironia, che però questa volta si rompeva in un sorriso di scherno e di superbia.

Ma fu un attimo. Nessuno alle sue spalle, nessuno di fronte a lui: Zahel scattò di corsa verso la casa più vicina, batté il salto, si afferrò con le due mani al bordo alto del muro di un cortile, si tirò su agilmente, si rizzò in piedi, saltò da quello al muro della casa contigua, si issò sul tetto, corse, scavalcò un basso muretto passando al tetto della casa accanto: e in pochi secondi dacché l'aveva lasciata spiava dall'alto la via principale, nascosto dai drappi variopinti della festa che sbandieravano dalle tettoie in legno.

Neanche i galati avevano perso il loro tempo: nel giro di pochi altri secondi li vide passare al gran galoppo nella via, suscitando urla rabbiose nella folla. Ed erano quattro, non cinque.

Zahel si ritrasse, si voltò e partì di corsa sui tetti.

Le case di Palestina erano piccole, accatastate l'una all'altra, a stento divise da fenditure di vicoli angusti; essendo tutte di un solo piano, di altezza regolata dall'uso, i terrazzi finivano per essere tutti allo stesso livello, o poco diverso, costituendo nell'insieme una sorta d'itinerario alto della città, un piano di strade sui tetti, percorribile.

Su queste vie dei tetti correva Zahel, sbirciando di tanto in tanto giù nei vicoli. Ogni tanto s'imbatteva in un vecchio che dormiva, accoccolato sotto una tenda; o in una donna che stendeva i panni; o in un gruppo di bambini che giocavano con gli ossicini e le trottole. Ogni tanto doveva saltare un pozzo, aggirare un cortile interno, scavalcare un muretto o un dislivello. E sempre dovette tenere la kefiyah sugli occhi, più per l'abbaglio di quella luce che per celarsi.

Alla fine lo vide.

Era avvolto in un ampio mantello di lana non tinta, che nascondeva per intero gli abiti sottostanti: quasi di certo una divisa galata, che non aveva avuto il tempo di cambiare. Anche il viso chiaro da celta era nascosto dalla kefiyah, che aveva avvolta fin sopra il naso come Zahel. Teneva le mani nascoste dentro il mantello, camminava circospetto per i vicoli, sbirciando oltre ogni cantone prima di decidere dove svoltare. Cercava lui.

Zahel prese a seguire dall'alto il suo inseguitore. Dovette perderlo d'occhio varie volte, per aggirare qualche ostacolo che si frapponeva: un cortile a pozzo, un vicolo traverso, o un'altana troppo piena di persone; ma la fortuna e il fiuto glielo facevano ritrovare poco avanti.

E ben presto quel gioco finì.

L'inseguitore si inoltrò in un vicolo deserto, ombroso, senza porte e finestre. Era ciò che l'inseguito attendeva. Gli piombò davanti come un avvoltoio che atterra dal cielo, a volto scoperto, già col pugnale in mano. Gli disse qualcosa nella sua lingua, per dargli il tempo di estrarre le armi e mettersi in guardia, poi eluse la sua guardia e lo trafisse.

Lo accompagnò mentre si accasciava al suolo, in una specie d'abbraccio tra guerrieri; lo accostò al muro, lo distese compostamente sulla schiena, gli pose il pugnale celtico sul petto, come è d'uso per chi è morto combattendo, e lo coprì col suo mantello. Poi si guardò intorno e, prima che qualche passante lo cogliesse in questi atti, si allontanò senza voltarsi indietro.

Tornò per strade secondarie alla locanda.

Per prima cosa ronzò intorno alle cucine, per attendere al varco la vecchia e avere notizie di Myriam. Ma non ci fu bisogno: la ragazza, come cento altre volte ormai durante il giorno, camminando a gambe rigide, un po' china, attraversò la corte verso la piccola latrina nell'angolo. Vide Zahel, lo fissò di sottecchi, gli sorrise imbarazzata: lui rispose con un cenno del capo.

Erano le quattro dopo mezzogiorno. La luce irriducibile di quel cielo imbambolato di splendore non accennava a declinare, nonostante l'imminenza del tramonto.

Zahel si avvicinò ai suoi bagagli, estrasse dalla sacca un pezzo di straccio, si avvicinò alla brocca dell'acqua che serviva il cortile, la inclinò inzuppando lo straccio, quindi si alzò e si appartò in un angolo. Qui, in ginocchio per terra faccia al muro, estrasse dalla cintura il pugnale imbrattato di sangue, lo cosparse di terra, lo sfregò: quindi lo terse con cura con lo straccio bagnato, finché fu lucido, splendido e puro.

Era un sicario, e quello era il suo pugnale. Ora pronto di nuovo.

33. I cammini convergenti

In quell'istante stesso lo sconforto assediava il cuore di Zeitan, e dilagava in quello di Kenah.

Il loro viaggio verso Betlehem era lentissimo, tortuoso, ostacolato da mille avversità.

Lo smisurato monaco ferito era stato sistemato in qualche modo nella lettiga, che quasi tutti i bambini illesi, una ventina, faticavano duramente a trasportare, cinque per ogni stanga. I feriti che potevano camminare, un'altra decina, seguivano la carovana rallentandone ulteriormente il passo; gli altri erano stati lasciati in un piccolo campo improvvisato presso una fonte, lontano dalle vie più battute, con due bambini illesi che li accudissero fino al ritorno della banda, previsto entro un paio di giorni. Ma anche solo per individuare il posto e mettere in piedi il campo, s'era dovuta perdere un'altra ora.

Jod-He, la cui tempra finalmente vacillava sotto il colpo inferto alla schiena e alla vita, piangeva a tratti senza più freno, implorando il vecchio maestro che lo lasciasse sul ciglio della strada; che proseguisse da solo, più leggero e più veloce; che salvasse la loro missione, piuttosto che lui. Kenah Khamsin non profferiva verbo, ma era evidente che avrebbe sottoscritto senza alcuna esitazione quella scelta. Zeitan ascoltava le preghiere dell'uno, osservava l'espressione dell'altro, e tirava diritto.

Inoltre, conciati com'erano, non era pensabile di usare le strade normali: avrebbero attratto ogni genere di curiosità, di delazione. Tanto più se la strada normale, in quel caso, era quella che da Efraim, a nord-ovest del Karantal, passava per Gerusalemme. Bastò uno sguardo tra Zeitan e Kenah per intendersi: nella città santa la notizia del loro passaggio sarebbe arrivata in pochi istanti alle forze di polizia romane, erodiane e levite. Non restavano che i cammini alternativi, per mulattiere e tratturi dei pastori, lunghi, scomodi, tortuosi, che rischiavano di moltiplicare quei quaranta chilometri per una distanza infinita.

Infatti, in ben due ore di cammino verso sud, ne avevano percorsa appena una manciata, e il tramonto oramai incombeva. Il terreno si inerpicava in salita, lasciando la valle del Karantal e avviandosi ai monti Giudei, e la macchia fitta e scura di ginestre, lentischi e asfodeli che aveva circondato la radura degli scontri cedeva il posto a una steppa più rada e più bassa. La pista che seguivano si addentrava in valloni tortuosi tra colline brulle, rossicce di terra arsa, chiazzate di poco verde, punteggiate del bianco di minuscole capre lontane.

Kenah levò lo sguardo al cielo, preoccupato: il sole raggiava immobile, abbagliante come se fosse mezzogiorno, a un tiro di pietra dal profilo dei monti, alla loro destra. Ormai arreso all'attacco di quella luce inverosimile, che infuriava dalla prima mattina, il paesaggio si stagliava vinto, immobile, esposto e manifesto in ogni suo dettaglio, senza ombre.

Nessuno più dubitava che fosse una sera prodigiosa: un cielo teso di durissimo zaffiro pareva tenere il fiato, come in procinto di partorire un secondo sole. Non ne parlarono, ma più di una volta Zeitan e Kenah guardarono in alto nello stesso momento, per scambiarsi poi un rapido sguardo muto, inespressivo.

Parlarono invece d'un altro fatto oscuro: che si chiarì, dando l'ultimo colpo di grazia alla loro speranza. Zeitan disse che c'era una strana bambina tra i cadaveri, non certo una seguace di Kenah. Il capo dei piccoli ribelli confermò: non era dei suoi, doveva essere nella lettiga. Una specie di piccola strega, continuò il vecchio, senza guardare Cane Cotto: un'apprendista o qualcosa di simile, forse un'amica di Lilim Pitheké. Il piccolo zoppo sbottò d'istinto:

«Amica no di certo!»

Si morse la lingua, ma era troppo tardi. Fu interrogato, messo alle strette con minacce e con lusinghe; e alla fine, piagnucolando e lamentandosi, con mezze verità e mezze bugie, il bambino parlò. Disse che Lilim, dopo essersi separata da quel fenicio con cui aveva viaggiato per un pezzo, era incappata nella rete di una strega; che Shamaliel l'aveva stregata e affidata alla sua piccola schiava apprendista perché la uccidesse. Da lì la richiesta d'aiuto lanciata ai Bambini del Vento, il suo attacco solitario in soccorso dell'amica, e finalmente la morte di Shabriri, che però attribuì a un suo tiro di fionda, senza far cenno del duello.

«Hai detto Shamaliel?» chiese Zeitan. «Shamaliel di Bet Refaim?»

«Proprio lei».

«La conosci?» chiese Kenah.

«Di fama» rispose l'esseno oscurandosi in volto. «Ho raccolto a lungo notizie su maghi, incantatori, streghe, evocatori di spiriti e indovini, perché ciò è male agli occhi del Signore».

«Ma Lilim Pitheké è nostra amica!» protestò Cane Cotto.

«Può darsi» tagliò corto il vecchio monaco, «ma di sicuro Shamaliel di Bet Refaim non lo è. È una strega molto potente, molto malvagia. E se ora, come credo, sa già ciò che è successo alla sua serva, sta accorrendo sicuramente alla vendetta. Un'altra minaccia mortale è su di noi».

Kenah, come d'istinto, si voltò indietro, tese le orecchie, trasalì: poi strinse le mascelle esasperato e si rivolse a Zeitan, per una volta con voce infranta, quasi di pianto.

«Cosa succede, Rabbi? Cosa è questo? Perché questo cielo è così? Perché queste cose cattive ci cadono addosso?»

Il vecchio addolcì lo sguardo nel parlargli.

«È il Tempo» rispose. «E ogni cosa che ha potenza si muove. Ma non temere, perché la potenza più grande di tutte si muove con noi. E infatti è detto: 'La terra invecchierà come un vestito, e i suoi abitanti moriranno come larve: ma la mia protezione su voi durerà in eterno'».

«Isaia» concluse una voce fioca dalla lettiga.

Tuttavia nel cuore di Zeitan la speranza, forse per la prima volta nei venti giorni e tra i mille casi di quella missione, vacillò. Non sapeva chi fosse il sicario, non sapeva se già avesse colpito; erano molto lontani da Betlehem, viaggiavano lenti, feriti, per strade impervie e incerte; ora un'altra minaccia mortale si aggiungeva, cui non avevano i mezzi per sfuggire.

E quel sole smagliante e derisorio continuava a calare sui monti senza arrossire, come un frutto che cade acerbo dal suo ramo.

Quella minaccia era molto più vicina di quanto l'esseno temesse.

Appena tre valli più a nord Shamaliel tirò le redini, fermò la corsa del grande mulo nero che montava, scostò dal viso il mantello e guardò in alto. Quel sole che calava sui monti senza mutare d'età, come un vecchio dal viso di bambino, confermava le sue visioni: si avvicinava una notte di prodigi. Se la sorte e le potenze a lei amiche l'aiutavano, e se riusciva a eludere l'ombra minacciosa che sentiva oramai vicina di fronte a sé, quel viaggio avrebbe portato grandi frutti; assai più grandi che la semplice vendetta per l'uccisione della sua apprendista, che pure le stava a cuore.

Con un grido mozzato e selvaggio spronò il mulo, che riprese il galoppo.

Per tutto il giorno avanti, dopo la partenza di Shabriri, aveva vagato inquieta nella tana di Bet Refaim, in preda alle premonizioni. Si domandava se avesse fatto bene ad affidare l'esecuzione della piccola fata alla sua apprendista; o se non avesse invece sottovalutato, vedendola così a mal partito, la forza di quella Scimmia del tramonto: affiancava Zahel Onagro, in fin dei conti, in quella missione strana, che pareva così diversa dalle altre... Nella trance di due notti prima, sotto la pelle del bufalo, la strega aveva avvertito per un attimo una luce incredibilmente abbagliante nella ragazza incinta che il sicario cercava. Si chiedeva ora quanto, e in che ruolo, Lilim avesse a che fare con quella luce; e quanto e in che modo Lilim, Zahel e quella luce avessero a che fare con la luce prodigiosa che aveva sfolgorato dal cielo per tutto quel giorno, e con la notte ancora più prodigiosa che stava per cominciare. L'Onagro le aveva affidato la Scimmia perché la salvasse, come pareva chiedere con tanta decisione? Forse troppa? Forse al contrario l'aveva lasciata lì per liberarsene, sapendo che lei l'avrebbe uccisa? E magari che solo lei era in grado di farlo?

Per tagliar corto con tutto questo, nella notte, era tornata sotto la pelle del bufalo, assistita da un'altra apprendista di rango minore. Aveva cercato gli occhi di Shabriri, per vedere con la loro vista, e aveva trovato il buio: Shabriri era morta. Le sue premonizioni erano esatte, la cosa era grave. Si era inoltrata nella sua mente morta, per sapere di più. Aveva visto il volto di un bambino, un apprendista di poca forza, ma molto pericoloso per via di un'alleanza oscura che aveva alle spalle: una potenza molto giovane ma aliena, esterna a quel mondo, di cui non aveva potuto sapere di più. Aveva visto uomini che combattevano tra loro, e poi bambini con le fionde; poi nuovamente quel bambino zoppo... Ed ecco!... Era lui che l'aveva uccisa.

La strega aveva allora allargato il suo sguardo, chiamando a sé con più forza i demoni e i morti che le erano guide e sposi. E col fumo e il sudore nuziale di tutta una notte aveva appreso quanto le bastava: quel bambino era Ioma Ben Tamalion, mago apprendista, fratello minore di Lilim Tamaliel, che aveva appena richiamata dal buio. Ora la sesta Scimmia del tramonto, di nuovo libera e nel pieno delle forze, viaggiava da sola più a sud, verso Betlehem.

Ancora Betlehem: tutto pareva convergere là.

E là anche lei sarebbe andata. Ma non prima di aver raggiunto quel cane storpio, che oramai non era lontano, e d'averlo ucciso. Poi avrebbe raggiunto e ucciso la Scimmia sua sorella, in cammino verso la sua misteriosa meta. E poi avrebbe raggiunto quella meta. Ciascuna di quelle piste oramai era chiara, al suo occhio segreto, come le righe di un carro nella sabbia.

Ma qualcos'altro si opponeva a questo occhio, esasperando la sua inquietudine: un'ombra, una zona opaca, forse schermata da qualche altro potere, in cui non riusciva a scorgere alcunché. Forse era la stessa che per un attimo aveva intuito dietro lo zoppo Ioma, e forse no. Incombeva su di lei dall'inizio del viaggio: dapprima solo una nebbia circoscritta, una macchia elusiva dello sguardo; poi passo dopo passo più densa, più nefasta, più oscura; e oramai vicinissima, vibrante, da poterne quasi udire il rombo velato.

Giunse all'ultima svolta della mulattiera, che girava intorno a uno sperone roccioso. Sapeva che dietro a esso avrebbe trovato ciò che la stava aspettando. Rallentò l'andatura del mulo fino al passo, richiamò dal fondo di sé le sue armi più micidiali, richiamò dalle aule del buio i suoi alleati più potenti, e con la morte pronta tra le mani affrontò quella curva.

Eccolo.

Un uomo, un vecchio, vestito in abiti sontuosi, seduto al centro di una piccola piana a destra del sentiero, davanti a un fuoco dalle strane lingue malva. A una trentina di passi da lui, un cammello altissimo e riccamente bardato, immobile come una statua.

Gathaspar-Vindapharna, il Mago Re, attendeva da parecchie ore davanti a quel fuoco, assorto in contemplazione, e la forza del suo maga ormai era altissima. Ciononostante, quando vide Shamaliel apparire nella curva, trasalì: conosceva la strega di Bet Refaim come una delle più potenti al di là dell'Eufrate, e sapeva che la battaglia sarebbe stata ardua, forse fatale.

Tuttavia doveva affrontarla: una serie inesorabile d'eventi lo aveva condotto lì.

Dopo l'incontro con Pitheké nel giardino di Magdala, cinque giorni prima, era stato alla corte di Erode. Aveva colto, come si aspettava, un'atmosfera febbrile, di ansia, sospetto e impotenza: a

Cesarea brancolavano nel buio. Aveva parlato con tutti: coi sapienti di corte, con uno sgradevole capitano della guardia dai denti d'oro alternati a scacchiera, con lo stesso tetrarca. Per sviare da subito i sospetti, aveva chiesto per primo notizie del nuovo Re, sostenendo candidamente – e non senza malizia – che a casa sua, nel suo lontano oriente, era logico pensare che 'il Re dei Giudei' dovesse nascere nella famiglia regnante. Aveva interrogato, mentre in apparenza rispondeva, aveva indagato mentre veniva investigato. E dopo essersi fatto un'idea di ciò che gli erodiani sapevano, di ciò che ignoravano e di ciò che stavano per scoprire, era partito: lasciando in pegno al tetrarca in persona la promessa che, una volta trovato il Re Messia, sulla via del ritorno sarebbe passato di nuovo da lui, per portargli notizie e permettergli di recarsi ad adorarlo.

Il viaggio di ritorno dalla costa, sulla Via Reale verso est e poi sulla Collinare verso sud, era stato tranquillo, piacevolmente movimentato dai trucchi messi in campo per depistare i pedinatori che Erode gli aveva posto alle calcagna. Per fortuna nessuno di quei segui era paragonabile al sicario incontrato a Magdala: e per fortuna alle calcagna di costui c'era già chi bastava e avanzava per neutralizzarlo.

O almeno così il Mago pensava fino a due notti prima, quando aveva lanciato una delle sue divinazioni per avere notizie della fata e della sua missione. Nel fumo del fuoco femmina, nelle visioni suscitate dall'haoma, la bevanda allucinogena con cui accompagnava i suoi riti, nel cammino astrale di Tir, il pianeta Mercurio dei mazdei, e nei mille altri segni che la sua scienza gli offriva, aveva letto l'amara notizia: Lilim Pitheké era prigioniera di una strega samaritana molto potente, e stava per essere giustiziata.

Era stato un brutto colpo: adesso tutto diventava più arduo, forse impossibile. Solo quella bambina teneva il contatto con la minaccia più grave che incombeva sul Messia: senza di lei quel rischio diventava incontrollabile, e a pochissime ore dall'avvento.

Ma il Mago Re avvertiva con forza, sebbene oscuramente, che non si trattava solo di questo, di un mero problema di protezione, di sicurezza: c'era in gioco qualcosa di più vasto. Quella bambina portava al bambino che stava per nascere qualcosa che solo lei poteva dargli.

Oltre, ben oltre ogni pugnale, che colpisse o no.

Il vecchio Mago non sapeva ancora cosa, e sospettava che non l'avrebbe mai saputo. Ma qualunque cosa fosse, doveva arrivargli, al di là di ogni sicario e di ogni strega.

Nel pomeriggio, sopraffatto dal dubbio, era arrivato a Betlehem e stava per prendere alloggio in una ricca casa privata adibita a locanda. Ma di colpo cambiò idea: voltò il cammello e ripartì di gran carriera verso il Nord. Avrebbe corso il rischio di mancare di qualche ora, o forse di qualche giorno il tempo esatto; avrebbe corso il rischio ben maggiore di non esser presente a vigilare, in assenza di Lilim, contro il pugnale sciagurato del sicario. Ma aveva risolto: sarebbe tornato verso il monte Karantal, avrebbe cercato il rifugio della strega, avrebbe tentato di liberare Pitheké.

Quella stessa notte, con immenso sollievo, apprese che non ve n'era più bisogno.

Durante un breve bivacco, ripetendo la sua divinazione, vide che la bambina era già stata liberata, ed era a sua volta in cammino verso Betlehem; vide però che anche la strega era in viaggio, sulle sue tracce, e non avrebbe tardato a raggiungerla. E finalmente vide chiaro il proprio compito: impedire che questo accadesse.

Ed era lì.

34. Il duello dei grandi

Lo scontro incominciò in toni bassi, liturgici, quasi armoniosi.

Shamaliel fermò il mulo, ne discese con calma, lo condusse nel mezzo del pianoro, gli posò sulla fronte due lunghe dita arabescate con l'henné e lo lasciò libero, senza pastoie. L'animale si fermò sulle quattro zampe non lontano dal cammello, immobile e incantato come quest'ultimo. Mentre compiva queste operazioni la strega non guardava il suo avversario, che non la guardava: ciascuno dei due sapeva perfettamente cosa l'altro doveva fare, stava facendo, avrebbe fatto.

Infine Shamaliel sedette di fronte al Mago, ed entrambi chinarono il capo in un breve saluto.

Poi agganciarono gli sguardi uno nell'altro, e quella presa non si disciolse più.

«Chi cammina con te, Shamaliel?» chiese Gathaspar.

«Demoni. Meri'im mal generati e incompiuti al tramonto del sabato: Lul, Shaphan, Anigron, Schibbetha, Rishpé che domina dai tetti, Ketev Meriri che corre nelle stragi. Demoni femmine, empùse, mormolìce: Agrath figlia di Machlath, coi suoi demoni distruttori, e sopra tutte Lilith e Nahama, prime donne del mondo, mogli di Adàm, regine di Sheba, mangiatrici di neonati umani. E altre infinite miriadi, non le vedi? Una miriade si è appena seduta alla tua destra, e sette miriadi alla tua sinistra. E tu, Mago?»

«Io cammino con Zurvan Akarana, il Tempo Senza Limiti, increato e divino, che è il telaio dell'universo. Con Asoqar, la giovinezza nascente e l'aria; Frasoqar, la maturità fulgente e l'acqua; e Zaroqar, la vecchiaia potente e la terra, che sono la trama. E con gli Amasa Spanta, gli Arcangeli delle Cose, che sono l'ordito. Questi i fili che tessono il mio maga, il potere che ti combatterà».

Incominciarono.

Le figure che evocarono all'inizio, di dimostrazione più che di sopraffazione, furono fiori, spade, animali, corsi d'acqua. Apparivano alle spalle dei duellanti, in dimensioni naturali, o esaltate, o ridotte, poggiate al suolo o fluttuanti a mezz'aria. I racconti cominciarono a fluire dalle loro labbra, ieratici e cantilenanti, in un antico idioma semita precedente l'arrivo di Abramo.

Narravano di gesta d'eroi il cui nome era perduto da millenni, di favole affollate d'animali intricati e mai visti, di mirabolanti architetture di città. Narravano insieme, mescolando le voci, in apparenza senza ascoltarsi l'un con l'altro, in realtà attentissimi come in un gioco di scacchi. Anche l'innocenza di quelle storie era del tutto apparente, mentre invece ruotavano larghe, a lente spirali, attorno al risucchio di un gorgo insaziabile e antico: la sfrenata moltiplicazione del mondo, che è la tana dei mostri.

Le figure si alternavano fluide alle loro spalle, talvolta mere illustrazioni dei racconti, talaltra del tutto arbitrarie e inattese. Erano in fondo mosse preliminari, di studio e misura dell'avversario, simili a quelle delle mani e delle gambe che compiono i lottatori al circo, prima di avvinghiarsi.

Poi Shamaliel mise fine a quella danza e sferrò il primo colpo.

Il Reem si levò contro il cielo all'improvviso: un toro gigantesco, poderoso, sbuffante, dalle immense corna ricurve, dal manto scintillante. Le setole di questo manto, una per una, erano miriadi innumerabili di spade, appartenute ai guerrieri morti di ogni terra, di fogge e grandezze diverse, di ere diverse, ma tutte vere, tangibili e fredde.

La voce di Shamaliel lodava, aizzava, e continuava a formare il Reem.

«Shor Habar, grande Reem, levati e cresci! Tu le cui corna sterminano eserciti, tu le cui feci fanno straripare il Giordano, tu il cui dorso David scalò credendolo montagna...»

Ma già alle spalle del Mago si levava lo Ziz.

Era un uccello dalle piume colorate, non inferiore al toro per grandezza e d'aspetto bellissimo, che immediatamente aprì le ali oscurando il sole e trattenendo i venti. Il suo piumaggio era composto da messi infinite di fiori, che crescevano lungo gli steli delle piume: giacinti azzurri nelle ali sconfinate, crochi gialli e gigli bianchi nel petto, tulipani di ogni colore e la susàn, l'anemone rosso che in primavera insanguinava tutta Canaan, nelle lunghe e arcuate piume della coda.

«Alzati, Ziz, sorgi e cresci!» esortava la voce del Mago. «Uccello delle moltissime cose, tu le cui carni fiorite saranno cibo dei giusti nel giorno del giudizio...»

Non appena furono compiuti, i due prodigiosi animali si scagliarono l'uno contro l'altro sopra le teste dei loro evocatori, urtandosi in un silenzio irreale, e scomparendo nell'attimo stesso in cui si toccarono.

Per un istante parve che nulla fosse accaduto: ma poi il paesaggio fu increspato da un tremito, una smagliatura vibrante dell'aria, che dal punto in cui i mostri erano stati risucchiati uno nell'altro si propagò all'intero mondo visibile. I contorni di ogni cosa cedettero, sfuocarono, rendendo il creato labile e indistinto come attraverso le lacrime di un pianto. Pochi respiri, che parvero eterni, e il prodigio prese a svanire: l'aria si ricompose e si appianò, come le increspature di uno stagno che infine restituiscono terso il riflesso del mondo.

I duellanti mostravano nei volti tesi e nelle spalle curve la fatica del colpo, ma non distolsero gli sguardi uno dall'altra.

Nel breve intervallo di scaramucce che seguì, evocarono nell'aria in varie forme gli dèi morti di quella terra, che Jehovah, figlio prediletto della Grande Dea, col suo favore in tempi remoti spodestò dal cuore degli uomini che l'abitavano: il dio Terebinto, il dio Tuono, il dio Melograno, il dio Antilope, il dio Asino, il dio Orzo, il dio Guarigione, il dio Luna, il dio Stella del Cane...

Ma presto, come a un segno concordato, quelle comparse malinconiche svanirono, e riesplose il minuzioso finimondo.

Si rizzò Leviathan, il Coccodrillo, spirito primigenio delle acque: la strega, saltando ogni stadio, azzardava i livelli estremi dello scontro. E allora subito di fronte a lui, come miriadi di altre volte, si levò il suo nemico, Be'emoth l'Ippopotamo, spirito delle montagne e delle terre.

Alti fino al cielo, vasti fino agli orizzonti contrapposti, i due mostri primigeni si squadravano.

Le storie narravano che fossero destinati a congiungersi, ma che Dio li avesse divisi, confinando Be'emoth sulla terra secca e Leviathan nel profondo del mare, per timore che i loro pesi uniti spezzassero le volte del mondo. E le profezie predicevano che, dopo uno scontro che avrebbe suscitato il maremoto, si sarebbero distrutti a vicenda: oppure la volta del mondo sarebbe crollata. Ecco dunque perché i due antichi mostri si fronteggiavano in ogni contesa di streghe e maghi, in ogni fiaba di nonna ai nipotini, in ogni fiorito esempio del discorso dei dottori nelle sinagoghe.

Ed eccoli infatti, un'altra volta ancora, uno di fronte all'altro.

Leviathan era un immenso coccodrillo, la cui immagine a volte mutava, senza parere come nei sogni, in Drago Gigante, o Serpente Oceano che accerchia il mondo mordendosi la coda. Il suo dorso era a lamine di scudi, fitte e saldate da non lasciar filtrare un soffio. Le sue palpebre erano varchi dell'aurora, il suo starnuto scatenava la luce, il suo fiato incendiava i carboni. Nel suo collo risiedeva la forza, e innanzi a lui correva la paura.

Be'emoth, il cui nome significava 'le bestie', era una femmina e la sua forza era nei fianchi. Assumeva l'aspetto d'Ippopotamo, quantunque molti le attribuissero le due corna del bue e altri l'unico corno del rinoceronte. Rizzava la coda tesa come un cedro, i muscoli nelle sue cosce erano trecce di corda dura, le sue vertebre erano tubi di bronzo, le sue ossa spranghe di ferro.

La lotta incominciò.

Senza distogliere lo sguardo dal vecchio, Shamaliel batté le ciglia rapidissima.

Gli occhi di Leviathan si moltiplicarono, divennero uno per ogni giorno dell'anno. Ogni occhio vide con chiarezza di cristallo una diversa Be'emoth, che regnava sulle creature serene della campagna, distesa sotto piante di loto. Ogni artiglio del Coccodrillo colpì ogni Ippopotamo una sola volta, in un punto diverso. E Be'emoth si levò dal folto del canneto con trecentosessanta piaghe in tutto il corpo.

Gathaspar contrasse le mani sulle ginocchia, le sue spalle tremarono. Poi prese un profondo respiro e iniziò a cantare con voce forte e accesa.

Dietro di lui, nei monti, Be'emoth si rizzò sanguinante sulle zampe posteriori e lanciò contro il nemico il suo ruggito, che era un fascio immenso di grida unite insieme. In esso risuonavano, fusi ma al tempo stesso udibili uno ad uno, i guaiti alla nascita di miriadi di cani e di iene, le strida di fame delle stirpi successive di corvi, i belati di terrore di generazioni di capre, i muggiti di branchi di bufali in corsa sulla medesima piana attraverso i millenni; e poi giù, ancora più indietro, in fondo alle ere, fino ai bramiti lugubri e lontani di animali da sempre scomparsi. La voce di Be'emoth, che era Tutte Le Bestie, la pena e la paura di tutte le prede fuse in un solo fascio, investì Leviathan in pieno petto, rovesciandolo con la schiena irta di pinne aguzze sui gioghi dei monti.

La smagliatura che aveva colpito l'aria nello scontro dei primi due mostri, a quel grido potente e plurale, increspò nuovamente il paesaggio. Ogni cosa divenne indistinta, sfuocata, come se fosse regressa a una forma immatura, appena sbozzata dal suo creatore, a tagli grossi. I contorni delle cose cedevano, i colori sbavavano uno nell'altro, le ombre diventavano casuali. Ma ancora una volta fu un attimo: come una rete da pesca tesa, che rimbalza sotto un urto e poi riprende l'identico assetto, il mondo visibile tornò con un balzo in se stesso, alla sua forma dettagliata e fine.

Tutto allora trascolorò, all'improvviso: il sole stava finalmente tramontando.

Dopo quella giornata infinita di luce accecante, il cielo stremato crollò in un pallore biancastro. E un tiepido rosa dolciastro sfumato a occidente, come sangue nel latte, non aggiungeva a quel cielo alcuna vita. La vita continuava a parer ferma, sospesa, in attesa di qualcosa che non era quel tramonto.

E lo scontro riprese.

Shamaliel batté le mani sette volte e poi intonò una filastrocca circolare, semplice e infinita come quelle dei bambini, che parlano di una storia che narra una storia che narra una storia...

Il Coccodrillo immenso, rovesciato sulle montagne a pancia in su, con una scudisciata della coda saltò di nuovo in posizione di battaglia. Inarcò il dorso di drago e ogni sua scaglia emise per lunghi attimi una luce accecante; poi si divise in migliaia di squame più piccole, e fu la pelle di un nuovo Leviathan, grande come un cavallo, perfetto e identico al padre. Un branco di nuovi mostri moltiplicati strisciò sulla piana e sui monti, furioso e pronto all'assalto. Ma non era finita: ogni scaglia della loro corazza ancora si arroventò, si divise, e generò ancora un piccolo Leviathan intero e perfetto. E stavolta fu stormo di uccelli, che con una tempesta di grida frullava sulla piana dello scontro. Ma ancora ogni loro squama si divise e fu sciame di insetti, che vagò nel cielo bianco minaccioso.

Vedendo sopra il suo capo addensarsi lo sciame, quell'infinita moltiplicazione dell'orrore, il Mago impallidì. E a sua volta, con voce incerta, prese a salmodiare un'antica storia:

«Dio creò la terra, ma la terra non aveva sostegno. E così sotto

274

la terra creò un angelo. Ma l'angelo non aveva sostegno, e così sotto i piedi dell'angelo creò una montagna fatta di rubino. Ma la montagna non aveva sostegno, e così sotto la montagna creò l'ippopotamo chiamato Be'emoth...»

Ma qui la litania venne interrotta, e Be'emoth non poté mai reggere alcun peso.

Aveva appena preso corpo, in luogo di uno dei monti di Giuda, la montagna di rubino scintillante, quando sopra di essa, nel cielo, apparve una scritta immensa, a caratteri fatti di luce:

CAUTION – SYSTEM OVERFLOW

Uno o più processori stanno per subire danni permanenti

Lo sciame di minuscoli Leviathan aveva assunto nell'aria la forma di un Leviathan plurale e immenso, che si contorceva tentando di mantenere questa forma e lottava per disporla all'attacco. La strega si agitò incerta, scosse con forza i capelli.

CAUTION – SYSTEM OVERFLOW

Uno o più processori stanno per subire danni permanenti

La lebbra dell'aria riesplose per la terza volta, molto più devastante. Tutte le cose del mondo si sgranarono, si sfaccettarono come oggetti coperti di mosaico, come pietre preziose lavorate rozzamente. Gathaspar lottava disperato per non distogliere lo sguardo dalla strega.

CAUTION – SYSTEM OVERFLOW

Uno o più processori stanno per subire danni permanenti

La scritta in cielo appariva e scompariva. Lo sciame di mostri in forma di Leviathan aveva rallentato il suo moto fumoso e stazionava fluttuando in attesa di qualcosa, espandendosi e contraendosi con lentezza, come se respirasse. Be'emoth giaceva impotente, oppressa dall'innumerabile nemico, sull'inutile montagna di rubino.

Negli sguardi agganciati dei due contendenti passò un'ombra nuova, di consapevolezza e di terrore: nessuno dei due, compresero, avrebbe vinto. Era la fine di entrambi, e forse anche del mondo intorno a loro, le cui volte scricchiolavano sotto il peso ormai mostruoso dei due esseri che loro stessi avevano evocato e aizzato a moltiplicarsi uno contro l'altro.

Fu a quel punto che arrivarono i due Maghi.

Il primo apparve a sud, alla lontana estremità del sentiero, dall'altro lato del pianoro. Si inoltrò nella pista per pochi passi, alto sul suo cammello, e si fermò. Era un uomo maturo, nero di pelle, grande e possente, dall'espressione del viso calma e grave. Il secondo, poco tempo dopo, correva selvaggiamente su un altro cammello nella piana, tagliandola da est a ovest verso di loro: era giovane e imberbe, di candida pelle, e aizzava con gesti il cammello e gridava e rideva.

I due furono presto sul luogo dello scontro. Discesero dalle loro bestie, si accostarono in silenzio, sedettero ai due lati della strega un po' discosti indietro, così da porla al centro del triangolo che formarono col loro confratello.

Shamaliel, pur non avendoli visti, sapeva di loro. Ma neanche un'ombra di terrore o angoscia trascorse in lei; solo una fredda furia sorridente accendeva il suo sguardo, che non volle distogliere neanche ora dal nemico.

«Io morirò» disse solo, «ma non per mano tua».

I due nuovi Maghi Re chinarono il capo, mormorarono brevemente qualcosa nelle loro lingue, poi levarono di nuovo lo sguardo, già tesi nel maga. Intrecciarono le mani tra loro e con Gathaspar, chiudendo il triangolo: e anche lo scontro si chiuse.

Lo sciame immobile degli infiniti Leviathan scomparve senza un suono.

La scritta di luce scomparve dal cielo poco dopo.

La lebbra delle immagini guarì, e ogni cosa riacquistò la sua faccia pulita.

Be'emoth, l'Ippopotamo madre delle terre, si allontanò e scomparve nelle terre serene.

La strega scomparve.

Non restò di lei, nel punto in cui era seduta, nemmeno una traccia; solo il mulo poco distante, che il Mago giovane Melchior si divertì a scacciare strepitando, inseguendolo con grandi salti per un pezzo.

Intanto Baalthasar, il Mago negro, sosteneva il confratello che stremato si scuoteva dal suo maga. Gathaspar respirò profondamente, a capo chino, con le mani premute sugli occhi, per un lungo tempo. Poi, quando anche Melchior fu tornato accanto a loro, levò il capo e indicò in alto, senza una parola.

Una cometa scintillante era apparsa nel cielo d'oriente, a fronteggiare la stella della sera: ma dieci volte più luminosa, con la sua coda a scimitarra puntata verso il sud, come fu detto.

E il cielo, come sanato dalla sua luce, aveva perso l'abbaglio allucinato di smalto duro e pregno dell'intera giornata; aveva perso il pallore stremato del tramonto: e ritrovava il suo colore di zaffiro, vivo e purissimo, remoto e dissetante.

I tre Maghi Re, Gathaspar, Melchior e Baalthasar, o Basanter di Saba, Hor di Persia, Karsundas d'Oriente, o ancora altri nomi secondo altre storie e altre genti, si dettero da fare senza indugi. I due giovani rifocillarono il più vecchio con cibi e liquori medicamentosi, lo aiutarono a salire sul cammello, si consultarono ancora brevemente, guardarono il cielo e partirono.

I tre cammelli in fila caracollavano a passo veloce, lungo la mulattiera verso sud.

La stella cometa, in cielo, li seguiva.

Tre valli più a sud, Zeitan del Cerchio guardava la stessa stella con un sorriso, forse il primo da quando era partito.

I due esseni e i Bambini del Vento, col fiato sospeso, avevano osservato in silenzio quei bagliori nel cielo dietro le cime a nord. Lampi e rimbombi, ma non di temporale; veli tremanti che sbiadivano le cose, e non erano pioggia; e infine scritte di luce con parole indecifrabili: che cosa stava accadendo, poche valli più in là?

«Non lo so, Kenah Khamsin, non lo so. Forse si sta decidendo il nostro destino. Potenze più grandi di noi si fanno guerra».

Avevano risolto di andare avanti a ogni modo, contro ogni disperazione, ignorando del tutto quei segni che non sapevano leggere. E ora la loro fiducia era stata premiata. Zeitan volle che la lettiga fosse posata a terra e fosse scostata la tenda, perché il compagno ferito vedesse la stella cometa, nel cielo di nuovo purissimo.

«Jod! He! Vau! He!» gridò il gigante.

«Osanna Israèl!» gridarono insieme.

«Hai visto, padre?» gridò Jod-He con le lacrime agli occhi,

senza distogliere lo sguardo dal cielo. «La scimitarra! È in forma di scimitarra!»

Quello era un segno che sapevano leggere, e lo lessero ai Bambini del Vento: il Messia stava per nascere e la stella segnava la strada per chi lo aspettava.

Un grido solo esplose dai trenta ribelli, che saltarono e si rincorsero all'intorno: il primo segno, anche per loro, il primo sprazzo di luce in tanti giorni, e forse in tanti anni. E non parole dei grandi, questa volta, non promesse e proclami e profezie: ma luce, bianca luce diamantina, che ciascuno poteva vedere coi suoi occhi.

E con gli occhi inchiodati a quella luce, poco dopo, furono tutti di nuovo in cammino, con nuove forze nelle gambe magre, che ancora dovevano fare tanta strada.

«Arriveremo in tempo, Rabbi?»

«Arriveremo. Ora più niente ci può fermare».

Non era così.

35. La notte senza fine

Dopo circa un'ora di marcia, si fermarono.

Il sole era scomparso. La cometa aveva sanato tutto il cielo, restituendogli la dolcezza estenuata del suo azzurro più cupo, quell'ultima carezza della luce ai viventi che precede di poco la notte.

Ma la notte non venne.

L'aria parve d'un colpo intorpidita, attonita. Qualcosa d'allarmante, di estraneo, dilagava non visto dentro l'intero giro del paesaggio, che tuttavia pareva in sé immutato, perfetto nella quiete della sera. La valle boscosa che i bambini e i monaci attraversavano si stendeva morbida di umidità, buia di lauri e acacie, meli di Sodoma e salici di Gerico. I monti Giudei si stagliavano a ovest, alla loro destra, densi di buio contro il cielo appena ramato dall'ultimo alone del sole. Alla loro sinistra, a est, la notte in cammino s'era fermata sui gioghi lontani di Moab, oltre la grande fossa del Giordano, sotto la stella luminosa.

Silenzio assoluto ovunque, soffocante, irreale.

Stasi. Silenzio. Attesa.

E finalmente eccolo, l'errore. Nel cielo perfetto un dettaglio impossibile: un uccello appeso a mezz'aria, fermo nel volo.

Ed ecco aprirsi in uno sguardo solo l'inaudita realtà del prodigio: quel mondo era fermo.

I bambini erano fermi nel sentiero, con le gambe incantate nei passi diversi, i visi fermi levati in alto alla stella, o davanti, alla strada. Zeitan svettava di poco su di loro, magro e chiuso nel suo mantello chiaro, curvo nel passo e immobile. Cane Cotto accanto a lui non saltellava più, ma guardava ridendo di lato, colto nel mezzo di una frase rivolta a qualcuno, col piede più corto sospeso nell'aria. Nella lettiga il gigante ferito contraeva la faccia in una smorfia di lento dolore, che non si scioglieva.

Pochi chilometri più a sud, sulla strada per Betlehem, i tre Maghi sembravano statue sugli alti cammelli, scintillanti di ori e ricami, bloccati nella loro ieratica corsa vicino alla meta.

Molti chilometri più a nord, sulla Via Collinare, Ishmaiah e i suoi tre guerrieri stavano immobili in pose affannate sui cavalli schiumanti, impietriti nel galoppo inutile verso altri luoghi.

Nel luogo, a Betlehem, in un vicolo buio, Zahel Onagro sfiorava i muri, fermo nel suo cammino verso la grotta dove Myriam si era rifugiata al calare del sole.

E tutt'intorno, negli altipiani successivi, le greggi condotte all'ovile non avanzavano né brucavano più l'erba. Il pastore che col bastone tentava di batterle era fermo col braccio levato. I cammelli sulle sponde degli uadi tendevano invano le labbra verso l'acqua, ma non sapevano più bere né mangiare.

E zeloti, ginnasti, romani sognavano immobili, perduti nel paesaggio, incantati in pose diverse di cammino, ciascuno diretto alle sue mete, alle sue imprese: a impedire, minacciare, rimediare... Nemici e amici, vittime e cacciatori, maghi e soldati e santi e guerriglieri: tutti immobili e chiusi in sé, nello zero del tempo.

«Merda, no! M'ha inchiodato il sistema!»

Nel buio azzurrino della sua stanza, contro la luce acida dei led brulicanti, Lele ruota la testa più volte a destra e a sinistra, poi in alto e in basso, poi ancora di lato. Diteggia con le mani nell'aria come suonando invisibili strumenti. Ripete le mosse della testa, ripete variandole le mosse delle dita.

«No, no, no, no!»

Si cava il monkey dalla testa con un gesto esasperato, lo getta quasi sul tavolo accanto alla consolle; indicando e schioccando con le dita guantate accende la luce della stanza, accende il monitor.

L'immagine che affiora dal fondo buio dello schermo, aggiustando i contorni e i colori, è la vista in prima persona di Zeitan del Cerchio: un sentiero appena tracciato in una valle boscosa, nella sera; sulla destra, oltre la fascia nera degli alberi, i profili vicini dei monti di Giuda contro il cielo ancora chiaro; sulla sinistra ancora bosco e lontanissime, oltre la valle del Giordano, le catene del Moab già nella notte.

Lele manovra rapidamente coi gesti nell'aria, in avanti, a destra, a sinistra, in avanti, indietro...

Poi si strappa anche i joyglove, li getta sul letto, afferra i joystick. Li muove avanti, a destra, a sinistra, avanti, indietro: niente da fare, il movimento non si schioda.

Con un tocco a un pulsante della cloche salta in terza persona: bene, questo almeno si fa.

Ecco il gruppo dei trenta bambini, con la lettiga e il vecchio esseno, tutti immobili in pose di marcia sul sentiero. Prova ancora i comandi dei joystick per riavviare quella marcia: non camminano.

Ruota il punto di vista intorno a loro: s'alza in volo sul gruppo, lo osserva dall'alto, lo percorre in tutta la sua lunghezza; piomba in picchiata in coda a esso e poi su un fianco, scorre avanti a livello del terreno, passa in rassegna i piedi calzati di stracci e scarpe di fortuna, fermi in figure molteplici di passi: tutto a posto, non ci sono corruzioni d'immagine, né altri sintomi di danni.

Eppure quei deficienti non camminano.

Gli pareva di essersela cavata un po' troppo a buon mercato, col sovraflusso di sistema di un'ora prima! Pareva che tutto fosse ripartito per bene, dopo la crisi: ma lui lo sa che quando entrano in campo i processori d'emergenza, poi è una bella lotteria rimetterli al passo...

Con un altro pulsante apre un piccolo menù di scelta, coi volti che lo guardano in attesa, sbattendo gli occhi o grattandosi il naso ogni tanto: Zeitan, Jod-He, Kenah Khamsin, Cane Cotto, Bambini del Vento; Gathaspar, Melchior, Baalthasar; Ishmaiah, guardia galata 1, guardia galata 2...

Sceglie la prima persona del vecchio Mago. L'immagine nel monitor cambia.

Ecco in alto, a oriente, la stella cometa bianchissima e raggiante nell'azzurro perfetto della sera; ecco davanti a sé vista dall'alto, dal dorso del cammello, una via terrena di grande traffico, terra battuta e ciottoli piatti, a sud di Gerusalemme verso Betlehem; ed ecco il collo e la nuca del cammello. Ma tutto è fermo, nessun rollio e beccheggio. Salta in terza persona, ruota attorno: eccoli tutti e tre, in fila indiana, sembrano proprio i Re Magi di Carlotta. Prova coi joystick i comandi della corsa: ma niente, fermi ingessati come quelle statuine.

Riapre il menù, riprova con Ishmaiah e le sue guardie. Li trova inchiodati coi loro cavalli sulla Via Collinare, ben lontani verso nord, all'altezza di Sichem: depistati come polli da Zahel, spediti a caccia di farfalle in Galilea. Già, chissà perché l'ha fatto: se l'era chiesto... Forse il sicario vuole finire il lavoro da solo, vuole l'intera taglia; o forse vuol risparmiare la ragazza. Non si capisce perché, altrimenti, non abbia già provveduto, in due giorni che le sta ronzando attorno. Occasioni, per uno come lui, non son certo mancate. Invece lui si ostina ad aspettare questo parto...

Ed eccolo lì, infatti, rasente al muro in un vicolo di Betlehem invaso d'ombra, diretto probabilmente alla grotta di Myriam: ma impietrito anche lui come tutti gli altri.

Inutile insistere, è tutto bloccato, si è inchiodato il sistema.

Sperando solo che il blocco non sia a un livello inaccessibile – o Palestina finisce quella notte – Lele sfila la tastiera da sotto il piano del tavolo, e comincia a digitare i comandi dei tool di controllo.

È notte fonda di venerdì ventitré dicembre, la notte di una giornata molto difficile.

Ha litigato con la mamma per tutta la sera, da quando lei è tornata dal lavoro trovandolo chiuso nel suo mondo, nella sua camera, nel suo casco, coi suoi guanti alle mani; e la sorellina chiusa da sola nella sua stanza, con le sue Barbie, chissà da quanto tempo. A dire il vero Carlotta pareva tutt'altro che afflitta: anzi, nella discussione che è seguita, per la prima volta ha difeso il fratello a spada tratta.

«Tu lo devi lasciar fare, perché sta finendo!»

Lei si è messa a gridare che c'erano dei limiti, che esistevano anche gli altri, in quella casa; che era Natale, e potevano stare un po' insieme, per una volta, anziché vedersi a cena e a colazione; che lei non stava usando tutti i sistemi che poteva, per fronteggiare quella situazione; che le avevano proposto rimedi assai più drastici e lei ci aveva rinunciato, per rispetto del figlio: ma che lui non ne doveva approfittare...

Questa, nella routine di botte e risposte dei loro litigi, era una novità. Lele si è chiesto subito allarmato cosa fossero quei 'rimedi più drastici': era stata all'Igiene Virtuale?

«Ma mamma, manca poco, sto finendo!» aveva risposto afflitto.

«Anche il Natale sta finendo, e io non ti ho quasi ancora visto in faccia senza quel cavolo di maschera!»

«Ma se sei stata al lavoro fino a oggi!»

Lei allora ha ribattuto, come sempre a quel punto, che se lei non va al lavoro tutti i giorni, il computer e il casco e i guanti, la sua Palestina Quest e tutte le maledette rotelline di cui è fatta, vuole vedere chi glieli compra! E avanti così...

È brutto, è bruttissimo a Natale litigare con la mamma in quel modo.

È brutto, è una tristezza da morire.

È stata una delle cene più tristi che Lele ricordi. Muti e torvi tutti e due, lui e la mamma, con Carlotta che li guardava di sottecchi, e fingeva di giocare con personaggi di pezzetti di pane.

Ma doveva farlo, ancora solo per una notte o due. E lo sapeva che quella notte o due erano proprio le notti di Natale. Figurarsi se non lo sapeva: era il termine del suo gioco, quella notte! La deadline che faceva impazzire, sperare e disperare, viaggiare e inseguire e uccidere tutti i suoi personaggi!

No, doveva farlo: anche se gli costava quel vagone di tristezza.

Doveva mandarla giù in silenzio, la tristezza, con la pasta al pesto. Finire la cena in fretta, e meglio in guerra, per avere il pretesto di chiudersi nella sua stanza, e finire quella guerra col suo gioco.

E così ha fatto.

Ha giocato per ore: le nove, le dieci, le undici...

Ha combattuto accanto a Lilim Pitheké, Scimmia del tramonto risvegliata e ritornata alla battaglia nel pieno dei suoi poteri. Ha dormito con lei e con Cane Cotto, per vincere e dimenticare dentro il buio tutto il sangue, e i chilometri, e le offese, e tutta quella storia disperata...

Si è svegliato e ha partecipato al gran consiglio, discutendo con Zeitan del Cerchio e Kenah Khamsin quale Messia bisognava aspettare, perché bisognava combattere, e perché sperare ancora contro tutto...

E ha combattuto alla fine, sorpreso e sgomento, in quello che sembrava solo un classico duello di magix, e che invece gli ha portato il computer sull'orlo del crash.

È stato un brutto momento: l'ostinazione di quei due, Mago e strega, nel generare mostri frattali troppo pesanti, a pari grado di definizione nella figura totale e nelle sue parti, identiche all'intero, ha mandato in crisi il sistema. Ed è la prima volta che gli capita.

Coi soldini messi via nei compleanni, nei Natali, per i molti e brillanti successi scolastici, Lele è riuscito col tempo a mettere insieme un supercomputer coi fiocchi: un banco di sedici unità d'esercizio, processori liquidi a quanti della penultima generazione, e due banchi di quattro unità d'emergenza. Queste due specie di ciambelle salvagente erano l'ultimo splendido regalo, per la promozione dell'anno prima, della mamma, più due zie, più i suoi risparmi: e fino a stasera non aveva mai avuto il bene di vederli al lavoro, se non in crisi simulate.

Stasera invece ai processori master, già stressati nel disegnare un mondo ad alta definizione storica virtureale, la sua avversaria nel duello di magia ha chiesto di generare un Leviathan, perfetto in ogni dettaglio. Poi gli ha chiesto di dividere quel Leviathan in mille mostri identici a lui, perfetti in ogni dettaglio; e ognuno di questi mille mostri lo ha fatto dividere in mille... E via così, nel classico anello frattale, serpente che si morde la coda, cioè Leviathan. Nel frattempo Be'emoth non se ne sta ferma: risponde con ruggiti in audio iperdefinito, realizzati integrando migliaia di suoni diversi; o con altre procedure ad anello: ciò che sta sotto di ciò che sta sotto di ciò che sta sotto...

Insomma, sotto questo diluvio di calcoli uno dei sedici processori d'esercizio non riesce a stare al passo, e il plasma bolle. Il sistema comincia a togliere risorse alla grafica d'ambiente: cielo, montagne, eccetera, calano drammaticamente di definizione per parecchi secondi. E infine arriva il preallarme di overflow: sistema in sovraflusso, troppi calcoli per quei sedici cervelli, il vaso trabocca.

Allora ecco la prova che aspettava: entrano in campo i due banchi di rinforzo, prendono in carico camionate di calcoli dai loro colleghi stressati, e coi tre banchi insieme Lele fa fuori la strega.

Benissimo, e poi?

Poi un tratto di gioco tranquillo. Tramonta il sole; i Re Magi e i Bambini del Vento sono in cammino; Zahel aspetta. Nessuno combatte, nessuno moltiplica mostri, nessuno fa niente altro che viaggiare: e lì il sistema s'inchioda!

Ma perché?!

Ma perché proprio stasera! Proprio la notte del timeout, della fine del gioco! La notte tra il dieci e l'undici di tevet, che scocca tra meno di un'ora...

Lele rovista, sempre più disperato, tra gli attrezzi di controllo del gioco: il log degli eventi, i tracciati di flusso dei dati NPG dai siti remoti, i monitor d'occupazione di risorse, tutti i posti e tutti i buchi in cui la sua abilità o la sua fortuna può cercare quel maledetto inceppo...

E non lo trova. Il tempo sta passando, e non lo trova.

«E tutto è fermo, merda!»

284

Lele chiude l'ultima finestra di controllo, si butta indietro sulla spalliera e con il braccio sinistro teso clicca convulsamente sulla tastiera il tasto di escape, venti volte, trenta volte, senza fine...

«Merda merda merda merda merda...»

«Lele».

La mamma, in piedi alla porta, nel suo pigiama da uomo. E chissà da quanto era lì.

«Mi ha inchiodato il sistema, è tutto fermo...»

Lele si volta soltanto un attimo a guardarla. Poi si gira ancora e guarda il monitor: la sua Palestina ferma, disperata. Ma non guarda e non pensa né a ciò che ha davanti né a ciò che ha dietro. Non pensa a niente.

La mamma sta un po' ferma sulla porta, in piedi, mordendosi un labbro.

Poi si avvicina a passi incerti a lui, gli posa piano le due mani sulle spalle.

Ma le solleva subito come scottata, perché Lele si volta di colpo e rompe gli argini. Parla guardandole un bottone del pigiama, il secondo dall'alto, parla a mitraglia senza una pausa, senza un respiro:

«Mi ha inchiodato il sistema, non so perché, poco fa c'era un duello di magia con un sacco di mostri pesanti, sono entrati in funzione i due banchi di emergenza, poi forse uno dei processori bolliti ha tentato di riprendere il suo posto, ma quello di emergenza magari non si è ritirato, forse il titolare era ancora marcato guasto, non lo so, forse hanno incominciato a contendersi le istruzioni, e ora non sono più eseguite da nessuno, forse è per questo, e tutto si è bloccato, proprio ora che stavo per finire, e io... adesso... cioè...»

Lele si ferma, respira a bocca socchiusa fissando il bottone del pigiama, poi china la testa.

La mamma tace per un minuto, e sembra un'ora. Poi gli infila le cinque dita della destra nel ciuffo della fronte, come faceva quando era piccolo, gli fa sollevare il viso, lo guarda negli occhi.

«Ascolta. Perché invece non mi racconti tutto».

«Tutto... cosa».

«Tutto. Tutta la storia».

«Palestina?»

«Dall'inizio».

«Dall'inizio?»

La mamma, per tutta risposta, si siede con calma sul letto, e lo guarda.

Addirittura gli sorride.

A Lele vengono le lacrime agli occhi per la prima volta. Si siede accanto a lei, un po' rigido, sul bordo del letto.

«Non mi hai mai raccontato dei tuoi giochi».

«Be', io... cioè, sei tu che ti annoi a sentirli».

«E di questo, mi vuoi raccontare?»

«Si è inchiodato».

«Ho capito che si è inchiodato. Mi racconti? Che gioco è? Perché si chiama Palestina Quest?»

«Be', è una storia un po' lunga».

«Abbiamo davanti molti giorni di vacanza, possiamo dormire quanto vogliamo».

Lele la guarda: secondo sbocco di lacrime. È proprio una notte senza fine, una notte fatata.

«Allora va bene. Allora... Allora dunque: tutto è cominciato un giorno... l'ultimo giorno di novembre, il ventinove di kisleu, in un pozzo chiamato Matarieh, verso il tramonto...»

«Aspetta, siediti un po' più comodo, vieni qui. E prima dimmi di questo padre Giuseppe».

Lele punta i pugni sul letto, si tira indietro, si mette comodo con la schiena contro il muro, e la sua voce si accende.

«Padre Giuseppe, sì, grande quel vecchio! Stiamo facendo lo stesso gioco, io e lui!»

«Lo stesso gioco? E chi gliel'ha insegnato?»

«No, nessuno! Ti ricordi quel giorno che sono andato a San Sigismondo con la scuola, a vedere il presepio meccanico? Be', viene fuori da dietro questo vecchio...»

Sono arrivati al bivacco di Genin e allo scontro coi banditi beduini, quando la figurina di Carlotta in camicia da notte appare alla porta, con un maiale di peluche in braccio, facendo l'aria adirata per non farsi sgridare.

«Perché parlate, che non si può dormire!»

«Vieni qui, pasticcetto!» dice la mamma prendendola in braccio, e poi a Lele: «Dai, riprendi da Matarieh, dal primo incontro con Zahel...»

«Aspetta!» si divincola Carlotta felice. «Vado a prendere Barbie Lilli e Ken Zahel!»

«No, dall'inizio, che pizza!» sospira Lele, con gli occhi che splendono per il terzo overflow di pianto.

Poi, con la mamma e Carlotta accucciate sotto il plaid del suo letto, dà un ultimo sguardo al monitor, dove intanto la sua Palestina è svanita in un cielo stellato; tira un bel respiro profondo e comincia il racconto.

36. La bella giornata

Il giorno dopo, ventiquattro di dicembre, a mezzogiorno Lele, la mamma e Carlotta camminano sotto un bel sole fresco e luminoso per il centro della città.

Hanno dormito fino alle undici, meglio non dire da che ora, e sono tutti e tre storditi e languidi, con sorrisetti vacui nelle bocche e gli occhi che si incantano un po' sulle cose. Si sono alzati, si son vestiti bene, mamma ha fatto una telefonata, ha parlato per dieci minuti e sono usciti.

Lele, per quella giornata di vigilia, ha rinunciato alle scarpe russe militari, ai jeans di zebra estinta e al giaccone da piattaforma oceanica, e indossa un paio di pantaloni scozzesi verdi di taglia cascante, un montgomery classico blu, e in testa l'immancabile berrettino scarlatto dei Ravenna Ranger. Carlotta ha il suo pastranino di trapunta, a fiori sbiaditi malva e col collo di velluto verde bosco, da cui non si staccherebbe neanche in luglio; in testa un cappello di lana marrone con la coda di opossum, in una mano Barbie Lilli Picciocché e nell'altra un pacchetto di paste, che vuole assolutamente portar lei. La mamma si è fatta bella: si è data i suoi due righi di kajal, che bastano ai suoi occhi grandi e scuri, si è raccolta i capelli in alto con gli spilloni giapponesi, ha messo il cappotto grigio elegante di lana mohair col collo nero e una sciarpa indiana antica ricamata.

Camminano tra la folla indaffarata di compratori dell'ultimo momento, mentre i negozi sparano fuori tutte le luci, i suoni e i Babbi Natale che hanno, nella speranza di vuotare i magazzini.

«Mamma, ma Babbo Natale viene anche da noi, vero?» grida Carlotta guardando una vetrina di giocattoli che letteralmente esplode di spari e canzoni.

«Be', certo!» le grida la mamma. «Gli abbiamo scritto anche la lettera, no?»

«Sì, ma con questa storia di Palestina...»

«No, ma sei matta?» strilla Lele. «Natale è Natale!»

San Sigismondo salta fuori all'improvviso tra le vie pedonali strepitanti di negozi e di caos, come un grande cavallo grigio, vecchio e stanco, tra cento galline nervose. L'alta facciata dà sempre l'impressione di grattugiare e mangiarsi la luce, con la sua superficie scabra di zoccoli e sbalzi e cornici e nicchie e statue, annerite e morsicate dallo smog.

«È questa la casa del Nonno di Tutti i Bambini?» chiede Carlotta, piegando indietro la testa per guardarla da sotto il cappello, che le incombe sugli occhi.

«Be', non è proprio la sua casa, ma lui vive qui» risponde Lele. Poi si volge per chiedere ancora alla mamma, appena un po' teso, se è proprio sicura, se le ha proprio risposto il padre provinciale, se ha proprio detto che potevano andare e che padre Giuseppe stava meglio...

«Stai tranquillo, Lele, è tutto a posto. Il padre provinciale mi è parso una persona deliziosa. Ha solo detto che padre Giuseppe sarà un po' confuso, perché non è molto abituato a ricevere visite. Ma ha assicurato che sarà contentissimo. Suoniamo?»

«Suoniamo».

La faccia di padre Sergio, nell'accoglierli, è tutta un programma: il brav'uomo ride e sorride, senza saper fare altro che chinarsi, salutare, annuire, e 'prego, di qua', 'piacere signora', 'ciao bambina', ma i suoi passettini danzanti nel precederli bastano e avanzano a dire la sua gioia.

Il padre provinciale viene loro incontro nel piccolo atrio che Lele conosce, dove si apre tra le altre la camera di padre Giuseppe. La mamma fa un rapido giro di sguardo sulle stampe ingiallite di piante e funghi, di santi malinconici, di vecchie città, sui fiori finti polverosi col centrino, sulle poltrone coi cuscini damascati, e nasconde nel sorriso del saluto un istintivo moto di ribrezzo per quella lugubre casa di maschi.

«Ecco il collega del nostro Maestro!» dice il prelato, sereno e autoritario come sempre, posando una mano sulla spalla di Lele. «Ciao, Lele. Benvenuta, signora Palmas. Ciao, Carlotta».

«Come fai a sapere il mio nome?»

«Me l'ha detto la tua Barbie quand'eri girata».

Mentre Carlotta scruta perplessa la sua bambola, i tre completano i convenevoli.

«Padre Giuseppe sta meglio, sì, si è ripreso. Per fortuna passerà un buon Natale. Poi, sa... l'età è quella, la malattia pure... Lui è sereno, sarà come Dio vuole».

Il vecchio prelato coglie uno sguardo furtivo del ragazzo che cerca di sbirciare oltre la porta, nei corridoi, verso il resto del convento.

«Se cerchi padre Serchi, non lo vedrai. È partito per un viaggio di studio in un nostro convento in Francia».

Lele non riesce a reprimere un sorriso, che il vecchio nota e ricambia sobriamente.

«Andiamo dal tuo amico, che ci aspetta».

Col saio lavato e stirato, rasato di fresco, padre Giuseppe li attende seduto al suo tavolo, sfogliando una rivista di storia evangelica. Il sole invernale pulito e luminoso cade a fiotti dai vetri, abbagliando d'oro e turchese le miniature riprodotte nella pagina e scintillando in un bicchiere d'acqua. Nell'ombra, dall'altra parte della stanza, incombe il grande letto d'ospedale coi flessori antidecubito, la bombola dell'ossigeno, lo stativo delle flebo e il comodino irto di flaconi. L'odore è quello della camera d'un vecchio curato con decoro: medicine, biancheria pulita, aria chiusa, deodoranti ordinari.

Il vecchio si alza con fatica dalla sedia, lancia uno sguardo di saluto a Lele e stringe a lungo la mano alla mamma, fissandola coi suoi occhi celesti e accesi. Li interrompe Carlotta, ansiosa di mettergli in mano il suo pacchetto.

«È vero che tu sei il Nonno di Tutti i Bambini?»

«Certo, ma specialmente di quelli che mi portano paste».

La bambina pare apprezzare la risposta, e dice che allora si può aprire il pacchetto. Padre Giuseppe gira la muta domanda al frate infermiere, che sospira e allarga le braccia.

Il padre provinciale si accomiata.

«Mi raccomando, riportatemelo presto!» dice scherzando ma non troppo. «Non state fuori tanto oltre il tramonto: l'umidità per l'enfisema...»

«Lo so, purtroppo, anche mio nonno ne soffriva» lo rassicura la mamma, «non si preoccupi, lo lascia in buone mani».

«Ma siete sicuri di volermi portare fuori?» chiede padre Giuseppe, mangiando di gusto una pastina dopo l'altra, quando anche il frate infermiere se n'è andato. «Un vecchio bagaglio come me?»

«Certo!» prova a scherzare Lele, goffamente. «Voglio vedere che faccia hai fuori di qui».

«Davvero, padre: se a lei va, noi saremmo contentissimi» conferma la mamma.

«Se mi va? Sono sei anni che non esco a passeggio...»

È la bella giornata, è la vigilia.

Il sole giubila sopra le case, versando secchiate d'ombra grigio scura rasoterra nelle strade e nelle piazze. I tram stridono in curva, irti di luminaria e di réclame. Le carole natalizie si intrecciano in infernali contrappunti, erompendo dai Babbi Natale promo dei negozi, delle collette solidali, dei McDonald's, e squittendo dai cento giocattoli cinesi a buon mercato allineati per terra sotto i portici.

I quattro fanno a piedi il breve corso pedonale dalla chiesa alla piazza, dove c'è il posteggio dei taxi. Il vecchio frate si guarda intorno estasiato e sgomento: mira a occhi spalancati ogni vetrina, ogni locandina video, ogni pallido fantasma d'ologramma.

Si ferma a lungo a guardare per terra, dove una truppa di personaggi dei cartoni horror cammina e salta facendo diverse mosse. A gesti fa capire al venditore cinese che vuole vederne uno, quello lì. Gli arriva in mano un marcantonio muscoloso col cranio scoperchiato, che tira una serie complessa di pugni e di calci. Lo volta, lo studia e rivolta, e quando fa il gesto di rimuovere la metal jacket per scoprire i meccanismi, e il cinese si mette a strillare 'comprare, comprare', padre Giuseppe lo guarda sbalordito: poi capisce, e comincia una lunga ricerca tra le pieghe del saio. Anche la mamma allora apre la borsa, ma il più rapido di tutti è Lele, che tira fuori di tasca dieci Euro.

«Aspetta, padre Giuseppe, questo è campo mio».

Il vecchio ringrazia, sorride e spiega con aria di scusa: «Sai, mi serviva una donna che fa il pane, che impasta e inforna e tutto il resto: e ho già visto che modificando un po' la sequenza dei gesti...»

Arrivano alla piazza grande inondata di sole, con la cattedrale, il municipio che suona il tocco, le edicole imbandierate di colori, i bambini che rincorrono i piccioni, e i cani, i palloncini, le biciclette...

Da una delle cento tasche del suo saio il frate cava un paio d'occhiali da sole degli anni novanta, che inforca guardandosi intorno con aria spavalda.

«Magari...» esplora la mamma, «se padre Giuseppe vuol fare un salto in chiesa...»

«In chiesa? Per una volta che ne scappo fuori... Magari vi aspetto qui».

Tutti ridono, e si avviano verso i taxi: allora a pranzo, al ristorante in mezzo al parco.

Lì, seduti a un tavolo vicino alla vetrata che dà sul laghetto, il vecchio frate inforca gli occhiali da vista e, con grandi sguardi di scusa della mamma al cameriere che attende in piedi, legge estasiato il menu fino all'ultima riga.

«Straccetti di puledrino in salsina di sedanelli... Queste sono le porzioni per bambini?»

«No, sono piatti normali» ragguaglia la mamma. «È uno stile dei menu dei ristoranti».

«Ah, è uno stile...»

Non sa risolversi, vorrebbe assaggiare tutto, e ne risulta un gioco divertente di accordi e promesse di scambi coi bambini, col cameriere esasperato che porta piattini a non finire per le parti e gli assaggi.

Durante il pranzo parlano di tutto, fuorché del padre di Lele e di Palestina Quest.

Dopo il pranzo, per l'unica volta in tutta la giornata, annusando il vapore dell'espresso che si leva dalla sua tazzina, gli occhi del frate si annebbiano di pianto.

«Vede, signora, il fatto è che... Padre Sergio è convinto di farlo benissimo il caffè. E ci tiene tanto...»

Segue un'altra chiacchierata di digestione, intorno al tavolo sgombro cosparso di briciole: sulla scuola di Lele, i suoi buoni esiti, l'importanza dello studio nella vita, le differenze tra la scuola di oggi e quella di prima. Intanto Carlotta dà da mangiare alla sua Barbie, che mangia dopo i grandi.

Lele sopporta di buon grado quella noia da discorsi dei grandi, forse ne è quasi felice. Perché quel vecchio non è come gli altri grandi, dice cose intelligenti e allegre insieme: non intelligenti e tristi, come gli altri grandi intelligenti che lui ha conosciuto. Anche alla mamma piace, si vede da come sorride parlando con lui. E il filo di quelle chiacchiere e di quei sorrisi dalla mattina va ricucendo punto per punto tutti gli strappi di quei giorni, e qualcuno di prima. 'Ti do due punti' dice la mamma per gli strappi. Ecco allora. Tra la vita e le storie: due punti. Tra intelligenza e gioia: due punti. Tra lui e la mamma: due punti...

Se fosse davvero così, che ciò che è rotto si può aggiustare...

E se non fosse per quella storia rotta, finita troppo presto... Sarebbe bello.

Arriva la passeggiata nei viali del parco: la mamma di qua, Lele di là, e Carlotta che va e viene spiegando al vecchio le cose importanti del posto, di cui pare esperta.

«In quello scivolo si può andar giù con la testa in avanti, ma tu no perché ti pianti nella sabbia».

E chiacchiera chiacchiera, passeggia e passeggia, sono i giorni più corti dell'anno: le quattro e mezza fanno in fretta ad arrivare, ed è già il tramonto.

Seduti al chiosco dei gelati, dopo avere raspato in muta estasi la sua coppetta di melone, pistacchio e gianduia, padre Giuseppe guarda Lele col suo sorriso maligno e sapiente, e rompe il veto: fa il gesto di coprirsi l'occhio con la mano.

«Allora, Lele...» dice sornione. «Questa è l'ora della nostra Pitheké».

«Picciocché! Picciocché!» grida festosa Carlotta, distraendosi dai suoi giochi, mentre Lele tace e guarda per terra. «Anche tu la conosci Picciocché?»

«Certo che la conosco. Sono il Nonno di Tutti i Bambini, sì o no? Anche lei è una mia nipotina. E poi dobbiamo finirla, quella storia».

«Ma Lele l'ha già finita, vero Lele?» mormora confusa la bambina.

«No che non l'ha finita, non può essere».

Il frate ora guarda Lele, che alza gli occhi.

«È vero, non l'ho finita: ma è finita. Non c'è più tempo» dice facendosi cupo di colpo, «siamo fuori timeout, lo sai benissimo. Ieri notte, la notte tra il dieci e l'undici di tevet, secondo il calendario del gioco è nato il bambino. E Zahel era lì, e Lilim no. Quindi il gioco è finito male».

«Perché Lilim non c'era?» chiede padre Giuseppe, sempre col suo sorriso di chi la sa lunga.

«Come, perché?» esita Lele, sconcertato. Non vuole ancora ammetterlo, ma quel ghigno sornione, che conosce, gli fa rinascere in cuore la speranza; e ancora di più, come per non volersi illudere, si affanna a spiegare: «È partita dalle pendici del monte Karantal, dalla radura di quello scontro interminabile, il pomeriggio inoltrato del dieci, che era ieri; da sola, stanca, a piedi... Non può aver fatto in tempo ad arrivare a Betlehem entro la notte!»

«Sei sicuro?» chiede insinuante il frate; poi si interrompe, si rivolge alla mamma: «Mi scusi, signora... possiamo?»

La donna in silenzio sorride e annuisce più volte. Il vecchio continua: «Sei sicuro che non sia arrivata in tempo? Hai visto se il bambino è già nato? Sei stato lì?»

«No, non ho visto un bel niente. Ho avuto un crash di sistema, è tutto inchiodato e non posso fare più niente. Quindi ormai, a quest'ora...»

«Inchiodato? Cosa vuol dire?»

«Il duello di Shamaliel col Re Mago mi ha messo in crisi i processori del banco master. E i due banchi di scorta...»

«Quale duello, quale Re Mago? Gathaspar?» interrompe il vecchio, facendosi attento.

«Certo, lui. La strega correva sulle tracce di Cane Cotto, che le ha fatto fuori l'aiutante, quella Shabriri; e lo avrebbe beccato in poco tempo, in marcia verso Betlehem coi due esseni e con tutta la truppa del vento. E dopo avere sistemato lui e loro, avrebbe raggiunto pure Pitheké. Ma ha trovato sulla sua strada Vindapharna, che le sbarrava il passo».

«Avranno fatto scintille».

«Lo puoi dire. Scintille tali che mi hanno fatto bollire un processore. Naturalmente poi oggi è il ventiquattro, tutti i computer hospital son chiusi, e di cambiarlo non se ne parla prima di quattro o cinque giorni... Insomma, il gioco è finito».

«Aspetta, ma fammi capire: cosa intendi per 'inchiodato'? Che cosa si vede?»

«Mi dà buone le risorse visive e la navigazione, ma non l'azione. Si può guardare di qua e di là per tutta Canaan, ma non si vede altro che della gran gente fissa impalata».

«Oh be', ma allora è chiaro! Caro apprendista, mi dispiace: hai preso un granchio!»

«Un granchio! Un granchio! Il prendista prende il granchio!» canticchia Carlotta facendo ballare Barbie Lilli. Il frate vede, sente e scoppia a ridere.

«Ehi, Lele: anche Lilim Pitheké ti prende in giro!»

Carlotta, sorpresa del successo, ripete con foga: «Il prendista prende il granchio! Calamaro, bel somaro!»

Il frate ride, la risata va in tosse, la prima della giornata, che trabocca: un accesso di media intensità, controllabile con l'ossigeno da tasca, che prima o poi si riesce a tirar fuori.

Ma la mamma s'impressiona, vuole andar via, telefona al taxi.

«Sì, andiamo, sono un po' stanco» concorda padre Giuseppe, riprendendo fiato e sorridendo debolmente a Carlotta, che lo guarda un po' spaventata. «Non bisogna chiedere troppo alla provvidenza, e io oggi ho già avuto molti doni. E poi...» Guarda

294

di nuovo Lele, che sta aspettando quella parte del discorso: «E poi ho qualcosa da farvi vedere, a tutti quanti... Avanti: è l'ora di una bella visita al presepio».

37. Bonus!

La mano di padre Giuseppe aziona una volta e due volte il polveroso interruttore a ponte. Il clack metallico echeggia nel silenzio, perentorio, seguito dal nulla assoluto: il presepio non dà segni di vita.

Sono arrivati alla chiesa col taxi in dieci minuti. La mamma in un primo momento ha insistito che padre Giuseppe andasse subito nella sua camera e chiamasse il frate infermiere. Ma il vecchio l'ha dissuasa:

«Non si preoccupi, signora, oramai sono a casa. Basta un colpo di tosse sottovoce e padre Sergio è qui con l'ossigeno e la sedia a rotelle: non ho mai capito come faccia a sentirmi».

«Sì, mamma, è vero, l'ho visto anch'io» conferma Lele, «qui è al sicuro. E poi ha detto che dobbiamo vedere una cosa...»

Ed eccola, la cosa: il vecchio prova ancora l'interruttore, poi si volta a guardarli.

«Vedi? Tutto fermo anche qui, non va in moto».

«Ma la corrente arriva? Hai controllato?».

«Ragazzino, non essere offensivo. Io facevo arrivare la corrente quando tua madre era ancora nel *mondo dei cucchi*».

«Scusami, no, voglio dire... Allora perché non va?»

«Appunto, questo è ciò che vi volevo far vedere. Non sono i tuoi processori che hanno bloccato la storia. Semmai il contrario».

«Il contrario?» sbotta la mamma precedendo di un attimo Lele, che richiude la bocca e la guarda.

Ecco, ora anche lei vuole sapere. Non pensa più ad altro, sempre ad altro come fanno gli adulti: che giocare col computer fa male, che lui dovrebbe badare alla sorella, che padre Giuseppe dovrebbe andare nella sua stanza. Vuole sapere, ormai, vuole sapere proprio quello; e proprio quello che vuol sapere lui.

«Già» si volge Lele al frate, con più gioia, «cosa vuol dire 'il contrario'? Che... è la storia che ha bloccato i processori?»

«Precisamente. Aspettatemi qui: devo leggervi una cosa, arrivo subito».

Il vecchio frate si allontana con passetti indaffarati; sei occhi lo seguono ansiosi mentre naviga barcollando per la sala, e infine mentre scompare oltre la porta.

C'è un attimo di silenzio, che al solito rompe Carlotta.

«Che bello il presepio! Perché non lo facciamo anche noi, grande così?»

Lele non ha bisogno, questa volta, di cogliere le intrusioni della sorella come una via d'uscita da qualche impiccio: le si avvicina presso il bordo del presepio, vuole proprio parlare con lei.

«Guarda Lotti, le vedi tutte queste statuine? Quando il presepio si accende si muovono tutte, e ognuna fa qualcosa».

«Ma come fanno a muoversi? Tu le hai viste?»

«Certo. Magari poi, quando padre Giuseppe torna, e quando ci ha letto ciò che ci vuol leggere, gli chiediamo se può farti vedere anche a te e... anche alla mamma... il sotto del presepio. È bellissimo, sai? Sembra una grotta, piena di leve, tiranti, pulegge, cavi, eccentrici...»

Carlotta guarda il presepio, immaginandosi quei nomi strani, a cui per lei non corrisponde alcuna forma, come tante bestiole bizzarre che ballano nel buio d'oro di una grotta.

Quando padre Giuseppe torna, trova Lele impegnato a mimare davanti alla sorella, con sorprendente precisione, le mosse fisse delle varie statuine che le indica di volta in volta.

«Quello laggiù, col mantello verde e bianco, vicino ai muli: è il mulattiere e si muove così...»

«Ma sei bravissimo!» lo prende in giro il frate. «Ti prendo a fare la statuina nel presepio!»

«Dai, padre Giuseppe, leggi».

I due tornano accanto alla mamma, di fronte al presepio. Il vecchio si piazza davanti a loro, apre in corrispondenza d'un segnalibro il vecchio tomo ingiallito che ha portato; sta per incominciare a leggere, ma si ferma colto da un dubbio, che infine esprime: «Voi sapete cosa sia un vangelo apocrifo?»

«No» dice Carlotta pronta.

«Più o meno» dice Lele, ma incerto. La mamma non dice niente.

Padre Giuseppe li guarda tutti e tre, poi rende più piatta la voce, più vacuo lo sguardo, e attacca a spiegare.

«I vangeli apocrifi sono racconti della vita di Gesù, né più né meno come i Vangeli veri. Sono anche autentici e antichi come quelli, ma per motivi complicati, che ora non posso spiegarvi, la Chiesa non li include nel canone delle Sacre Scritture: insomma, dice che non sono stati ispirati dal Signore».

Un po' spiazzati da questa introduzione da prete, così poco usuale per quel bizzarro vecchio, Lele e la mamma tacciono, spostano il peso da un piede all'altro, attendono il resto. Il vecchio si schiarisce la gola, un po' imbarazzato a sua volta, poi riprende con voce più normale.

«Comunque storicamente son perfetti, documenti storici autentici al pari degli altri. Insomma, vi ho portato due brani tratti da questi vangeli apocrifi: sentite che roba!»

Con mosse e respirazioni di sollievo, Lele e la mamma si dispongono all'ascolto. Padre Giuseppe si schiarisce ancora la voce, che stavolta zampilla trasparente come da un vaso di vetro.

«Protoevangelo di Giacomo, o della Natività di Maria, capitolo ottavo, due. State a sentire.

Ora io, Giuseppe, camminavo ma non camminavo.
E sollevai gli occhi alla volta del cielo
e vidi che era senza movimento,
e vidi l'aria invasa da stupore,
con gli uccelli del cielo che vi stavano immobili.
Allora volsi gli occhi alla terra
e vidi una ciotola con alcuni operai che mangiavano intorno,
e le loro mani erano nella ciotola,
e quelli che stavano masticando non masticavano più,
e quelli che stavano prendendo il cibo dal vaso non lo prendevano più,

297

e quelli che lo stavano portando alla bocca non lo portavano più,
ma tutti i volti erano fissi in alto.

Tre.

E vidi delle pecore spinte al pascolo,
e le pecore rimanevano immobili,
e il pastore levò la mano per percuoterle,
e la sua mano si arrestò nell'aria...»

«Ma porca...» esclama Lele, interrompendo.

«Ma Lele!» lo rimprovera la mamma.

«No, aspetta!» tira diritto lui. «Io questa cosa l'ho vista! Ieri sera! Un pastore che cercava di picchiare una pecora, col bastone bloccato in alto!»

«Allora senti quest'altro», incalza il frate con aria soddisfatta, passando a un altro segnalibro, «un testo scritto da un'altra mano in un altro tempo. Vangelo Armeno dell'Infanzia, capitolo otto, in Peeters, *L'Evangile de l'Enfance,* Parigi 1914.

E vide intorno a sé gli elementi intorpiditi e attoniti. I venti e l'aria del cielo avevano interrotto il loro moto. Gli uccelli e i volatili avevano trattenuto il loro slancio...

«Aspetta, no, è più avanti... eccolo qua:

Vide anche delle greggi condotte al pascolo, e non andavano avanti e non camminavano e non mangiavano l'erba. Il pastore brandiva il suo vincastro, ma non poteva battere i montoni, e teneva la mano sospesa in alto. Guardò anche un torrente in un borro, e vide dei cammelli che passando di lì tendevano le labbra sulle sponde del borro, e non potevano mangiare...»

«Anche quelli li ho visti, giuro! Erano sulle rive di uno uadi, due valli più a sud dei Bambini del Vento in marcia, poco lontani da un caravanserraglio! Tendevano proprio le labbra, fissi impalati, senza toccare l'acqua!»

«Ma cosa vuol dire questo, padre Giuseppe?» chiede la mamma, impaziente.

«Volete sentire come finisce il brano?»

«Leggi, leggi!» dice Lele.

«Ecco la fine:

Così, nell'attimo del parto della Vergine Santa, tutti gli elementi rimanevano come immobili nel loro atteggiamento».

«Nell'attimo del parto...» mormora Lele. «Vuol dire che tutto il mondo si è fermato quando è nato il bambino...»

«Così dicono questi vangeli apocrifi».

«Ma allora... non è un crash di sistema: è la storia!»

«Bravo Lele!» sorride padre Giuseppe. «Ci sei arrivato. Tu e io siamo stati bravi. Il tuo NPGame e il mio presepio son due giocattoli fatti bene, raccontano bene la loro storia: fedelmente».

Il ragazzino se ne stava a bocca aperta, con gli occhi vacui che vagavano nel nulla, con la mente che eseguiva brevi calcoli felici. La mamma guardava l'uno e l'altro, mordendosi le labbra. Carlotta guardava la mamma, imitandone il gesto.

«Ma allora se il clock...» comincia Lele dopo aver rimuginato, «cioè, scusa: se il tempo del gioco si è fermato ieri sera, come tutte le altre cose di quel mondo... non siamo ancora arrivati alla notte tra il dieci e l'undici di tevet... cioè alla fine del gioco!»

«Mamma, chi era Tevet?»

«Zitta, Lotti, lasciali ragionare».

«No, infatti, ci arriviamo stanotte, la notte...» il frate indica la finestra, il cielo buio dietro i vetri, «...la Notte Santa che è cominciata poco fa».

«E così si riallineano i tempi! Dieci tevet, ventiquattro dicembre: stanotte!»

«Stanotte. Ci siamo messi un giorno avanti per qualcosa!»

«Cavolo, è vero! Un bonus! Un bonus di un giorno!»

«Un bonum, semmai!» corregge il frate ridendo.

«Un bonum? E che cos'è?»

«In latino vuol dire 'bene': è stato un bene. A volte è proprio un bene fermare il tempo e prendersi un respiro, specialmente per me che respiro ne ho poco. Basta anche solo un giorno, un giorno in più. In un giorno possono capitare tante cose...»

«Per esempio?» chiede Lele, pronto a una lista di eventi prodigiosi.

«Per esempio un vecchio frate solitario può passare una bellissima giornata in giro per la città con una bella donna gentile e due bambini in gamba come voi. E farsi anche un bel pranzo al ristorante, con quei bei tortellini...»

«E strozzapreti» completa Carlotta, memore di un gioco del pranzo che li aveva fatti ridere tutti.

«Anche quelli buonissimi, e hai visto: non m'hanno strozzato. Ma ci sono anche altre cose, che possono capitare...»

«Quali? Quali?»

Padre Giuseppe ridacchia, accenna al presepio alle sue spalle, ammicca a Carlotta, fa il misterioso. Poi si inoltra in una nuova spiegazione.

«Be', prima vi ho detto che i nostri due giochi raccontano bene la loro storia, fedelmente. Almeno... fedelmente rispetto ai vangeli apocrifi. Ma i nostri giochi non hanno problemi dottrinali: apocrifi o canonici per loro fa lo stesso, sono tutte fonti di storie, racconti viventi di quanto è accaduto 'in quel tempo'. Comunque volevo dire: raccontano fedelmente, ma fino a un certo punto...»

Il frate fa una pausa, li guarda uno per uno: Lele vede che attende un invito.

«Fino a un certo punto? Cosa vuol dire: hanno cambiato qualche cosa?»

«Sì. Perché le storie non sono mai le stesse. Si riproducono a ondate, come creature, a generazioni successive: mai uguali!»

Padre Giuseppe si avvicina al presepio, vi appoggia il suo libro.

«Queste due che vi ho letto son sorelle, avete visto come si assomigliavano? Ma non erano uguali».

Si volge al presepio, continua a parlare guardandolo.

«Se le storie sono viventi, forti e sane, danno vita ad altre storie un po' diverse, come i figli sono diversi dai genitori. E anche i giochi per raccontare, se sono giochi viventi, fatti bene, raccontano la loro storia fedelmente: e proprio per questo le aggiungono sempre qualcosa! Ecco, guardate là...»

Si volta verso di loro e con un largo gesto tondo della mano, le dita appena flesse come in benedizione, gira in rassegna la sua Palestina immobile.

«Guardate ora il presepio, guardatelo bene: forse ha qualcosa in più...»

Lele, la mamma e Carlotta scorrono tutto il paesaggio da nord a sud, e i loro occhi cercano, da est a ovest, e viaggiano e perlustrano, come viandanti sulla Via Collinare, sulla Via Reale, sulle piane costiere, nelle regioni ridenti del lago, in Galilea, negli aridi campi di orzo in Samaria, nei monti pietrosi e santi di Giudea, nei gioghi supremi di Moab, tra le palme di Gerico, nei deserti di Tracontide, nel Ghor...

Padre Giuseppe rilegge dal suo libro.

«*E vide intorno a sé gli elementi intorpiditi e attoniti. I venti e l'aria del cielo avevano interrotto il loro moto. Gli uccelli e i volatili avevano trattenuto il loro slancio... Solo una cosa, piccola e sola, si muoveva nel deserto delle statue...*»

«Pithekééééé!!!» strilla infine Carlotta a tutta gola, indicando qualche punto del presepio.

Tutti guardano là. Sembra davvero di scorgere qualcosa, un'ombra piccola che si muove dentro l'ombra, un punto chiaro che sfreccia nel paesaggio: un gioco elusivo, qualcosa che corre nei bordi del campo visivo, un moto colto appena con la coda dell'occhio.

«...Lilim Pitheké» riprende il vecchio, come se continuasse il suo brano, «unico piccolo moto nel mondo immobile, che corre e corre infaticabile dal Nord, diretta a Betlemme...»

«Pithekééééé!!!» strilla ancora la bambina, battendo le mani. La mamma guarda Lele.

Lele tace, sorride, ha due lucciconi agli occhi. Non è sorpreso, come l'avesse saputo da sempre: era così che doveva andare. Sì, perfetto...

'Corri corri, Pitheké, scheggia impazzita.

Corri più forte, non farti mai fermare'.

Con i pensieri accompagna la sua amica, ma se i pensieri battono, i passi sono versi: un canto di incitamento a filastrocca, senza parole e senza mosse della bocca.

'Corri cursore, per tutto questo schermo.

Corri tu sola, nel mondo che sta fermo'.

Pitheké, Picciocché, scimmia svagata, fola fatata, vola e corri con le piccole gambe imbattibili, nei grandi mattini impossibili, come ogni bambino sospeso a mezz'aria ridente, nella foto evanescente di una spiaggia qualsiasi d'agosto. Svanisce tutto, svanisce il mare, sparisce il posto, ma se tu corri abbastanza forte sei già passata da un'altra parte, e resti tu.

'E dopo agosto, allora sì, verrà settembre.

Picciocché, Pinocchié, corri per sempre.'

La filastrocca di incitamento ora è finita. Il vecchio frate guarda il ragazzo come se l'avesse sentita, o l'avessero cantata muti insieme.

Poi si scuote, rompe il silenzio e l'incantesimo, indicando quel punto che corre: «Volete finire con me questo gioco? È quasi arrivata».

La mamma prende tre sedie, le dispone al centro della sala di fronte al presepio, come un fresco e ombroso teatro a tre soli posti.

Padre Giuseppe rivolge loro un ultimo sorriso, poi si volta, solleva la tenda viola e s'infila nel suo antro, sotto il palco.

38. Il presepio

Lilim Pitheké correva.

Correva da tanto tempo, non poteva sapere da quanto perché il tempo non si poteva più misurare in ore del giorno, che erano ferme e non passavano più. Ma non era tanto stanca: aveva preso un passo tranquillo, perlomeno da quando il mondo era sospeso, riposando ogni volta che voleva, mangiando e bevendo a sazietà e poi ripartendo a correre.

Per esempio, sulla strada affollata che da Efraim portava a Gerusalemme, s'era imbattuta in un venditore di frittelle al miele che aveva appena fritto, debitamente impietrito come tutti; e oltretutto impietrito nel gesto di scacciare a sassate alcuni bambini di strada, incantati a loro volta nell'atto di correre via. Allora Lilim, cominciando da se stessa, aveva inghirlandato di collane di frittelle fumanti tutti i bambini in fuga, lasciandone vuoto il banco.

«Mi raccomando, quando si sveglia il tempo... gambe!»

S'era svegliata nella radura degli scontri verso il mezzogiorno di quello stesso infinito giorno, cioè chissà mai quanto tempo prima. Dormivano tutti. Aveva scostato da sé Cane Cotto, posandolo a dormire sul terreno nel punto più morbido d'erba. S'era alzata, s'era guardata intorno, aveva fatto perfino un rapido giro di perlustrazione tra i feriti, stando attenta a non farsi vedere. Infine, rinunciando a malincuore a portar loro aiuto, dando uno sguardo preoccupato al sole, rimandando le sue abluzioni al primo uadi che incontrasse per via, era partita.

Aveva poche ore, che lei sapesse, per fare tanta strada: non sarebbe mai e poi mai arrivata in tempo. E tuttavia partì.

Le prime miglia del viaggio furono dure: non tanto per la salita verso Gerusalemme, o la fatica di quei giorni d'avventure, che pure pesavano; quanto per quella condizione di correre contro ogni speranza, che si sentiva nelle gambe assai di più.

Eppure la Scimmia prese un passo di corsa leggera, che le aveva insegnato Cane Cotto: un trotto volante e un po' sbieco come quello dei cani, adatto alle lunghe distanze. Non aveva più problemi di nascondersi a nessuno, era solo una bambina della strada, che più nessuno degnava di uno sguardo. E corse, così leggera e disperata: corse piano per arrivare più lontano, corse invano per almeno quattro ore.

Quando venne il tramonto aveva fatto tantissima strada, ma meno di metà di quanta le serviva per sperare di arrivare in tempo alla meta.

Per tutto il giorno, sopra la sua testa, un cielo allucinato aveva inondato di baglióri e presagi la terra di Canaan. Lei aveva corso sotto quell'acquazzone di luce, senza mai fermarsi a guardare. Poi quel cielo era caduto in un tramonto interminabile, incantato: e lei correva, senza fermarsi ancora. Poi cominciò a vedere uomini e bestie fermi dovunque, assorti, chiusi in sé.

Allora si fermò.

Si guardò intorno con grandissima attenzione.

Fissò per molti minuti alcune capre sulla costa del monte alla sua destra; fissò per molti altri un viaggiatore col mantello verde e bianco, di fronte a lei; fissò a lungo le foglie alte di una palma alla sua sinistra. Si persuase di qualche pensiero, e allora si mosse: fece due passi avanti, due indietro, due di lato, due dall'altro, fece uno scarto brusco. Si fermò ancora, perplessa, guardò in basso; prese in mano il suo sacchetto alla cintura, lo soppesò fissandolo accigliata, come chi mediti: 'Io non ho fatto niente...'. Poi su quel viso incantato nei dubbi si aggiunse un lento sorriso, come di chi comprenda: 'È stato lui'.

Allora, senz'altre indagini o segni di stupore, riprese soltanto a correre, senza un pensiero al mondo, saltellando su un piede e sull'altro. E dopo appena una dozzina di quei passi, all'improvviso partì a correre davvero, veloce come il vento, lanciando un grido:

«Uhi-uhi-uhi-uhi-uhi-uhi-uhiiiiiiii!»

Fu lì che cominciò la grande corsa.

Pitheké correva da sola.

Correva bassa, leggera, a lunghe falcate che parevano sfiorare la terra. La Palestina incantata scorreva rapita ai suoi fianchi. La luce era quella di una sera che non viene, di una tarda sera chiara e luminosa, bastante a distinguere le sagome delle cose e della gente, senza vederne i tratti.

Gli uomini e gli animali erano fermi, ma vivi e caldi, come poté constatare avvicinandosi a toccare le guance di una giovane donna che viaggiava su un mulo, accompagnata da due vecchi.

Le cose erano ferme, ma accessibili: i pesci arrostiti potevano essere presi facilmente dalla griglia del friggitore ambulante accanto ai pozzi; l'acqua fresca e addolcita d'aromi poteva esser versata senza sforzo dal grande otre bilanciato sulla spalla del venditore d'acqua; e due bellissimi orecchini con gli scarabei poterono essere colti senza rischio dalle bisacce di un grasso ambulante, incantato con la boccaccia aperta a strillare alle donne in un piccolo villaggio sulla strada.

Lilim correva, coi begli orecchini ai lobi, col buon pesce e la dolce acqua nella pancia.

Correva da sola, ma salutò tutti. Si fermò, guardò, giocò, corse di nuovo.

Compì il suo viaggio, e insieme a esso la sua era: giorni con notti, millenni di cammino, per quella corsa di una serata sola.

Quando fu a Betlehem, dopo un tempo incalcolabile, le mancava ancora una cosa. Cercò una dimora ricca, la trovò, vi entrò; trovò la vasca del calidarium, si svestì divertita in mezzo alle donne impassibili; si immerse nell'acqua tiepida, si sfregò deliziosamente con spugne di mare impregnate di ceneri di potassa; si asciugò con grandi panni di lino, si strofinò la pelle calda con l'origano, si purificò l'alito col pepe odoroso. E infine rivestì con rammarico i suoi abiti poveri e sporchi: sarebbe stato bello prelevare dai bauli delle bambine di casa un bel mantello, una tunica di bisso, magari un himation greco; ma non era il caso di attirare l'attenzione, nel posto in cui era diretta. Mise ai lobi i suoi scarabei, almeno quelli, alla cintura il suo sacchetto delle sette figurine, e fu pronta.

Come uscì dalla casa, sulla via, un portalettere del Tempio starnutì, si scosse, la guardò con aria stordita. Lilim dilatò gli occhi, gettò un rapido sguardo intorno, prese a correre: bene, basta, era finita la cuccagna. Ora doveva muoversi davvero, e trovare finalmente la locanda dove alloggiava Zahel.

Per una bambina di strada non era un problema rintracciare una locanda in un paese, e nella locanda cavare notizie dalle serve: in poco più di dieci minuti Lilim marciava verso la grotta, e in poco più di altri dieci vi arrivò.

Ogni uomo che camminava in Palestina fece un passo in avanti vacillando, come fosse in discesa: guardò perplesso per terra, chiedendosi cosa mai lo facesse inciampare, e riprese il cammino. Ogni donna seduta fece il gesto istintivo d'alzarsi, ma si fermò guardandosi intorno smarrita, chiedendosi perché mai dovesse farlo: poi tornò immemore alle sue occupazioni. Ogni animale terrestre levò di colpo il muso, il becco, il grugno, come se volesse grugnire, belare, muggire, stridere forte: ma vide la stella e riprese mansueto il suo fare. Ogni bambino batté le palpebre tre volte, allungò il collo cercando di guardare oltre il letto, oltre la soglia di casa, oltre quel monte; poi si volse a chi stava con lui e disse con voce serena: «È passata la Scimmia».

L'acqua si sciolse e riprese il suo moto negli uadi, nei fiumi mansueti, nelle onde del mare. Le fronde alte delle palme ondeggiarono, le nuvole s'incamminarono nel cielo: tutto ciò che si muove nel mondo, nel medesimo istante, con un solo respiro, si scosse e riprese la fatica millenaria.

A quel punto la notte si affrettò: gli ultimi toni di malva e di magenta svanirono dal profilo nero dei monti dell'ovest, e il blu dell'oltrecielo più profondo, tempestato di stelle diamantine, coprì la volta del mondo. Tra qualche ora sarebbe sorta anche la luna, per quella notte ancora piena e tonda.

I pastori e i contadini di Betlehem, come quelli di tutti i villaggi rurali di Canaan, avevano ammucchiato per tempo nei luoghi rituali – nei trivi, sui confini dei campi, presso i pozzi – le fascine per i falò dell'ultima notte di festa, nel solstizio d'inverno. Ora con le donne e i bambini eccitati, in processione, sugli asini decorati di palme, cantando e suonando, partivano dalle case con le torce rifulgenti nella notte.

Ma quell'anno sarebbe stata una Channuka speciale: si vedeva, nella luce portentosa di quel giorno, come un preannuncio di gloria del sole che cominciava a rinascere; si leggeva in quel tramonto lunghissimo, che a un certo punto pareva essersi fermato. E lo diceva soprattutto quella stella, la cometa radiosa che era apparsa nella sera a oriente e sfolgorava immobile, bassa nel cielo, quasi a indicare il luogo.

E infatti il prodigio era lì, in quella grotta poco fuori del paese, nota a tutti, usata come ovile di fortuna. Le prime ad accorgersene furono tre levatrici, chiamate lì da un falegname straniero per assistere a un parto. Non appena l'evento fu compiuto, le tre si riscossero da uno strano torpore, di cui subito scomparve ogni ricordo, e si resero conto di ciò che avevano davanti agli occhi. Mentre la vecchia presidiava la puerpera e il nato, le due giovani corsero a spargere la voce: ma non riuscirono a raggiungere le case, fermandosi a narrare il fatto in cento tappe alle comitive dei festanti che venivano loro incontro sulla via.

Il bambino era fatto di luce.

Una delle due levatrici, Salomè, aveva visitato lei stessa la giovane madre, e non ci voleva credere: era vergine.

E quel bambino di luce, appena nato, aveva aperto gli occhi e aveva parlato.

Ce n'era più che abbastanza, nell'aria d'attesa e imminenza che da tempo alitava in quel mondo, per deviare le processioni di pastori e contadini verso la grotta del Messia. Perché quello era il nome che da subito era fiorito alle labbra di tutti: è nato il Messia, grande sole vittorioso, liberatore dall'inverno della pena; salvatore di luce, portatore di messi e di pace, o di gloria e vendetta, annunciato nelle ere dai profeti.

Presto la folla sulla pista fu fiumana: pastori e contadini, giovani e vecchi, artigiani e mendicanti, ambulanti e contabili del fisco, e frotte strepitanti di bambini.

La piana di fronte alla grotta scintillava di fuochi, echeggiava di richiami e di canti, brulicava di vai e vieni di chi aveva già visto il prodigio, e tornava a narrare a chi era rimasto ad arrostire il montone. No, il bambino Messia non era più fatto di luce: dopo un'ora dal parto aveva preso lentamente la carne di un bambino nato da donna. Ma era grande, e bello, e ritto, a occhi aperti, e guardava i visitatori e i pellegrini con uno sguardo acceso e benevolo, da re.

Zahel Onagro sedeva in terza fila, tra le frotte di adoranti e di curiosi. Accanto a lui vecchi commossi avvolti nei mantelli, donne eccitate con gli scialli della festa, pastori bruschi coi velli di pecora s'avvicendavano l'un l'altro senza posa. Arrivavano, sedevano, guardavano nella grotta per un poco, tentavano invano di commentare il prodigio con lui; quindi tacevano, si alzavano, andavano via, e altri occupavano il loro posto vuoto.

Zahel non si alzava, non si voltava, non commentava: guardava fisso nella grotta, attendeva.

Dopo meno di mezz'ora che era lì, sentì che accanto a lui sedeva qualcuno: una figura piccola, radiosa, che non poteva essere ignorata. Si voltò, e dopo un soprassalto impercettibile i suoi occhi fissarono gli occhi scompagnati di Lilim Pitheké. La ragazzina lo guardava sorridente, pulita, pettinata, con due begli orecchini nuovi, e a quanto pareva raggiante di gioia.

Zahel la fissò per qualche attimo, accigliato. Poi, senza distogliere lo sguardo, sorrise scuotendo il capo lentamente. E infine si voltò.

Restarono così, muti e vicini, guardando in quella grotta, per sei ore.

I due bambini, una magica e uno divino, si guardarono fissi negli occhi per lunghi momenti. Forse vi fu un discorso d'accoglienza, un'ambasciata delle creature del tramonto, il cui dominio in quel mondo declinava; forse un passaggio di testimone, di consegne; o la richiesta di un feudo minore nel cuore degli uomini, magari solo nel mondo delle storie.

O forse niente di tutto ciò: solo sguardi di curiosità, di gioco, di noia, di pensiero e saluto.

Zahel guardò più volte dall'uno all'altra, seguendo i raggi quadrupli invisibili di quegli sguardi allineati: due occhi di colore diverso e due occhi di luce. Ma come al solito non dette mostra d'alcuna reazione, né di stupore, né di timore, né di nulla.

Un unico sguardo perentorio di Lilim a Myriam, con un impercettibile cenno di diniego, bastarono a dissuadere la giovane madre dal riconoscere l'amica, e dal chiamarla presso di sé. E Lilim si assicurò che questi segni sfuggissero del tutto a Zahel.

Così il tempo passò. Le sette, le otto...

I pastori e i contadini festanti e le loro famiglie continuavano ad avvicendarsi accanto a loro. Nessuno dette segno di notare che loro due persistevano fermi, nel giro di giostra.

Qualche ubriaco di vino non tagliato esagerò nella sua adorazione, con effusioni troppo ravvicinate alla mamma e al bambino. I presenti bastarono ad arginare la maggior parte dei casi. In una sola occasione, per un grosso kenita che si dichiarava ex-soldato e che aveva sfoderato una vecchia spada, minacciando non si capiva bene cosa, dovette muoversi Zahel: la presa evidente di una mano sul braccio, e soprattutto dell'altra che in segreto attanagliava il fegato nel fianco, bastarono a convincere il tipo a cercare altri teatri alla sua foga.

Passarono così altre ore: le nove, le dieci...

Le folle si diradarono, decimate dalla fatica della giornata, dal sonno, o al contrario dal desiderio di celebrare l'ultima notte della festa in forme più allegre di quella, intorno ai fuochi dei campi. Restarono i pii, i devoti, i visionari.

Pregavano, alcuni a voce alta, altri muti tra sé. Alcuni rivolti a nord, a Gerusalemme, altri volti al bambino. Un'altra volta sola, perché era il solo che poteva farlo, Zahel dovette allontanare un devoto troppo zelante, che cercava di strappare e portarsi via il lembo di una fascia del neonato.

Ora il bambino e Lilim Pitheké si guardavano solo a tratti, come solo per gioco, per ribadire quanto già detto o così, per nulla. Di tanto in tanto, invece, Lilim volgeva gli sguardi su Zahel, come a scrutarne le mosse e le intenzioni.

Passarono altre due ore: le undici, mezzanotte...

Solo più qualche santo eremita vestito di sacco, o qualche pastore che rincasava tardi da un ovile lontano, si fermavano davanti alla grotta in raccoglimento. L'unica luce che ancora ardeva era il fuoco al suo interno, che Joseph alimentava di continuo. Il suo bagliore arancio investiva in viso Onagro e Pitheké, una figura grande e una piccola, ferme come due statuine di gesso sedute sull'erba scura della notte.

La luna piena era sorta, la stessa che aveva brillato la notte prima negli occhi di Lilim, quando li aveva aperti ritornando dal suo buio. Ora inondava di luce madreperla l'intero paesaggio, rivelando quietamente ogni dettaglio, scintillando nell'acqua e vino dei crateri degli ultimi pigri bivacchi sperduti nel piano, spegnendo nel suo freddo candore gli ultimi lampi rossi dei fuochi morenti.

Zahel si scosse, tirò un lungo respiro.

Lilim Pitheké si tese in ogni nervo.

L'uomo rizzò la schiena, si guardò intorno a lungo, da ogni parte: c'era solo un vecchio pastore che mugolava qualche sua preghiera, sommerso dal sonno.

Zahel si levò in ginocchio lentamente, senza mai volgere lo sguardo alla bambina. Portò la mano alla cintura per estrarre il pugnale, e si impietrì.

Si volse di scatto a Lilim, che per reazione strinse la testa fra le spalle. Le tese una mano aperta, perentoria. Lilim frugò con aria assorta in seno, tra le pieghe della sua tunica. Ne estrasse il pugnale lucente e glielo porse, stringendolo per la lama.

L'Onagro ne afferrò l'impugnatura, e fece per tirare.

Lilim strinse. Zahel si fermò.

Stettero fermi in questa posizione, fissandosi negli occhi, per un tempo.

Finché una grossa goccia di sangue fiorì tra la lama e la mano della bambina, e scivolò lenta lungo il polso. I due la guardarono scendere, rigando l'avambraccio fino al gomito. Poi concordi, come nel gesto d'una danza, riportarono gli sguardi uno nell'altro.

I tre Re Maghi erano ormai vicini, ma ancora a qualche miglio di distanza, sulla via di Gerusalemme. Zeitan del Cerchio, Jod-He e Kenah Khamsin erano più lontani, ancora a nord della città santa. Gli zeloti di Judah Bar Kochba erano in viaggio da ovest, diretti lì, avendo appreso la notizia: ma più lontani ancora, a più di venti miglia, di là da Emmaus. Ishmaiah era da un'altra parte della terra.

Zahel Onagro aveva vinto la sua corsa: non c'erano nemici. Era così?

Il sicario trasse un respiro, e domandò.

«Conosco i tuoi poteri, Pitheké. Tutta la vita ho fronteggiato la mia morte. Voglio sapere se anche ora è davanti a me».

Lilim lo guardò ancora per un attimo, poi scosse il capo, lentissima, più volte, fece cenno di no.

L'uomo tacque, stringendo le mascelle.

Parve quasi che diversi sentimenti, lottando dentro di lui, si facessero strada verso l'alto, gonfiassero in grumi nodosi la sua pelle, minacciassero la sua maschera di sfinge.

In quel momento la goccia di sangue cadde, dalla punta del gomito di Lilim, sul suo calzare.

Il resto accadde in fretta: Zahel lasciò la presa, sospirò, il suo volto si sciolse in un nuovo sorriso sconsolato. Lilim strinse il pugnale al petto come un figlio.

«Hai vinto, piccola strega. Qual è il tuo nome?»

«Mi chiamo Lilim Tamaliel, sono una fata del tramonto. Qual è il tuo?»

«Mi chiamo Menandro di Sparta, sono un sicario».

«Posso tenerlo?» chiese Lilim, mostrando il pugnale.

«È tuo, mi hai disarmato. E poi...» Zahel riaccese quel sorriso malinconico, «lo hai avuto dalla parte del manico fin dall'inizio».

«Dove andrai, ora?»

«Non lo so, via di qui. Ishmaiah mi farà cercare».

«Possiamo fare un tratto di strada assieme?»

«Solo un tratto. Ma partiamo subito, ora».

I due si levarono in piedi.

«Solo un istante».

Lilim si avvicinò alla grotta con il pugnale in mano, dalla parte del manico. Myriam ebbe un soprassalto di terrore, e anche negli occhi del bambino passò un'ombra.

La Scimmia si accucciò davanti a loro, levò alto il pugnale e lo ficcò profondamente in terra, in cima a un piccolo rilievo a forma di monte. Fece ancora un sorriso al bambino, e stavolta fu di vittoria, spavaldo, orgoglioso.

Poi si alzò, gli voltò le spalle, si allontanò lasciando il pugnale a scintillare ai bagliori del fuoco, sporco di sangue il manico e la lama, come una piccola croce.

Tornò al fianco di Zahel, che l'aspettava fuori del cerchio delle fiamme. I due si incamminarono, si allontanarono senza voltarsi più, rimpicciolendo agli occhi di Myriam sulla pista. Lei stava lì, col suo bambino e Dio, nella luce del fuoco: loro andavano, nella luce della luna.

Scomparvero semplicemente oltre una curva.

Di nuovo in viaggio. Non li vedremo più.

39. Epilogo

«Ma allora Lele, ascolta... è una fatina che ha salvato Gesù Cristo?»

«Ma cosa dici, Carlotta! È solo un gioco! Come gli altri che ho fatto, no?»

Nel taxi con cui la mamma, Lele e Carlotta tornano a casa, in piena notte di Natale, c'è un alberino minuscolo con sette luci colorate intermittenti.

«Invece io ci credo, uffa! Io credo a Gesù Bambino, a Babbo

Natale, alla Befana, ai Remagi, al Topo dei Denti... E da adesso anche a Lilli Pitheké! E quando facciamo il presepio, il prossimo anno, mi faccio anche la statuina, e la metto!»

Lele era come un po' sbronzo, sospeso, inondato di sogno. Era per via del sonno arretrato, senza dubbio, ma anche per la fine di quel gioco: tutte le volte, alla fine di un bel gioco, barcollava un po' nel rimettersi in pista. Del resto non accade a tutti, sempre, quando si alzano da un bel libro, da un bel film?

«E sai, tassista?» riprende incontenibile Carlotta. «Dovresti fare un presepietto nel tuo taxi, e non questo alberino con le lucine pling-pling, che non ci si può fare nessun gioco...»

Padre Giuseppe morì serenamente durante una notte, all'inizio della primavera.

Il padre provinciale chiamò Lele e la mamma per il funerale, e prima di tutto tranquillizzò i loro scrupoli: quella giornata in giro a passeggio, per la vigilia di Natale, era stata solo un bene.

«Un bonum, come diceva lui...»

Il loro vecchio amico sapeva benissimo di non avere solo un enfisema, ma non voleva farne un peso né per chi gli stava attorno né per sé: perciò non lo diceva tanto in giro. Diceva invece, serenamente, che di una cosa o di un'altra bisognava pur morire, quando era tempo.

«E vi assicuro che dopo la fine di Palestina Quest... A proposito, Lele, complimenti: hai scritto un gioco bellissimo».

Il ragazzo sorrise e annuì.

«...Dopo la fine di quel gioco... perché era un gioco, naturalmente. Niente altro...»

Il ragazzo annuì ancora.

«...Insomma, dopo la fine di quel gioco, il tempo di andare per lui poteva venire in qualsiasi momento. Ciò che voleva fare l'aveva fatto».

Aggiunse anzi che, da un certo punto, i medici avevano preso a consigliargli di impiegare bene il tempo che restava, poco o molto. Di uscire, vedere posti, mangiar bene, fare le cose che lo rendevano felice. E questo aveva fatto, anche grazie a loro.

«E ora, Lele, ci sono notizie per te».

Con semplicità, senza enfasi, il vecchio prelato disse che lui e padre Giuseppe avevano concordato di lasciare a Lele l'incarico di Maestro Guardiano del presepio, con tre compiti e una borsa di studio. I compiti erano: rimodernare motori e apparati del presepio meccanico Cavalli con le sue diavolerie di computer; e aggiornare i dati storici, geografici, botanici, meteorologici, eccetera, con le sue fonti online. La borsa di studio lo avrebbe aiutato, tra due anni, a iscriversi al liceo letterario, indirizzo narrazione virtuale.

«E il terzo compito?» chiese Lele senza fiato.

«Una frase che mi ha detto di dirti. Io non so cosa significa, ma suona un po' come una sfida».

Il vecchio tacque un istante, poi riferì: «Che nei tuoi giochi si alzi il vento».

Lele sorrise.

Glossario

Anacoreta. Chi si ritirava a vivere nel deserto in solitudine a scopo di raccoglimento e preghiera. Sinonimo di eremita.

Ares. Il dio greco della guerra. Per i latini, Marte.

Anat. Uno dei tre nomi ebraici (Anat, Ashima, Sheol) della triplice Dea Luna, personificazione dell'antica Dea Madre mediterranea (in Grecia era Artemide la fanciulla, Afrodite la donna, ed Ecate la vecchia). Col prevalere delle divinità maschili, le persone della Dea Madre furono assimilate a figure diaboliche (p.es. Lilith), e i loro seguaci a streghe e negromanti.

Asse. Detta anche «soldo». Unità dell'antica moneta romana di bronzo. Ai tempi di Gesù valeva circa il 6% della paga giornaliera, e vi si potevano comperare appena «due passeri» (Matteo 10,29: «Due passeri non si vendono per un soldo?»)

Azazel. Secondo la mitologia ebraica, angelo ribelle che abitò la terra, generò figli con le donne umane, e insegnò loro l'arte della seduzione mediante profumi e cosmetici.

Bistro. Materia colorante blu-nera, preparata con fuliggine e perossido di manganese, usata in pittura e come cosmetico.

Caldei. Abitanti della Caldea, regione della Mesopotamia compresa tra la Babilonia a nord e il Golfo Persico. Per l'importanza della religione astrale presso questo popolo e il suo culto per l'astrologia e per la magia, il termine, presso gli scrittori romani come nella Bibbia, designa genericamente gli astrologi.

Calidarium. Nelle terme romane, camera dove si facevano i bagni in acqua calda.

Capro di Azazel. Durante il rito dell'espiazione veniva offerto (simbolicamente dato in pasto) ad Azazel (v.) un capro, sul quale il sommo sacerdote imponeva le mani per trasmettergli tutti i peccati degli Israeliti. L'animale veniva poi spinto sopra un dirupo e fatto precipitare. Sinonimo di capro espiatorio.

Castro. Accampamento militare romano.

Cembalo. Antico tamburello a un fondo, con sonagli metallici.

Cenobita. Monaco che vive in comunità religiosa. Opposto di anacoreta ed eremita.

Channuka. Festa giudaica che culmina il 25 *kisleu* (dicembre). Vi si commemora la purificazione del Tempio di Gerusalemme, avvenuta nel 165-164 a.C. per ordine di Giuda Maccabeo, che restaurò il culto interrotto tre anni prima da Antioco IV Epifane. È detta Channuka, o «festa delle Luci», perché oltre al Fuoco dei leviti (v.) in ogni sinagoga, nelle case e nelle strade ardevano miriadi di fiaccole e lanterne.

Decapoli. Designa l'aggregato dei territori di dieci città ellenistiche a oriente dell'alto corso del Giordano. Liberate da Pompeo nel 64 a.C. dalle autorità indigene, furono incorporate successivamente nel regno giudaico e passate poi sotto il procuratore della Siria come una delle regioni di Palestina.

Festa della Dedicazione. Altro nome di Channuka.

Diaspora. In greco «dispersione». Indicava, originariamente, le colonie ebraiche disperse nel mondo greco-romano per ragioni commerciali, per le deportazioni compiute dagli invasori della Palestina e le fughe per sottrarsi alle oppressioni nemiche. Attualmente, il termine indica il complesso degli Ebrei non viventi in Palestina.

Dèspoina. In greco, «padrona».

Dracma. Unità monetaria della Grecia antica (in argento e divisa in oboli) e moderna. Ai tempi di Gesù valeva circa 16 assi (v.)

Edomiti, o idumei. Abitanti di Edom, o Idumea, regione situata a sud della Palestina, di stirpe araba e discendenti di Esaù. Nemici implacabili di Israele, durante la Diaspora (v.) occuparono la spopolata Giudea fino a Hebron. Il loro regno venne poi spartito intorno al 300 a.C. tra i nabatei (v.) e Giovanni Ircano (v.)

Empuse. Dal greco «che si introducono con la forza». Demoni femminili della mitologia greca, assimilabili alle Lamie, che seducevano gli uomini nel sonno, succhiavano il loro sangue e mangiavano la loro carne (v. Mormolice).

Encenia. Sinonimo ellenistico di Channuka (v.).

Erode I il Grande (72 a.C.- 4 d.C.) Tetrarca (v.) di Galilea e re di Giudea. Di stirpe idumea, crudelissimo, favorito da Augusto, arricchì il regno e promosse la ricostruzione del Tempio. Quando nacque Gesù, ordinò l'uccisione di tutti i maschi al di sotto dei due anni nel territorio di Betlehem.

Esseni. Setta di asceti ebrei del I sec. a.C. Osservando scrupolosamente la Torah (v.), vivevano in comunità monastiche sparse in tutta la Palestina e nella Diaspora, ordinate rigidamente e governate da un «Maestro di Giustizia». Giuravano fedeltà alla regola, si astenevano dal matrimonio, praticavano lustrazioni (v.) quotidiane, prendevano pasti in comune e in silenzio assoluto, dividevano ogni bene. Per questi e altri caratteri sono stati individuati come precursori del monachesimo. Usavano, per pratiche liturgiche e quotidiane, un mestolo di legno che portavano legato alla cintura. Furono studiosi ed eruditi, medici, astrologi ed esorcisti. Non mancano fiabe e cronache che indicano tra loro santi taumaturghi: come Honi «Tracciatore di Circoli», che per scongiurare una siccità visse per anni in un cerchio tracciato per terra, finché Dio non ebbe pena di lui e fece cessare la piaga.

Farisei. Setta, partito e scuola teologica «tradizionalista» del I sec. a.C. contrapposta a quella dei sadducei (v.) Il loro nome significa «i separati», «coloro che si astengono da ciò che è impuro» (o che non è giudaico). Si ritenevano i veri custodi della tradizione giudaica, ma erano propensi a mitigare la Legge Scritta con la legge orale elaborata nei «midrashim» (v.) degli Scribi (v.). Inizialmente nazionalisti e intransigenti con gli stranieri, sotto Erode si rassegnarono all'ineluttabilità di Roma e dei re semi-pagani suoi vassalli, come Erode stesso. Si ritirarono dalla politica dedicandosi alla sola vita religiosa, e contrastando anzi le istanze integraliste come quella degli zeloti (v.), che minacciavano la pace.

Filatteri. In aramaico «tefillim». Strisce o nastri con versetti della Bibbia, che gli ebrei tenevano legati al braccio sinistro e al capo durante la preghiera.

Fuoco dei leviti. Il sacro fuoco che arde per tutta la festa dell'Encenia (v.), in ricordo di quello riacceso sull'altare degli olocausti in occasione della purificazione del Tempio.

Galati. Ossia Galli, secondo la denominazione greca: popolazione celtica che dalla penisola balcanica si trasferì in Asia Minore nel III sec. a.C. Fornivano mercenari a eserciti romani e asiatici.

Gebusei. La parte più povera della popolazione di Gerusalemme, discendente degli antichi abitanti indigeni cananei. Gli ebrei perdonavano le loro superstizioni idolatre (veneravano ancora in segreto la dea Anat, v.) per via della loro utilità come servi.

Gehenna o **geenna.** Valle presso Gerusalemme destinata a immondezzaio della città; poiché vi ardeva continuamente il fuoco, nel Vangelo è presa a simbolo dell'inferno.

Gentile. Presso gli Ebrei, chiunque fosse di religione non israelita.

Ginnasta. Maestro del Ginnasio, la scuola-palestra dove la gioventù greca e romana si esercitava nella ginnastica ed era istruita nella musica, nella filosofia e nelle lettere.

Giovanni Ircano. Figlio di Simone Maccabeo, iniziatore della dinastia dei Maccabei, o Asmodei, sovrani e sommi sacerdoti ebrei. Spinto dal nazionalismo e dall'ideologia farisaica, che spesso cercò di propagare con la forza, obbligò gli idumei (v.) alla circoncisione.

Gog e Magog. In origine figure reali (Cronache 5, 4: «Il figlio di Ioel fu Semaia, che ebbe per figlio Gog, che ebbe per figlio...»), in seguito assursero a simbolo di tutti i nemici di Israele, ad emblema di tutte le forze bestiali in perpetua lotta contro il regno di Dio (Apocalisse 20, 8: «... e uscirà per sedurre le nazioni che sono ai quattro angoli della terra, Gog e Magog, per radunarle alla battaglia...»)

Haoma. Termine persiano che indica sia una pianta sia il liquido che se ne estrae. A quest'ultimo furono attribuiti straordinari effetti materiali e spirituali. Poiché però era inebriante, Zoroastro (v.) ne proibì l'uso.

Himation. Il mantello della veste ellenistica, che si portava drappeggiato largamente intorno al corpo con un lembo sulla testa.

Idumei. Vedi edomiti.

Kasher. Detto di ogni cibo considerato ritualmente puro secondo la legge ebraica. La carne per esempio (tranne quella di maiale e lepre, che erano tassativamente vietate) doveva essere completamente dissanguata, perché nel sangue si riteneva risiedere l'anima, o il principio vitale della bestia.

Kefiyah. Copricapo arabo, largamente diffuso in tutto il Medio Oriente. È costituito da un telo di cotone, lana o seta, che si indossa piegandolo a triangolo con due punte sulle spalle e la terza sulla nuca e sul collo, e fermandolo con una fascia colorata attorno alla fronte.

Keniti. Vedi rechabiti.

Kinnor. Strumento a corda usato dagli Ebrei, del genere dell'arpa egiziana.

Leviti. Appartenenti alla tribù di Levi, terzo figlio di Giacobbe e Lia. Originariamente investiti del rango sacerdotale, e in seguito spodestati dalla potentissima casta dei sadducei (v.), i leviti furono ridotti a personale di servizio del Tempio: panettieri e macellai del banchetto sacrificale, custodi dei magazzini e dei vasi sacri, collettori delle offerte, musici, cantori e danzatori sacri, cancellieri, portinai, guardie del Tempio, ecc.

Liberto. Nel diritto romano, lo schiavo liberato o riscattato.

Lustrazione. Cerimonia di purificazione mediante lavaggio del corpo, in tutto o in parte, o in simbolo (come il lavaggio delle dita del sacerdote nell'attuale Messa cattolica).

Maestro di giustizia. Vedi esseni.

Mascate. Razza di asini grande e forte, dal pelo di un grigio tanto pallido da sembrare bianco, capace di percorrere fino a 40 chilometri al giorno con carichi considerevoli.

Mazdeo. Seguace del Mazdaismo, sinonimo di Zoroastrismo (v.)

Meri'im. Demoni della mitologia ebraica, incubi e succubi, spiriti ombrosi e incompiuti, creati da Dio al tramonto del sesto giorno, quando il sopraggiungere del Sabbath gli impedì di completare l'opera. Tormentarono Eva dopo l'assassinio di Abele.

Meshalim. Plurale di mashal: argomentazioni figurate, parabole, proverbi, favole, esempi coloriti, e tutto l'armamentario retorico, per lo più orale, con cui si integravano i midrashim (v.)

per tentare di chiarire e adattare alla realtà i contenuti talvolta astratti e oscuri della Torah (v.)

Midrashim. Plurale di midrash: metodo di studio e interpretazione critica delle sacre scritture sviluppato dalla tradizione ebraica. I midrashim erano le miriadi di commenti elaborati nelle sinagoghe non soltanto dai dotti scribi (v.) ma talvolta anche dai semplici fedeli, per trarre dalle scritture esemplificazioni normative utili alla vita di ogni giorno.

Mirra. Gommaresina di alcune piante dell'Arabia e dell'Africa, di colore gialliccio, odore aromatico, sapore acre e amaro. Si usa in Oriente per la fabbricazione dei profumi.

Mithra. Divinità indoiranica (v. Zoroastrismo), Mithra è un dio della luce, che dona la fertilità al mondo e aiuta i suoi adepti nella lotta contro il male. Il suo culto si diffuse largamente a Roma nel I sec. a.C.

Monopolés. Termine greco per designare i mercanti all'ingrosso che, giocando d'azzardo e speculando sui bisogni di «liquidità» dei contadini, compravano a prezzi bassissimi i raccolti interi ancora in erba.

Mormolice. Dal greco *Mormolyceia*, «incubi orrendi». Demoni femminili della mitologia greca (v. Empuse).

Nabatei. Popolazione araba inizialmente nomade, che si stanziò nel IV a.C. nella regione edomita (v.), costituendo uno stato con capitale Petra. Acquistò notevole importanza politica ed economica per lo sviluppo del commercio tra l'Asia e la Siria.

Nardo. Nome comune di varie piante aromatiche, in particolare della famiglia delle lavande, usate per la preparazione di essenze e profumi.

Numidi. Abitanti della Numidia, antica regione dell'Africa settentrionale, corrispondente all'incirca all'odierna Algeria. Divenne provincia romana nel I sec. a.C. col nome di *Africa Nova*.

Olibano. Sinonimo di incenso.

Pretoriani. Soldati che componevano la guardia del corpo degli imperatori romani.

Pubblicano. Nell'ordinamento fiscale romano, appaltatore delle imposte di una determinata regione.

Qumran. Località sulle rive nordoccidentali del mar Morto, sito di antiche rovine che nel 1951 furono identificate come la casa madre degli esseni (v.) Gli scavi archeologici portarono alla luce edifici di grandi dimensioni, magazzini, laboratori di ceramica, piscine lustrali; la presenza di grandi tavoli, calami e calamai fanno pensare a uno «scriptorium», in cui monaci esseni trascrivevano i testi sacri. Nelle grotte della falesia circostante, infatti, furono trovate le giare della biblioteca del monastero, lì nascoste per sottrarle alla furia incendiaria dei romani.

Rabbi. Voce ebraica significante «maestro»; titolo attribuito ai dotti ebrei, e in seguito ai presidenti del sinedrio (v.)

Rechabiti. O keniti: tribù nomade discendente di Recab, originaria delle regioni a sud della Palestina. Erano noti come fabbri ambulanti, riparatori di attrezzi presso i poderi agricoli dei ricchi israeliti in cambio di cibi e bevande. Le loro leggi vietavano di coltivare la vite e di bere il vino, di seminare campi, di costruire case, e di abitare altrove che sotto una tenda.

Runa. Ciascuno dei 24 segni alfabetici bastiformi dell'antica scrittura germanica e scandinava, derivati dalle lettere dell'alfabeto greco-romano.

Sadducei. Stirpe sacerdotale israelita del I sec. a.C., partito e corrente religiosa contrapposta ai farisei (v.) Chiamati anche Zadokiti, da Zadok sacerdote di David, che con l'aiuto di Salomone usurpò il rango sacerdotale del levita (v.) Abiathar. Mossi da grandi attitudini politiche e scarso senso della missione spirituale, erano disposti a venire incontro agli stranieri occupanti e alla loro cultura ellenizzante. Sotto Erode ottennero la guida del Sinedrio Politico, cioè della politica estera di Israele.

Sak. Capo d'abbigliamento ebraico, una sorta di perizoma. Quando era di tela, costituiva la biancheria, l'indumento da pelle delle classi popolari; quando era di stoffa ruvida, vera e propria «tela di sacco», veniva avvolto intorno alle reni nei giorni di penitenza come un cilicio.

Samaritani. Abitanti della Samaria, regione situata tra Giudea e Galilea, che Giovanni Ircano (v.) sottomise e annesse al suo regno. I samaritani riconoscevano l'autorità del solo Pentateuco (v. Santo dei Santi), respingendo gli altri libri biblici e la legge orale. Erano detestati e temuti dagli ebrei d'Israele, che viaggiando facevano lunghi giri per evitare la loro terra.

Santo dei Santi. Il tabernacolo nel Tempio di Gerusalemme in cui è conservata l'Arca di Sion, cassa di legno e oro contenente il Pentateuco (i primi cinque libri del Vecchio Testamento), venerata dagli ebrei come simbolo del patto o alleanza con Dio.

Sausyant. Il «soccorritore» della religione persiana, che doveva essere concepito da una vergine e la cui venuta sarebbe stata annunciata da una stella.

Scribi. I rabbi, o rabbini, o dottori della Legge: presso gli antichi ebrei gli studiosi incaricati della trascrizione della Legge, del suo commento e interpretazione. Per la grande maggioranza farisei (v.), non godevano di alcun privilegio di stirpe, non avevano precisi compiti né retribuzioni e vivevano di altri lavori, spesso umili. Ma grande era il loro prestigio e potere: non come attori primari della politica, che lasciavano ai sadducei (v.), ma come produttori e custodi della stessa ideologia ebraica. Legislatori e interpreti delle leggi, infaticabili commentatori delle Scritture (v. midrash), docenti di ogni grado fino all'universitario (cioè alla preparazione di altri dottori della Legge nei portici del Tempio), la loro fatica secolare si è concretizzata nel Talmud (v.)

Siclo. Unità di peso della moneta d'argento della Persia antica e in genere dell'Oriente, e moneta attuale dello Stato di Israele. Ai tempi di Gesù valeva circa 32 assi (v.)

Sikra. Polvere di cocciniglia, usata per l'inchiostro rosso, e per ciprie e rossetti.

Sinedrio. Tribunale supremo degli Ebrei, composto da 71 membri e presieduto dal Sommo Sacerdote.

Shaluk. La tunica, che col mantello (tallit) costituiva l'abito nazionale ebreo. Era un abito a tubo largo e lungo fin sotto il ginocchio, fornito di larghe maniche. Le versioni da cerimonia erano ornate in basso da nappe rituali blu giacinto. Erano apprezzate le tuniche di lana tessute in pezzo unico, senza cuciture.

Shekar. Birra leggera di miglio.

Schem. Nella mitologia e nelle fiabe ebraiche è «l'ineffabile nome di Dio», che pronunciato come formula magica da Salomone solleva in aria due cammelli e due scrivani. Nella realtà storica il nome del Dio d'Israele, il tetragramma YHWH, era venerato al punto che non poteva essere pronunciato se non dai sommi sacerdoti nel Tempio dei templi, nel giorno delle espiazioni.

Shemà Israel. «Ascolta, Israele!»: incipit e titolo di una delle due preghiere che gli israeliti erano tenuti a recitare quotidianamente. Lo Shemà Israel, una professione di fede mutuata dal Deuteronomio, era d'obbligo alla mattina, alla sera, e in altre situazioni generiche (come il *Pater* e l'*Ave* per i cattolici).

Shemonè Esrè. L'altra preghiera quotidiana degli israeliti. Ben più lunga dello Shemà Israel (v.), con le sue diciotto benedizioni, andava recitata tre volte al giorno. Interminabile, lenta, insistente nelle ripetizioni, magnifica per l'impeto poetico dell'incipit, è la fonte da cui fu tratto il «Padre Nostro» dei cristiani.

Soherim. Plurale di soher: venditori ambulanti che si spostavano di villaggio in villaggio con asini stracarichi di tuniche, gioielli, tappeti e varie merci da proporre alle ricche contadine.

Stadio. Unità di misura lineare dell'antica Grecia, pari a circa 180 m.

Storace. Balsamo viscoso, di colore verde-grigio, ricavato dalla corteccia bollita dell'albero omonimo, usato in profumeria e in farmacia.

Talmud. Il corpus di leggi civili e religiose che raccoglie i midrashim (v.), i commenti alla Torah (v.) operati nei secoli dagli scribi (v.) a scopo interpretativo e normativo. Il Talmud è composto da una parte teorica, la Halakah (codificazione di leggi e commenti), e da una parte di aneddoti e parabole, detta Haggada.

Tetrarca. In epoca romana, il sovrano di uno dei piccoli regni regionali in cui era divisa la Palestina.

Tika. Termine orientale che designa il piccolo cerchio rosso che ancor oggi molte popolazioni d'oriente (per esempio gli indiani) disegnano sulla fronte, tra le sopracciglia.

Tirso. L'asta circondata da pampini e da edera che brandivano Bacco e le Baccanti. In senso più ampio, bastone arcaico da cerimonia.

Torah. La Legge dettata da Dio e tramandata da Mosè al popolo di Israele: in pratica, il Pentateuco in forma di rotolo di pergamena da leggere nella sinagoga.

Tefillim. Vedi filatteri.

Uadi. Nome dei letti di antichi corsi d'acqua in zone desertiche.

Vau. La lettera greca «V» (digamma) che simboleggia il «cuneo», il triangolo pubico emblema della Dea Madre.

Zaraat. Termine ebraico per la lebbra.

Zadokiti. Vedi sadducei.

Zeloti. Setta ebraica estremista del I sec. a.C. Nata come una sorta di «estrema sinistra» del fariseismo, inasprì tanto la sua strategia d'intervento che i farisei stessi (v.) ne presero le distanze. Al tempo di Gesù la corrente era tuttavia ridottissima, ben lungi dall'avere dietro di sé la massa farisea. Fanatici nazionalisti e ardenti patrioti, gli zeloti univano alla devozione per il loro paese la fedeltà assoluta alla Torah; loro parole d'ordine erano «Dio d'Israele, popolo eletto, terra eletta»; la presenza di stranieri era una profanazione, ed era peccato mortale per un figlio d'Israele sottomettervisi. Dopo la morte di Claudio la corrente dei «sicari», fautori della lotta armata a oltranza, prese il sopravvento al loro interno, e gli zeloti combatterono la dominazione romana con tattiche di guerriglia e insurrezione fino alla distruzione del Tempio di Gerusalemme, quando furono definitivamente spazzati via.

Zoroastrismo. Religione di stato dell'impero achemenide (persiano), fondata nel VI secolo a.C. da Zarathustra (Zoroastro dei greci). Ahura Mazda è il creatore e il signore del mondo; dipendono da lui gli spiriti del bene e del male, perennemente in lotta tra loro. È facoltà degli uomini decidere per il bene o per il male, e alla fine del mondo li attende il Giudizio Universale.

Indice

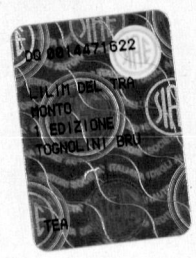

Finito di stampare
nel mese di luglio 2007
per conto della TEA S.p.A.
da La Tipografica Varese S.p.A. (VA)
Printed in Italy

TEADUE
Periodico settimanale del 18.7.2007
Direttore responsabile: Stefano Mauri
Registrazione del Tribunale di Milano n. 565 del 10.7.1989